外国名作家文集·高尔基卷

在人间

В людях

[苏联] 高尔基 / 著
刘引梅 / 译
Максим Горький

漓江出版社

目录
Contents

译 序

“在苍茫的大海上，狂风卷集着乌云。在乌云和大海之间，海燕像黑色的闪电，在高傲地飞翔。

“海燕在叫喊着，飞翔着，像黑色的闪电，箭一般地穿过乌云，翅膀掠起波浪的飞沫。

“看吧，它飞翔着，像个精灵——高傲的、黑色的暴风雨的精灵……”①

这是高尔基的一篇脍炙人口的、激情洋溢的散文诗，它热情讴歌了象征时代精神的海燕形象。它顶着雷电，迎着暴风雨，在苍茫的大海上高傲地飞翔。它勇敢，它无畏！这就是海燕，这就是高尔基！

1868 年 3 月 28 日，高尔基（原名：阿列克谢·马克西莫维奇·彼什科夫）出生在伏尔加河畔下诺夫哥罗德城一个极其贫寒的家庭。父亲是一个木匠，母亲是一个染坊老板的女儿。高尔基 3 岁时，父亲染上霍乱去世了，母亲带着他寄居在外公家。外公是一个贪婪、残暴、自私的恶老头儿。两个舅舅经常为争夺家产而打架，并把高尔基视为眼中钉。在这样一个恶劣的环境中，只有外婆真正疼爱高尔基。

后来，高尔基的母亲改嫁给一个贵族大学生，并把高尔基接去

① 高尔基：《海燕之歌》，戈宝权译，人民文学出版社，1994。

同住。又一场噩梦开始了。

继父对母亲的种种恶行深深刺伤了幼小的高尔基。高尔基只好又回到已经破产的外公家。

这期间，高尔基一边上学，一边捡破烂，勉强读完了二年级。

1878 年秋天，高尔基的母亲病逝。10 岁的高尔基先后被送进当地一家鞋店和绘图师家当学徒，从此结束了本不该结束的“童年”，开始了独自谋生。对于一个 10 岁的儿童来说，独自谋生的艰辛和屈辱是不言而喻的。高尔基不能忍受当学徒的屈辱生活，偷偷逃到伏尔加河的“善良号”轮船上当了洗碗工。从早上六点一直干到深夜，高尔基有洗不完的杯盘、碗碟和刀叉。尽管像服苦役般地日夜劳作，但被解雇的厄运依然不期而至地落在了他头上。解雇理由却是无中生有：轮船餐厅的侍役偷茶具给乘客的事被栽赃给了高尔基。这段洗碗工的生活就这样屈辱地结束了。但喜欢读书，也鼓励高尔基读书的厨师斯穆雷却深深留在了高尔基的记忆中。

1880 年秋天，高尔基又无奈地回到绘图师家，继续做枯燥而繁重的工作，并被禁止看书。但主人家这些愚蠢的打压，扼杀不了高尔基追求知识、热爱读书的天性。他幸运地结识了喜欢读书的剪裁师的妻子和雍容华贵、像女王一样高尚美丽的玛尔格王后。她们给高尔基提供了更多的书籍。高尔基第一次认识了司各特、雨果、大仲马、巴尔扎克、屠格涅夫、阿克萨科夫、索洛古勃、普希金、莱蒙托夫、贝朗瑞等大作家和大诗人。他们的书给高尔基展示了一个奇异美妙的新世界，一种完全不同的新生活。高尔基第一次读到玛尔格王后借给他的普希金诗集时，那种喜悦和兴奋溢于言表。他说：“我怀着渴望的心情，一口气把书看完了……在普希金的诗里，那种纯朴和音韵完美和谐地交织在一起……很像外婆讲的那些优美的童话……我心里反复吟诵这些奇妙的诗句……这使我感到幸福，使我的生活变得轻松而快乐。诗歌发出的振鸣犹如新生活的钟声。”但是院子里那些愚昧恶毒的人却把污言秽语泼向这两个女人，高尔基愤怒得几乎要向全世界呐喊：不许你们污蔑宛如天使般的剪裁师妻子和高贵美丽的玛尔格王后！在高尔基苦闷压抑的这段打工生活中，正是这两个女人给高尔基提供了宝贵的精神食粮——书籍。后来高尔基说：“我读书越多，书籍就使我和世界越接近，生活对我也变得越光明和有意义。”从此，读书成了他的生命，他的一切，他终身的宝贵习惯。

书籍真是太神奇了，把高尔基沉闷屈辱的生活几乎变成了节日，而高尔基就是这节日里最幸福的人。

然而，生活再一次戏弄了他。一个士兵偷了钱，并嫁祸于高尔基，结果高尔基的名誉不但被玷污，而且还遭到一顿毒打。之后，他离开了绘图师家，又在轮船上干起了洗碗工。深秋，轮船停航以后，高尔基进了一家圣像作坊当学徒。从 1882 年深秋干到 1883 年春天。这里的工作依然繁重而枯燥，沉闷而无聊，但高尔基还是千方百计找书看，并念书给工友们听。后来高尔基还在工地上当过工长。无论他做什么样的苦工，都始终没有放弃读书。

1884 年初秋，高尔基终于从一个弱小的儿童成长为一个有理想的16岁少年。也就是说，他独立谋生已经六年了。六年的打工生涯，六年的屈辱生活，六年的勤奋读书，使高尔基“上大学”有了一定的社会经验和基础。于是，他怀着进大学读书的美好憧憬，踏上了前往喀山的道路。然而，愿望和现实相差太遥远了，他的大学梦落空了。

在喀山，贫民窟和码头是高尔基光顾的地方。为了不挨饿，他去码头当搬运工，在面包作坊当帮工。渐渐地，他的生活面扩大了，除了接触那里的工人、流浪汉和底层平民外，他还结识了一大批大学生和有革命思想的知识分子，如在印刷厂当夜班校对员的大学生普列特尼奥夫，小杂货铺老板杰连科夫等。杰连科夫家里经常聚集着许多大学生和进步人士。他们关心俄国人民的疾苦，为俄国的前途担忧，谈论生活中发生的事件和各自推崇的真理。高尔基在《我的大学》中写道："我常常感觉到，大学生们的谈话中表达出我内心的思索，所以我对这些人非常热情，就像一个被允诺获释的囚徒那样高兴。"在这样的环境里，高尔基自然而然地受到熏陶，开始阅读一些科学家、思想家和革命家的著作，他读的第一本严肃的书是叔本华的《格言与箴言》。但要真正找到思想上的朋友和生活的方向，对于高尔基来说，是何其困难啊！1887年2月，高尔基的外婆去世了，这对于他是天大的打击。听到噩耗的当天夜里，他极度悲伤，他想呐喊，想告诉大家，他的外婆是一个多么热忱而聪明的人，是一个多么善良而温厚的人，是一个多么会讲童话和诗歌的高手，她是所有人的母亲，是高尔基的保护神，她怎么可以死呢?！在穷困、苦闷、绝望、无出路的纠结中，高尔基感到前途渺茫，生活无望，于是他想了结自己。他在集市上买了一支旧的左轮手枪，对着胸膛开了一枪，结果子弹打歪了，没有击中心脏，只打穿了一叶肺。这时，罗马斯帮助了他。他在《我的大学》中写道："他跟我倾心长谈，一直谈到半夜。看来，他是希望一下把我变成他那样的人。我第一次感觉到与人这样认真相处是那么好。自从我试图自杀之后，我对自己的看法一落千丈，我觉得自己很渺小，在人们面前犯有罪过，甚至没脸再活下去。想必罗马斯理解我的这种心情，于是他以仁爱的情怀向我敞开了他自己的生活大门，使我打起精神，振作起来。这是一个永志难忘的日子。"

罗马斯是被流放多年的民粹派革命家，在高尔基苦闷无助的日子里，他无论在思想上还是生活上都给予高尔基很大的帮助，不仅使高尔基驱散了精神上的苦闷，也使高尔基打开了更广阔的视野，读到了更多的有益的好书，更多了解了民间的疾苦，更加丰富了自己的生活阅历。在他的影响下，高尔基参加了民粹派小组的活动，和他一起到农村对农民做启蒙宣传工作。高尔基还认识到，必须使民众从浑浑噩噩的、铅样沉重的生活中觉醒，摆脱掉愚昧、残暴、自私和野蛮的恶习，俄国的生活才有希望，俄国的未来才有光明。

在喀山四年的“求学”生活，使一个满怀美好憧憬的懵懂少年，成长为一个关心俄国命运、探求革命真理的热血青年。高尔基在成长，高尔基在进步。高尔基曾说过，他虽然出生在下诺夫哥罗德，但在精神上获得新生却是在喀山。“喀山是我最喜爱的一所‘大学’。”

从高尔基的自传体三部曲中，我们所感受到的绝不仅仅是主人公悲惨的童年，受尽凌辱的谋生经历和求学的坎坷，也并不觉得主人公软弱可怜，一贫如洗。这一切恰恰折射出主人公天性中的正义感、善良、宽厚、顽强、坚忍和勤思敏学以及他那高贵而美好的心灵。

《在人间》第二章中，主人公与瘸腿姑娘柳德米拉像“夫妻”那样纯洁地过家家，简直就像一幅美丽的图画。“外婆常常夸我们俩的友谊。‘男孩跟女孩相好是件好事！只是不能胡闹……’外婆用简单明了的话给我们解释什么叫作‘胡闹’。她讲得很美，表现出一种高尚的思想境界，所以我深深懂得了，花儿没有开是不能采的，否则就没有芳香，也不会结出果实。”所以，高尔基从不“胡闹”，看到别人胡闹，他极其厌恶，并觉得自己受到了侮辱。

主人公博爱仁慈。他和外婆一起，踏着溶溶月色，把五戈比硬币悄悄放在比他们更穷苦的人家的窗台上。尽管继父深深伤害过他，但在继父临终前想见他一面时，他仍然前往医院，满足了继父的愿望。

主人公热爱大自然犹如热爱自由一样。他和外婆在森林里采蘑菇或捕鸟时，他的心欢喜得像鸟儿一样跃动。天还没有亮，他便来到了森林里，装好捕鸟工具，在林边躺下，等待天亮。“四周万籁俱寂，一切都在沉睡。透过灰蒙蒙的雾气，隐约显现出山脚下那片辽阔的土地……远方，在草地那边的森林后面，亮晃晃的太阳正在徐徐升起……喜洋洋的太阳渐渐升高，祝福着、温暖着这片赤裸而寒冷的大地……清澈明亮的天空，使大地显得辽阔无垠，一切都流向远方，流向蔚蓝色的大地尽头。”

“鸟儿们醒来了……一分钟之前还在煞有介事地沉思的森林，霎时间充满了各种鸟鸣，展现出一片大地上最纯洁的生物的繁忙景象……”

他哪里是在捕鸟，分明是一个小天使在与大自然对话。这就是心灵纯净的主人公眼中的大自然：壮美、神奇、诡异，带给他无限的想象和快乐。哪里看得出这是一个为生计所迫、寄人篱下、孤苦无依的少年啊。

综观上述，我们从高尔基身上读出的不只是苦难与不幸，彷徨与绝望，而是他的坚强与自信，尊严与勇敢，正直与抗争，善良与博爱，勤思与敏学，心灵的纯净与智慧。不是吗？高尔基不正像是矫健、高傲、勇敢的海燕吗？他不畏电闪雷鸣，不畏狂风暴雨，他坚信乌云终会散去，他将张开双臂迎接日出，拥抱阳光。是的，高尔基心中永远阳光灿烂：阳光化去了苦难与凌辱，带来了永恒的明天和希望。是的，高尔基就像海燕，最终飞出了俄国海域，飞向了全世界，而他依然矫健、高傲而勇敢。

三部曲所描写和表现的也不仅仅是作者个人的生活经历，同时折射出 19 世纪 80 年代至 90 年代俄国残酷的社会现实，反映了当时俄国底层人民“铅样沉重的生活”，表现了关心俄国命运、探求革命真理的一代新人艰难曲折的成长道路。

三部曲问世以来，获得了俄国国内外高度一致的好评，至今保持着旺盛的生命力，拥有千百万的读者。愿这朵世界文学宝库中的奇葩常开不衰。

刘引梅

2016 年 10 月

一

我开始谋生了，在城里主街上一家时尚鞋店当学徒。[①]

我的老板是个矮胖子，有一张粗糙的褐色脸孔和铁青色的牙齿，黏糊糊的眼睛长满眼眵。我觉得他是瞎子，为了证实这一点，我便做起鬼脸来。

“别做怪相。”他低声而严厉地说。

真讨厌，原来他那双昏花的眼睛看得见我，可是我不相信他能看得见。也许老板只是猜测我在做鬼脸吧?

“我说过了——别做怪相。”他的声音更低了，厚厚的嘴唇几乎没有动。

“别挠手，”他压低声音，冷冰冰地说，“记住，你是在城里大街上一流铺子里做事，当学徒就应当像雕像那样站在门口……”

我不知道什么是雕像，也不能不挠手。我的两手臂肘以下全都是红斑和溃疡，疥螨咬得我实在受不了。

“你在家里干过什么活儿？”老板一边问道，一边仔细地看着我的手。

当我告诉他时，他却摇晃着灰白头发的圆脑袋，令人难堪地说：

“捡破烂，这比讨饭还糟，比偷东西还糟。”

我不无自豪地声明：

① 1878年秋天，母亲安葬几天以后，10岁的阿廖沙·彼什科夫（高尔基）被送进商人波尔胡诺夫的鞋店当学徒，开始了独自谋生。

“偷东西我也干过。”

于是，他把像猫爪子一样的两只手平放在账桌上，用呆滞的眼睛吃惊地死死盯住我的脸，发狠地低声说：

“什——么？你偷过东西？”

我把事情的经过做了解释。

“哦，这倒是小事。可是如果你要在我铺子里偷皮鞋或钱的话，我就把你关进大牢，直到你长大……”

他说得很平和，可我却吓坏了，也更加厌恶他了。

除了老板以外，铺子里还有我的表兄萨沙，即雅科夫[①]的儿子和一个脸膛绯红的大伙计——他这个人挺精明，爱缠人。萨沙穿着棕红色的常礼服、胸衣，打着领带，穿着散腿裤，他很傲慢，看不起我。

外公带我去见老板，并让萨沙帮助我，指教我，他却趾高气扬地把眉头一皱，警告说：

“那他得听我的！”

外公把一只手放在我头上，使我弯下脖子。

“你要听他的话，他年龄比你大，职位也比你高……”

萨沙瞪大眼睛，对我训诫道：

“你要记住外公的话！”

于是，从第一天起，他便极力摆起老资格来。

“卡希林，别老吹胡子瞪眼的。”老板劝告他。

“我——我没有啊。”萨沙一边回答说，一边低下脑袋，可是老板却喋喋不休地说：

“不要老绷着脸，顾客会以为你是只山羊呢……”

大伙计恭敬地笑着，老板难看地咧开嘴唇，萨沙涨红了脸，躲

① 高尔基的舅舅，全名是：雅科夫·瓦希里耶维奇·卡希林。

到柜台后面去了。

我不喜欢这些话，里面有好多词我都听不懂，有时我觉得他们这些人在讲外国话。

当女顾客走进铺子时，老板便从衣兜里抽出一只手，摸摸髭须，脸上堆出甜蜜的微笑，面颊上叠出许多皱纹，可那双呆滞的眼睛却没有改变。大伙计挺直身子，两只臂肘贴在腰间，恭敬地摊开两手。萨沙胆怯地眨着凸鼓的眼睛，极力想掩盖起来。我站在门口，悄悄地挠着手，注意着他们做买卖的规矩。

大伙计跪在女顾客面前，令人惊讶地大张着手指，测量女顾客的矮皮鞋。他两手发抖，小心翼翼地触摸那女人的脚，好像害怕会把脚弄伤似的，而这只脚却肥得像一个倒放着的溜肩形的瓶子。

有一次，一个太太蹬动着脚，微微蜷缩着身子说：

"哎哟，您弄得我痒酥酥的……"

"这——是我们的礼貌。"大伙计机灵而热情地解释说。

他那纠缠女顾客的样子，真叫人好笑，为了不笑出声来，我转过脸去，对着门玻璃。可是我憋不住要看看他们做买卖的情景，因为大伙计的举动使我感到非常可笑。同时，心里在想，我永远不会那样有礼貌地大张着手指，那样灵巧地给别人穿鞋。

老板常常离开铺子，到柜台后边的小屋里去，同时把萨沙也叫去，只留下大伙计跟女顾客周旋。有一次，他碰了一位棕红色头发的女顾客的脚，然后便把拇指、食指和中指合在一起，吻了吻。

"唉，"那女人长叹了一口气，"您真是个捣蛋鬼！"

他却鼓起腮帮子，吃力地说：

"啾——噗！"

这时，我忍不住哈哈大笑起来，我怕我笑得跌倒，便靠在门把手上，门开了，我的脑袋撞到玻璃上，把玻璃也撞碎了。大伙计直冲我跺脚，老板用戴在手指上的镶嵌宝石的沉甸甸的金戒指敲我的头，萨沙试图揪我的耳朵。晚上，我们回家的时候，他厉声训斥说：

“你这样瞎胡闹，早晚会把你撵走的！有什么可笑的？”

他又解释说：如果太太们都喜欢大伙计，那么生意会更好。

“太太只为了看一眼讨人喜欢的伙计，即使不需要鞋子，也会跑来买上一双的。可你就是不明白！真叫人替你操心……”

这使我感到委屈，因为没有任何人为我操心，尤其是他。

每天早晨，病恹恹的、脾气暴躁的厨娘总是比萨沙早一个钟头把我叫起来。我把老板一家人、大伙计和萨沙的鞋擦好，把衣服刷干净，烧好茶炊，给所有的炉子准备劈柴，把午饭用的手提饭盒洗干净。一到铺子里，我便扫地、擦拭灰尘、烧茶、给顾客们送货上门，然后回家取午饭。在这段时间里，我那站门口的差事便由萨沙来干。他认为干这件事有损他的尊严，对我骂道：

“笨手笨脚的东西！叫人家替你干活……”

我感到痛苦、烦闷。我过惯了无拘无束的生活，从早到晚待在库纳维诺区的沙土街道上和浑浊的奥卡河边，待在旷野和森林里。这里没有外婆，没有小伙伴，没有可以说话的人，而生活却向我展示了它那丑陋和虚伪的内幕，这使我很气恼。

常有这种事，女顾客什么都没有买就走了，这时，他们三个人就觉得受了侮辱。老板收敛起自己甜蜜的微笑，命令道：

“卡希林，把货收拾起来！”

接着，他骂道：

“呸，猪都跑进来了！蠢婆娘待在家里闷得慌，跑出来挨着铺子瞎逛。你要是我的老婆——瞧我把你……”

他的老婆是个黑眼睛、大鼻子的干瘦女人，经常跺着脚对他大喊大叫，像对待仆人一样。

这是常事：他们彬彬有礼地鞠着躬，说着恭维话，把熟悉的女顾客送走后，便不知羞耻地用污言秽语议论她。我真想跑出去，追上那女人，把他们背后说的话告诉她。

当然，我知道人们在背后一般都彼此说坏话，可是他们几个说起人来特别令人气愤，好像有谁曾经承认他们是最优秀的人物，委派他们来给世界当裁判似的。他们老是嫉妒别人，从来没有夸过任何人，无论对谁，都知道一点他的什么不光彩的事。

有一次，铺子里来了一位年轻女人，面色绯红，两眼明亮，披一袭黑皮领子的天鹅绒斗篷，她那面庞在黑皮领子的衬托下，宛如一朵奇葩。她快捷地脱下斗篷，交给萨沙，这样显得更加漂亮了：苗条的身材紧裹在淡淡的蓝灰色的绸衣里，耳朵上的钻石闪闪发光。她使我想起了美丽的瓦西莉萨[①]，于是我坚信，这个女人一定是省长夫人。他们格外毕恭毕敬地接待她，在她面前点头哈腰，如同面对火焰一样，刺刺不休地说着恭维话。三个人像魔鬼似的在铺子里跑来跑去。他们的影子在橱窗玻璃上晃动，仿佛周围的一切都着了火，正在消失，眼看就要变成另一种样子，另一种形式。

她迅速地挑选了一双高价皮鞋，离开了铺子。老板咂了一下嘴，打着口哨说：

“母狗……”

“干脆说，是个女戏子。”大伙计轻蔑地说。

于是，他们开始谈论起这位太太的几个情人和她纵酒行乐的奢侈生活。

午饭后，老板在铺子后边的小屋里睡午觉时，我把他的金表打开，在机芯上滴了几滴醋。我很开心，看见他醒来后拿着表走进铺

① 俄国民间故事中的女主人公。

子，慌慌张张地嘟哝道：

“这是什么怪事？表突然蒙上一层水汽！从来没有过这种事，表上会有水汽！怕是要出什么祸事吧？”

尽管铺子里和家里的活计忙得我团团转，我好像还是陷入了一种难以忍受的苦闷之中，于是我常常想：要干一件什么事，才能让他们把我撵走呢？

身上落满雪花的行人默默地从铺子门口走过去，好像他们正要到墓地去给什么人送葬，但没赶上出殡，现在正急急忙忙追赶灵柩似的。马拉着颠簸的车子，吃力地越过一个个雪堆。铺子后边的教堂钟楼上，每天都响着凄凉的钟声——现在正是大斋期。钟声一下一下地敲打着，好像用枕头撞击脑袋：不觉得痛，但能使人变傻、变聋。

有一次，我正在铺子门前的院子里拆卸刚刚收到的货箱，那个教堂守夜人，斜肩膀的小老头，走到我跟前，一副软绵绵的样子，似乎是用破布做成的，穿着破衣烂衫，好像是被一群狗撕碎了似的。

“好孩子，你给我偷一双套鞋好吗，啊？”他说道。

我没有吭声。他在空箱子上坐下来，打了个哈欠，在嘴上画了个十字，又说道：

“偷一双套鞋吧，怎么样？”

“不能偷！”我说道。

“可是有人在偷。行行好，给我老头儿个面子吧！”

他挺招人喜欢，不像我周围的那些人。我觉得，他深信我愿意为他偷，于是我答应把套鞋从通风小窗里递给他。

“那好吧，”他平静地说，并不显得高兴。“你不骗人吧？哦，我看得出来，你不会骗人……”

老头儿默默地坐了一会儿，用长筒皮靴的底蹭着肮脏的雪，然后点着黏土烧制的烟斗抽起来。突然，他吓唬我说：

“假如是我在骗你呢？我拿这双套鞋到老板那里，说你只收了半个卢布，就把鞋卖给我了，那会怎么样？这双套鞋值两个多卢布，而你只卖了半个卢布！是不是拿钱买糖果了，啊？”

我默默地看着他，好像他已经照他所说的那样做了，但是他仍然平静地、鼻音很重地一边说着，一边仔细看着他的靴子，吐着青烟。

“比方说，如果是老板教唆我这样做的：你替我去考验考验那小子，看他到底是不是小偷？那怎么办呢？”

“我不给你套鞋了。”我生气地说。

“不给不行，你已经答应了！”

他抓住我的手，把我拉到他跟前，用冰凉的手指敲着我的脑门，懒洋洋地继续说：

“你怎么能不管三七二十一地随便说‘给，拿去吧’？！”

“是你自己要的。”

“我要求的可多啦！我要你抢教堂，怎么样，你去抢吗？难道可以随便相信一个人吗？你呀，小傻瓜……”

说完，他把我推开，站起身来。

“我不需要偷来的套鞋，我不是老爷，用不着穿套鞋。我只是开个玩笑……你很纯朴，到了复活节，我让你到钟楼上去敲敲钟，看看城市的景物。”

“这城市我熟悉。”

“从钟楼上看，它更漂亮……”

他把鞋尖踩进雪里，向教堂拐角后边慢慢走去。我望着他的背影，沮丧地、惶惶不安地想：那老头儿真的只是开玩笑，还是老板暗中派他来试探我的呢？当时我真怕到铺子里去。

萨沙突然蹿到院子里，大声叫嚷道：

“你在搞什么鬼！”

我一下子火了，抡起钳子想要揍他。

我知道，他和大伙计经常偷老板的东西：他们把一双皮鞋藏在炉子的烟囱里，等离开铺子时，便塞到大衣袖子里。我不喜欢这种事，我害怕这种事。我记住了老板的恫吓。

“你在偷东西？”我问萨沙。

“不是我，是大伙计，”他一本正经地向我解释说，“我只是给他帮个忙。他说‘帮个忙！’，我得听从，要不然他会给我使坏的。老板，他就是伙计出身，他什么都明白。你可别乱说！”

他边说边照镜子，不自然地伸开手指，动作笨拙地整理领带，像大伙计那样。他总是在我面前摆资格，发号施令，用低沉的声音训斥我，而且，他吩咐我时，总是伸出手做推开的姿势。我个子比他高，力气比他大，但却瘦削而笨拙。他倒挺结实、轻捷，满面油光。我觉得他穿上常礼服和散腿裤很气派，很潇洒，但是他给人一种讨厌、可笑的感觉。厨娘挺古怪，他恨她，弄不清她是好人还是坏人。

“世界上我最喜欢的就是看打架，”她睁大乌黑的眼睛热切地说，“不管什么样的打架，对我都一样：鸡斗、狗咬、汉子们打架，我觉得都好看！”

要是院子里有公鸡或者鸽子在打架，她准扔下活计，出神地从窗户里望着，观战到底。一到晚上，她就对我和萨沙说：

“怎么样，毛头小子，你们别闲坐着呀，打打架多好玩啊！”

萨沙生气地说：

“我告诉你，蠢货，我不是毛头小子，我是二伙计！”

“嗯，这我倒没看出来。对我来说，没有娶亲就是毛头小子！”

“蠢货，笨脑袋……”

“魔鬼倒聪明，可上帝不喜欢他。”

她的谚语尤其使萨沙恼火。萨沙戏弄了她一通，她却轻蔑地斜了他一眼，说道：

“嗨，你这个蟑螂，老天爷不长眼，错生了你！”

萨沙不止一次调唆我，要我趁她睡着的时候，给她脸上抹黑鞋油或烟黑，往她枕头上扎一些大头针，或用别的办法跟她开开玩笑。可是我害怕厨娘，再说，她睡觉很轻，常常醒来。她一醒就点上灯，坐在床上，望着墙角落。有时候，她从炉子那边走到我跟前，把我叫醒，声音嘶哑地说：

“我睡不着，列克谢伊卡，我有点怕，你陪我说说话吧。”

我迷迷糊糊地给她讲着什么，她却一声不吭地坐在那里，微微摇晃着身子。我似乎觉得，她那热乎乎的身体散发出一股蜂蜡和神香的气味，她快要死了。也许，她会一头栽倒在地板上死掉。由于害怕，我开始大声说话，但她却阻止我道：

“嘘！要是那两个坏蛋醒了，他们会以为你是我的情人呢……”

她坐在我旁边，从来都是一个姿势：弯腰弓背，两手插在膝盖之间，用瘦骨嶙峋的腿紧紧夹住。她是平胸，一条条肋骨甚至透过厚厚的粗麻布衫也可隐约看出来，就像干裂的大木桶上的铁箍。她默默地坐了好长时间，突然小声说起来：

“干脆死了倒好，活着真是受罪……”

要么，她好像在问谁：

“我该活到头了吧，嗯？”

“睡吧！”她打断我的话，直起腰，悄无声息地消失在厨房的黑暗中。

“老妖婆！”萨沙背后这样叫她。

我撺掇他：

“你就当面这样叫她吧！”

“你以为我不敢吗？”

但他立刻皱起眉头，说：

“不，我不当面叫！说不定她真是个妖婆呢……”

她把任何人都不放在眼里，看见谁都生气，对我也毫不留情——每天早上一到六点，她准猛地拉一下我的腿，嚷嚷道：

“别贪睡！快去抱劈柴！烧茶炊！削土豆……”

萨沙醒了，抱怨地喃喃说：

“你喊叫什么？我要告诉老板，吵得人简直没法睡觉……”

她那两只干枯的手在厨房里不停地忙碌着，用睡眠不足而红肿的眼睛瞪着萨沙：

“哼，老天爷不长眼，错生了你！我要是你的后娘，就扒了你的皮。”

“该死的，”萨沙骂了一句，并在去铺子的路上唆使我，“得找个什么茬儿，好把她撵走。对，偷偷地在饭菜里加些盐，如果饭菜太咸，她就会被赶走。要不，就倒点煤油！你干吗发愣啊？”

“那你怎么不干？”

他气呼呼地说：

“胆小鬼！”

厨娘的死我们都看见了：她弯下腰去端茶炊，突然一屁股坐在地板上，好像被谁当胸推了一把，然后一侧身倒下去，一句话没说，双手向前伸着，嘴里流出血来。

我们俩立刻明白了，她死了。但是我们吓蒙了，久久地看着她，一句话也说不出来。后来，萨沙拼命地从厨房里跑出去，而我却六神无主，不知该怎么办，紧靠着有光亮的窗户。老板来了，惴惴不安地蹲下来，用手指按了按厨娘的脸，说：

“她真的死了……怎么回事呢？”

说完，他走到挂在屋角处的奇迹创造者尼古拉小圣像面前，画起十字。祈祷之后，他在门厅里吩咐说：

“卡希林，快去报告警察局！”

来了一个警察，在屋里踅摸一圈，收了小费，就走了。过了一会儿，他又来了，带着一个车夫。他们一个抬脚，一个抬头，把厨娘抬到了街上。老板娘从门厅往外瞥了一眼，吩咐我：

“把地板擦洗干净！”

而老板说：

“好在她是晚上死的……”

我不明白，为什么说她死在晚上好。我们躺下睡觉时，萨沙特别温和地对我说：

“别关灯！”

“你害怕吗？”

他用被子蒙住头，默默地躺了好久。夜静悄悄的，仿佛在仔细谛听什么，期待什么。我好像觉得，钟声马上就要敲响，全城的人会被吓得突然仓皇奔逃，叫喊，乱作一团。

萨沙从被窝里露出鼻子，小声对我说：

“到灶台上一块睡好吗？”

“灶台上太热。”

他沉默了一会儿，说：

“她怎么说死就死了，啊？真想不到这妖婆……我睡不着。”

“我也睡不着。”

他开始讲起死人来，说他们怎样从坟墓里出来，在城里转悠到半夜，寻找自己住过的地方和亲人所在的地方。

“死人只记得自己的城市，”他小声说，“而街道和房子就记不清了……”

四周更加寂静，似乎也更加黑暗了。萨沙微微抬起头，问：

“你想看看我的箱子吗？”

我早就想知道他箱子里藏着什么东西了。他用挂锁锁着箱子，而每次开箱子时，总是格外小心，要是我想往箱子里瞧一眼，他就粗鲁地问：

“你要干什么？嗯？”

我同意之后，他便在床上坐起来，没有下床，用命令的口吻叫我把箱子搬到床上，放在他脚边。钥匙和一个贴身的十字架用一根细绳拴着，挂在他脖子上。他回头看了看黑黢黢的厨房角落，装模作样地皱起眉头，打开挂锁，吹了吹箱盖，好像盖子很热似的，然后稍稍打开一点儿，取出几套内衣。

药盒，各种颜色的一卷一卷的茶叶包装纸，装鞋油的白铁盒和装沙丁鱼的罐头盒塞了半箱子。

“这是什么？”

“你马上会看到的……”

他两腿夹住箱子，俯下身去，一边低声哼唱：

“愿上帝……”

我期望看到玩具，因为我从来没有过玩具，而在表面上却装作对玩具蔑视的样子，但是我对拥有玩具的人不无羡慕。我真高兴，像萨沙这样有派头的人还有玩具。虽然他不好意思地把玩具都藏起来，但我理解这种不好意思。

他打开第一只盒子，取出一副眼镜架，架在鼻梁上，一本正经地看着我说：

“没有镜片也无所谓，反正这眼镜够棒的！”

“让我瞧瞧！”

“你戴不合适。这副眼镜适合黑眼睛戴，而你的眼睛是浅色的。”他解释说，像老板那样咳了一声，但他立刻惊惶地环顾了一下厨房。

空鞋油盒里装了许多各式各样的纽扣。他自豪地向我解释说：

“这都是我在街上捡来的！自己捡的。已经有三十七颗了……”

第三只盒子里装了许多大头针，也是从大街上捡来的，还有磨损的、折断的和完好的皮靴铁掌、皮鞋和便鞋的扣环、铜制门把手、被损坏的骨制手杖镶头、一把女孩子用的梳子、一本叫《圆梦与占卜》[①]的书以及许多这种不值钱的东西。

我捡破烂的时候，像这种不值钱的玩意儿，一个月捡的就顶他的十倍以上，而且不费什么力气。萨沙的这些东西使我感到失望、难为情，使我对他产生了一种令人压抑的怜悯之情。而他却对每一件东西都全神贯注地仔细看来看去，爱不释手地一遍又一遍地抚摸着。他自命不凡地噘起厚嘴唇，凸鼓的眼睛流露出动情而忧虑的神色，但是那副眼镜使他那张稚气的脸变得滑稽可笑。

“你要这些玩意儿干什么？”

他从镜框里瞥了我一眼，用忽高忽低的童声问：

“你想要吗，我送你一件？”

“不，我不要……”

看来，由于我的拒绝和没有看重他的财富，惹他生气了。他沉默了一会儿，低声对我说：

“拿条毛巾来，我们把这些东西擦一擦，全蒙上灰了……”

所有的东西都擦拭干净和放好以后，他钻进被窝，脸冲着墙。下雨了，雨水从屋檐上滴下来，风吹打着窗户。

① 在当时俄国小市民、神职人员等中间流行的一种浅陋读物。

萨沙没有转过脸来，对我说：

“等到园子里干一点的时候，我让你看一件东西——准叫你大吃一惊！”

我没有吱声，准备上床睡觉。

又过了几秒钟，他猛地坐起来，两手抓着墙，极其诚恳地说：

“我害怕……主啊，我害怕！主饶恕我吧！这到底是怎么回事？”

这时，我也吓得说不出话来，我仿佛看到，厨娘背对着我，正站在朝向院子的窗户跟前，低着头，前额靠在玻璃上，好像她活着时看公鸡打架的模样。

萨沙放声大哭，手不停地抓墙，两腿乱蹬。我像踩着滚烫的炭火一样，头也不回地穿过厨房，在他身边躺下。

我们大哭一场，哭得筋疲力尽，睡着了。

几天以后，是个什么节日，我们做了半天买卖，便回家吃午饭。饭后，当老板夫妇睡午觉时，萨沙神秘地对我说：

“走吧！”

我猜到，我马上就要看见使我大吃一惊的东西了。

我们来到园子里。在两座房子之间一块窄小的地方，长着十五棵老椴树，粗壮的树干上长满厚厚一层绿色苔藓，光秃秃的黑色枯枝伸展着，上面连一个乌鸦窝也没有。这些树简直像墓地上的墓碑。除了这些椴树以外，园子里什么都没有，既没有灌木，也没有青草。人行小道被踩得像生铁一样坚硬而发黑。陈年的枯叶下边露出光秃秃的地面，上边也长了一层霉污，犹如死水中的浮萍。

萨沙拐过弯，向邻街的木栅栏走去，在一棵椴树下停住，瞪大眼睛，朝隔壁房子昏暗的窗户里看了看，蹲下来，双手扒开一堆落叶——露出一个粗大的树根，旁边有两块砖，深深地埋在土里。他把砖稍稍掀开——下边是一块瓦垄铁，瓦垄铁下边有一小块方木板，最后出现在我面前的是顺着树根下面延伸下去的一个大洞。

萨沙划了一根火柴，点上蜡头，伸进洞里，对我说：

“快看！可别害怕啊……”

看来，他自己害怕了：手中的蜡头直颤抖，脸色变得煞白，很难看地咧着嘴，眼睛泪汪汪的，空着的那只手轻轻背到背后。他的恐惧感染了我，我格外小心地向树根下边的洞里扫了一眼——树根就是整个洞穴的拱顶。在洞的深处，萨沙点了三支蜡烛，整个洞里蓝光闪烁。洞穴相当宽阔，足有一只水桶那么深，但是更宽一些，两侧砌满了彩色玻璃和茶具碎片。在中间高出的地方，铺着一块红布，上面放着一口用铅灰色的纸糊成的小棺材，棺材的上半部分盖着一块像锦缎一样的布头，盖棺布下边露出麻雀的两只灰爪子和长着尖喙的头。棺材后边摆着一张读经台，上边放着一枚铜质的护身十字架，读经台周围点着三支插在烛台上的蜡头，烛台上贴着包糖果用的银纸和金纸。

蜡头的火苗倾斜向洞口，洞里朦胧地闪烁着五光十色的火花和光斑。一股蜡烛的气味、腐烂东西和泥土的气味，热乎乎地扑面而来，四射的虹光在我眼前闪变、跳动。这一切引起我极不愉快的惊奇，并消除了我的恐惧。

“好玩吗？”萨沙问道。

“这是什么？”

“小礼拜堂，”他解释说，“像吗？”

“我不知道。”

“那麻雀就是死者！也许它会活过来，因为它是无辜丧生的……”

“你发现它时，它已经死了吗？”

“没有，它飞进板棚里，我用帽子捂住它，闷死了。”

“为什么要捂死它呢？”

“不为什么……”

他望了一下我的眼睛，又问道：

“好玩吗？”

“不！”

于是，他朝洞口俯下身去，麻利地盖上木板和瓦垄铁，使劲把砖压进土里，站起身，拍净膝盖上的泥土，厉声问道：

“你为什么不喜欢？”

“我可怜那只麻雀。”

他像瞎子似的，用呆滞无光的眼睛看了看我，当胸推了我一把，大声骂道：

“傻瓜！你是出于嫉妒，才说不喜欢的！你以为你在缆索街你家园子里干的事更好吗？”

我想起了家里的凉亭，坚决地说：

“当然，比你干得好！”

萨沙迅速地脱下常礼服，扔到地上，卷起袖子，向手心啐了口唾沫，提议道：

“既然如此，那就打一架！”

我不想打架，一种折磨人的苦闷使我心灰意冷，看着表哥那张暴怒的脸，我感到很不舒服。

他向我猛扑过来，一头撞到我胸口上，把我撞倒在地。他骑在我身上，大叫道：

“想活还是想死？”

但是我比他力气大，而且非常生气。转眼间，他已脸朝下趴在地上，两手抱着脑袋，发出呼哧呼哧的声音。我吓坏了，想把他扶起来，可是他手脚乱抓乱蹬，我更加害怕了。我走到一边，不知该怎么办，而他却微微抬起头，说：

“怎么，你赢了？我就这么躺着，一直到老板家里人看见，到时候，我告你一状，他们就会把你撵走！”

他不停地骂着，威胁着，他的话把我激怒了。我向洞穴冲去，搬开砖头，把装着麻雀的棺材从篱笆上扔到了大街上，把洞里所有的东西都挖出来，用脚把洞踩平。

“活该，看见了吗？”

萨沙对我的蛮横举动感到莫名其妙：他坐在地上，微微张开嘴，皱起眉头，一句话不说地注视着我。当我干完以后，他才不慌不忙地站起来，抖掉身上的土，把常礼服往肩上一披，平静而狠毒地说：

“不久会有你好看的，等着瞧吧！要知道，这都是我故意做给你看的，这是魔法！啊哈？……”

他的话好像刺伤了我，我猛然蹲下去，全身冰凉。而他却头也不回地走了，我被他的镇定彻底摧垮了。

我决定明天就逃走，离开这个城市，摆脱开老板，摆脱开萨沙和他的魔法，摆脱开这种无聊乏味的愚蠢生活。

第二天早晨，新来的厨娘把我叫醒，大声嚷道：

“哎呀，我的天啊！你的脸上怎么啦？……”

“这就是魔法！”我心里抑郁不乐地想。

可是厨娘朗声大笑起来，弄得我也忍不住笑了，我用她的镜子照了照，原来我脸上抹了厚厚一层烟黑。

“这是萨沙干的吧？”

“那还会是我呀！”厨娘笑呵呵地叫道。

我开始擦皮鞋，手一伸进鞋子里，一根大头针便刺进了我的手指。

“又是他捣的鬼！”

每只皮鞋里都有大头针和缝衣针，它们放得很巧妙，正好扎在我的手掌上。于是我端起一勺凉水，走到那个还没有醒来或者正在装睡的魔法师跟前，十分解恨地浇了他一脑袋。

可是我心里仍然不好受，我仿佛看到装着麻雀的棺材、蜷曲着的灰爪子、诉苦似的向上翘起的蜡一样的尖喙以及周围五彩缤纷的火花不停地闪烁，似乎想要突然升起亮丽的彩虹而又无能为力；棺材渐渐大起来，麻雀的爪子渐渐长长，向上伸展着、抖动着，它缓缓苏醒过来。

我决定当天晚上逃走，但午饭之前在煤油炉上用饭盒热汤时，我脑子走神了，汤烧开了，当我要关火时，饭盒翻在了手上，于是我被送进医院。

医院里那种令人极不愉快的可怕景象，我至今记忆犹新：一个个穿着殓衣的灰色和白色的人影，在发黄而摇晃的空地上不停地乱动弹，发出咕噜声和呻吟声。一个高个儿男子，长着像髭须一样的眉毛，架着双拐走来走去，摆动着黑色的大胡子，吹着口哨，吼叫道：

“我要向主教大人告发！”

病床都像棺材，鼻子朝天躺着的病人都像死麻雀。黄色的墙壁摇摇晃晃，天花板弯得像船帆，地板颤颤悠悠，一排排的病床，一会儿并在一起，一会儿又分开来，一切都毫无希望，令人厌恶。窗外的枯树枝伸展着，犹如打人用的树条，好像谁在摇动它们。

一个棕红色头发的瘦小的病人，在门口蹦跳着，短小的两手撕扯着自己的白色殓衣，尖声叫喊：

“我不要这帮疯子！”

而架双拐的人冲着他的脑袋大喊道：

“我要向主——教——大人——告发……”

外公、外婆和其他人常常说，医院是折磨人的地方。我想我这条命算是完了。一个戴眼镜的女人，也穿着白色的殓衣，来到我跟前，在我床头一块黑板上写了些什么，粉笔断了，粉笔末落在我头上。

“你叫什么名字？”她问道。

“什么都不叫。”

“你有名字吗？”

“没有。”

“哎，别胡闹，会挨打的！”

她不说，我也确信我会挨打的，所以我干脆就不回答她。她像猫一样嗤了一下鼻子，又像猫一样悄无声息地离开了。

挂在天花板下面的两盏灯，宛如一双忧伤的眼睛，燃着黄色的火苗，摇曳不定，极力想靠在一起，照得人眼花目眩，心里烦乱。

不知是谁在屋角那边说：

“来打牌吧？”

“我没有手怎么打呀？”

“啊哈，你被截掉了一只手！”

我立刻明白了：原来那人因为打牌，手被截去了。那么在把我折磨死之前，他们会怎样对待我呢？

我感到两只手灼痛和跳痛，好像有人把手骨抽掉了似的。由于害怕和疼痛，我小声哭起来。为了不让人看见我流泪，我闭上了眼睛，可是泪水微微掀起眼睑，顺着太阳穴流下来，滴在耳朵上。

夜间，大家都躺在床上，盖着灰不溜丢的被子，四周渐渐静寂下来，只听见角落里有人嘟哝说：

“不会有什么结果，男的是贱货，女的也是贱货……”

我本想给外婆写封信，让她快来，趁我还活着，把我从医院里偷偷带走，可是手动弹不了，没法写，再说也没有纸。我想试试看——能不能从这里悄悄溜走呢？

夜色深沉，好像天永远不会再亮了。我轻轻下了地，走到门口，门半掩着。在走廊里的灯光下，一张有靠背的长木椅上戳着一个人，喷着烟，满头白发乱蓬蓬的，用凹陷的黑眼睛盯着我。我没来得及躲开。

“谁在走动？过来！”

声音很轻，并不可怕。我走过去，看了看那张满是短络腮胡子的圆脸——头发较长，泛着银光，四下里支棱着。他的腰间挂着一串钥匙。如果他的胡子和头发再长一些，他就跟使徒彼得一模一样了。

“这是烫坏的手吗？你夜里起来瞎逛什么？根据哪条规定？”

他把烟喷到我的胸上和脸上，用一只热乎乎的手搂住我的脖子，把我拉到他跟前。

“怕吗？”

“怕！”

“到这里来的人，开头都害怕。其实没什么可怕的，尤其是跟我在一起——我绝不欺侮任何人……想抽烟吗？嗯，别抽。这对你还早，再过两三年……你的父母在哪儿？没有父母！嗯，没有也没关系——没有他们也能生活，你可千万别胆怯！明白了吗？”

我已经好久没见到用这么明白易懂的语言，这样随和、友好地跟我说话的人了。听了这番话，我心里有一种说不出的高兴。

当他送我到床前时，我请求道：

“陪我坐会儿吧！”

“行。”他答应了。

“你是什么人？”

“我？我是当兵的，一个真正的兵，高加索兵。我打过仗，可是——不打行吗？兵就是打仗的。我打过匈牙利人、切尔克斯人、波兰人[1]——跟很多人打过仗！小老弟，打仗就是胡闹！”

我闭了一会儿眼睛，当我睁开时，穿着黑衣服的外婆正坐在那个士兵坐过的地方，而他却站在外婆身边，说：

“全都死了，真的吗？”

病房里阳光灿烂，一切都染成了金色，时隐时现，好像小孩子淘气似的。

外婆向我俯下身来，问道：

“你哪儿不舒服，亲爱的？被打坏了吗？我已经对他——那个棕红头发的魔鬼——说过了……”

“我这就去办手续。”当兵的一边说，一边往外走。外婆却擦着脸上的泪说：

“这个当兵的原来是我们的老乡……”

我始终觉得我在做梦，所以一直没有说话。医生来了，给我包扎了烫伤处。于是，我和外婆离开医院，坐上马车，走在城里的大街上。外婆说：

“我们家的老爷子简直发疯了，吝啬得叫人恶心！前不久，他的一个新朋友，熟皮匠‘马鞭子’把夹在《诗篇》[2]中的一百卢布偷走了。这叫什么事啊——唉！”

阳光明亮地照耀着，云朵像一只只白色的鸟儿在空中飘动，我们走到伏尔加河上的小木桥上，冰咔嚓咔嚓地响着，向上鼓起来。在小桥的薄木板下边，河水发出哗啦哗啦的响声。在集市大教堂厚实的红屋顶上，金十字架闪闪发光。迎面走来一个宽脸膛的妇女，手里拿着一大把缎子般柔软的柳条——春天来了，复活节快到了。

---

① 这是一个在沙俄军队服役25年的老兵。他此处指的是高加索战争，沙俄军队对1848年匈牙利革命和1863年波兰起义的镇压。

② 《圣经》中的一卷，共收入150篇赞美诗。见《圣经·诗歌·智慧书·诗篇》。

我的心像云雀跳跃似的颤动起来。

“我喜欢你，外婆！”

这并没有使她感到惊奇，她平静地对我说：

“因为你是我的亲人嘛，不是我夸口，连外人也都喜欢我呢，感谢圣母！”

她微笑着补充说：

“瞧，圣母高兴的日子快到了，他的儿子要复活了！可是瓦留莎，我的女儿……”

说完，她不再作声了。

二

外公在院子里碰见了我——他正跪在地上，用斧子砍木楔子。他微微举起斧子，好像要向我头上扔过来似的，然后摘下帽子，讽刺地说：

“您好，老爷大人！您退休了？好啊，往后您就赋闲享福吧，真是的！唉，您呀……”

“得了，得了。”外婆急忙说，一边不耐烦地挥手叫他走开。她走进屋里，烧上茶炊，说道：

“现在你外公可是彻底破产了。剩下那点儿钱，他都给了教子尼古拉贷出去了，大概连字据都没向他要。我真不知道他们是怎么弄的——他破产了，没有钱了。这都是因为我们没有帮助穷人，没有怜悯不幸的人。上帝一定想过：我为什么要把好处都给了卡希林家呢？他就这么一想，便把所有的东西都收回去了……”

她回头望了一眼，说：

“我仍然在努力祷告上帝发发慈悲，别太折磨老爷子了，现在我常常把自己干活挣来的那点儿钱，夜里出去布施给人家，你要是愿意，今天我们就去——我有钱……”

外公进来了，眯缝着眼睛问道：

“要吃饭了？”

“没吃你的，”外婆说，“你要是想吃，就坐下来跟我们一块儿吃，有你的一份。”

他在桌边坐下来，小声说：

“倒杯茶……”

屋子里一切照旧，只有母亲原先住过的地方凄凉地空着。还有，外公床上边的墙上贴着一张纸，上面有用大号印刷体写的题词：

唯一的救世主耶稣！愿你神圣的名字，伴我一生中的每时每刻！

“这是谁写的？”

外公没有回答。过了一会儿，外婆笑着说：

“这张纸花了一百卢布呢！”

“不关你的事！”外公叫喊道，“我还要把所有的东西都送人呢！”

“没什么可送的了，有东西的时候你倒没送过。”外婆平静地说。

“住口！”外公突然尖叫了一声。

房子里一切都井然有序，一切都是老样子。

科利亚[①]睡在屋角大箱子上装内衣的篮子里，这时他醒了，朝我这边望着，眼睑下边隐约可以看见两条蓝色眼缝。他变得更加苍白、衰弱、消瘦。他没有认出我，默默地转过身，闭上眼睛。

外面有许多坏消息等着我：维亚希尔死了，他是在复活节前的一周“被风车轧死”的，哈比到城里去谋生了，雅兹失去双腿，不能出来玩了。黑眼睛的科斯特罗马告诉我这些消息后，生气地说：

“小伙伴们一个接一个地死去了！”

“不就是维亚希尔一个人死了吗？”

“反正都一样，谁不在街上，谁就跟死了一样。刚刚交上朋友，

① 高尔基同母异父的弟弟。

混熟了，要么被送去干活，要么死了。你们院子里切斯诺科夫那边，新搬来一家，姓叶夫谢延科。他们家有个男孩，叫纽什卡，人不错，挺机灵！他有两个妹妹，一个妹妹还小，另一个是瘸子，拄着拐，长得倒挺漂亮。”

他想了想，补充说：

“小老弟，我和丘尔卡都爱上了她，我们老是吵架！”

“跟她吵吗？”

“干吗跟她吵？是我和丘尔卡吵架，我们很少跟她吵！”

当然，我知道，那些大小伙子，甚至大人都会发生爱情，我也知道发生爱情的粗俗含义。我心里很不舒畅，觉得科斯特罗马挺可怜，看着他那笨拙的身体和气愤的眼睛真叫人难堪。

当天晚上我就见到了那个瘸姑娘。她下台阶到院子里时，不小心把拐杖弄掉了，她那两只白净的手抓住栏杆，孤立无助地站在台阶上，她是那么瘦小孱弱。我真想帮她把拐杖捡起来，但是扎着绷带的手活动不便，我忙活了好半天，都没有成功。她却站得比我高，轻声笑起来：

“你的手怎么了？”

“烫伤了。”

“瞧，我是瘸子。你住在这个院子里吗？在医院里住了很久吗？我可在医院里住过好长一段时间呢！”

她叹了口气，补充说：

“好长好长时间呢！”

她穿一件带天蓝色马蹄花纹的白色连衣裙，虽然破旧，但是很干净，头发梳得很光，编成一根又粗又短的发辫，垂在胸前。她有一双大眼睛，神情严肃，安详的眸子深处闪着蔚蓝的光，这使她那瘦削的翘鼻子的面庞显得神采奕奕。她快活地微笑着，可是我不喜欢她。她那整个病态的外貌似乎在说：

“请别碰我！”

伙伴们怎么会爱上她呢？

“我病了好久啦，”她心甘情愿地说着，好像夸耀似的，“女邻居对我施了魔法，她跟我妈妈吵架了，为了报复，就对我施了魔法……医院里可怕吗？”

“是的……”

跟她在一起很尴尬，我回屋里去了。

大约半夜的时候，外婆疼爱地把我叫醒。

“怎么样，我们去吧？为人们做点事——手会好得更快些……”

外婆拉住我的手，像牵瞎子似的领着我在黑暗中走着。夜黑暗而潮湿，风呼呼地刮着，犹如河水奔流，冰冷的沙子打在脚上。外婆小心翼翼地走到一片贫民小屋黑洞洞的窗前，画三次十字，在每个窗台上放上一枚五戈比的铜币和三个小甜面包，然后再画一个十字，望着没有星星的天空，小声说：

“至高无上的圣母啊，救助人们吧！在你的面前，我们都是罪人，圣母啊！”

我们走得离家越远，四周就显得越加幽静。夜晚漆黑，天空深邃得像个无底洞，仿佛把月亮和星星永远隐没起来。不知从什么地方倏地蹿出一只狗，停在我们对面，汪汪地吠叫着。它的眼睛在黑暗中发光，我胆怯地紧靠着外婆。

“别怕，”她说，“不过是一只狗，现在不是魔鬼得意的时候，它的时候已经过去了。公鸡都开始打鸣了！”

外婆叫狗过来，抚摩了它一阵，劝告说：

“小狗啊，你要当心，可别吓着我的小外孙！”

狗在我腿上偎依了一阵，我们三个一起往前走去。外婆第十二次走到窗下，把施舍物轻轻放在窗台上。天开始亮了，一座座灰色的房屋从黑暗中显现出来，像糖一样洁白的纳波尔教堂的钟楼矗立着；墓地上的砖围墙残缺不全，像破烂的粗席一样。

“老太婆累了，”外婆说，“该回家了！明天，婆娘们醒来一看，哈，圣母娘娘给她们的孩子送来吃的了！没吃没喝的时候，就这么一点点东西，也会管用的！哈——哈——哈，阿廖沙，人们生活得很贫穷，可没有人去关心他们！

富人不想上帝
也不管最后审判
穷人不是他的朋友和兄弟
他只顾搜刮黄金——
这黄金正是地狱的柴薪！

“这话说得多好！人们应该彼此友好，上帝对所有的人都是一视同仁的！我真高兴，你又跟我在一起了……”

我也很高兴，朦朦胧胧觉得，我跟永远不能忘却的东西结合在一起了。那只长着狐狸脸和一双善良的负疚的眼睛的棕毛狗，在我身边转来转去。

“它要跟我们一块儿住吗？”

“那有什么？要是它愿意，就让它住吧。我来喂它一个小甜面包，还剩下两个呢。我们在长凳上坐一会儿吧，我好像累了……”

我们在大门口的长凳上坐下来，狗卧在我们脚边，啃着干硬的小甜面包。外婆说：

“这里住着一个犹太女人，她有九个孩子，一个比一个小。我问她：‘你怎么过活呀，莫谢夫娜？’她说：‘靠上帝保佑——还能指望谁呢？'”

我靠着外婆暖和的身子，睡着了。

生活重又一天天地飞逝而去，源源不断的感想每天都给我的心灵带来新的东西，使我兴奋，使我担心，使我生气，使我思索。

不久，我也千方百计地寻找机会，想常常见到那个瘸姑娘，跟她说说话或者默默地跟她在大门口的长凳上坐一坐，只要跟她在一起，就是一句话不说，也令人感到快活。她就像柳莺一样清纯秀丽，而且讲起顿河哥萨克的生活来，是那样优美动听。她叔叔在那边炼油厂当机械师，她曾在他家住过很长一段时间。后来，她当钳工的父亲举家搬到了下诺夫哥罗德。

“我还有个二叔，在皇上身边当差。”

每逢节日的晚上，街上的居民都“出门”去了，小伙子和姑娘们到墓地去跳环舞，男人们下酒馆，留在家里的都是女人和孩子。婆娘们很随便地坐在大门口的沙地上或长凳上，叽叽喳喳地嚷嚷着，争吵着，东拉西扯地闲聊。孩子们打棒球，玩击木游戏和“脱靶”游戏，母亲们看着他们玩耍，夸奖那些机灵的游戏好手，嘲笑那些不高明的。吵闹喧哗声震耳欲聋，欢声笑语令人难忘。“大人们”的参与和关注，给每一项游戏都增添了一份特别的活跃气氛，使角逐更加激烈，我们这些小孩子感到格外兴奋。可是，无论我们三个——科斯特罗马、丘尔卡和我——怎样专心致志做游戏，结果还是有人突然跑到那个瘸姑娘面前自吹自擂。

“看见了吗，柳德米拉？我一下子把五个木棒全部打出了圈！”

她温柔地微笑着，连连点头。

早先，不管玩什么，我们三个总在一起，现在我发现，丘尔卡和科斯特罗马老是各为一方，彼此进行机智和力量的较量，经常弄得哭鼻子、打架。有一次，他们俩打得不可开交，结果大人出面干涉，像对付狗咬架一样，用水泼他们。

柳德米拉坐在长凳上，那只没有毛病的脚踩在地上，他们两个滚打到她跟前时，她用拐杖推开他们，胆怯地大声喊：

“别打啦！”

她的脸色苍白得发青，眼睛黯淡无光，像歇斯底里病患者那样翻了一下白眼。

又一次，玩击木游戏时，科斯特罗马输给了丘尔卡，便躲在食品杂货店门口的燕麦柜后边，蹲下身子，悄悄哭起来。他紧咬着牙，颧骨突出，瘦削的脸变得呆板无神，大颗大颗的泪珠从他那忧郁的黑眼睛里簌簌滚落下来。那样子有点吓人。我去安慰他，他唏嘘着低声说：

“等着瞧……我要用砖头砸碎他的脑瓜……瞧着吧！”

丘尔卡骄傲起来，帽子歪戴着，两手插在口袋里，像到了婚龄的青年那样，在街心溜达。他学会了从牙缝里往外滋口水，一副放荡不羁的样子，还许诺说：

“我很快就要学会抽烟了。我已经试着抽过两回了，可是觉得挺恶心。”

这一切我都不喜欢。我明白我正在失去一个伙伴，并且认为，这一切都是柳德米拉造成的。

有一天晚上，我正在院子里清理捡来的骨头、碎布和各种破烂，柳德米拉摇摇晃晃，挥动着右手，走到我跟前。

“你好，”她点了三下头，说道，“科斯特罗马跟你一起玩了吗？”

“是的。”

“丘尔卡呢？”

“丘尔卡跟我们翻脸了。这都是你的错，他们都爱上了你，所以才打架……”

她脸红了，但却嘲弄地回答说：

“岂有此理！我有什么错？”

“你为什么叫他们爱上你？”

“我可没有请他们爱我！”她气愤地说，然后走开了，嘴里说着，“这统统是蠢话！我比他们大，我十四岁了。他们不会爱上岁数大的姑娘的……”

“你懂什么！”我想气气她，大声说道，“瞧那个女掌柜，‘马鞭子’的妹妹，一个地道的老太婆，还整天跟小伙子们在一起鬼混呢！”

柳德米拉向我转过身来，把拐杖深深地杵进院子里的沙土里。

“你才什么都不懂呢，”她含着眼泪急急忙忙地说，然而那双可爱的眼睛发出美丽的光辉，“女掌柜是个放荡女人，难道我也是那种人吗？我还小，谁都不许碰我招我，而且……你还是先去读读《堪察加女人》①这部小说吧，看看第二部，然后再来开口！”

她啜泣着走开了。我可怜起她来——她的话里有一种我所不知道的真理。我的伙伴为什么要挑逗她？并且还说——爱上了她……

第二天，为了在柳德米拉面前赎罪，我买了两戈比的麦芽糖，我知道这是她喜欢吃的。

“想吃吗？”

她假装生气地说：

“走开，我不跟你好！”

可是她马上把糖接过去，责备我：

“用纸包起来多好——手那么脏。”

① 一位被遗忘的俄国作家卡拉什尼科夫的长篇小说。

“我洗了，怎么也洗不干净。”

她用自己干瘦而热乎的手，拉住我的手看了看。

“怎么弄成这样……”

“你的手指也扎坏了……”

“这是针扎的，我常做针线活儿……”

过了几分钟，她环顾着四周对我说：

“听我说，我们躲在一个什么地方，读《堪察加女人》，你愿意吗？”

我们寻找了好半天躲藏的地方，哪里都不合适。后来决定溜进澡堂更衣间，那里光线暗淡，但可以坐在窗前——窗户正对着板棚和隔壁屠宰场之间一个肮脏的拐角，人们很少朝那边张望。

她侧身坐在窗前，把那条患病的瘸腿伸在长凳上，一条好腿耷拉在地板上。她捧着翻烂的书，挡住脸，激动地念着一连串难懂和枯燥的句子，我很着急。我坐在地板上，看见她那双严肃的眼睛犹如两束蔚蓝色的火光，在书页上依次移动着。有时，她满眼含泪，声音颤抖，很快地读着那些组合在一起的令人费解的生僻词句。但是我抓住这些词句，努力想把它们改编成诗。这样一来，反倒大大影响了我去理解书上讲的内容。

狗在我膝头上打盹儿，我给它取名叫“快风”，因为它个头高大，毛厚密而蓬松，跑得飞快，发出唔唔的叫声，像秋风呜呜地刮着烟囱一样。

“你在听我念吗？”小姑娘问。

我默默点着头。杂乱纷繁的句子使我受到激励，我千方百计想把它们换一种形式排列起来，使它们像歌曲中优美的歌词那样充满活力，像天空中的星星那样闪烁发光。这个愿望使我无法平静。

天开始黑了，柳德米拉放下拿着书的发白的手，问：

“挺好，不是吗？你看……”

从这天傍晚起，我们常常待在澡堂的更衣间里。不久，柳德米拉就不再读《堪察加女人》了，这正合我的心意。因为我无法回答她，这部冗长的书里到底讲的是什么。之所以说冗长，是因为第二部（我们刚开始读）之后还有第三部，而且她告诉我，还有第四部。

碰到阴雨天，我们特别高兴。如果星期六不是阴雨天，就会把澡堂烧暖。

外边下着大雨，没有人出来，没有人朝我们这黑咕隆咚的角落张望。柳德米拉非常害怕“被人碰见”。

“你知道，那时人们会怎么想呢？”她低声问道。

我知道，并且也担心“被人碰见”。我们一待就是好几个钟头，聊着天。有时候，我讲外婆给我讲的童话，柳德米拉却讲熊河哥萨克的生活。

“哦，那里多好啊！”她感叹说，“这里算什么？穷得叮当响……”

我决心长大以后，一定要到熊河去看看。

不久，我们不再去澡堂更衣间了。柳德米拉的母亲在一个熟皮匠那里找到一份工作，一大早就出门，小妹妹上学，哥哥在瓷砖厂做工。阴雨天的时候，我就到她家去，帮她做饭，打扫屋子和厨房。她笑着说：

“我们就像夫妻一样，只是不睡在一起。我们甚至比夫妻过得还和美，人家丈夫都不帮自己妻子干活……”

要是我有钱，我会买来甜食，我们一起喝茶，然后用凉水把茶炊浸凉，不让好大喊大叫的柳德米拉的母亲知道。有时候，外婆也过来，坐着织花边或者刺绣，给我们讲动听的故事。外公进城去的时候，柳德米拉就偷偷到我们家来，于是我们开心地大吃一顿。

外婆说：

“哎呀，我们过得多好啊！自己挣钱——想干什么就干什么！”

外婆常常夸奖我们俩的友谊。

“男孩跟女孩相好是件好事！只是不能胡闹……”

于是，外婆用简单明了的话给我们解释什么叫作“胡闹”。她讲得很美，表现出一种高尚的思想境界，所以我深深懂得了，花儿没有开是不能采的，否则就没有芳香，也不会结出果实。

我不想“胡闹”，但这并没有妨碍我和柳德米拉谈一般都不谈的事情。当然，必要时我们才谈，因为我们看到人们那种粗野的两性关系太多太令人讨厌，对我们简直是一种侮辱。

柳德米拉的父亲是个四十岁左右的美男子，长着一头鬈发，留着髭须，两道浓眉微微挑动着，显出一副春风得意的样子。他沉默寡言，话少得出奇，我不记得他说过一句话。当他逗孩子的时候，像哑巴一样，发出含混不清的呜噜声，甚至他打妻子时也一句话不说。

每逢节日的晚上，他穿上天蓝色的衬衫、波里斯绒灯笼裤和擦得油光锃亮的长筒皮靴，背上大手风琴，来到大门口，像个“上岗”的哨兵站在那里。大门前的游园会立刻开始了：姑娘媳妇们一个个像鸭子似的摇摇摆摆走来，有的羞羞答答地对他偷眼相觑，有的公然用贪婪的目光盯着他。而他站在那里，噘着下嘴唇，睁大黑眼睛，用挑选的目光扫视着所有的女人。在这种无言的目光交流中，在这种女人一走到男人跟前就掉了魂似的拔不动腿、注定不干好事的轻佻举止中，有一种下作的令人作呕的兽性，好像她们当中的任何一个女人，只消男人对她下命令似的眨一下眼睛，就会乖乖地像死人一样躺倒在肮脏的大街上。

“打扮得妖里妖气的公山羊，不要脸的东西！”柳德米拉的母亲骂道。她细高个儿，瘦长脸，脸上毫无光润。害过伤寒病以后，她把头发剪短了，像一把用旧的笤帚。

柳德米拉跟母亲坐在一起。为了把母亲的注意力从街上引开，她老是问这问那，但都徒劳无益。

“烦死人啦，讨厌鬼，倒霉的废物！”母亲嘟哝说，一边忧心忡忡地眨着眼睛，她那细窄的蒙古人的眼睛突然奇怪地一亮，便呆滞不动了——只要她一看到什么，就死死盯住不放。

“你别生气，妈妈，生气也没用，”柳德米拉说，“你看，席铺老板娘打扮得多漂亮呀！”

“要是没有你们三个，我会打扮得更漂亮，你们把我吃光了，啃光了。”母亲冷酷无情地，好像流着眼泪说，一边盯着身宽体胖的席铺寡妇老板娘。

她像一座小房子，胸脯大得像门廊一样往外凸鼓出来。一张似乎被切平的红脸蒙着绿头巾，仿佛是正午的窗玻璃上映出太阳的天窗。

叶夫谢延科把手风琴挎在胸前，那令人心旷神怡的悠扬琴声传得很远，整条街上的孩子都跑来了，个个欣喜万分，挤在演奏者跟前，站在沙土地上，屏声息气地听着。

“等着吧，会有人拧下你的脑瓜的。”叶夫谢延科的妻子对丈夫说。

他没有说话，斜眼看着她。

席铺老板娘像块石头似的，一屁股坐在不远处的“马鞭子”家铺子门前的长凳上，歪着脑袋，听着演奏，兴奋得满脸通红。

墓地后面的田野上空，映着通红的晚霞。衣着华丽的大人们在街上走来走去，犹如在河面上游动；孩子们旋风似的转来转去，温暖的空气沁人心脾，令人陶醉。白天晒热的沙土散发出一股刺鼻的难闻气味，特别是屠宰场那种发甜的油腻味——血腥味，从那些熟皮匠家的院子里发出一股又臭又咸的皮板味。婆娘们的说话声、男人们醉酒的狂喊乱叫、孩子们清脆响亮的喧嚷、手风琴的低唱，这一切混合成一片低沉的嗡嗡声，孜孜不倦地创造世界万物的大地发出强劲的叹息。这一切都是粗鲁的，赤裸裸的，使人对这种肮脏的、无耻的肉欲生活产生一种强大而坚定的信赖感。这种生活一边在显示自己的力量，一边在苦闷而紧张地寻找地方去发泄。

有时，从喧闹中听到一些特别令人不快的话语，使人永志难忘，刻骨铭心。

“大家不能同时打一个人——要挨着个儿来……”

“如果我们自己不怜惜自己，谁还会怜惜我们呢……”

“难道上帝生出女人来，就是为了给人开心取乐的吗？”

夜逼近了，空气变得清新了，喧嚣渐渐静息下来，木房子在胀大、增高，笼罩在阴影中。孩子们被拉回家去睡觉，有的就躺在板墙下边或母亲的腿旁和腿上睡着了。一到晚上，孩子们就变得比较安静温顺。叶夫谢延科悄悄地消失不见了，仿佛融化了似的。席铺老板娘也不见了，远处的墓地那边响着低沉的琴声。柳德米拉的母亲坐在长凳上，像猫一样弯着身子，弓起背。外婆到女邻居家喝茶去了。那娘儿们是个接生婆和拉皮条的，瘦高个儿，青筋嶙嶙的，长着一个扁平鼻子，像男人一样平板的胸前挂着“救生”金质奖章。街上的人都怕她，认为她是巫婆。据说，在一次火灾中，她把一个上校的三个孩子和他患病的妻子从大火里救出来了。

外婆跟她很要好。在街上碰见时，离老远两人就微笑着打招呼，好像心里特别高兴似的。

科斯特罗马、柳德米拉和我坐在大门口的长凳上；丘尔卡把柳德米拉的哥哥叫出来，两人进行摔跤比赛——他们扭抱在一起，在沙地上来回转，弄得尘土飞扬。

“住手！”柳德米拉胆怯地请求道。

科斯特罗马用黑眼睛瞟了她一下，讲着猎人卡里宁的故事。那是个白发小老头儿，长着一双狡黠的眼睛，名声很臭，整个村镇的人都认识他。他不久前死了，但没有把他葬在墓地的沙地上，而是把棺材停放在其他坟墓旁边的地上。棺材是黑色的，架腿很高，棺盖上用白色颜料画着一个十字架、一支矛、一根手杖和两根骨头。

每天夜晚，天刚擦黑，老头儿就从棺材里爬出来，在墓地上到处转悠，寻找什么东西，一直到鸡叫头遍。

“别讲吓人的故事！”柳德米拉央求说。

“放开！”丘尔卡喊道，一边从她哥哥怀里挣脱出来，并且嘲笑地对科斯特罗马说，“你胡扯什么呀？我亲眼看见棺材入葬了，地上面停放的是空棺材，作墓碑用的……至于说死人夜间出来溜达，这纯粹是那帮喝醉酒的铁匠胡诌瞎编的……”

科斯特罗马连看都不看他一眼，生气地说：

“那你就到墓地上去过一夜！”

他们争论起来，柳德米拉闷闷不乐地摇着头，问：

“妈妈，死人是在夜间出来吗？”

“是在夜间出来。”母亲重复了一遍，那声音仿佛是从远处传来的回声。

席铺老板娘的儿子来了，他叫瓦廖克，二十来岁，红脸膛，胖墩墩的。他听了我们的争论，说：

“你们三个当中，不管是谁，只要敢在棺材上睡一夜，我就给二十戈比和十支烟卷，谁要是胆小，我就揪谁的耳朵，想揪几下，随我高兴，怎么样？”

大家犹豫不决，都不说话了。柳德米拉的母亲这时说道：

“净说蠢话！怎么能怂恿孩子们干这种事……”

“你要是肯给一个卢布，我就敢去！”丘尔卡脸色阴沉地说。

科斯特罗马立刻恶毒地问：“那么给二十戈比，你就胆小了吗？”

接着对瓦廖克说：“你就给一个卢布，他也不会去，他就会吹牛……”

“好吧，就给你一个卢布！”

丘尔卡从地上站起来，一言不发地、不急不忙地溜着墙根走开了。科斯特罗马把手指塞进嘴里，刺耳地冲他背影吹了一声口哨。柳德米拉惶惶不安地说：

“哎呀，天哪，真是个吹牛大王……这是何苦呢！”

“你们算什么东西，一帮胆小鬼！”瓦廖克冷嘲热讽地说，“还当自己是街上首屈一指的斗士呢，猫崽子……”

听他这样挖苦嘲弄，我心里很难过。我们都不喜欢这个肥胖的家伙，他常常教唆孩子们恶作剧，讲姑娘和女人淫秽的流言蜚语给他们听，还教唆孩子们去戏弄她们。孩子们听了他的话，结果受到严厉的惩罚。不知为什么，他恨我的狗，老是用石块砸它。有一次，他把一个缝衣针插在面包里给它吃。

但是，看见丘尔卡蜷缩着身子，羞辱地离去的样子，更加使人气恼。

我对瓦廖克说：

“给我一个卢布，我去……”

他一边嘲笑我，吓唬我，一边把卢布交给叶夫谢延科的妻子，但那女人正颜厉色地说：

“我不干，我不要！”

说完，她气冲冲地走了。柳德米拉也没有要这张卢布。这使瓦廖克的嘲笑更加嚣张了。我已经不打算向那小子要钱，要走了。这时外婆正好走过来，知道了事情的原委后，便把卢布收起来，心平气和地对我说：

“穿上大衣，带上被子，要不天亮之前会冷的……”

她的话给了我希望，就是说，我绝不会碰到任何可怕的事情。

瓦廖克提出的条件是，我必须在棺材上或躺或坐到天亮，不管发生什么事，即使卡里宁老头儿从墓穴里爬出来，棺材开始摇晃，也不许下来。如果跳下来，就算输了。

“你要当心，”瓦廖克事先警告说，“我会整夜盯着你的！”

当我要去墓地的时候，外婆给我画了十字，嘱咐说：

“万一瞧见什么，你可别动，只要念圣母保佑就行了……”

我疾步走着，想把这一切尽快开始，尽快结束。瓦廖克、科斯特罗马和其他几个人跟着我。我翻过砖围墙时，被子绊了我一下，摔倒了，我倏地跳起来，好像被沙子弹起来似的。他们在围墙外边哈哈大笑。我心里一阵发紧，背上掠过一股令人厌恶的寒气。

我趺趺撞撞地来到黑棺材跟前。棺材的一头埋进沙里，另一头露出又矮又粗的棺材腿，好像曾经有人试图把它抬高一些，结果弄歪了。我坐在棺材的边上，向四周环顾了一眼：高低不平的墓地上密密麻麻地排着灰色十字架，投下一个个摇曳不定的影子，环绕在杂草丛生的坟丘上。在一排排的十字架当中，我辨不清方向，有的地方疏疏落落长着细细的小白桦，树枝把那些分散的坟茔联结起来。透过花边似的阴影，看得见直撅撅的草茎——这些灰不溜丢的草丛令人毛骨悚然！教堂宛若一个大雪堆，高耸云天，一轮仿佛溶化了的小月亮在凝滞的云彩间闪闪发光。

雅兹的父亲——绰号叫“饭桶”——正在更楼上懒洋洋地敲钟。他每拉一下绳子，都碰到更楼顶上的铁皮，发出一阵如怨似泣的嘎吱声，然后传来干巴巴的钟声——声音短促而凄凉。

“千万可别失眠。”我想起守夜人的口头语。

真瘆人。不知为什么，我感到气闷，浑身冒汗，虽然夜晚是寒冷的。万一卡里宁老头儿真的从坟墓里出来，我来得及跑到更楼上去吗？

墓地我十分熟悉。我跟雅兹和其他几个伙伴在墓群之间玩过好多次。母亲就安葬在那边，教堂附近……

四周还没有完全安静下来，村镇那边传来阵阵笑声和时断时续的歌声。山丘上的露天铁路采砂场上或是卡特佐夫卡村那边，手风琴作响，醉醺醺的铁匠米亚乔夫在围墙外边走动，哼着歌——我一听歌，就知道是他。

我们的妈妈，
罪孽并不大——
她谁也不爱，
只爱我们的爸
……

听到生命的最后叹息是令人愉快的，可是钟声每响一下，周围就越加沉寂。幽静恰似漫入草地的河水，在淹没一切，遮盖一切。灵魂在这茫茫无边的辽阔天际游荡并渐渐消失，犹如黑暗中火柴的光亮熄灭一样，在这无限浩瀚的长空中消失得无踪无影，只有那充满活力的不可企及的星星在闪烁，而大地上的一切都隐没了，用不着了，消亡了。

我用被子裹住身子，蜷起双腿，坐在棺材上，脸冲着教堂，我稍微一动弹，棺材便嘎吱作响，下边的沙子也发出沙沙声。

不知什么东西从我身后打在地上，一次，两次，接着一块砖头落在我跟前——真可怕。

但我立刻猜到，这是围墙外边瓦廖克一伙人干的——想吓唬我。但是我知道附近还有人，心里觉得好多了。

我不由得想起了母亲……有一次，她碰见我抽烟，动手打我，我却说：

“别碰我，我本来就挺难受，觉得非常恶心……”

后来，她罚我坐在炉子后边，对外婆说：

“这是个冷漠无情的孩子，对谁都不爱……”

听了这话，我很难过。每次母亲处罚我时，我都可怜她，替她不好意思：她对我的处罚经常是不公正的，很少是以罪论处的。

总之，生活中的不平之事太多了，就说围墙外面这帮家伙吧——他们明明知道我一个人在墓地上提心吊胆，却偏偏还要来吓唬我。

这究竟是为什么？

我真想对他们大喊一声：

“见鬼去吧！”

但这样做有危险，谁知道鬼会怎样对待这事呢？说不定它就在附近什么地方呢。

沙子里有许多云母石碎片，在月光下暗淡地闪耀，这使我想起一件事：有一次，我躺在奥卡河上的木筏上，望着河水。倏忽，一条小欧鳊鱼浮出水面，几乎挨到了我脸上，它转过身去，侧面真像人的面颊，然后用一只小鸟般的圆眼睛望了我一下，潜入水中，宛如一片飘落的槭树叶，摇摇摆摆地向深处游去。

回忆越来越活跃，往昔生活的情景一幕幕浮现在脑海，好像要同制造恐怖的想象做一番较量。

跑来一只刺猬，坚硬的爪子扒拉着沙子。它是那么小，乱蓬蓬的硬刺支棱着，很像家神。

我想起外婆蹲在火炉前说的话：

“好心的家神爷啊，快把蟑螂消灭掉吧……”

远处，在我目力不及的城市上空，天开始亮了，早晨的寒气袭人面颊，眼睛困得睁不开。我索性用被子蒙住脑袋，身子缩成一团——听其自然吧！

外婆把我叫醒了——她站在我身边，一面拉开被子，一面说：

“起来吧！没冻坏吧？喏，怎么样，害怕吗？”

“害怕，你可别对任何人讲，别告诉那帮小子！”

“为什么不许说呢？”她惊讶地问，“要是不可怕的话，那就没什么可夸口的了……”

回家的路上，外婆爱抚地对我说：

“一切都要亲身去体验，亲爱的，一切都要亲自去了解……自己不学，谁都教不会……”

傍晚，我成了街上的“英雄”，大家都来问我：

“你真的不害怕吗？”

当我说“害怕”时，他们却摇晃着脑袋，大声叫喊道：

“啊哈！你看是吧！”

席铺老板娘高声地、深信不疑地声明：

“可见，说卡里宁出来的事，纯属瞎扯。要是他出来过，难道会被一个小孩子吓住吗？那他还不得把小孩子从墓地上轰到不知什么地方去呢。”

柳德米拉怀着温柔的惊诧望着我，当时外公也在场，看来，他对我也是满意的，一直得意地微笑着。只有丘尔卡愁眉苦脸地说：

“他倒是轻松，他外婆就是巫婆！”

三

弟弟科利亚像一颗小小的晨星，无声无息地陨落了。外婆、他和我睡在小板棚里的劈柴上，上面铺着各种破布。我们旁边，是用毛板隔成的漏缝的墙，隔壁是东家的鸡窝。一到晚上，我们就听见吃饱的鸡睡觉时拍打着翅膀，咯咯地叫唤。早上，金黄色的大公鸡高声啼叫，把我们吵醒。

“啊，掐死你才好呢！”外婆醒来时嘟哝说。

我已经睡醒了，观察着从柴棚缝隙里射到我床上的阳光。光线中飞舞着一粒粒银白色的尘埃，这好像是童话里的景象。老鼠在柴堆里弄得沙沙作响，翅膀上长着黑点的红甲虫到处乱爬。

有时候，为了躲开令人窒息的鸡粪的恶臭，我就从柴棚里出来，攀到屋顶上，观望屋里醒来的人，他们个个圆滚滚的，好像在睡眠中发胖了，胖得连眼睛都看不见了。船夫费尔马诺夫——一个阴郁的酒鬼——从窗口探出毛发浓密的脑袋，用肿胀成一条细缝的眼睛望着太阳，像公猪一样哼哼着。外公跑到院子里，两只手抿着稀疏的棕红色头发，匆匆忙忙到澡堂去用凉水冲澡。东家那个饶舌的厨娘，长着一个尖鼻子，满脸雀斑，活像一只杜鹃，而东家本人像一只肥胖的老鸽子，而且所有的人都令人联想到鸟、牲畜和野兽。

早晨是迷人的、清新的，可是我仍感到一丝惆怅，真想到无人的野外去——我知道，人们会一如既往地把这明亮的一天弄得脏污不堪。

有一天，我正躺在房顶上，外婆把我叫下来，用头指了指自己的床铺，小声说：

“科利亚死了……”

孩子从铺着红布的枕头上落下来，躺在毡子上。身子是赤裸的，有点发青，衬衫揉搓得聚拢到脖子上，露出胀鼓鼓的肚子和满是脓疮的弯腿，两手奇怪地垫在腰下边，好像他要微微抬起身子。脑袋稍稍歪到一边。

“谢天谢地，他走了，”外婆说，一边梳头，“这病恹恹的小可怜过的是什么日子啊？”

外公像跳舞一样踏着拍子走进来，小心翼翼地用手指摸了摸孩子闭上的眼睛。外婆生气地说：

“干吗用脏手去摸他？”

他嘟嘟哝哝地说：

“你瞧，到人世上走一遭……活过了，吃过了……结果什么都不是……”

“醒醒吧。”外婆制止了他。

他瞎乎乎地瞥了外婆一眼，边走边说：

“我可没有什么东西安葬他，你自己看着办吧……”

“呸，你这可怜虫！”

我走开了，直到晚上才回家。

科利亚是在第二天早晨埋葬的。我没有去教堂。做弥撒时，我一直待在被掘开的母亲的墓前，还有狗和雅兹的父亲。他掘坟要钱不多，因此老是在我面前夸耀。

“我这是看在熟人的面子上，不然的话，至少得一个卢布呢……”

我望着发出难闻气味的黄色墓坑，看见旁边潮湿的黑木板。我稍微动一动，坟墓周围的小沙堆便纷纷塌落下来，细细的一股一股的沙土流到坑底，使两侧叠出一道道褶皱。我故意来回动弹，为的是让沙土把木板埋起来。

“别瞎闹。”雅兹的父亲说，一边抽着烟。

外婆来了，手上托着一口白色小棺材，雅兹的父亲跳进坑里，接过棺材，把它跟黑木板摆在一起，然后跳上来，开始用脚和铁锹往坑里推沙。他的烟斗冒着烟，好似一只香炉。外公和外婆也在默默地帮他干。没有神父，也没有乞丐，只有我们四个人站在这密密麻麻的十字架中。

外婆把钱给守夜人时，责怪说：

“你到底还是挪动了瓦里娅的棺材……”

“那有什么办法！就这样我还占了人家一点地皮呢。这没什么！”

外婆深深低下头，拜了坟，哽咽了一声，恸哭着走了。外公用帽檐遮住眼睛，抻抻破旧的常礼服，也跟着走了。

“把种子播在了荒地上。”他冷不丁地说了一句，好像耕地上的乌鸦一样，向前跑去。

我问外婆：

“他怎么了？”

“随他去吧！他有自己的心事。”她回答说。

天气炎热，外婆走得很吃力，脚陷进热腾腾的沙土里，她常常停下来，用手帕擦擦脸上的汗。

我鼓鼓劲，问道：

“坟墓里那个黑乎乎的东西，是母亲的棺材吗？”

“是的，”她气恼地说，“真是条蠢狗……还不到一年，瓦里娅就腐烂了！沙土不好，往里渗水。要是黏土就好了……”

“所有的人都腐烂吗？”

“所有的人。只有圣徒才不腐烂。”

“你不会腐烂！”

她停下来，整了整我头上的帽子，认真地劝告说：

“不要去想这个，用不着。听见了吗？”

可是我想：“死真叫人难过和厌恶。这可恶的东西！”

我感到非常难过。

当我们回到家时，外公已经烧好茶炊，摆好了桌子。

“喝点茶吧，天气太热，”他说，“我泡的是自己的茶叶。给大家喝的。”

他走到外婆跟前，拍了一下她的肩膀。

“怎么样，老婆子，啊？”

外婆挥了挥手。

“有什么可说的！”

“说的就是！上帝生我们的气了，一个一个都召回去了……要是一家人都活得旺旺盛盛的，像手上的五个指头在一起，那样该多好啊……”

他好久没有这样温情地、平和地说过话了。我听着他说话，期待他能平息我心头的怨恨，使我忘却那黄色的坑穴和旁边又黑又湿的碎木板。

可是，外婆厉声地制止他说：

“别说了，老爷子！这种话你说了一辈子了，可谁又从中感到过轻松呢？你一辈子吃大家的，像锈腐蚀铁一样……”

外公干咳了一声，瞥了瞥她，不说话了。

晚上，在大门口，我怀着忧伤的心情把早上见到的告诉了柳德米拉，可是这没有对她产生明显的影响。

“当孤儿倒更好。要是我的父亲和母亲都死了，我就把妹妹留给哥哥照顾，我自己进修道院，一辈子不出来。我能到哪儿去呢？瘸着腿，嫁又嫁不出，活儿又不能干。说不定将来生的孩子也会是瘸子呢……”

她说得倒是合情合理，像我们街上的那些老娘儿们。可是，大概就从那天晚上起，我对她失去了兴趣。而且，生活也发生了变化，我见到她的机会越来越少了。

弟弟死后几天，外公对我说：

“今天早点儿睡觉，明天一早我就叫你，我们到林子里去砍柴……”

“那我去采药草。”外婆说。

离村镇大约三俄里，有一片长在沼地的云杉和白桦树林。树林里到处是枯树和枯枝，一端通往奥卡河，另一端通往去莫斯科的公路，公路那边又是树林。在这片硬撅撅的软质木树林上方，高耸着一片树冠如盖的黑油油的松林——萨韦洛夫岗。

这些树林都是舒瓦洛夫伯爵的财产，但却看护不善。库纳维诺区的小市民把这片林子视为已有，经常来捡树枝，砍伐枯树，有机会时，连活树也不放过。秋天，储备过冬的柴火时，便有数十人拿着斧子，腰间缠着绳子，纷纷拥向森林。

黎明时分，我们三个人在泛着银光的落满露水的绿色田野上走着。我们的左边，即奥卡河对岸，啄木鸟山红褐色的侧面，白色的下诺夫哥罗德城的上空，在青翠的园子里的小丘上，在教堂金灿灿的圆顶上，一轮懒洋洋的俄罗斯的太阳徐徐升起。微风无精打采地从平静而浑浊的奥卡河上吹来，被露水打湿而增加了重量的金黄色毛茛随风摇曳，雪青色的风铃草悄然低垂到地面，五颜六色的蜡菊干巴巴地长在贫瘠的草根土上，人称“夜美人”的石竹绽开红艳艳的花朵……

森林犹如一支黑压压的军队，朝我们迎面开来。如翼的云杉，宛若一只只巨大的鸟儿；白桦树好像腼腆羞涩的大姑娘。田野上飘着沼地发出的酸味。狗伸出粉红色的舌头，跟着我，不时停下来，嗅一嗅，莫名其妙地摇晃着狐狸似的脑袋。

外公穿着外婆的短棉袄，戴一顶破旧的无檐帽，眯着眼，不知在冲什么发笑。他蹑手蹑脚地走着碎步，好像在行窃。外婆穿着蓝上衣，黑裙子，头上系着白头巾，她疾步如飞，麻利敏捷，很难跟得上她。

离森林越近，外公就越兴致勃勃。他不时地用鼻子大声吸气，干咳几声，起初不连贯地、含糊不清地说着，后来好像是喝醉似的，说得兴高采烈、娓娓动听：

“森林是上帝的花园。不是谁种的，是上帝的风、上帝口中的仙气吹出来的……年轻的时候，我在日古利当纤夫……唉，列克谢呀，我遭的那份罪，你是见不到了！奥卡河畔的大森林——从卡西莫夫一直延伸到穆罗姆，另一头跨过伏尔加河，延伸到乌拉尔！真是辽阔无边，巍峨壮观……”

外婆斜视着他，向我使眼色，他却一边磕磕绊绊地走，一边滔滔不绝地讲。就是这些枯燥乏味的话，永远留在了我的记忆中。

“我们拉着运油的大帆船，从萨拉托夫送往马卡里亚的集市①，有个管事叫基里洛，是普里赫人，排水工是卡西莫夫的鞑靼人，好像叫阿萨夫……当我们到达日古利时，上游的风突然劈头盖脸地刮来，我们累得精疲力竭，全身像散了架，摇摇晃晃来到岸上煮稀饭。当时正是五月，伏尔加河水汹涌澎湃，犹如白天鹅似的滚滚波浪起伏荡漾，流入里海。日古利的群山高耸云天，苍翠碧绿，春意盎然。空中白云飘动，太阳把金光洒满大地。我们在歇息、欣赏，彼此间

① 一个非常有名的集市，1817年之前，设在离下诺夫哥罗德不远的马卡利耶沃村，后来迁至下诺夫哥罗德。

变得和善起来。河面上北风呼啸，寒气逼人，岸上却温暖芳香。傍晚，我们的基里洛——一个上岁数的强横汉子——站起来，摘下帽子，说道：‘小伙子们，我不再当你们的头儿了，也不当你们的仆人了，你们各自请便吧，我要到森林里去了！’我们大为震惊，这是怎么回事？没有给老板回话的人可不行——不能群龙无首啊！这可是在伏尔加河上，就是在直路上也可能迷失方向。这家伙简直是一头发狂的野兽，有什么好可怜他的。我们都吓坏了。他却一口咬定：‘我不想再这样生活下去，不想当你们的牧人了，我要到森林里去！’我们有几个人打算揍他一顿，把他绑起来，有的人却犹豫不决，喊道：‘等等！’这时，排水工鞑靼人也叫喊道：‘我也要走！’真倒霉。鞑靼人跑了两趟船，老板还没有付给他钱，这是第三趟，已经跑了一半——在当时，这可是一大笔钱呀！我们叫啊，喊啊，一直折腾到夜里。这天晚上，有七个人离开我们，留下来的不是十六个，就是十四个。这森林可真是的！”

“他们当强盗去了吗？”

“可能当强盗，也可能当隐士。那时候，对这种事搞不大清楚……”

外婆画着十字。

“圣母啊！不论怎么想，人们都是可怜的。”

“人人都长着脑袋，天知道他鬼使神差地想干什么……”

我们踏着沼地的小草丘和枯萎的云杉林之间湿漉漉的蜿蜒小道进入森林。我仿佛觉得，走进森林永远不再出来，是件大好事，就像来自普里赫的基里洛那样。森林里，没有喋喋不休，没有打架斗殴，也没有狂喝滥饮。在那里，你将会把外公那令人厌恶的贪婪、母亲的沙土坟丘以及令人感到屈辱和沉闷无聊的一切统统抛到九霄云外。

我们来到一个干燥的地方，外婆说：

“该吃点东西了，坐下吧！”

她那柳条编的篮子里，装着黑面包、青葱、黄瓜、盐，还有用抹布包着的乳渣。外公难为情地看着这些食物，眨巴着眼睛，说：

“我什么吃的也没带，哎哟，老婆子真行……”

“够咱们吃的……”

我们席地而坐，靠在可制作桅杆的红铜色松树树干上。空气中弥漫着浓郁的松脂气味，微风从田野上吹来，木贼随风摇曳。外婆用脏兮兮的手采摘药草，给我讲着金丝桃、药慧草、车前草的医疗特性，讲着蕨菜，黏性的柳兰、千屈菜的神奇功效。

外公砍伐枯树，我本应将劈好的木柴归拢到一起，可是我却不知不觉跟在外婆后边走进一片密林。她在粗壮的树干之间轻捷地穿行，像潜水一样，把身子弯向落满针叶的地上。她边走边自言自语地说：

“又来早了——蘑菇不多！天哪，可没有善待穷人呀，对穷人来说，蘑菇就是美味佳肴！”

我默默地跟着她，十分小心，生怕被她看见，因为我不想打扰她跟上帝、药草、青蛙的谈话……

但她还是发现了我。

“你从外公那里溜掉了吧？”

于是，她一边向黑色的土地鞠躬致意（地上长满了青草，好像披着一件花衣服似的），一边说：“有一次，上帝对人们发怒了，把水泼到地上，淹没了一切生物。

“圣母事先采摘了各种种子，放在篮子里，藏了起来。然后她恳求太阳：请把整个大地都晒干吧，为此，人们将对你万古传颂！太阳果然把大地晒干了，于是她把藏起来的种子播撒在大地上。上帝一看，大地上又充满勃勃生机——青草、牲畜、人类！……他说，这是谁违抗我的意志，干出这种事来？圣母立刻向他忏悔，本来上帝看到地上光秃秃的，已经大发慈悲了。于是对她说：你做得很好！”

我喜欢这个故事，但又觉得很奇怪，便郑重其事地说：

“这是真的吗？圣母是在大洪水之后很久才出世的呀。”

这时，外婆惊讶地问：

“这是谁告诉你的？”

“在学校里，书上这么写的……”

听我这么一说，她放心了，劝我说：

“你可别听那一套，把它忘了吧，书上尽是胡说八道！”

她轻轻地、快活地笑起来。

“都是瞎编的，一群傻瓜！上帝是有的，可他没有母亲。哎哟！那他是谁生的呢？”

“不知道。”

“这倒不错，学会一个‘不知道’！”

“神父说，圣母是亚基姆和安娜生的。”

“那她叫玛利亚·亚基莫夫娜了？”

外婆生气了，站在我面前，咄咄逼人地盯着我的眼睛：

“你要是再这样想，我就狠狠揍你！”

但过了一会儿，她向我解释说：

“圣母一直都存在，她是最早的！上帝是她所生，后来……”

“那么基督是怎么来的呢？”

外婆不好意思地闭上眼睛，不说话了。

“基督嘛……是啊，是啊，怎么来的呢？”

我把外婆在上帝的秘密中弄糊涂了，我胜利了，但我并不快乐。

我们继续向森林深处走去，来到一片阳光斑驳的树荫处。森林里暖和而舒适，有一种特别的喧闹声，使人产生憧憬和遐思。交嘴雀鸣叫，山雀啼啭，杜鹃欢唱，黄鹂啾鸣，爱嫉妒的苍头燕雀一刻不停地展示着自己的歌喉，奇怪的松雀若有所思地吟唱；碧绿的青蛙在脚下蹦跳，有一条游蛇在树根之间抬起金黄色的脑袋，窥伺着它们；一只松鼠吱吱叫着，蓬松的尾巴在树枝间闪过。可看的东西的确太多了，我真想走得再远些，看得更多些。

在松树的树干之间，显现出我们投下的透明而轻飘的高大身影，消失在绿色的浓荫中。透过绿荫，在一片银白色的空间，露出湛蓝湛蓝的天空。脚下的青苔，犹如一条绣上越橘丛和一串串干红莓的松软地毯。血红色的石生悬钩子在草丛中一闪一闪的，散发出浓郁的蘑菇香味，引得人发馋。

“圣母啊，大地的光明。”外婆一边叹长气，一边祈祷。

在森林里，她俨然是周围万物的主人和亲人——她走起路来像只熊，什么都看得见，对什么都赞叹不已，感激不尽。仿佛是从她身上发出来的一股暖流在森林里悠悠涌动，当我看到被她踩倒的青苔舒展开和直立起来的情景时，我感到特别高兴。

我边走边想：当强盗真好，去抢劫那些贪得无厌、为富不仁的家伙，然后把抢来的东西分给穷人——让大家都有饭吃，快快活活，不再相互嫉妒，不再像恶狗那样彼此打骂。我要是能走到外婆的上帝和圣母那里多好啊。我把这里的全部真相——人们饥寒交迫的生活，令人难过地彼此草草埋葬在劣质沙地里——告诉他们。大地上有多少根本不需要的伤心事啊。假如圣母信得过我，就请她赋予我这样的智慧，使我能够按另一种样子，尽可能完美地重新安排一切。让人们都信赖地听从我，我赐福于他们，让他们生活得更加美好！可是我年纪还小，这倒也没关系，想当年，基督只比我大一岁，可是连圣贤都听从他的话呢……

我正在聚精会神地思考，不小心掉进一个深坑里，腰部被干树枝划破，后脑勺被擦掉一块皮。我坐在坑底像树脂一样黏糊糊、凉冰冰的污泥中，怎么也爬不出来，感到羞愧难当，可又不好意思大声喊叫，去惊动外婆。后来，我还是把外婆叫来了。

她赶快把我拉上来，画着十字说：

“上帝保佑！嗯，好在熊窝是空的，要是主人在，那会怎么样呢？”

外婆笑得流出了眼泪。然后，她领我到小溪边，给我洗洗干净，把一种什么止痛的树叶给我贴在伤口上，用自己的衬衫包扎起来，带我来到一个铁路岗亭。我的体力已大大减退，走不动路，无法回家了。

我差不多天天恳求外婆：

“我们到森林里去吧！”

她乐意地答应了，于是我们在这里过了整整一个夏天，直到深秋，每天采药草、浆果、蘑菇和榛子。外婆把采来的东西拿去卖掉，我们就以此维持生活。

“寄生虫！”外公瞎叫唤，虽然我们根本没有吃他的面包。

森林使我感到一种精神上的宁静和舒畅。在这种感觉里，我的一切悲伤都烟消云散，一切不愉快的事情都置诸脑后。同时，我在感觉方面的那种特殊的警觉性增强了，听力和视力变得更加敏锐，记忆力更强，对一切事物的印象更深刻。

我更为惊讶的是外婆，我一向认为她是世界上最崇高、最善良和最英明的人，而且她本人也在不断地加强我这种坚定不移的看法。一天傍晚，我们采了白蘑菇回家。走到林边时，外婆坐下来休息，我便绕到树后边，看看还有没有蘑菇可采。

突然，我听见她的声音，看见她坐在小路上，安详地削着蘑菇根，一条灰毛瘦狗伸出舌头，站在她身旁。

“你走吧，走开！”外婆说，“好好去吧！”

不久前，我的那条狗被瓦廖克毒死了。我很想把这条狗弄到手。于是，我跑到小路上，狗奇怪地弓起身子，脖子一动不动，用饥饿的绿眼睛望了我一眼，夹起尾巴，逃到森林里去了。它的样子不像狗，我吹了一声口哨，它便古怪地蹿进了灌木丛。

“看见了吗？”外婆笑着问，“起初我看错了，还以为是狗呢，仔细一瞧——它长着狼牙，狼脖子！我倒真害怕了。我说，如果你是狼，就滚开吧！好在是夏天，狼都比较温顺……”

她从不会在森林里迷向，总能正确无误地确定回家的路。她根据草的气味就能知道这个地方长的是什么蘑菇，那个地方长的又是什么蘑菇，并且还常常考我。

“黄蘑菇喜欢什么树？你怎样识别有毒和无毒的红菇？什么蘑菇喜欢蕨菜？”

她看到树皮上有轻微的抓痕，就告诉我，有抓痕的树上就有松鼠洞。我爬到树上，把洞里的冬储榛子都掏出来。有时候，能从一个树穴里掏出十来磅[①]榛子呢……

有一次，我正在掏松鼠窝，一个猎人把二十七颗细铅砂粒打进了我的左侧身子。外婆用针挑出来十一颗，其余的留在我皮肤里好多年，后来慢慢都出来了。

外婆看我能忍住痛，很高兴。

“好样的，”她夸奖说，“有耐性，将来一定会有出息！”

每次，当她卖蘑菇和榛子攒下一些钱时，她就把这些钱作为“施舍物”悄悄放在别人家的窗户下边，而她自己甚至在节日里也总穿

---

① 指俄磅。1 俄磅等于 409.5 克。

着打补丁的破旧衣服。

“你穿得比叫花子还破，真给我丢人现眼。”外公埋怨道。

“这没什么，我不是你的闺女，不是待嫁的姑娘……”

他们的争吵越加频繁了。

“我作的孽没有别人多，”外公委屈地大声叫嚷道，“可是遭的罪却比别人大！”

外婆对他火上浇油说：

“鬼知道谁该遭多大罪。”

于是，她单独对我说：

“老爷子就怕我说鬼！瞧他老得多快，都是给吓的……唉，可怜的人……”

在森林里过了一个夏天，我的身体变得十分强健，性子也变野了，对同龄人的那种生活和柳德米拉都失去了兴趣，我觉得她是个乏味而聪明的人。

有一次，外公从城里回来，浑身湿透了——正是秋天，雨淅淅沥沥下个不停。他站在门口，像只麻雀似的抖了抖身子，扬扬得意地说：

“喂，游手好闲的人，你明天得去干活了！”

“又要到哪里去呀？”外婆生气地问道。

“到你妹妹马特连娜家，她的儿子那里……”

“哎哟，老爷子，净出馊主意！”

“住口，蠢货！说不定他能成为一个制图师呢。”

外婆低下头，没有吱声。

晚上，我告诉柳德米拉，我要到城里去干活，而且还要住在那里。

“不久，我也会被送到那里去，”她若有所思地说，“爸爸想把我这条腿截去。截去了这条腿，我就是健康人了。”

经过一个夏天，她瘦了，脸色有点儿发青，眼睛却变大了。

“你害怕吗？”我问道。

“害怕。”她说，并无声地啜泣起来。

我没有什么话可安慰她，因为我自己也害怕在城里生活。我们彼此偎依着，在这沮丧的沉默中坐了很久。

要是在夏天，我会说服外婆外出讨饭，像她小时候那样。说不定会把柳德米拉也带上，我用小车拉着她……

但现在是秋天，外边刮着潮湿的风，天空阴沉沉的，大地锁紧了眉头，变得肮脏而凄惨……

四

我又到城里来了，住在一座白色的二层楼房里，它很像一口可装下许多人的大棺材。楼房是新的，但有点像营养不良而浮肿的人，又像是一个暴富的、一下子吃胖的叫花子。楼房的侧面朝着大街，每层有八个窗户，正面每层四个。一楼的窗户对着一条狭窄的小胡同，从二层楼的窗户里，可以望见围墙外面洗衣女工的小屋和肮脏的排水沟。

这里没有我所理解的那种大街。楼房前面就是一个肮脏的排水沟，筑了两道很窄的堤。左边，排水沟直通囚犯苦工连[①]，各家的垃圾都往排水沟里倒，所以沟底是一片深绿色的污泥浊水。右边，排水沟的尽头处，有一个积满淤泥的池塘，散发出酸臭气味。排水沟的正中，恰好对着楼房。排水沟的一半被倒满了垃圾，上面长出了荨麻、牛蒡、团酸模，另一半是多里梅东特·波克罗夫斯基神父培植的果园。园子里有一座用细板条搭起来的凉亭，油着绿漆。假如把石头投到凉亭上的话，细板条准会咔嚓咔嚓地断裂，坍塌下来。

这地方极其枯燥，肮脏不堪。秋天把这片垃圾成堆的黏土地糟蹋得不成样子，把它变成了黏脚的红褐色焦油。我从未见过在这么一个小小的地方有这么多的脏东西，我已经习惯了田野和森林的清洁，对城里的这个地方感到十分厌倦。

---

① 此处指监狱，对判刑的人施行惩罚性的强制劳动。

☆ 四 ☆

排水沟对面是一道道破旧的灰色围墙，在这些围墙中，我远远地看见去年冬天我在鞋店当学徒时住过的那座褐色小屋。离那所房子这么近，这更加使我苦恼。我为什么偏偏又这样无奈地住在这条街上呢?

这家主人我倒是认识，从前他常常领着他的弟弟到我母亲那里做客。他弟弟老是可笑地尖声叫唤：

“安德烈爸爸，安德烈爸爸。”

他们兄弟俩还是从前的老样子：哥哥长着鹰钩鼻子、长头发，讨人喜爱，好像还挺善良；弟弟维克托仍然是那张马脸，长满雀斑。他们的母亲是我外婆的妹妹，脾气暴躁，爱大吵大闹。哥哥已经结婚，他的妻子又白又胖，像个大圆面包，长着一双乌黑的大眼睛。

我刚去的头几天，她对我说了两次：

“我送过你母亲一件镶珠边的斗篷[①]呢……”

不知为什么，我不愿相信她会把东西送人，也不相信我母亲会接受她的礼物。当她第二次向我提起这件斗篷时，我对她说：

“送就送了，不必夸耀。”

她大吃一惊，一下子从我跟前跳到一边。

“什……么？你在对谁说话呢？”

她的脸泛起红斑，瞪着大眼睛，把她丈夫叫来了。

他手里拿着圆规，耳朵上夹着铅笔，来到厨房。他听完了妻子的诉苦，对我说：

“你对她以及对所有的人说话，都要称呼‘您’。不准说没有礼貌的话！”

接着，他不耐烦地对妻子说：

---

① 一种无袖长披肩。

“别老用这些婆婆妈妈的小事来烦我！”

“什……么，婆婆妈妈的小事？你的亲戚……”

“什么鬼亲戚呀！”男主人大叫了一声，跑出去了。

外婆的这些亲戚，我也不喜欢。据我观察，亲戚之间的关系比外人还糟，因为他们比外人更了解彼此间的丑事和荒唐事，搬弄起是非来更恶毒，吵嘴打架更是家常便饭。

我喜欢男主人，他老是很潇洒地把头发往后一甩，抿到耳后，使我觉得他和“好事儿”[①]有点相似。他常常显出一副心满意足的样子，总是笑呵呵的，灰色的眼睛温厚和善，鹰钩鼻子周围显出几道滑稽可笑的细小皱纹。

“你们该骂够了吧，凶母鸡！”他对妻子和母亲说，脸上带着温和的微笑，露出碎玉般的白牙。

婆媳俩天天对骂，说吵就吵起来了，这使我觉得很奇怪。一大早，两人头还没有梳，衣扣也不系，就开始在屋里跑来跑去，好像家里着了火似的。她们整天瞎忙乎，只有在吃午饭、晚饭及喝晚茶时才消停。她们吃得多，喝得多，每顿都要喝醉、吃累了才肯罢手。午饭时，她们谈论饭菜，懒洋洋地拌嘴，为大吵一场做着准备。不管婆婆做什么饭菜，媳妇总是说：

“这饭我妈可不这么做。”

“不这么做，那就做得更难吃呗！”

“不，比你做的好吃！”

“喏，那你就上你妈那儿去呀。”

“我是这里的女主人！”

“那我呢？”

---

① 当时对住在下诺夫哥罗德缆索街旅店里包伙的房客的称呼。年幼的高尔基曾对这个“好事儿”十分友好，所以后来才会经常想起他。见《童年》第八章。

这时，男主人插话说：

“够了，凶母鸡！怎么，你们都发疯了吗？”

家里的一切都奇怪和可笑得无法解释，从厨房到饭厅，必须经过住宅里唯一的一个又小又窄的厕所。这里是往饭厅里端茶送饭的必经之路，因此，厕所成了开心逗乐的对象，也成了滑稽可笑的误会的发源地。我要干的是往厕所马桶里灌水。我睡在厨房里，正对着厕所门和旁边的正门门廊。睡觉时，头冲炉灶烤得发热，脚对门廊风又吹得发冷，所以我把铺在门前擦鞋底用的粗地毯都收起来，盖在腿上。

大厅的窗间墙上挂着两面镜子，几幅《田野》杂志赠送的图画镶在金色雕花饰条的镜框里。虽有一对牌桌、十二把维也纳式椅子，但仍显得空空荡荡，冷冷清清。一间小会客室里，摆满了各式各样的细软家具，几个玻璃橱柜里摆着“陪嫁”的银器和茶具。会客室里还有三盏装饰灯，一个比一个大。在没有窗户的黑暗的卧室里，除了一张大床之外，还有箱子和衣柜，散发出一股叶子烟和臭虫药粉的气味。这三个房间老是空着，而他们一家却都挤在那间小饭厅里，互相妨碍。八点钟，喝过早茶，兄弟俩立刻把桌子摆好，在桌子上面摆上白纸、制图仪器、铅笔和绘图墨水，一个在桌子这头，一个在桌子那头，开始工作起来。桌子摇摇晃晃，占了整个一间屋子。这时，保姆和女主人从儿童室走出来，轻轻碰到桌角上。

“你们别在这里瞎晃悠！”维克托喊道。

女主人委屈地哀求丈夫说：

“瓦夏，告诉他，别让他冲我吼叫！”

“那你就别摇晃桌子了。”男主人和气地劝说道。

“我有身孕，这地方又这么窄……”

“那我们就到大厅里去干活。”

可是，女主人火了，叫道：

“天哪，哪有在大厅里干活的？”

马特连娜·伊万诺夫娜老太婆从厕所门后边探出那张狞恶的、被炉火烤红的脸来，大声喊道：

“喂，瓦夏，你瞧瞧，你在干活，四间屋子还不够她产崽子的。格列别[1]来的贵妇人，笨蛋一个！……”

维克托幸灾乐祸地笑着，男主人喊道：

“够了！”

可是儿媳妇伶牙俐齿，用恶毒刻薄的话劈头盖脸地冲婆婆甩过来，然后倒在椅子上，哼哼唧唧地说：

“我走！我去死！”

“你们别打搅我干活，活见鬼！”男主人大声斥责道，气得脸色发白，“简直是座疯人院——为了你们，为了养活你们，我拼死拼活地干！哼，凶母鸡……”

起初，这些争吵使我害怕，特别是当女主人抓起餐刀，跑进厕所，锁上门，在里边发疯似的大声吼叫时，我简直吓坏了。屋子里安静下来，后来，男主人两手抵住门，弯下身子，冲我喊道：

“爬上去，把玻璃打碎，把门钩从扣环里摘下来！”

我麻利地跳到他背上，打碎了门上边的玻璃，可是当我把身子弯下去时，女主人用刀柄使劲敲我的脑袋。可我还是把门打开了。于是，男主人一边打一边把妻子拉到饭厅，夺下她手里的餐刀。我待在厨房里揉着挨了打的脑袋，忽然猜到，我是白受苦了：刀子原来是钝的，甚至连面包也切不开，那么皮肤更是割不破了。当时我也不必爬到主人背上，只要站在椅子上就轻而易举地把玻璃打碎了，

① 地名，是下诺夫哥罗德城的中心区。

而且，大人的胳膊长，他去摘门钩更方便。自这件事以后，我就不再害怕他们的吵嘴打架了。

兄弟俩参加了教堂唱诗班。有时，他们一边干活一边小声唱。哥哥唱男中音：

亲爱的姑娘送给我一枚戒指
我却把它掉进了海里……

弟弟用男高音接唱：

连同这枚戒指
我毁掉了人生幸福。[①]

儿童室传来女主人轻轻的喊声：

“你们俩发疯了？孩子在睡觉呢……”

又说：

“瓦夏，你都结婚了，大可不必姑娘不离口地唱呀唱，这是何苦呢？再说，彻夜祈祷的钟声就要敲响了……”

“那我们唱教堂里唱的……”

可是，女主人提醒说，教堂里唱的可不能随处乱唱，何况这里……她富于表情地用手指了指那个小门。

“得把住房调换一下，要不然——真岂有此理！”男主人说。

他也没少说得换一张桌子，这话他一说就是三年。

听他们谈论别人的时候，我常常想起鞋店——那里也是这一套。

---

① 这是一首古老的俄罗斯浪漫曲，俄国诗人茹科夫斯基（1783—1852）作词。

我知道，这家主人也认为自己是这座城里的上等人物，他们最懂得为人处世的规范，并根据我所不明白的这些规范，毫无怜悯心地、残酷无情地对别人评头论足。这种评判，引起我强烈的厌倦和懊恼，反对和破坏他们这套规矩，我觉得很开心，很过瘾。

我每天要干的活儿很多，简直就是女仆。每星期三擦洗厨房的地板，清洗茶炊和铜器；每星期六擦洗各个房间的地板和两座楼梯。还要劈柴、搬柴生炉子、洗餐具、洗菜，跟女主人去市场，跟在她后面提篮子，跑店铺，跑药房。

我的顶头上司就是外婆的妹妹，一个爱大吵大闹、脾气暴躁的老太婆。她每天早上六点左右起床，匆匆洗一把脸，只穿一件衬衣，便跪在圣像前，向上帝抱怨自己的生活，抱怨儿子和媳妇。

“上帝啊！”她唏嘘地感叹道，把三个手指捏在一起，按在前额上，“上帝啊，我什么都不求，什么都不要。只求你赐我休息，用你的力量使我得到安宁，上帝啊！”

她那悲凄的叫声把我吵醒了。我从被子底下望着她，提心吊胆地听着她热烈的祈祷。从厨房的窗户里，透过被雨水浇湿的玻璃望去，秋天的早晨雾蒙蒙的。在清冷的昏暗中，只见一个灰色的身影跪在地板上，忧虑不安地来回晃动着手。她那稀稀落落的浅色头发披散到脖子和肩膀上，小脑袋上戴着破头巾，头发老是滑落下来。老太婆急躁地用左手整一整头巾，含混不清地嘟哝说：

“唉，真该死！”

老太婆使劲地拍打自己的前额、肚子和肩膀，发狠地小声说：

“上帝啊，请看在我的分上，惩罚我的儿媳妇吧。把我所受的一切屈辱，都报应在她身上吧！请你让我的儿子睁开眼睛，看看她，看看维克托鲁什卡！上帝啊，保佑维克托鲁什卡，赐福于他吧……”

这时，维克托鲁什卡正在厨房里的高板床上睡觉。他被母亲的哀怨声吵醒了，用懒洋洋的声音喊道：

“妈，您又一大早就大嚷大叫了！真要命！”

“好啦，好啦，你睡吧。”老太婆负疚地喃喃说。她默默摇晃着身子，一两分钟光景，冷不丁地又心怀仇恨地高声喊道：“让他们个个都挨枪子儿，死无葬身之地吧，上帝……”

即使我的外公祈祷时，也没有说过这么吓人的话。

她一边祈祷，一边把我叫醒：

“快起来，要想睡懒觉，往后就别住在这里了！……烧上茶炊，把劈柴抱来。昨晚把引火柴准备好了吗？哼！”

我拼命地尽快把一切做好，为的是不要听老太婆絮絮叨叨的埋怨。可是，要想做到使她满意是不可能的。她在厨房里跑来跑去，像冬天的暴风雪似的，而且不住地抱怨，怪声怪气地嘘叫：

“小点儿声，鬼东西！要是把维克托鲁什卡吵醒，我可要给你个厉害瞧瞧！快到铺子去一趟……”

平时吃早茶，总是买两磅白面包，另外给年轻的女主人买两戈比的劣质小面包。每当我买回面包，两个女主人总是疑神疑鬼地把面包看来看去，放在手上掂掂分量，问道：

“没有添头吗？没有？那好，你把嘴张开！”于是她们得意地叫喊道，“你把添头吃了，瞧，牙缝里还有渣子呢！”

……我很乐意干活——清除房子里的垃圾泥污，擦铜器、通风小窗和门把手，这些活我都喜欢干。我不止一次听到那两个女人在不吵架的时候这样说我：

“挺肯干的。”

“也爱清洁。”

“就是太粗鲁。”

“嗐，妈呀，谁教养过他呢！”

她们两个都想培养我对她们的尊敬，可是我把她们视为疯子，不喜欢她们，不听她们的话，跟她们说话总是针锋相对。年轻的女主人大概发觉有些话对我不起作用，所以常常说：

“你应该记住，你出身寒微！我送过你母亲一件丝绸斗篷，还是镶珠边的呢！”

有一次，我对她说：

“为了这件斗篷，莫非要我把身上的皮揭下来还您不成吗？”

“天哪，你要放火啦！”女主人惊惶失措地大声喊道。

放火？为什么要放火？我简直惊呆了。

她们俩常常在男主人面前告我的状，于是男主人严厉地对我说：

“喂，你小子可要当心点！”

但是有一次，他冷冰冰地对妻子和母亲说：

“你们可真行啊！拿一个小孩子当骟马使唤，要是换了别人早就逃跑了，要么干脆累死……”

听了这番话，两个女人气得直掉眼泪，妻子跺着脚，火冒三丈地大声喊叫：

“怎么能当着他的面这样说话呢，你这个长头发傻瓜！我以后还怎么使唤他呢？我还怀着身孕呢。”

母亲哭哭啼啼地说：

“愿上帝饶恕你，瓦西里，你记住我的话，你会把这孩子宠坏的！”

当她们怒气冲冲地离开之后，男主人厉声地对我说：

“看见了吧，鬼东西，因为你都闹翻了天！我马上打发你走，找你外公去吧，重新捡破烂去吧！”

我忍受不了这种屈辱，说道：

“当捡破烂的也比在你们这里过得好！收了我做学徒，可是您教我什么了？成天倒脏水……”

主人一把揪住我的头发（他很小心，揪得不疼），看着我的眼睛，惊诧地说：

“脾气倒不小！我可不吃这一套，小伙子，不……不……”

我以为他会把我撵走，可是过了一天，他手里拿着厚厚一卷纸、铅笔、三角板和尺子，来到厨房。

“餐刀擦干净了，把这个画下来！”

一张纸上，画着一座有许多窗户和雕塑装饰的两层楼的正面图。

“给你圆规！把所有的线都测量一下，在纸上把线的两端各画上一个点，然后用尺子照着，用铅笔画出两点之间的线。先横着画，画出的线叫作水平线，接下来竖着画，这叫作垂直线。动手画吧！”

让我干这种干净的工作，开始学艺，我感到非常高兴。但是，我怀着虔敬的恐惧看着纸和工具，不知从何下手。

然而，我立刻洗干净了手，坐下来学习。我在纸上画出一条条水平线，检查了一遍——挺不错！虽然多画了三条线。接着，又画好了垂直线，可是一检查，我惊讶地发现，房子的正面七扭八歪，窗户也画歪了，其中一扇窗户悬在墙外，跟房子并在了一起，简直不像样子，门廊也画高了，快挨到了第二层，墙檐安到了房顶中间，天窗开在了烟囱上。

我几乎含着眼泪，久久地看着这无法挽救的怪物，试图弄明白怎么会搞成这样。可怎么也弄不明白，于是我决定发挥自己的想象力，进行修改。我在房子正面的屋檐上和房脊上画上了乌鸦、鸽子和麻雀，在窗前的地上画了一些罗圈腿的人，打着伞，但这伞并不能完全掩饰他们的丑陋。然后我在整个画面上画了一些斜线，把作品拿去交给师傅。

他高高地扬起眉毛，挠挠头，问道：

“这是什么呀？”

“天正在下雨，”我解释说，“下雨的时候，所有的房子看上去都是歪斜的，因为雨本身就是歪斜的。小鸟——你看，这些都是小鸟——躲在房檐底下。下雨时，它们往往是这样。而这些是人，他们正急急忙忙地往家里跑。你看，这位太太跌倒了，这个是卖柠檬的……”

“太感谢啦！”主人说道，把身子俯在桌子上，头发在纸上扫来扫去，哈哈大笑起来，高声喊道，“哎呀，真该狠揍你一顿，捣蛋鬼！”

女主人来了，挺着像只木桶似的大肚子。她看了看我的作品，对丈夫说：

“你得狠狠抽他一顿！”

但是主人温和地说：

“没关系，我刚开始学的时候，还不如他……”

他用红铅笔标出歪歪斜斜的正面图，又给了我几张纸。

“再来一次！就画这个平面图，直到画好为止……”

我画的第二幅草图好多了，只有一扇窗安到了门廊上。可是我不喜欢让房子空着，于是我就让各种各样的人住进房子里：窗口坐着一些手拿扇子的太太和吸着烟卷的男伴，其中一个没有吸烟，让大家看他的长鼻子。大门口站着一个车夫，一条狗卧在地上。

“你为什么又胡乱涂抹？”主人生气地问。

我向他解释说，没有人居住的房子显得太冷清，可他骂了我一顿。

“这统统见鬼去吧！如果你想学的话，就认认真真地学！你这纯粹是瞎胡闹……”

我终于画好了一张跟原稿一样的正面图，他很高兴。

“你看，学会了吧！看来，这样下去一定会成功的……”

他给我留了作业。

“制一幅住宅平面图：画出各个房间，合理地安排门窗，让它们各在其位。我什么都不告诉你——自己干吧！”

我来到厨房，苦思冥想起来——从哪里下手呢？

可是我对绘图手艺的学习，到此中断了。

老主妇走到我跟前，恶狠狠地问：

“你还想学习制图？”

她抓住我的头发，把我的脸撞在桌子上，以致把鼻子和嘴都弄破了。她跺着脚，一把抓过图纸，撕了个粉碎，把桌子上的绘图工具使劲地摔到地上，然后双手叉腰，扬扬得意地叫喊道：

“给你，画去吧！不行，这办不到！让外人把本事学去，而把自己唯一的骨肉兄弟撵走吗？”

男主人跑来了，他的妻子也晃晃悠悠地跟过来。于是，一场猛烈的大吵大闹开始了。他们三个人跑来跑去，互相碰撞，啐唾沫，哭叫。当两个女人死去活来地哭闹起来时，男主人对我说了这样的话，才算罢休。

“你把这个先停下来，不要学了。你看看，闹成什么样子了？”

我觉得他很可怜，一副逆来顺受、唯唯诺诺的窝囊样儿，成天被婆娘们的吵闹弄得晕头转向。

我早就知道，老太婆不愿我学制图，故意给我捣乱。每次坐下来学习制图之前，我总是先问问她：

“还有活要干吗？”

她阴沉着脸回答说：

“有活的时候，我会告诉你，你就待在桌子那边，瞎鼓捣吧……”

不一会儿，她便支使我到这儿到那儿，要么就说：

“前面的楼梯扫干净了吗？犄角旮旯里净是垃圾、尘土！快去，打扫打扫……”

我去看了看——根本没土。

“你敢跟我顶嘴？”她喊道。

有一次，她把克瓦斯[1]泼到我所有的图纸上。还有一次，她把圣像前的灯油倒在图纸上。她像个小姑娘，常常搞恶作剧，耍小孩子的诡计，但又像孩子那样幼稚得不会掩饰。我从未见过像她这种人，动怒发火对于她简直是易如反掌，迅速莫测，对一切人、一切事她都好挑眼，看不惯，简直像上瘾似的。一般地说，人们都爱抱怨，但是她抱怨起来像唱歌一样，简直是一种特别的享受。

她非常疼爱小儿子，爱得近乎疯狂，她那股劲头使我感到可笑又可怕，我只能把这股劲头叫作忘乎所以。常常有这样的事，做完晨祷，她站在炉前的小台阶上，胳膊肘靠在床边，嘴里热烈地叨咕着：

“我的儿子，你是上帝不常有的恩宠，是妈的心肝宝贝，你热情、纯洁，像金刚石，像天使翅膀上的一根羽毛那样轻盈！你在睡觉——睡吧，我的孩子，做个快活的梦，梦见你的心上人。你的心上人是天下第一美人，是公主，是富翁、商贾的女儿！愿你的仇人在娘胎里就死掉，愿你的朋友长命百岁，愿姑娘们成群结队地追随你左右，像一群母鸭追逐一只公鸭那样！”

听了这些话，我忍不住发笑：维克托生性粗鲁懒惰，像只啄木鸟——满脸雀斑，大鼻子，又固执又迟钝。

有时候，母亲的声音把他吵醒了，他就迷迷糊糊地嘟哝说：

“妈，见您的鬼去吧，老冲着我的脸瞎咕噜什么呀！叫不叫人活了！”

---

① 一种用麦芽或黑麦面包制成的清凉饮料。

有时，她顺从地从台阶上下来，笑着说：

“喏，睡吧，睡吧……说话没轻没重的东西！”

但有时也有这种情况：她把两腿弯曲起来，在炉边上啪地碰一下，张开嘴，大声地吁吁喘气，好像舌头被烫了一下似的，说出一串辛辣刻毒的话：

“什……什么？你叫你妈滚开，狗崽子？哎哟，你个见不得人的丑东西，该死的刺儿头，是魔鬼把你硬塞到我怀里的，你怎么不在出生前就死掉呀！”

她说的那些肮脏下流、街道醉鬼才说的话，让人听了恶心。

她睡觉很少而且不安生，有时候一晚上起来好几次，挨着我躺在长沙发上，把我弄醒。

“您怎么了？”

“别说话。”她小声说道，一边画着十字，仔细望着黑暗中的什么东西。“上帝啊……伊利亚先知……受苦受难的圣徒瓦尔瓦拉……保佑我免于暴死吧……”

她用颤抖的手点上一支蜡烛。她那长着大鼻子的圆脸紧绷着，惊慌不安地眨着灰眼睛，仔细望着被昏暗改变了模样的东西。厨房很大，可是摆满了柜子和箱子，夜里看上去并不大。厨房里洒满了宁静的月光，圣像前长明灯的火苗颤动着，挂在墙上的餐刀犹如冰柱一般闪闪发亮，搁板上放着黑乎乎的煎锅，像一张张没有眼睛的假面具。

老太婆小心翼翼地从炉台上爬下来，那样子就好像从河岸上下到水里去似的，光着脚，啪嗒啪嗒地向角落走去。在那里，泔水盆上方挂着一个带耳把的悬壶洗手器，那样子很像一个被砍下来的脑袋，旁边还有一只盛着水的水桶。

她一边喘着气，一边咕嘟咕嘟地喝水，然后透过玻璃上一层浅蓝色的霜花，从窗户里往外望着。

“饶恕我吧，上帝，饶恕我吧。”她低声乞求道。

有时候，她把蜡烛熄灭，跪在地上，委屈地喃喃道：

“谁会爱我呢，上帝，谁会需要我呢？”

她爬到炉台上，对着烟囱口画了个十字，用手摸索着，看风门是不是关严实了。她沾了两手烟黑，便破口大骂，不知怎么，又一下子睡着了，似乎一种神秘的力量要了她的命。当我受了她的窝囊气时，我常常这样想：幸亏外公没有娶她，不然的话，少不了挨她的骂！不过，她也难逃责罚。她经常欺侮我，但也有这样的时候，她那张胖得发圆的、鼓鼓囊囊的脸变得阴沉沉的，眼睛泪汪汪的，令人信服地说：

“你当我活得容易吗？生了孩子，照看他们，把他们一个个抚养成人，图个什么呢？你看，我现在给他们当老妈子，我这是在享福吗？儿子娶了老婆忘了娘，这好吗？啊？”

“不好。”我真心诚意地说。

“啊哈？说的就是嘛……”

于是，她厚颜无耻地说起了自己的儿媳妇：

“我跟儿媳妇一起洗澡，看见了她的身子！真不知道他看中了她什么，这种女人也能叫作美人吗？……”

关于男女关系，她讲的那些脏话简直不堪入耳。起初，她的话使我感到极其厌恶，不久，我便习惯了，怀着很大的兴趣用心听她讲，觉得这些话的背后有一种令人痛苦的真理。

“女人就是一种力量，她连上帝都骗过了，想不到吧！”她絮絮叨叨地说，一边用手掌拍打桌子，“就是因为夏娃的缘故，世人才都得下地狱，你看看！”

谈起女人的力量来，她可以滔滔不绝，没有休止，而我往往觉得，她想拿这些话吓唬什么人。我记忆最深刻的是那句："夏娃骗过了上帝。"

我们的院子里有一座跟正房一样大小的厢房。两栋房子有八套住所，其中四套住着军官，还有一套住着团队的神父。整个院子里都是勤务兵、传令兵。洗衣女工、女仆和厨娘常常到他们那里去。每家厨房里都不断搞出争风吃醋的风流韵事和悲剧，经常听到哭骂声、打闹声。那些士兵之间互相打架，还跟房东家的挖土工人和其他干活的人打架，他们还打女人。院子里老是闹哄哄的，都是因为贪淫好色，纵欲无度——身强力壮的青年人克制不住强烈的肉欲饥渴。这种生活充满了占有者残酷的肉欲、无聊的虐待和下流的炫耀。我的主人们在每顿午餐、晚茶和夜餐时，总要不厌其详地、恬不知耻地议论一番。老太婆对院子里的什么事都知道得一清二楚，讲起来眉飞色舞、幸灾乐祸。

年轻的女主人默默地听着，咧着厚厚的嘴唇发笑。维克托哈哈大笑，男主人皱着眉头说：

"够了，妈……"

"天哪，连话都不叫我说了！"老太婆抱怨道。

维克托鼓动她说：

"讲呀，妈，有什么不好意思的！反正都是自己人……"

大儿子对母亲又厌恶又可怜，尽量避免跟她单独在一起。如果不巧碰在一起，母亲就对儿子说许多数落媳妇不是的话，并且一定向他要钱。他匆匆忙忙塞给她一个或三个卢布，或者几个银币。

"您要钱没用，妈，不是我舍不得，您要钱真没用！"

"我要钱布施叫花子，我去教堂还要买蜡烛……"

"得了，哪里有什么叫花子！维克托非得叫您给惯坏不可。"

"你连自己的亲弟弟都不爱，真是作孽啊！"

他不耐烦地走开了。

维克托一向对母亲粗暴无礼，不是嘲笑就是挖苦。他非常贪吃，老是喊饿。每逢星期日，母亲都做油煎饼，总是留出几个，藏在瓦罐里，放在我睡觉的长沙发底下。做完午祷回来，维克托拿出瓦罐，嘟哝道：

“你就不能多留几个吗，大掌柜？”

“你快吃吧，别让人看见……”

“我偏要说出去，说你偷了油煎饼，给我留着。嘿，这就叫捉双！”

有一次，我拿出瓦罐，偷吃了两个油煎饼，维克托因此打了我一顿。他不喜欢我，正像我不喜欢他一样。他经常捉弄我，让我一天给他擦三次皮靴。他躺在床上时，使劲摇晃床板，往板缝里啐唾沫，千方百计想啐到我头上。

维克托的哥哥常常说“凶母鸡”，他大概是学哥哥的样儿，也常常说一些俗语，但这些俗语简直荒谬之极，无聊透顶！

“妈，从右向后转！我的袜子在哪儿？”

他常常拿一些愚蠢的问题刁难我。

“阿廖什卡，你来回答:为什么‘蓝色’要这么写？为什么‘海枣’要这么读？为什么读作‘大钟’，而不读‘木桩旁’？为什么说‘到树那边’，而不说‘我在哪里哭泣’？”[①]

我不喜欢他们这样说话。我从小受到外婆和外公优美语言的教育和熏陶，起初根本听不懂这样一些不能搭配在一起的词句，譬如“可笑得吓人”“想吃到死”“快活得可怕”。我认为，可笑的并不一定就吓人，快活的并不一定就可怕，人人都要吃饭，直到死的那天为止。

---

① 这段话是维克托故意刁难高尔基的。有的词读音近似，有的词拼写相像，也有前置词的固定用法。提问“为什么”在这里是毫无道理的。

我问他们：

“难道可以这样说吗？”

他们开口骂道：

“看呀，好一位老师！等着瞧吧，非采下您的耳朵不可……”

可是“采下耳朵”这句话我觉得也别扭，因为只有草、花、榛子才可以说采。

他们试图向我证明，耳朵也可以采下来，但这没有使我信服，于是我得意地说：

“到底没有把耳朵揪下来吧！”

周围有那么多残忍的胡作非为和卑鄙下流的可耻勾当——比库纳维诺区满街的窑子和窑姐儿还要多得多。在库纳维诺区，那种下流和胡作非为的背后似乎有一种东西，可为这种不可避免的下流和胡作非为做解释，那就是忍饥挨饿的艰难的生活和繁重的劳作。这里的人们却饱食终日，轻松悠闲，他们的工作就是令人费解的、毫无必要的无谓瞎忙。而且这里的一切都有一种带讽刺意味的、令人恼火的沉闷无聊。

我在这里的生活很糟，但比这更糟的是外婆每次来看我时，我心里出现的那种痛苦的感觉。她总是从后门进来，走进厨房时，面向圣像画十字，然后向妹妹弯腰鞠躬，就是这个鞠躬，犹如千斤重担一样压得我喘不上气来。

“噢，是你呀，阿库利娜。”女主人总是这样漫不经心地、冷若冰霜地接待外婆。

我没有认出外婆：她谦卑地紧闭着嘴，脸孔变得认不出来，她在门口泔水桶旁边的长凳上轻轻坐下，像干了错事似的，默不作声，恭顺地小声回答着妹妹的提问。

这令我痛心，于是我生气地说：

“你怎么坐在这里呀？”

她温和地向我使了个眼色，用教训的口吻说：

“你少多嘴，在这里你可不是主人！”

“他老爱管闲事，不管是打还是骂，他就是不改。”女主人开始告状了。

她常常幸灾乐祸地问姐姐：

“怎么样，阿库利娜，还是靠乞讨度日吗？”

“这算不了什么……”

“只要不怕丢脸，这倒也算不了什么。”

“据说，基督也讨过饭呢……”

“这种话都是那些蠢货、异教徒瞎说的，可是你，老傻瓜，也听信这胡说八道！基督不是乞丐，是上帝的儿子，他享有荣耀。据说他来到世上是要审判活人和死人——连死人也要审判。请你记住！这是躲不过他的，老婆子，哪怕是烧成灰烬……从前，你们有钱的时候，我向你们求助，可是……基督一定会替我报应你和瓦西里[①]的傲慢的……”

“我可是尽力帮助过你的，”外婆镇静地说，“你知道，上帝已经给我们报应了……”

“太少了！太少……”

她用她那三寸不烂之舌喋喋不休地奚落了外婆一顿，弄得外婆心烦意乱。我听着她那恶言恶语，心里又难过又困惑：外婆怎么能忍受得了这口恶气呢？在这种时候，我就不喜欢她。

年轻的主妇从房间里出来，客气地向外婆点头。

“请到饭厅里去吧，没关系，去吧！”

① 高尔基的外公。

外婆的妹妹冲外婆的背影叫嚷道：

“把脚擦干净！乡下人总是一把泥一把水的！”

男主人见到外婆显得挺高兴。

“噢，绝顶聪明的阿库利娜，过得怎么样？卡希林老人家还好吧？”

外婆露出由衷的微笑。

“你还是这么辛辛苦苦地干呀？”

“天天都这么干！像个囚犯。”

外婆跟他谈话很亲切，很投合，但却不失长辈风度。有时，他也提到我的母亲：

“是啊，瓦尔瓦拉·瓦西里耶夫娜……真是个有骨气的女人，像个男子汉，不是吗？”

这时，他的妻子转向外婆，插话说：

“您还记得吗，我送过她一件黑色的丝绸斗篷，还是带珠边的？”

“怎么不记得……”

“那件斗篷还完全是好好的呢……”

“是啊，是啊，”男主人喃喃说，“什么斗篷啊，棕榈啊，生活可是个大混蛋！”①

“你说什么？”妻子多疑地问。

“问我吗？没什么……快活日子好过，好人易逝……”

“我不明白，你说这话什么意思？”女主人担心地问。

后来，他们领外婆去看望新生儿，我收拾桌上的脏茶具。这时，男主人小声地、若有所思地对我说：

“你的外婆是个好人……”

---

① 斗篷、棕榈、混蛋这三个词，俄语读音有点儿像绕口令。

我深深感谢他这句话，可是剩下我和外婆单独在一起时，我痛心地对她说：

“你为什么到这里来？为什么呀？你明明看得见他们是什么样的人……”

“唉，阿廖沙，我什么都看得见。”她回答说，一边望着我，非常好看的脸上露出善意的微笑。可是我却感到很惭愧：当然，她什么都看得见，什么都知道，甚至连我现在心里想的什么都知道得一清二楚。

她十分小心地回头看了看是否有人来，然后把我搂在怀里，亲切地说：

“如果你不在这里，我是不会来的。我找他们干什么？你外公病了，我成天伺候他，没有干活，没有钱了……还有，我儿子米哈伊尔把萨沙赶出来了，我现在还得养活他。他们说好一年给你六个卢布，所以我琢磨着，他们现在至少也得给一个卢布吧？你都在这里干了半年了……”然后，她凑到我耳边低声说：“他们叫我教训你一顿，责骂你一顿，说你不听话。你要想在人家这里待下去，小宝贝，就得忍耐，忍耐一两年，直到你长大成人。你一定要忍耐，啊？”

我答应外婆要忍耐，可是做到这一点很难。这种一贫如洗、浑浑噩噩、一切都是为了糊口而忙碌的生活，使我感到压抑，就好像生活在梦中一样。

有时我想：应该逃跑！可是正值该死的冬天，每天夜里，暴风雪肆虐，阁楼上寒风呼啸，屋架冻得紧缩起来，发出喀喀的响声——往哪里逃呢？

他们不许我出去闲逛，而且我也没有时间闲逛：冬天白昼短，不知不觉便在忙忙碌碌的家务中飞快地过去了。

但教堂我是必须去的。每逢星期六，我都去做彻夜祈祷，节日里要去做晚祷。

我喜欢上教堂。我爱站在一个空阔的昏暗角落里，远远地望着圣像壁——它仿佛在烛光中慢慢融化，变成一道道浓烈的金色溪流，流到读经台灰色的石砌地板上。圣像那深色的影子轻轻摇晃，圣幛的金色花边快活地飘摆，烛光好像金色的蜜蜂，在淡蓝的空中悠悠颤动，而妇人们和姑娘们的脑袋宛如花朵一般。

周围的一切与唱诗班的歌声和谐地融会在一起，一切都像童话般那样神奇，整个教堂犹如一张摇床，在像焦油一样的黑漆漆的空间慢慢地摆动。

我有时觉得，教堂深深沉入湖中，从地面上消失了，去过一种特别的、标新立异的生活。这种感觉大概是我听了外婆讲的基捷日城的故事之后所产生的，而且我常常跟着周围的东西一起迷迷糊糊地摇晃着身子，被唱诗班的合唱声、沙沙的祈祷声和人们的叹息声弄得昏昏欲睡，默默地背诵着旋律优美、哀怨悲戚的故事。

复活节晨祷的时刻，
一队可诅咒的鞑靼人，
穷凶极恶地
闯进光荣的基捷日城……
啊，主啊，我们的上帝，
我们的圣母！
啊，保佑您的奴仆吧，
让他们平安做完早祷，
让他们专心聆听圣书吧！
啊，不要让那些鞑靼人

亵渎神圣的教堂，
不要让妻子女儿们蒙受耻辱，
不要让幼童心灵受创，
不要让老人横遭杀戮！
啊，圣明的上帝听见了，
慈悲的圣母听见了，
听见了人们的诉苦，
基督的哀矜。
于是，圣明的上帝发话了，
告诉大使者米哈伊尔：
“去吧，米哈伊尔，
掀起基捷日的大地震，
让整个城市沉入湖底。
让人们在那里祈祷吧，
日日夜夜，年年月月，
既不休息，也不疲劳，
从晨祷直至彻夜祈祷，
让教堂神圣的礼拜，
永生永世，万代千秋！”

那几年，我脑子里装的尽是外婆的诗歌，就像蜂房里装满了蜂蜜。我甚至连想事的时候，也套用外婆的诗歌形式。

我没有在教堂里做祷告，因为我不好意思在外婆的上帝面前重复外公那些愤愤不平的祷告词和哀伤的赞美诗。我坚信，外婆的上帝不喜欢这些祷告词和赞美诗，正如我不喜欢它们一样，而且这些书上都有，就是说，像所有识字的人一样，上帝已经将它们熟记于脑了。

因此在教堂里，每当我为某件事情而生出一丝淡淡的惆怅或是过去一天中的一些小小的屈辱刺痛和扰乱我的心时，我就努力编造自己的祷词。只要一想起令人不快的命运，那些话便自然而然地、毫不费力地变成诉苦：

天哪天哪，我好寂寞！
但愿我能快快长大！
不然，这种生活无法过，
宁愿上吊把命毙——饶恕我吧，上帝啊！

学徒如今一场空，
马特连娜鬼婆娘，
冲我吼叫似恶狼，
再活下去——令我更悲伤！

我编的许多祷词，至今仍记忆犹新——小时候脑子里想出来的东西像一道道深深的疤痕留在心里，一辈子也无法平复。

在教堂里挺好，可以得到休息，就像在森林和田野里那样。已经受过许多屈辱、被丑恶粗暴的生活所玷污的幼小心灵，在这些朦胧炽烈的幻想中被洗涤干净了。

但是，我只在最寒冷的天气或是暴风雪肆虐的日子里才上教堂。每当这种时候，天空就好像冻住了，风卷着密密层层的雪花漫天飞舞，雪堆下边的大地仿佛也冻结了，永远不再复活，不再苏醒。

在静悄悄的夜晚，我最喜欢沿街在城里漫步，到很远很远的僻静的地方去。有时候走在街上，宛如展翅飞翔；独自一人，好像天空的月亮；自己的影子在面前徐徐移动，遮住了雪地上闪烁的光点，可笑地撞在街道护栏和板墙上。一个守夜人在街心走着，手里拿着哐啷作响的报更用具，穿着厚重的皮袄，身边有一条狗，抖动着身子。

这个笨拙的人像个狗窝——他从院子里出来，沿着大街，不知要走到哪里去。狗显出一副难过的样子，不情愿地跟在他身后。

有时候，要是碰见一些快乐的小姐和她们的男伴，我便想，他们也是在做彻夜祈祷时溜出来的。

有时，从灯光明亮的窗户上的通风小窗里，悠悠散发出一种特别的气味，弥漫在清洁的空气中。这是一种奇妙的、从未闻到过的气味，暗示着我所不知道的另一种生活。站在窗户底下，闻一闻，听一听，猜一猜：这是一种什么样的生活，住在这所房子里的是什么样的人呢？教堂里正在做彻夜祈祷，而他们却在开心地喧闹、放声欢笑，弹奏一种特别的吉他，铜弦的铮铮声从通风小窗里传出来。

在人烟稀少的季洪诺夫街和马尔特诺夫街拐角上，有一座矮小的平房，引起了我特别的兴趣。这座房子是我在谢肉节前夕的一个冰雪融解的溶溶月夜意外碰上的。一种非同寻常的声音，带着热气从正方形的通风小窗里缓缓地传出来，好像有个体魄强健而善良的人闭着嘴在唱歌。歌词听不清楚，但我觉得这首歌熟悉极了，明白极了，铮铮的琴声妨碍了我，令人讨厌地打断了轻曼悠扬的歌声。我在护栏上坐下来，脑子里想象这一定是用一种大音量的提琴奏出来的，因为这首曲子几乎使人感到难受。有时，这首曲子奏得特别雄壮有力，仿佛震得整个房子都在颤抖，窗玻璃哗啦作响。冰水从屋顶上滴下来，泪水也从我眼睛里涌出来。

守夜人悄悄地走到我跟前，把我从护栏上推下来，问道：

“你在这里干什么？”

“听音乐。”我解释道。

“管你听不听呢！走开……”

我飞快地绕着这段街道跑了一圈，又回到了窗户底下，但房子里的弹奏已经停止了，热闹的欢声笑语从通风小窗里传到大街上。无论如何，这欢悦的喧闹不像我刚才仿佛在梦中听见的那种幽怨凄婉的音乐。

差不多每个星期六我都跑到这座房子跟前。但只有一次，那是在春天，我在那里又听到了大提琴声——几乎不间断地一直奏到午夜。我回到家里，挨了一顿揍。

披着冬夜的繁星，悠悠走在阒无人迹的街上，这使我增长了许多见识。我特意选择了远离中心区的大街，因为在中心区路灯多，我会被主人家的熟人发现，到那时，主人就会知道我没有去做彻夜祈祷。最碍手碍脚的是那些酒鬼、警察和妓女。在远处的大街上，如果屋子的窗户没有结上厚厚的冰花和里面没有放下窗帘的话，便可以往里窥视。

我从那些窗户里，看到的景致可谓五花八门：有做祈祷的，有接吻的，有打架的，有玩牌的，还有忧心忡忡地低声交谈的。展现在我面前的是一幅无声而冷漠的人生全景图，就像花一个戈比看看西洋镜。

我看见在一个地下室里，有两个女人，一个年轻的，一个年纪稍大一些，坐在桌子跟前。一个长头发的中学生坐在她们对面，正在给她们读书，一边挥动着手。年轻的那个冷峻地蹙紧眉头，靠在椅背上听着。年纪稍长的那个——面庞清秀、头发蓬松——突然用手捂住脸，肩膀瑟瑟颤抖起来，中学生立刻把书放下了。而当年轻的那个霍然站起，跑开去的时候，中学生一下子跪倒在头发蓬松的那个女人面前，吻起她的手来。

在另一家窗户里，我偷看到一个大胡子的男人，让一个穿红上衣的女人坐在自己腿上，像哄孩子似的摇着她。他瞪着眼睛，大张着嘴，好像口中唱着什么。她笑得浑身像筛糠似的抖动，身子后仰，两脚乱蹬。那男的把她身子弄正，重新开始唱，她又大笑起来。我看了他们好半天，直到我明白他们准备这样通宵作乐时，我才走开。

有许多这样的情景永远留在我的记忆中，而且我经常由于被这些情景所吸引而回家晚了。这引起了主人们的怀疑，于是他们盘问我：

“你去哪个教堂了？哪个神父当主持？”

他们认识全城所有的神父，知道什么时候该读福音书的哪一章，他们什么都知道，抓我撒谎，对他们来说易如反掌。

婆媳俩所崇奉的是我外公的那位性情暴烈的上帝，这位上帝要求人们对他心怀敬畏。两个女人经常把他的名字挂在嘴上，甚至吵架的时候，她们还互相威胁：

“等着瞧！上帝会惩罚你的，他会叫你变成罗锅儿，贱货！……”

大斋节第一周的星期日，老太婆烤了煎油饼，但是都烤煳了。她被火烤得满脸通红，怒气冲冲地喊道：

“哎，真该死……”

忽然，她闻了闻煎锅，脸色阴沉下来，把煎锅的活把往地上一扔，号哭起来：

“我的老天爷啊，煎锅有荤腥味，不洁净啊，星期一吃斋的那天，我没有把它烧干净，天哪！”

她跪下来，含着眼泪乞求道：

“上帝啊，饶恕我这该死的老婆子吧，看在你受难的分上！不要惩罚我这老傻瓜，上帝啊……”

烤煳的油煎饼都给狗吃了，煎锅烧干净了，可是吵架时儿媳妇还是不依不饶地对婆婆大加指责：

"吃斋的时候，您还用荤油煎锅烤东西……"

她们把自己的上帝硬拉进一切家务琐事中，拉进自己狭隘生活的各个角落。因此，这种贫乏浅陋的生活具有了表面上的意义和重要性，好像是在为最崇高的权力者献身。这种把上帝拉进无聊小事中的做法使我感到十分压抑，我总觉得有人在暗中监视我，不由自主地要向各个角落张望。夜晚，一种恐惧紧紧笼罩着我，令人发瘆。这恐惧来自厨房的一角，那里燃着长明灯，供奉着黑色的圣像。

格架旁边有一个大窗户，当中一根立柱把窗框一分为二。深邃无底的蓝色天空像一个大洞，向窗户里窥探，好像这屋子、厨房和我都悬挂在这个空洞边缘，只要一有动作，这一切就会统统掉进这个冷冰冰的蓝色窟窿里，与星星擦身而过，无声无息地跌入死一样的沉寂中，犹如投进水中的一块石头那样被淹没。我一动不动地躺了好半天，不敢翻身，等待着恐怖快快过去。

我不记得我是怎样摆脱开这恐怖的，但是我很快恢复了平静。当然，这是外婆的大慈大悲的上帝帮助了我。我认为，当时我已经体会到一个朴素的真理：我没有干过任何坏事，我无罪受罚，这不合规矩，而对别人的罪孽，我不负任何责任。

午祷我也不去做了，尤其在春天，那股不可战胜的力量硬是不放我去教堂。如果他们给我两戈比的蜡烛钱，让我去教堂，那我就彻底完了，因为我买了一副羊拐子，整个午祷期间，我都在外边玩，不用说，回家肯定晚了。有一次，我竟把给我用来买追荐亡魂名录和圣饼的十个戈比输个精光，不得已，我便偷了执事从圣堂里端出来的别人的圣饼。

我一心只想玩，简直玩疯了，在各种游戏中，我都表现得足智多谋，高人一筹，很快就成了方圆左近几条街上玩羊拐、玩球和玩击木游戏的高手。

大斋节期间，他们非得叫我斋戒不可，我便去邻居多里梅东特·波克罗夫斯基神父那里去做忏悔。我原以为他是个很严厉的人，在许多事情上，我都对不起他，譬如，我用石头砸他家果园里的凉亭，跟他的孩子们作对，总之，他可以向我提出各种惹他不高兴的事来。这使我感到非常不安，当我站在那间简陋的教堂里，排队等待做忏悔时，我的心怦怦直跳。

然而，多里梅东特神父见了我很和善，用埋怨的口吻高声说：

“啊，邻居来了……嗯，跪下吧！你有什么罪呀？”

他在我头上盖了一块厚重的丝绒布，蜂蜡和神香的气味熏得我喘不上气来，令我说话困难，而且也不想说。

“你听大人的话吗？”

“不听。”

“你说——我有罪！”

我不假思索地脱口说出：

“我偷过圣饼。”

“这是真的吗？在哪里偷的？”神父想了想，不急不忙地问道。

“在三圣教堂、圣母教堂和尼古拉教堂……”

“好啊，在所有教堂里都偷过！兄弟，这不好，这是造孽，明白吗？”

“明白。”

“你说——我有罪！真荒唐。你是偷来吃的吗？”

“有时候是吃，有时候是玩羊拐输了钱，可是我得把圣饼带回家，所以我只好偷……”

多里梅东特神父开始念念有词地低声说着什么，听不清楚。然后又提了几个问题，突然严厉地问道：

“你读过禁书吗？”

当然，我没弄懂他问的是什么意思，反问道：

“什么禁书？”

“你看过不允许看的书吗？”

“没有，我什么也没看过……”

“饶恕你的罪过……起来吧！”

我惊诧地看了一下他的脸——一副沉思而善良的样子。我觉得很尴尬，很惭愧：主人让我来做忏悔时，说了许多有关忏悔的可怕而恐惧的事，说服我诚实地忏悔自己的一切罪过。

“我往您家的凉亭扔过石头。”我说。

神父抬起头，说：

“这也不好！走吧……”

“下一个！”多里梅东特神父连看也没有看我一眼，直接叫后边的人了。

我走了，心头有一种被欺骗、被侮辱的感觉：忏悔时，我觉得那么紧张，那么可怕，而实际上并不可怕，甚至毫无意思！唯一使我感兴趣的是，神父问到的那些我所不知道的书。我想起了在地下室给两个女人读书的那个中学生，想起了“好事儿”——他也有很多厚厚的黑皮书，带有莫名其妙的插图。

第二天，主人给了我十五戈比，派我去领圣餐。今年复活节来得晚，积雪早已融化，街道都干了，路上尘土飞扬。这是一个阳光明媚，令人快乐的日子。

教堂围墙旁边，有一大帮工匠正在不顾一切地玩羊拐赌博。我想，玩一会儿再去教堂也能赶上领圣餐，于是请求那些赌徒说：

“让我参加吧！”

“要想参加，先交一戈比。”一个棕红色的麻脸人傲然说道。

我也同样傲然地说：

“左边第二对，押三戈比！”

“好，把钱押出来吧！”

于是，赌博开始了！

我把十五戈比分开，在长长一排放赌注的地方，把三个戈比押在一对羊拐下边。谁击倒这对羊拐，谁就把钱拿去，要是没打中，他就得给我三戈比。我很走运：两个人瞄准我的注，结果双双没有打中——我从两个成年汉子手里赢了六个戈比。这一下，我的劲头来了……

可是有一个赌徒说：

“看住他，伙计们，别让那小子赢了钱就溜掉……”

我感到受了侮辱，一时怒起，砰砰甩了一句：

“左面最边上一对，押九戈比！”

可是，这没有对那帮赌徒产生明显的作用。只有一个年龄与我相仿的男孩喊了一声，警告说：

“大家小心，他是个幸运儿，是星街绘图师的徒弟，我认识他！”

一个瘦削的工匠，根据他身上的气味判断，是个熟皮匠，挖苦地说：

“小鬼头？好……好啊……”

他瞄准我的注，用灌上铅的羊拐不偏不倚地打中了。他俯下身来问我：

“你要大哭大叫吗？”

我回答说：

“右面边上，押三戈比！”

“也归我了。”熟皮匠夸口说，但他输了。

坐庄不能超过三次。我开始打别人的注，又赢了四个戈比和一堆羊拐。可是，当又轮到我坐庄时，我下了三次注，把所有的钱都输光了。这时，午祷也正好结束，钟声响了，人们纷纷走出教堂。

“娶老婆了吗？”熟皮匠问，企图抓我的头发，可是我猛一挣脱，跑开了。我追上一个身着盛装的小伙子，有礼貌地问：

“您领圣餐了吗？”

“领了，您想干什么？”他说，一边用怀疑的目光打量我。

我求他告诉我，圣餐仪式是怎样举行的，当时神父讲了些什么，如果我在场，我应该做什么。

小伙子板起面孔，用恐吓的声音吼叫道：

“你逃避领圣餐，是异教徒吗？哼，我才不告诉你呢——回家让你父亲剥你的皮吧！”

我跑回家去，认定他们会详细问我，必然会知道我根本没有去领圣餐。

可是，老太婆向我祝贺以后，只问了我一件事：

“你给了掌管圣餐酒的执事多少钱？”

“五戈比。”我随口诌了一句。

“给三戈比就算给他面子了，剩两戈比自己留着呀，呆子！”

……春天来了。每天都变换着新装，一天比一天绚丽多彩、楚楚动人。嫩草和白桦的新绿散发出醉人的清香。我非常想到田野里去，仰面躺在温暖的土地上，聆听云雀啾啾啼鸣。可是我整天刷洗冬衣，把它们装进箱子，切烟叶，掸家具上的灰尘，从早到晚总干那些我不需要的、令人厌烦的事情。

空闲的时候，我完全无事可做——我们这条简陋的街上空空荡荡，到远处去，又不允许。院子里净是脾气暴躁、劳累不堪的挖土工人，蓬头垢面、衣衫不整的厨娘和洗衣女工。每天晚上，他们都像一群发情的狗一样，在一起厮混，这使我感到厌恶，感到受辱，恨不得变成一个瞎子。

我拿了剪刀和各种颜色的纸，来到阁楼上，剪出各式各样的纸花，装饰在屋子的椽木上……这毕竟算是我苦闷中的一点精神食粮。我心里产生了一个令人忐忑不安的念头，就是一心想要跑到一个什么地方，那里少一些浑浑噩噩，少一些吵吵闹闹，不这么纠缠不休地向上帝诉苦，不这么常常暴跳如雷地责骂别人。

……复活节的星期六，把弗拉基米尔圣母显灵的圣像从奥兰斯基修道院迎到了城里。圣像将在城里停留到六月十五日，并在各教区挨家挨户走访。

在一个非假日的早上，圣像光临我的主人家。当时，我在厨房里刷洗铜器，年轻的女主人慌乱地从屋里叫嚷道：

“快去把大门打开，奥兰斯基修道院的圣母要光临我们家了！”

我急急忙忙跑到楼下，把门打开，浑身脏兮兮的，手上沾满了油污和砖粉。年轻的修士一只手里提着灯笼，另一只手里拿着香炉，轻声说道：

“您还在睡觉呀？帮帮忙……”

两个居民抬着神龛，走在窄小的楼梯上，我走在神龛的一边，用两只脏手和肩膀帮他们扶着。后边是一个个身材魁梧的修士，踏着楼梯，发出橐橐的响声，一边用低沉的声音不情愿地唱着：

“至高无上的圣母啊，请为我们祈祷上帝……”

我心头掠过一丝忧伤，坚信：

“圣母一定会怪罪于我，因为我这么脏就去抬她，我的两只手也一定会烂掉……”

圣像摆放在屋子正面的一角铺着干净床单的两把椅子上，神龛两侧各站一名修士，扶住神龛。两名修士像天使一般年轻英俊——眼睛炯炯有光，脸上喜气洋洋，头发浓密而蓬松。

做了祷告。

“啊，万民称颂的圣母。”一个身材高大的神父高声唱道，不停地用一根红红的手指去摸弄被蓬松头发遮住的胖乎乎的耳垂。

“至尊至圣的圣母啊，大发慈悲……”修士们无精打采地唱道。

我热爱圣母。听外婆讲，大地上的一切鲜花、一切欢乐——一切善良美好的东西——都是圣母种下的，是用来为穷人排忧解难的。当轮到我去吻圣像的手时（我并没有看见大人们是怎样吻的），我深怀崇敬和万分激动的心情，吻了圣像的脸和嘴。

不知是谁用有力的手一把把我推到门边角落里。我记不清修士们是怎样抬着圣像离去的，但我清楚地记得，主人们围着坐在地板上的我，怀着极大的恐惧和忧虑，七嘴八舌地议论说：这孩子将会怎么样呢？

“应该跟那个神父谈谈，他懂得更多一些。”主人说道，然后无恶意地骂我：

“没有教养的东西，不能吻嘴，你怎么连这点都不懂呢？亏你还上过学……”

一连几天，我都这样绝望地等待着——会发生什么事呢？我用脏手抓了神龛，不合规矩地吻了圣像——不会白白放过我的，我必定要受到惩罚的！

可是，圣母大概宽恕了我由于真诚的爱而无意中犯下的罪过。或许，她的惩罚很轻，以至我在经常受到善良的人们的惩罚中没有觉察出来。

有时，为了故意气一气那老太婆，我便难过地对她说：

“圣母大概是忘了惩罚我了……”

“你等着吧，”她恶毒地说，“我们走着瞧……”

……当我用粉色茶叶包装纸剪成的树叶以及各式各样的东西装饰阁楼上的椽木时，我便用教堂赞美诗的曲调把脑子里随时想到的编成歌来唱，就像加尔梅克人在路上边走边唱那样。

我坐在阁楼上，
剪子手中拿，
把纸剪啊剪……
我呀，鲁莽汉一个，
心里好悲伤！
如若我是狗，
自由跑四方。
眼下人人骂，
忍气又吞声。
别动，住口，你这冒失鬼，
不许说话，不然打你个稀巴烂！

老太婆仔细看了我的杰作，笑了笑，摇着脑袋说：

“你要是把厨房装饰成这样就好了……”

有一天，主人来到阁楼上，一件件看了我的作品，舒了口长气，说道：

“你真有趣，彼什科夫，活见鬼……怎么，你要当魔术师吗？真叫人捉摸不透……”

他给了我一枚尼古拉一世时代的五戈比硬币。

我用细铁丝做了一个抓手，把硬币固定起来，挂在我那些五光十色的装饰品中最显眼的地方，宛如一枚奖章。

可是，过了一天，硬币不见了，铁丝抓手也不见了。我坚信，这一定是那老太婆偷去了！

五

春天，我终于逃跑了。一天早上，我到店铺里去买早茶用的面包，而店老板当着我的面继续跟妻子吵架，用秤砣打了她的额头。她跑到街上，摔倒了。人们立刻围过来，把那女人抬上一辆四轮马车，送到医院里。我跟在车夫后边跑了一阵，后来，竟不知不觉来到了伏尔加河畔，手里还攥着一个二十戈比的硬币。

明媚的春日和煦温馨，伏尔加河水漫出了河岸，辽阔的大地上一片欣欣向荣的景象。这使我觉得，我以前所过的生活，就像地窖里一只可怜巴巴的小耗子。于是我决定不回主人家去了，也不到库纳维诺去找外婆，因为我没有信守诺言，不好意思见到她，而且，外公一定又会对我冷嘲热讽。

我在河边游荡了两三天。白天，那些好心肠的码头装卸工人给我饭吃，晚上，我同他们一起在码头上过夜。后来，有一个装卸工人对我说：

“小家伙，我看你成天在这里闲逛可不是事啊！你到那条‘善良号’轮船上去看看，那里正需要一个洗碗工……”

我去了，见到了餐厅主管。他大高个儿，蓄着大胡子，戴一顶黑丝绸无檐帽。他用浑浊的眼睛，从镜片里打量了我一眼，小声说：

“一个月两个卢布。把身份证拿出来。”

我没有身份证。餐厅主管想了想，说：

“把你母亲叫来。”

我急忙跑到外婆那里。她对我的行动表示赞成，说服外公到职业局给我办理身份证，她却亲自跟我一起来到轮船上。

“好吧，”餐厅主管瞥了我一眼，“跟我来。”

他领我来到船尾。一个身材魁梧的厨师穿着白上衣，戴着尖顶白帽，坐在桌旁，一边喝茶，一边抽着粗大的烟卷。餐厅主管把我推到他跟前。

“找来一个洗碗的。”

说完，他转身走了。厨师嗤了一下鼻子，撅起黑髭须，冲他背影说：

“只顾贪便宜，什么样的死鬼都敢雇……”

突然，他生气地抬起剃得很短的黑头发的脑袋，睁大黑眼睛，沉着脸，大声说：

“你是什么人？”

我非常不喜欢这个人，虽然他穿一身白衣服，但看上去仍然那么脏兮兮的，手指上长着毛，硕大的耳朵里也长着长毛。

“我想吃东西。”我对他说。

他眨了眨眼睛，忽然，他那狂怒的脸孔由于咧嘴大笑而变了形，肉嘟嘟的、烤红了的面颊像波浪似的咧到耳根，露出难看的大板牙，髭须软塌塌地耷拉下来。这时，他像个善良的胖村妇。

他把自己杯子里的茶水泼到船舷外边，重新倒了一杯，把一个原封未动的法式白面包和一大截香肠推到我面前。

“吃吧！有父母吗？会偷东西吗？嗯，不必担心，这里人人都是贼——他们会教会你的！”

他说话像狗叫，有一张刮得发青的大脸，鼻翼周围布满细小的红丝，肥大的鼻子几乎与髭须挨在一起，下唇沉重地、好像厌恶似的往下耷拉着，嘴角上叼着烟卷，喷着青烟。他大概刚洗过澡，身上有一股桦树条气味，太阳穴上抹了胡椒酒，脖子上汗淋淋的，泛着油光。

我喝足了水。他塞给我一卢布纸币。

“去吧，给自己买两条带胸巾的围裙。等等，还是我自己去买吧！”

他整了整尖顶白帽，像熊一样摇晃着笨重的身体，用脚试探着甲板走了。

……夜晚晴朗气爽，一轮明月洒着清辉，渐渐移向轮船左边草地的上空。这是一艘陈旧的棕褐色轮船，烟囱上有一道白杠，轮叶拍打着泛银光的水面，徐徐向前行驶，但不平稳。黑魆魆的河岸悄悄地向后移去，影子倒映在水中。岸上人家的窗户里亮着灯光，村子里飘来歌声，这是姑娘们在跳轮舞，她们唱的“阿伊——留利”叠句，听起来很像赞美诗中的“阿利路亚”……

轮船后面有一条用长长的缆索拖着的驳船，也是棕褐色的。驳船甲板上装着一只铁笼子，里面关着被判处永久流放和苦役的囚犯。一个哨兵站在船头，背着上刺刀的枪，刺刀犹如蜡烛，闪闪发光。天空碧蓝，群星璀璨，也像蜡烛那样熠熠生辉。驳船上静悄悄的，沐浴着慷慨的月光。透过铁笼子黑色的密网，显出一个个模糊不清的硕大灰点，这就是囚犯，他们在眺望伏尔加河。河水荡漾有声，像啜泣，也像怯生生地在笑。四周的一切都有点儿像教堂里的味道，甚至那浓烈的油脂味，也有点像教堂里的味道。

我望着驳船，想起小时候从阿斯特拉罕到下诺夫哥罗德的旅行，想起母亲刚毅的面孔和把我带进这有趣的，但也困难重重的生活——出外谋生——的外婆。只要一想起外婆，我的一切不快、一切悲伤即刻烟消云散，一切都变得有趣、快乐，人们也变得更好、更可爱……

美丽的夜色令我激动不已，几乎要掉眼泪。还有这驳船——它像一口棺材，在这浩渺汹涌的河面上，在这温暖的夜的幽静中，显得是那么多余。河岸线起伏不平，一会儿高，一会儿低，弄得人心惊肉跳，但又觉得十分惬意。我真想做一个善良的、对人们有用的人。

我们轮船上的人都很特别，不管是年老的、年轻的，也不论是男人还是女人，我觉得都是一个样儿。我们的船行驶得很慢，有急事的人都去搭快班船了，乘坐我们这艘船的都是些懒懒散散的、游手好闲的人。他们一天到晚就是喝酒，吃东西，把餐具、刀叉和勺子弄得脏污不堪。我的工作就是洗碗碟、擦刀叉，每天要从早上六点差不多一直干到午夜。白天，在两点至六点之间，晚上，从十点到十二点，我的活比较少。这时候，乘客一般不吃东西，只喝茶、啤酒和伏特加。而餐厅里所有的侍役——我的上司——这时也都闲下来了。厨师斯穆雷、他的助手雅科夫·伊万内奇、厨房洗碗工马克西姆以及专为甲板上乘客服务的侍役谢尔盖都坐在桌旁喝茶。谢尔盖是个驼背，有一张高颧骨的麻脸，一双淫荡的眼睛。雅科夫·伊万内奇说着各种低级下流的话，戏谑地嘻嘻笑着，声音像哭似的，露出铁青色的蛀牙。谢尔盖把自己那青蛙似的大嘴咧到耳根，愁眉苦脸的马克西姆一声不吭，瞪着一双不知什么颜色的眼睛，咄咄逼人地望着他们。

“亚——细亚人。莫尔——多瓦人！”厨师长偶尔大声说一句。

我不喜欢这些人。雅科夫·伊万内奇是个谢顶的大胖子，张口说话就是女人，总是脏话连篇。他的脸呆板无神，满是紫斑，一边面颊上有一颗黑痣，上边长了一撮棕红色的毛，他把这撮毛捻成细细的一缕。当船上来了柔顺活跃的女郎时，他就像叫花子似的唯唯诺诺，战战兢兢，围着她转来转去，跟她说话时故作多情而又可怜巴巴的样子，嘴角上堆着肥皂泡似的唾沫，时不时地用令人厌恶的舌头迅速地把唾沫舔去。不知为什么，我觉得刽子手就是这么肥肥胖胖的家伙。

“要善于挑逗起娘儿们的欲火。”他这样教谢尔盖和马克西姆。他们俩聚精会神地听着，脸涨得通红。

“一帮亚细亚人。”斯穆雷厌恶地脱口说，笨重地站起来，命令我道：

“彼什科夫，过来！”

我们来到他的舱室，他塞给我一本皮封面的书，然后在靠近冷藏室侧壁的吊床上躺下来。

“念吧！”

我在放通心粉的箱子上坐下，认真地念起来：

“挂满星星的恩勃拉库伦，意味着上天的道路畅通无阻，他们拥有这条坦途，能使自己从庸俗和恶劣中解脱……”

斯穆雷点上烟卷抽起来，噗噗地喷着轻烟，嘟哝说：

“一群骆驼！他们写了……”

“露出左胸，以示心地纯洁……”

“谁露出左胸？”

“书上没说。”

“那就是说女人的胸……唉，这帮淫逸放荡之徒。”

他闭着眼睛，两手垫在头下躺着，烟卷微弱地冒着烟，紧挨到了嘴角，他用舌头拨正，深深地吸着，以至他的胸腔里似乎有个什么东西发出呼哨声，那张大脸淹没在烟雾中。有时我觉得，他睡着了，我就不念了，仔细翻看这本讨厌的书——它使我厌恶得作呕。

可是他声音嘶哑地说：

“念呀！”

“大师傅回答说：你看，我亲爱的兄弟苏韦里扬……”

“是塞韦里扬……”

“这里写的是苏韦里扬……”

“是吗？真见鬼！下面是诗，从那里开始念吧，快点……”

我迅速地念道：

好奇的门外汉想知道我们的事情——
你们那弱视的眼睛永远看不分明，
就连天神的歌声你们也听不清。

“等一等，”斯穆雷说，“这不叫诗！把书给我……”

他气冲冲地翻着厚厚的蓝色书页，然后把书塞到床垫下边。

“另拿一本书来……”

遗憾的是，他那只包着铁皮的黑箱子里有许多书，有《奥马尔喻世故事集》《炮兵记事》《塞丹加利勋爵书简》《论有害昆虫类之臭虫及其防治》，还有一些没头没尾的书。有时，厨师逼我把书全部拿出来，把书名念给他听，我奉命照办，可他却气愤地嘟哝：

“胡编乱造，一帮无赖……他们像在打人耳光，可是为什么打，简直不明白。格尔瓦西！他向我认输有什么用，这个格尔瓦西！还有恩勃拉库伦……”

这些奇奇怪怪的词和不熟悉的名字，令人讨厌地留在记忆中，刺激得舌头发痒，老想不停地重念，说不定从声音里能悟出点意思来。窗外，河水不知疲倦地发出哗啦哗啦的声音。这时到船尾去多好啊——那里，水手们和司炉们聚集在货箱之间，同乘客打牌赢钱、唱歌、讲有趣的故事。跟他们待在一起，听他们讲简单明白的语言，眺望卡马河两岸那犹如铜弦般挺直的松树，眺望那春汛过后留在草地上的小湖泊，宛如破碎的镜片，映照出蔚蓝的天空，这是一幅多么令人心旷神怡的景色啊！我们的轮船离岸了，急速向前驶去。在疲惫的白天的静谧中，岸上传来一座看不见的钟楼的钟声，使人想起岸上的村庄和人家。一只渔船像一大片面包似的在波浪里漂荡。岸上出现了一个小村庄，一群孩子在河里戏水，一个穿红衬衫的庄稼人走在蜿蜒如带的黄色沙地上。从河这边远远望去，一切都显得那么迷人可爱，好像精致漂亮的玩具一样小巧玲珑，五光十色，十分有趣。真想对着河岸，对着驳船，喊上几句亲切告别的话。

这条棕褐色的驳船引起我极大的兴趣，我可以整小时地、不间断地望着它那圆圆的船头在浑浊的水中起伏。轮船拖着这条驳船，像拖着一头猪似的，拖索松弛下来，拍打着水面，随后又绷紧，水珠吧嗒吧嗒落下来，于是，拖索又拉住了驳船的船头。我非常想看看像野兽似的坐在铁笼子里的那些人长什么样子。当他们在彼尔姆上岸时，我挤到跳板上去看。有几十个被折磨得不成样子的人从我身边走过，杂沓的脚步声和哐啷哐啷的镣铐声响成一片，他们被沉重的背囊压弯了腰。他们当中有女的，也有男的；有年老的，也有年轻的；有漂亮的，也有丑陋的。不过，他们跟所有的人完全一样，只是穿的衣服和剃得难看的发型不同而已。可是，外婆曾给我讲过许多关于强盗的侠义故事。

与其他人相比，斯穆雷更像一个凶悍的强盗，他望着驳船，脸色阴沉地嘟哝道：

“上帝啊，救救这些苦命人吧！”

有一次我问他：

“别人都在杀人、抢劫，您为什么老是这么弄饭呢？”

“我不是弄饭，是在做饭，老娘儿们干的那才叫弄饭呢。”他笑着说，想了想，又补充道，“人与人之间的差别就在于聪明程度的不同。有的人更聪明些，有的人不大聪明，还有的人完全是傻瓜。要想变得聪明，就得读正道的书，读妖魔鬼怪的书，还有什么书要读呢？所有的书都应该读一读，到时候从中找到好书……”

他经常督促我：

“读书吧！如果这本书你读不懂，那就读七遍，如果读七遍还不懂，那就读十二遍……”

斯穆雷对船上所有的人，包括沉默寡言的餐厅主管，说起话来老是那样生硬，厌恶地撇着下嘴唇，髭须向上撅着，好像在用石头砸人似的。他对我倒是很温和、很关心，但在这关心中，有一种多少使我害怕的东西。我有时觉得，厨师是个神经错乱的疯子，像外婆的妹妹一样。

他有时对我说：

“等会儿再念吧……”

于是，他老半天躺在吊床上，闭着眼睛，鼻子不时发出轻微的鼾声。他那大肚子一起一伏，被灼伤的毛茸茸的手指像死人那样叠放在胸口上，不时地微微颤动，仿佛在用一副看不见的织针编织着看不见的袜子。

突然，他又嘟哝起来：

“是啊。给了你这个智慧，你就好好活着吧！可是老天给人的智慧是吝啬的，不平等的。如果大家都一样聪明该有多好啊，其实不是这样……有的人懂，有的人不懂，还有的人根本就不想懂，你看！”

他结结巴巴地讲着自己当兵生涯中的故事，可是我弄不明白这些故事的意义。在我看来，这些故事毫无意义，并且他不是从头开始讲的，而是想起什么就讲什么。

“团长叫来那个士兵，问：‘中尉对你说了些什么？’他照实说了，当兵的必须讲真话。中尉看了他一眼，像看一堵墙似的，然后转过脸，低下头。是啊……”

厨师发怒了，喷着烟，呜里呜噜地埋怨说：

“难道我知道什么该说，什么不该说吗？于是，给那中尉判了罪，禁闭在要塞里，可是他妈的……啊，天哪！我那时什么也没学过呀……”

天气炎热。四周的一切都在轻轻晃动、鸣响，河水哗啦哗啦地冲击着船舷，轮子发出哐当哐当的响声，舷窗外，宽阔的河水滔滔流去，远处的岸上显出一片草地，树木耸立。听觉适应了一切声音，好像觉得周围很静，虽然有个水手在船头凄凉地哭号：

“七——七个，七——七个……”

我什么都不想参加，什么都不想听，什么都不想干，只想找个没有厨房油腻味和热气的阴凉处坐一坐，似醒非醒地看着这沉寂的、疲倦的生活随水流去。

“念呀！”厨师气哼哼地吩咐道。

甚至各等舱的侍役都怕他，还有那个温和的、像鲈鱼那样吝于说话的餐厅主管，看样子也怕斯穆雷。

“哎呀，你真是头猪！”他冲餐厅主管喊道，“过来，你这个坏蛋！亚细亚人……恩勃拉库伦……”

水手和司炉们对他又恭敬又巴结，因为他常常把熬过汤的肉给他们吃，详细询问他们乡下的情况和家里的情况。那些浑身油渍、被烟火熏黑的白俄罗斯司炉算是轮船上最低下的人，大家都叫他们雅古特[1]，而且还戏弄他们：

① 旧时对白俄罗斯人的蔑称。

“雅古，别古，在岸上住。”

斯穆雷一听见这话，立刻气得火冒三丈，血涌头顶，对司炉怒吼道：

“你怎么能听任人家嘲弄自己呢，大草包？扇那丫的喀查普[1]的耳光呀！”

有一次，水手长——一个漂亮而凶狠的汉子——对他说：

“雅古特和喀查普都是一丘之貉！”

厨师一把抓住他的后脖领子和腰带，把他举到空中，一边摇晃，一边问：

“你想让我把你揍扁吗？”

他们经常吵架，有时大动干戈，但是斯穆雷从来没有挨过打——他力大超人，除此之外，船长太太经常亲切地跟他交谈。这个女人身高体壮，有一张男人似的四方大脸，头发理得像小男孩那样又光又短。

他喝伏特加喝得很凶，但从来没醉过。他一早就开始喝，一瓶酒四次就能喝光，然后喝啤酒，一直喝到晚上。他的脸渐渐变成褐色，乌黑的眼睛惊讶地瞪得大大的。

有时候，他晚上坐在抽水机旁，穿一身白衣服，身材高大，一坐就是几个小时，一声不吭，忧郁地望着徐徐流动的远方。在这种时候，大家都格外怕他，我却可怜他。

雅科夫·伊万内奇从厨房里出来，浑身大汗，脸被烤得通红。他站在那里，不时地搔搔秃头顶，然后一挥手，悄悄走开了，要不就离老远说一句：

“鲟鱼死了……”

① 旧时乌克兰沙文主义者对俄罗斯人的蔑称。

“那就做酸菜鱼吧……”

“如果乘客要订鲜鱼汤或清蒸鱼怎么办呢？”

“你就做吧。他们会吃的。”

有时候，我下决心要到他面前去，他却吃力地把目光移到我身上。

“有什么事吗？”

“没什么。”

“那好……”

我找了一个机会，终于开口问他：

“您为什么让大家都怕您？其实您是很善良的人。”

出乎我的意料，他没有发火。

“我只对你一个人是善良的。”

但他马上朴质而沉思地补充说：

“我也许对所有的人都是善良的，只是不表露出来，这可不能对人表露，要不然会受欺侮的。人善被人欺，就像沼泽地上的塔头墩子被践踏那样……而且还会被人置于死地。去把啤酒拿来……”

他一杯接一杯地喝完了一瓶，舔了舔唇髭，说：

“你这小家伙要是再长大一些，那我会教给你许多东西的。我有许多话要对人说，我不是傻瓜……你好好读书吧，书里边想必会有你所需要的一切知识。可不能小瞧了书啊！你想喝啤酒吗？”

“我不爱喝。”

“那好。那就别喝了。醉酒是很糟糕的。伏特加是鬼玩意儿。我要是个有钱的人，我一定让你去念书。一个人没有文化，就如同一头公牛，任人套轭，任人宰杀，它却只会摇摇尾巴……”

船长太太送给斯穆雷一本果戈理的书，我读了其中一篇《可怕的复仇》。我非常喜欢这篇作品，可他却大发雷霆：

“这算什么东西，纯粹是无稽之谈！我知道，还有其他的书……”

他把书从我手中夺去，到船长太太那里又拿了一本回来，并抑郁不乐地吩咐说：

“读《塔拉斯》[①]……全名叫什么来着？你把它找出来。她说这部小说很好……谁觉得好呢？她觉得好，我也许觉得不好呢？瞧她把头发剪得多短！干吗不把耳朵也剪掉呢？”

当读到塔拉斯向奥斯塔普挑战时，厨师低声笑起来。

“是这么回事！那有什么呢？你有文化，我有力气！这书写得多好啊！一群骆驼……”

他听得聚精会神，但也常常嘟哝：

“唉，真荒唐！不能把人从肩膀到屁股一劈两半，绝不能这样干！挑在长矛上也不行——长矛会断的！我可是当兵的出身……”

安德烈的叛变激起他极大的憎恶。

“卑鄙小儿，不是吗？为了一个娘儿们！呸！……”

可是，当念到塔拉斯用枪打死自己的儿子后，厨师把腿从吊床上放下来，两手支在床上，弓起腰哭起来——眼泪顺着面颊缓缓流下来，滴在甲板上。他抽着鼻子，含糊不清地喃喃道：

“啊，天哪……天哪……”

他突然冲我吼叫道：

“你倒是接着读呀，鬼东西！”

当念到奥斯塔普临死前大叫着“爹爹！你听见了吗？”时，他又哭起来，而且哭得更厉害，更伤心了。

“一切都完了，”斯穆雷哽咽着说，“全完了，唉！念完了吗？唉，该死！真有过这样的人，那个塔拉斯，怎么样？是啊，这才是好汉

① 俄国作家果戈理（1809—1852）的小说《塔拉斯·布尔巴》。

呢……”

他把书从我手里拿过去，认真地看了看，眼泪滴在封面上。

“好书！真过瘾！”

后来，我们读了《艾凡赫》[①]。斯穆雷非常喜欢书中的主人公金雀花朝的理查德。

“这是一位真正的国王！”他生动有力地说。可是我觉得这本书枯燥无味。

一般地说，我们俩的兴趣是不相投的。我酷爱的是《汤姆·琼斯的故事》[②]，即旧译本《弃婴汤姆·琼斯的故事》。可是斯穆雷不满地嘟哝说：

“胡扯！汤姆与我有什么关系？我要他干什么？肯定还有别的书……”

有一次，我对他说，我知道还有别的书，是一些秘密的禁书，这些书只能夜间在地下室里读。

他瞪大了眼睛，警觉起来，问道：

“究竟是什么书？你胡说什么？”

“我不是胡说。做忏悔时，神父问过我这些书，在这之前，我也亲眼看见过有人在读，而且还哭了……”

厨师闷闷不乐地盯着我的脸，问：

“谁哭了？”

“一个太太，她在听别人给她念书。还有一个甚至吓得跑开了……”

“醒醒吧，你在说胡话。”斯穆雷说道，慢慢地闭上眼睛。他沉

① 英国小说家司各特（1771—1832）的著名长篇小说，描写英国“狮心王”理查德一世的故事。
② 英国小说家、剧作家菲尔丁（1707—1754）的长篇小说。

默了一会儿，又喃喃地说起来：

“当然，有地方会有……藏而不露的书。不可能没有……我都这把年纪了，好的时光过去了，而且我的性子又……嗯，不过……”

他可以很健谈地说上整整一个小时……

我不知不觉地有了读书的习惯，而且感到读书其乐无穷。书上所讲的令人感到愉快，跟现实生活不同。现实生活变得更加难以忍受。

斯穆雷对读书也越来越入迷，常常让我放下手上的活计去念书。

“彼什科夫，去念书吧。”

“我还有许多盘子没有洗出来呢。”

“马克西姆会洗的。”

他粗暴地强使老洗碗工去干我的活儿，老洗碗工就心怀不满地把玻璃杯打碎。餐厅主管和气地警告我说：

“再这样下去，我可就请你下船了。”

有一次，马克西姆故意把几个玻璃杯放在盛污水和剩茶水的盆子里，我泼污水时，那些杯子也一同被泼出去了。

“这算我的过失！”斯穆雷对餐厅主管说，“记在我的账上吧。”

那帮餐厅侍役开始对我另眼相看，对我说：

“唉，你呀，小书迷！你凭什么拿工钱？”

于是他们拼命给我加活儿，有意把餐具弄脏。我明白了，这一切对于我是不会有好结果的。果然不出我所料。

傍晚时分，在一个小码头上，有两个女客上了我们的轮船。一个是红脸膛的婆娘，另一个是姑娘，戴着黄头巾，穿一件粉红色的新上衣。她们俩都喝醉了，那婆娘笑着，向所有的人鞠躬，像教堂执事那样，“O”音很重地说着：

“请原谅，亲爱的，我只喝了一点点！我被宣判无罪，我这一高兴，就喝了点儿……”

那姑娘也在发笑，用黯淡无光的眼睛望着大家，推着那婆娘说：

“走啊，疯子，你倒是往前走啊……”

她们在二等舱室旁边安顿下来，对面是雅科夫·伊万内奇和谢尔盖睡觉的舱室。那婆娘转眼就不见了，这时，谢尔盖坐到那姑娘身边，垂涎欲滴地咧着大蛤蟆嘴。

晚上，当我干完活躺在桌子上睡觉时，谢尔盖走到我跟前，拉住我的手。

“走吧，我们给你讨个老婆……”

他喝醉了。我试图挣脱开手，可是他打了我一下。

“走啊！”

马克西姆跑过来，也是醉醺醺的，他们俩生拉硬拽，拖着我经过甲板上正在睡觉的乘客，来到他们自己的舱室。可是，斯穆雷正站在舱室门口，门里边是雅科夫·伊万内奇，用力抓着门框，那姑娘用拳头打他的背，用喝醉酒的声音叫喊道：

“放开手……”

斯穆雷把我从谢尔盖和马克西姆手里拉出来，揪住他们的头发，把两个脑袋“砰”地一撞，猛然丢开——两人都摔倒了。

“亚细亚人！”他冲雅科夫甩了一句，“砰”的一声把门关上，差点儿碰到雅科夫的鼻子。他推着我，瓮声瓮气地说：

“你快走开！”

我跑到船尾上。这是一个多云的夜晚，河面一片漆黑。船后面泛起两道灰白的水纹，向看不见的两岸荡漾开去。驳船在这两道水纹之间游动。时而在左边，时而在右边，闪现出红色的点点灯火，但却什么也没有照亮，便在河岸急转弯处消失了。然后，夜色越加黑暗，令人难过。

厨师走过来，挨着我坐下，沉重地叹了口气，点上烟抽起来。

“他们是拉你到她那里去吗？嘿，下流坯！我听见他们在嘀咕怎么使坏……”

“你把那姑娘从他们那里拉开了吗？”

“拉她？”他粗鲁地骂了那姑娘一通，接着用低沉的声音说，“这里人人都是坏蛋。在这条船上比乡下还糟。你在乡下住过吗？”

“没有。”

“村子里糟透了！尤其是冬天……”

他把烟蒂扔到船舷外边，沉默了一会儿，又开始说起来：

“这是乌合之众，像猪狗一样，你在这里待下去可就毁了，我真可怜你，小狗崽儿。我也可怜大家。有时，我真不知道怎么办才好……甚至都想跪下，问问他们：‘你们在干什么，狗杂种，啊？怎么，你们都是瞎子吗？’一群骆驼……”

轮船一声长鸣，拖索“啪”的一下打在水面上。信号灯光在伸手不见五指的黑暗中摇晃起来，指出码头的所在，又有一些灯光从黑暗中显现出来。

“醉林到了，”厨师说，“还有一条河，叫醉河。这里有一个司务长，姓普扬科夫[①]……还有一个文书，姓扎皮沃欣[②]……我到岸上去走走……”

岸上，几个从卡马来的五大三粗的女人和姑娘抬着装满劈柴的担架走来。她们背着挽带，弯着身子，迈着稳健有力的脚步，两人一对，鱼贯地向锅炉舱走去，把那些半俄丈长的劈柴扔进一个黑洞洞的煤舱里，声音清脆地舒口长气，喊道：

“啊唷——唷——唷！”

---

① 即醉酒的意思。
② 即狂饮、酗酒的意思。

当她们抬着劈柴走过来时，水手们便抢着去摸她们的乳房和大腿，女人们尖叫着，向水手们啐唾沫。回去的时候，她们用空担架左打右击，防备男人们动手动脚。这种情景我看到过好多次——每一次航行时，凡是在装劈柴的码头上，都有这种情景。

我仿佛觉得，我已经是个上了年纪的人，在这船上生活了许多年，清楚地知道明天、一个星期以后、秋天，甚至明年以后这船上将要发生的事。

天亮了，在高出码头的陡沙岸上，显现出一片郁郁葱葱的松林。一群女人向山上的树林走去，像狼嗥似的咯咯笑着，唱着。她们扛着长担架，一个个像全副武装的兵。

真想大哭一场，眼泪在胸膛里沸腾，心犹如在泪水中炖煮。这实在令人痛苦。

可是我不好意思哭，于是就帮着水手布利亚欣冲洗甲板。

布利亚欣是个垂头丧气的人，显得有点儿萎靡不振，死气沉沉。他老是一个人躲在角落里，一对小眼睛忽闪忽闪的。

“我其实不姓布利亚欣……要知道，因为我母亲生活放荡。我有个姐姐，也是那种人。也许她们俩的命运是命中注定的吧。命运对于我们，小兄弟，像只铁锚。你要想走开，可是——等着瞧吧……”

这时，他一边用拖布擦甲板，一边轻声对我说：

“你看见了，他们怎样欺侮女人！就是嘛！一块湿劈柴烤久了也会着火的！我不喜欢这一套，小兄弟，我看不惯。我要是生成个女人，就投河淹死，以基督的名义保证！……本来，谁都没有自由，可是他们还要点火烧你！激你！我告诉你吧，那些阉割派教徒可不是傻子。你听说过阉人吗？那些人都挺聪明，把世上的事都看透了：抛弃一切凡尘琐事，一心一意当上帝的仆人……”

船长太太把裙子提得高高的，踩着一汪一汪的水，从我们身边走过。她一向起得很早。她身材高大挺秀，脸庞纯朴开朗……我真想追上她，全心全意地请求她：

“请你告诉我点什么，告诉我吧！……”

轮船徐徐驶离了码头。布利亚欣画着十字说：

“我们开航了……”

六

到了萨拉普尔，马克西姆离开轮船走了——一声不吭地走了，没有跟任何人道别，一副严肃而平静的样子。那个快活的女人笑着，紧随其后也下了船，跟在女人后边的是那个满脸倦容、眼睛红肿的姑娘。谢尔盖在船长舱室前跪了好半天，吻着门板，碰着额头，号叫道：

“饶恕我吧，我没有过失！那是马克西姆干的……”

水手们、餐厅的侍役们，甚至还有一些乘客，都知道他在撒谎，但却劝他说：

“走吧，走吧，船长会饶恕你的！”

船长把他撵开，还狠狠踢了他一脚，以致谢尔盖仰面跌倒了，但船长毕竟原谅了他。于是谢尔盖立刻在甲板上奔忙起来，不停地端茶送水，像狗一样讨好地看人眼色行事。

从岸上雇了一个当过兵的维亚特卡人，来补马克西姆的缺。这个人瘦骨嶙峋，长着小脑袋和一对棕褐色眼睛。厨师的助手马上支使他去杀鸡。他杀了两只鸡，把其余的都放出来，在甲板上乱跑。乘客们开始捕捉，有三只母鸡飞出船舷，掉进河里去了。于是，那当兵的坐在厨房旁边的劈柴上，难过地哭起来。

“你怎么了，傻瓜？”斯穆雷诧异地问道，“难道当兵的还哭鼻子吗？”

“我是卫戍连的。”那兵小声说。

他这一哭可就糟糕了。半小时之后，船上的人都耻笑他，他们走到他跟前，直盯盯看着他的脸，问：

“就是这个吧？”

于是他们带侮辱性地、阴阳怪气地大笑起来，直笑得前仰后合，浑身颤抖。

那兵起初没看见有人，没听见笑声。他用旧的印花布衬衫袖子擦着眼泪，好像是把眼泪藏到了袖管里。可是，不多一会儿，他那棕褐色的小眼睛气得发红了，他带着维亚特卡口音，连珠炮似的说起来：

“干啥都瞪着眼珠子瞅我？哼，恨不得把你们都撕成碎片……”

这更加使大伙儿开心了，他们开始对他指指点点，拉拉扯扯，拽他的衬衫和围裙，好像在逗引一只公山羊似的戏弄他，就这样一直把他折腾到吃午饭。午饭后，不知是谁把一块榨干的柠檬套在木勺柄上，拴在他背后围裙的带子上。他一走动，木勺便在他身后左右摇摆，引起阵阵哄笑。可是他正忙得团团转，像一只被逮住的小老鼠，不明白什么东西逗得大家发笑。

斯穆雷一直注视着他，一声不吭，神情严肃，那张脸变得有点像女人的脸。

我同情起那个兵来，问厨师：

“可以告诉他，他背后有只木勺吗？”

厨师默默地点了点头。

当我向那兵说明大家哄笑的真相时，他迅速地摸到背后的木勺，一下子揪下来，摔在地上，一脚踏碎了。然后，他两手抓住我的头发。我们扭打起来，这使那群幸灾乐祸的围观者大为满意。

斯穆雷用力推开围观者，把我们俩拉开了。他先拧了我的耳朵，又去揪住那个兵的耳朵。大家见那小个子在厨师手底下摇头晃脑，便都手舞足蹈，发狂地大喊大叫，发嘘声，吹口哨，跺脚，笑得前仰后合，乐不可支。

“乌拉，卫戍兵加油！用脑袋撞厨师的大肚皮呀！”

看着那帮家伙欣喜若狂的劲儿，我真想冲上去，用劈柴棒子狠敲他们的肮脏脑瓜。

斯穆雷放开那兵，反剪双手，像一头大公猪似的毛发竖立，龇牙咧嘴，一副凶神恶煞的样子，向那群围观者走去。

“各回各位——走开！亚——细亚人……”

那个兵又向我扑过来，但斯穆雷一把抱住了他，放到抽水机旁边，开始抽水，浇那个兵的脑袋，像摆弄布娃娃似的，把他那孱弱的身子翻来转去。

水手们、水手长、大副都跑来了，又聚了一大帮人。高出大家一头的餐厅主管站在那里，像往常一样，静无声息，一语不发。

那个兵在靠近厨房的一堆劈柴上坐下来，用哆哆嗦嗦的手脱下皮靴，开始拧干包脚布。可是包脚布没有湿，倒是从他那稀稀拉拉的头发上滴下水来，这又引起围观者一阵哄笑。

“反正一样，”那个兵说道，声音又尖又细，“我非打死那小子不可！”

斯穆雷轻轻扶住我的肩膀，对大副说了些什么，水手们把大家驱散。当大家散去以后，厨师问那个兵：

“怎么处治你呢？”

那个兵没有搭腔，用发狂的眼睛盯着我，全身奇怪地抽搐着。

“不要闹了，你这个狂叫病患者！”斯穆雷说。

那个兵开口说：

“休想，这不是在你的连队里。”

我发现厨师面子上受不住了，绷紧的面颊松弛下来。他啐了口唾沫，拉着我走开了。我呆头呆脑地跟着他，不时回头看看那个兵。斯穆雷莫名其妙地嘟哝说：

“唉，一个多么自以为是的家伙，啊？瞧瞧你们……”

谢尔盖撵上我们，不知为什么小声地说：

“他想自杀！”

“在哪儿？”斯穆雷大吼一声，拔腿就跑。

那个兵站在餐厅侍役舱室的门里边，手里拿一把大刀——这把刀是剁鸡头、劈引柴用的，刀刃已崩得像把锯子，一点儿也不利了。

舱室门前围着一堆人，仔细打量这个满头水淋淋的、个子矮小的人。他那翘鼻子的脸犹如肉冻似的在颤抖，嘴有气无力地张了一下，嘴唇直哆嗦，发出像牛一样的哞哞叫声：

“虐待狂……虐——待——狂……”

我跳到一个不知叫什么的东西上面，越过人们的头顶，看他们的脸——人们嘻嘻哈哈，纷纷议论：

“看啊，看啊……”

当他用枯瘦的孩童般的小手把打架时拽出来的衬衫塞进裤腰里时，我旁边一个仪表优雅的男子叹了口气，说：

“已经打算去死了，可是还要整理裤子……”

大家笑得更欢了。很显然，没有人相信那个兵会自杀，连我也不信。斯穆雷匆匆瞥了他一眼，挺着大肚子，把人群推开，劝说道：

“滚吧，傻瓜！”

他一下子把许多人都叫成了傻瓜。他向挤在一堆的那些人走去，冲他们喊道：

“散开，傻瓜！”

这话听起来令人觉得可笑，不过倒也恰如其分——今天从早上起，所有的人都是大傻瓜。

他把人群驱散开，走到那个兵跟前，伸出一只手。

“把刀给我……”

“给你就给你。”那个兵说道，把刀刃朝外递过去。厨师把刀塞给我，把那个兵推进舱室。

“躺下睡觉！你这是干什么，啊？”

那个兵一声不吭地坐到吊床上。

“他去给你拿吃的和伏特加来，你喝伏特加吗？”

“可以喝点儿……”

“你要当心，不许碰他。嘲弄你的不是他，听见了吗？我说，这不是他干的……”

“他们为什么折磨我？”那个兵轻声问道。

斯穆雷停了一下，闷闷不乐地说：

“喏，我怎么知道呢？”

他跟我一起到厨房去，嘴里小声叨咕说：

“真是的……没完没了地纠缠一个可怜巴巴的人！你看，有什么法子呢？可不是嘛！人这东西，老弟，会失去理智的，会的……他们像臭虫一样叮住你——完了！臭虫又算得了什么！他们可比臭虫凶狠得多……”

我给那个兵送来了面包、肉和伏特加，他正坐在吊床上，前后摇晃着身子，抽抽搭搭地低泣，像个村妇。我把盘子放在桌上，说道：

“吃吧……”

“把门关上。”

“屋子里会黑的。”

“关上吧，不然的话，他们又会闯进来……”

我走了。我讨厌那个兵，他没有唤起我对他的同情和怜悯。这使我感到难堪，因为外婆多次教导我：

“对人要有怜悯之心，大家生活得都很不幸，很艰难……”

“送去了吗？”厨师问我，“喏，他在那里做什么呢？”

“在哭。”

“嗐……一个大草包！他算什么兵呀？”

“我一点儿也不可怜他。”

“嗯？你说什么？”

“对人应该有怜悯之心……”

斯穆雷抓住我的胳膊，把我拉到他跟前，令人起敬地说：

“不必违心地去同情别人，可是撒谎也不好，懂了吗？不要学那些乌七八糟的东西，要守本分……”

说完，他把我推开，又抑郁地补充说：

“这里不是你待的地方！给你，抽支烟吧……”

那帮乘客发疯似的折磨那个当兵的，在斯穆雷揪那个兵的耳朵时，他们开心地大笑，我觉得这种行为似乎有一种难以言状的凌辱性的、令人压抑的东西，这使我大为愤慨，同时也感到自己被蹂躏了。这些令人憎恶的、可悲的东西怎么会使他们喜欢呢？这里有什么东西引得他们如此开怀大笑呢？

看吧，他们又回到低矮的遮阳篷下面，坐的坐，躺的躺。他们在喝酒、吃东西、打牌，融洽而庄重地交谈着，望着滔滔流去的河水，好像一个小时之前，在这里打口哨、喝倒彩、肆无忌惮地嘲弄人的不是他们。他们又像平常那样安静、慵懒。他们好像阳光下的一群蚊蚋或一粒粒灰尘，从早到晚在船上慢腾腾地拥来挤去。瞧，有十来个人正在跳板跟前推推搡搡，画着十字，下船上岸。码头上也有这样一些人，不等他们下船，便硬往船上冲，同样是弯着腰，背着沉重的背囊和箱子，同样是那种装束……

乘客们的不断更换，并没有使船上的生活发生丝毫变化。新来的乘客所谈的正是离去的乘客已经谈过的：土地呀，工作呀，上帝呀，女人呀，而且，说的话也都一模一样。

“忍耐吧，一切都是上帝安排的。忍耐得住方能为人！没有办法，我们命该如此……”

这些话听腻了，而且令人气愤。我偏不忍耐那些卑鄙肮脏的勾当，也不想忍耐对我那种凶狠、不公正和屈辱的待遇。我清楚地知道，也觉得我不应受到这样的待遇。那个兵也不应该受到这样的待遇。也许他自甘被人嘲弄吧……

马克西姆被船上解雇了，但他是个认真善良的小伙子，谢尔盖是个卑鄙的家伙，反倒被留下来了。一切都是这样本末倒置。这群居然把人折磨到近乎发疯的家伙，为什么总是恭顺地服从水手们气势汹汹的呵斥、满不在乎的叫骂呢？

“干吗都紧靠在船舷上？”水手长眯缝起漂亮而凶狠的眼睛喊道，“船倾斜了，都散开，穿厚呢大衣的鬼东西。”

那帮鬼东西乖顺地蜂拥到另一侧船舷，可是他们又被轰走了，像轰一群绵羊似的。

“唉，可恶的家伙……”

夜晚是炎热的，待在被烈日晒了一天的炽热的遮阳篷下面，令人憋闷得难受。乘客们像蟑螂似的四散开来，在甲板上乱爬，随处乱躺。船到码头之前，水手们便用脚踢他们起来。

“哎，干吗都四仰八叉地躺在过道上！都回铺位上去……”

他们都起来了，迷迷糊糊地朝水手推他们去的地方走去。

水手们跟他们一样，只是服装不同，但却像警察那样指挥他们。

在这些人身上，首先可以看出的是一种温和、怯懦和可悲的驯顺，当一种残忍、无聊和几乎总是令人不快的恶作剧突然冲破这层顺从的外壳而爆发出来时，令人感到是那么奇怪，那么可怖。我似乎觉得，这些人不知道自己被拉到哪里去，不管让他们在什么地方下船，他们都无所谓。无论在哪里上岸，他们也只是在岸上待一小会儿，便又登上这条或者那条船，又出发到什么地方去。他们像是迷路的、没有亲人的人，整个大地都是人家的，没有他们的份儿。而且他们一个个怯懦得异乎寻常。

有一天后半夜，不知机器什么地方爆裂了，“砰”的一声轰响，好像放炮似的。甲板顿时笼罩在一层白色雾气之中，浓浓的雾气从机械室腾起，所有的缝隙都在冒气。不知是谁震耳欲聋地喊着，但看不见人。

“加夫里洛，把焊锡铅和防火布拿来……”

我正在靠近机械室的洗碗台子上睡觉，当我从爆炸声和震荡中醒来时，甲板上静悄悄的，机器里“咝咝”地喷出热气，不时地响着锤子的敲击声。可是过了一分钟光景，甲板上的乘客鬼哭狼嚎地叫成一片，乱作一团，顿时出现了一幅惊悚的景象。

在白色的雾气中——雾气很快变得稀薄——那些没扎头巾的女人和瞪着呆板无神的大眼睛、蓬头乱发的男人慌慌张张，到处乱跑，互相碰撞。所有的人都拖着包裹、口袋和箱子，跌跌撞撞，不断有人绊倒，嘴里呼唤着上帝，呼唤着圣徒尼古拉的名字，互相厮打着，不知往什么地方跑去。这幅情景十分可怕，同时也非常有趣。我跟着人们跑来跑去，瞧他们要干什么。

我生平第一次在夜间看到这种惊慌失措的情景，但我好像立刻明白了，原来是人们弄错了：轮船在行驶，没有减速，在船右侧很近的地方，有割草人燃起的篝火，夜晚很明亮，满月高高地挂在天空。

人们在甲板上穿梭似的跑来跑去，各等舱的乘客都跳出来，有个人跳到了船舷外边，接着又是一个，再一个。两个庄稼人和一个修士正在用劈柴把钉在甲板上的长凳打下来，把装满鸡的大笼子从船尾扔到了水里。在甲板中央，靠近驾驶台扶梯的地方，跪着一个庄稼人，向从他身边跑过去的人鞠躬，狼一样地号叫道：

“各位同胞，我有罪呀……”

“放救生艇，鬼东西！”一个大块头的老爷喊道。他只穿一条裤子，没穿衬衫，用拳头捶自己的胸。

水手们跑来跑去，揪着人们的后脖领子，打他们的脑袋，把他们摔到甲板上。斯穆雷穿着睡服，披着大衣，吃力地走着，声音低沉地劝告大家：

“你们真不知害臊！怎么，都疯了吗？船不走了，靠岸了！看吧，那边就是岸！跳进水里的那几个笨蛋，已经被割草人打捞上来了。他们就在那边，看见没有，那两只小船？”

他用拳头打三等舱乘客的头，从上铺开始，一个个往下打。于是他们都像大口袋似的，一声不吭地倒在甲板上。

混乱还没有平息下来。这时，一个披斗篷的太太手里拿一把汤匙，突然向斯穆雷冲过来，在他鼻子底下挥动着汤匙，大声叫喊：

“你怎么敢这样？”

一个浑身湿透的老爷，一边拦住她，一边咂吮着唇髭，恼火地说：

“别理他，这个蠢货……”

斯穆雷摊着两手，眨着眼睛，一副窘态，问我：

“这是怎么回事，啊？她凭什么对我吼叫？岂有此理！我可是第一次看见她！……”

有个乡下人，一边擤鼻血，一边吆喝：

“唉，这一帮人！唉，一帮强盗！……”

一个夏季，船上出了两次事故，都是有惊无险。第三次，乘客们抓住两个窃贼——其中一个扮作朝圣者。他们背着水手们把那两个窃贼打了差不多一个小时，当水手们把窃贼抢过来时，那帮人就骂他们：

“贼向着贼，谁不知道呀！”

“你们自己就是骗子，当然会纵容骗子喽……”

两个窃贼被打得奄奄一息。等到了码头把他们交给警察时，他们连站都站不住了……

还有许多这种令人焦急的事，使人弄不明白，这些人到底是好人还是坏人；是规矩人还是胡作非为的人；为什么坏人竟如此残酷、贪婪？好人竟如此不知羞耻？

关于这个问题，我问了厨师，他拼命抽烟，老是用那怒气冲冲的腔调说：

“嗐，你瞎操什么心呀！人嘛，就是这个样子……有聪明人，也有傻瓜。你去看书吧，别在这里瞎嘟哝。凡是好书，里面都应该有说明……”

他不喜欢宗教书和圣徒传记。

“喏，这些书是给神父、给神父的儿子读的……”

我想做一件使他高兴的事——送他一本书。在喀山码头，我花五戈比买了一本《一个士兵拯救彼得大帝的传说》①。但当时他喝醉了酒，正在发脾气，我没敢送给他，自己先读了一遍。我非常喜欢这本书，一切都写得那么朴实而明快，有趣而简洁。我相信，这本书一定会使我的老师满意。

不料，当我把书送给他时，他却默默地用手掌把书揉成一团，扔到河里去了。

① 19世纪70年代在莫斯科出版的一种图文并茂的廉价读物，作者不详。

“这就是你的好书呀，傻瓜！”他愁眉苦脸地说，“我教你真像在教一条狗，你老想着吃野味，不是吗？”

他跺了一下脚，吼叫道：

“这叫什么书呀？我读过了，简直一派胡言！你以为书里写的是真事吗？嗯，你说呀！”

“我不知道。”

“可我知道！当一个人被砍掉脑袋时，他就会从梯子上跌下来，那么其他人就不会再爬到干草棚上去的。当兵的不是傻瓜！他们点一把火，烧了干草就行了！懂吗？”

“懂了。”

“那好！我知道彼得大帝，他根本就没有跟这个士兵在一起待过！你走吧……”

我明白厨师说的是对的，可是我仍然喜欢这本书。我又买来一本，重新读了一遍。真奇怪，我竟然确信这的确是本坏书。这使我感到不好意思，从此我对厨师也就更加关心、更加信赖了。可是他不知为什么越发经常地、气恼地说：

“唉，应该怎样教你才好啊！这里不是你待的地方……”

我也觉察到，这里不是我待的地方。谢尔盖对我恶劣透了，我几次发现他拿着我洗碗台上的茶具，瞒着餐厅主管，偷偷送给乘客。我知道这是一种盗窃行为，斯穆雷不止一次警告过我：

“你要当心，别让那些茶役把你洗碗台上的茶具偷去！”

对我干的坏事，还有许多许多。我常常想，船一到码头我就逃跑，跑进大森林里去。可是斯穆雷每次都留住我，不让走，对我越来越和善，而且，我也深深眷恋着永不停航的轮船。令人不快的是停泊的时候，我总是期待会发生点什么事，我们就可以从卡马河航行到别拉亚河、维亚特卡河，要是在伏尔加河航行，我将会看到新的河岸、城市和人们。

但是这样的事情没有发生——我在轮船上的生活竟意想不到地、耻辱地中断了。一天晚上，当我们从喀山开往下诺夫哥罗德时，餐厅主管把我叫去了。我进了他的舱室，他随手把门关上，对阴沉着脸、坐在垫有毛毯的凳子上的斯穆雷说：

“他来了。”

斯穆雷粗暴地问我：

“是你经常把茶具送给谢廖什卡吗？”

“他趁我没看见，自己拿的。”

餐厅主管轻声说：

“他没有看见，可是他知道。”

斯穆雷在自己的膝盖上击了一拳，然后揉了揉说：

“您等等，会搞清楚的……”

说完，斯穆雷沉默起来。我和餐厅主管互相对视着，可是我好像觉得他那镜片后面没有眼睛似的。

他生活得很平静，走路没有声响，说话声音低沉。有时候，他那无光泽的大胡子和呆滞的眼睛不知从哪个角落里偶尔一现，便立刻消失不见了。睡觉前，他总是跪在亮着长明灯的圣像前，一跪就是好半天，我从门上形状似红桃爱司的监视孔里可以看见他，但是看不见他是怎样做祷告：他通常都是站着，望着圣像和长明灯，连连叹息，捋着大胡子。

沉默了一会儿之后，斯穆雷问道：

“谢廖什卡给过你钱吗？”

“没有。”

“从来没有吗？”

“从来没有。”

“他是从不撒谎的。”斯穆雷对餐厅主管说。可是主管低声回答说：

“反正都一样。请吧。”

“我们走！”厨师冲我喊道。走到我桌子跟前，他轻轻地在我头顶上弹了一下。“你这个傻瓜！我也是傻瓜！我本来应该好好照顾你的……”

到了下诺夫哥罗德，餐厅主管给我结了账。我领到大约八个卢布，这是我挣到的第一笔大钱。

同我告别时，斯穆雷忧伤地说：

“瞧……瞧，这叫什么事儿……往后可要特别留神，明白吗？绝不能冒冒失失……”

他把一个五彩嵌珠的烟荷包塞到我手里。

“拿着吧，送给你了！多精细的手工，这是我的干女儿给我绣的……喏，再见吧！要好好读书，这是最美好的事情！”

他把手插到我的腋下，稍微举起来吻了我一下，然后把我稳稳地放到码头搭板上。我很可怜他，也可怜我自己。望着他那硕大、笨重、孤独的身影，一边走，一边推开装卸工人，回到船上的样子，我差点儿恸哭起来……

后来，我还遇到过多少像他这样善良、孤独、被生活抛弃的人啊！……

七

外公和外婆又搬到城里住了。我怀着气愤和好斗的情绪回到了他们那里，心里十分难过——为什么把我当作小偷呢?

我回来，外婆对我很亲切，立刻就去烧茶炊。外公一如往常，嘲讽地问:

“攒了不少黄金吧?”

“不管有多少，都是我挣的。”我回答说，在窗户旁边坐下来。我得意地从口袋里掏出一盒烟卷，傲然地点上一支抽起来。

“好家伙，”外公说道，注视着我的一举一动，“原来如此。抽起鬼烟草来了?不太早点儿吗?”

“人家还送我一个烟荷包呢。”我炫耀说。

“烟荷包!”外公尖声叫起来，“怎么，你要戏弄我吗?”

他眼睛里闪着绿光，伸出精瘦有力的胳膊，向我扑过来。我霍地跳起来，一头顶在他肚子上——老头子一屁股坐到了地上。他惊讶地眨着眼睛，张着没有牙齿的嘴巴，阴沉地看了我几秒钟，然后平静地问:

“这是你把我，把你外公，撞倒了吗?把你妈的亲老子撞倒了?”

“您从前还老打我呢。”我小声喃喃说。我已经明白，我做得太过分了。

干瘦单薄的外公从地上站起来，挨着我坐下，敏捷地把烟卷从我手里夺去，扔到了窗外，用受惊的声音说:

“野种，你永远也得不到上帝的宽恕，一辈子，你明白吗？老婆子，”他冲外婆喊道，“你来看看吧，他居然敢打我？就是他！他打了我。你问他吧！”

外婆没有问我，她径直来到我跟前，抓住我的头发，揉搓起来，一边说道：

“我叫你打他，叫你打……”

我没有觉得疼，可是我受不了这个委屈，尤其是外公那恶毒的冷笑。他幸灾乐祸地在椅子上跃动，手掌“啪啪”地拍着膝头，一边笑，一边像乌鸦似的呀呀地叫：

“活该，活该……”

我挣脱开身，急忙跑到一个角落里，躺在那里，只觉得心灰意懒，精神空虚，听着茶炊沸腾的声音。

外婆来了，向我俯下身子，几乎用耳语小声说：

“你原谅我吧，我可没有把你弄疼，那是我故意装出来的！不那样不行。老爷子老了，应该尊敬他。他也是辛苦了一辈子，身子骨都累断了，也是满腹苦水，心里难受啊，不该气他。你已经不小了，你要明白这一点……必须明白，阿廖沙！他现在就像个小孩，还没有孩子大呢……”

她的话犹如热水一般把我通体洗涤一新。听着她那幽幽低语，我感到又羞愧又轻松。我紧紧地拥抱她，彼此吻了又吻。

“去吧，到他那边去吧，没什么！你可别一回来就当着他的面抽烟，要让他慢慢习惯……”

我走进房间，瞥了外公一眼，勉强忍住了笑——他的确是一副心满意足的样子，像个小孩子，喜气洋洋的，踢蹬着脚，一双红毛茸茸的大手敲打着桌子。

“你要干什么，公山羊？又来抵人吗？你这个强盗！跟你父亲一个样！不信上帝的人，进家门不画十字，拿出烟就抽，唉，你呀，波拿巴分子，只值五戈比！”

我没有吱声。他发泄完了，累了，也沉默下来。可是，喝茶的时候，他又开始教训我：

“一个人在上帝面前，要心怀敬畏，就像马要戴笼头一样。除了上帝，我们再没有朋友了，人彼此都是残暴的敌人！”

至于说人彼此都是敌人，这句话我觉得颇有几分道理，其余的话对我毫无触动。

“眼下，你先去马特连娜姨婆家干吧。来年春天，再到轮船上去干。整个冬天就住在他们那里。你可千万别说，春天就不在他们那里干了……”

“是啊，为什么要骗人呢？”外婆说。她刚才就用假装揪我头发骗过了外公。

“不骗人没法过，”外公坚持说，“你说说看，哪一个不骗人能过日子？”

晚上，趁外公坐下来读圣诗时，我和外婆走出大门，到野外去了。外公住的这所有两个窗户的简陋小屋位于城郊，在缆索街的“后面”，从前这里也有过外公的房子。

“瞧我们住的这地方！”外婆笑着说，“老头子找不到称心的地方，老是搬来搬去。这个地方他也相不中，我倒觉得挺好！”

我们面前展现出一片约三俄里长的贫瘠草地，一条条冲沟纵横交错其间，棱线形的森林和喀山大道旁的一排白桦树成了这片草皮地的天然边界。灌木丛的小树枝从冲沟里露出来，像一根根打人用的树条，清冷的夕阳余晖把它们染得血红。微微的晚风摇曳着灰色的草茎。在近处一个冲沟后边，显现出青年男女市民朦胧的身影，也像一根根竖立的草茎。在右边的远处，耸立着一堵古老信徒派墓地的红墙。那墓地叫作“布戈罗夫隐修院”。左边冲沟上面的田野上，有一小块蓊郁的树林，那里便是犹太人的墓地。四周的一切都显得那样贫乏凋零，一切都那样沉寂无声地偎依在这片遍体鳞伤的土地上。城郊低矮小屋的窗户畏葸地望着尘土飞扬的道路，一群没有得到很好饲养的小鸡在路上摇摇摆摆地走着，女修道院那边走来一群母牛，发出哞哞叫声。兵营里传来军乐声——铜号嘀嘀嗒嗒地轰鸣啸叫。

一个喝醉酒的人用力拉着手风琴，踉踉跄跄地走着，一边含混不清地喃喃道：

“我要到你那里去……一定要去……”

“傻子，”外婆说道，眯缝起眼睛望着红通通的夕阳，“你走得到吗？眼看你就要跌倒了，睡着了。等你睡着了，你会被抢光……你的乐趣——手风琴也会不见踪影……”

我向她讲着我在轮船上的生活，望着四周的景色。在我见过不少世面之后回到这种地方来，心里总觉得很苦闷，觉得自己像煎锅里的一条鲈鱼。外婆默默地听着，听得十分专注而认真，正如我喜欢听她说话那样。当我谈到斯穆雷时，她恭恭敬敬地画着十字说：

“他是个好人，圣母会帮助他的，是个好人啊！你可不要忘记他！好的东西，你要永远牢记在心里，不好的东西，干脆忘掉……”

我很难开口向她说明我为什么被解雇，但我还是硬着头皮说出来了。外婆对此没有任何反应，只心平气和地说了一句：

“你年纪还小，不会生活……”

“大家都这么说：你不会生活，不管是庄稼汉，还是水手。马特连娜姨婆对自己的儿子也这么说。怎样才算会生活呢？”

她把嘴唇一撇，摇了摇头，说：

“这个我也不知道！”

“可你也这么说！”

“为什么不说？”外婆心平气和地说，“你别生气，你年纪还小，不会倒是合乎情理。可是又有谁会呢？只有骗子才会。瞧你外公，他倒是又聪明，又能识文断字，可结果也是什么都不会……”

“你自己生活得好吗？”

“我吗？挺好。苦日子也过过，什么日子都经历了……”

人们从我们身边悠然走过，身后拖着长长的影子，脚下腾起滚滚的尘土，遮住了影子。黄昏的哀愁越来越令人感到沉重，窗户里传出外公抱怨的声音：

“耶和华啊，求你不要在怒火中责备我，不要在狂怒中惩罚我……”①

外婆笑着说：

“上帝想必早就对他厌烦了！每天晚上都刺刺不休地诉苦，诉什么苦呢？人都已经老了，什么都不需要了，可他老是抱怨，老是那么死倔……我想，上帝要是听见他每天晚上的哭诉，一定会笑：又是瓦西里·卡希林在唠叨了！走，我们睡觉去……”

我决定去捕鸟。我捕来鸟，让外婆拿去卖，我觉得这是一个糊口的好办法。我买了一个网，一个环和几个捕鸟器，做了几只鸟笼。天刚蒙蒙亮，我就坐在冲沟里的灌木丛中守候，外婆提着篮子和口袋在森林里到处走着采摘秋末的蘑菇、荚果和榛子。

懒洋洋的九月的太阳刚刚升起。它那白色的光线时而被云层遮住，时而变成银色的扇形射到冲沟里和我的身上。沟底仍然是昏暗的，一股淡白色的雾气从那里升起。黏土质的冲沟有一侧很陡直，

① 引自《圣经·旧约·诗篇》第三十八篇第一节。

上面黑乎乎、光秃秃的，另一侧布满了枯草和稠密的灌木丛，枝头挂着黄色、红色和棕褐色的叶子，寒风吹来，叶子纷纷飘落，四散在冲沟里。

红额金翅雀在沟底的刺实植物中鸣叫。我在灰色荒草丛里看见红顶鸟敏捷迅速地转动着脑袋。好奇的白头翁围着我啼啭，它们可笑地鼓着白白的两腮，喧嚷着，忙碌着，恰似节日里的库纳维诺区年轻的女市民。这些鸟有的动作迅捷，有的十分聪明，有的性情凶悍，它们什么都想知道，什么都想动一动，结果一个接一个地落进捕鸟器。看见它们在捕鸟器里左突右冲地乱撞，怪可怜的。但是我是要去做买卖的，这是一件十分严肃的事情。我把鸟从捕鸟器里抓到备用的鸟笼里，藏到袋子里——它们在黑暗中会老实的。

一群黄雀落在山楂树丛上。树丛上阳光灿烂，沐浴着阳光的黄雀十分高兴，叫唤得更欢了。瞧它们那副活泼烂漫的样子，真像一群小学生。贪心的持家能手伯劳鸟，迟误了飞往温暖地方的时机，栖在蔷薇柔韧的枝条上，用嘴梳理着翅膀上的羽毛，一双视力敏锐的黑眼睛盯着猎物。它犹如云雀一般，倏忽振翅飞起，抓住一只熊蜂，小心翼翼地把它穿在蔷薇的刺上，重又栖息在树枝上，转动着贼溜溜的灰脑袋。这时，不祥之鸟松雀悄无声息地飞过去，这正是我渴求的猎物对象，抓住它多好啊！一只离群的红腹灰雀像一位傲慢的大将军，气冲冲地不时叫唤几声，一张黑嘴不停地左右摆动。

太阳渐渐升高，鸟儿越来越多，叫得越来越欢。整个冲沟里音乐奏鸣，风吹灌木发出的不间断的簌簌声则是这乐曲的基调。鸟儿们激情洋溢的啼声毕竟淹没不了这个动听而凄婉的低微响声。在这响声里，我听出了夏天告别之歌，听出了这响声悄悄对我说的一些不同凡响的话语，这话语自然而然地编成了一首歌。同时，记忆中不由自主地又浮现出过去生活的情景。

外婆不知在上边什么地方喊道：

“你在哪儿？”

她坐在冲沟的边上，铺开一块头巾，摆上了面包、黄瓜、芜菁和苹果。在这些食物中有一个带棱的、在阳光下闪亮的长颈玻璃瓶，小巧玲珑，十分漂亮，瓶口塞一个带拿破仑头像的水晶塞子，瓶里装着一什卡列克[1]金丝桃伏特加酒。

“天哪，多好啊！”外婆心怀感激地说。

“我编了一首歌！”

“真的吗？”

于是我把自己编的像诗一样的歌词说给她听：

冬天临近了，一切更分明，
别了，我夏日的小太阳！……

可是，她没有听完，便打断我说：

“这样的歌从前有过，那真是好歌呀！”

于是，她像唱歌似的拖长声调说：

啊，夏日的太阳快要沉落，
躲进黑暗的夜晚，坠入遥远的森林后边，
唉，丢下了我，一个年轻姑娘，
失去了那春天的欢悦，孤零零一个……

早晨我要到村外去，

① 旧俄量酒单位，约合0.06升。

回忆我那五月的欢情——
旷野忧伤地望着——
这里有我失去的青春韶华。

啊，我亲爱的女友们！
在初雪降落的时节，
请将心儿从我洁白无瑕的胸膛里掏出，
掩埋在这清凉凉的雪中！……

听了外婆的吟诵，我那作家的自尊心没有受到丝毫伤害。我非常喜欢这首歌，也非常同情那位茕茕孑立的姑娘。

外婆说：

“这是一支悲歌！是那姑娘自己编的。春天，她和心上人一起在野外游玩，而到冬天，心上人却把她甩了，说不定又有了新欢。所以那姑娘伤心欲绝……自己没有亲身经历过的事，就不会讲得那么情真意切。可是你看，这首歌她编得多好啊！”

她第一次卖鸟挣了四十戈比，这使她大为惊骇。

“你瞧瞧！我原以为这不算一回事，是小孩子家瞎闹着玩的。这可真是鬼使神差，来了个大翻个儿！”

“你卖得还是便宜了……”

“是吗？”

在赶集的日子，她总能卖一个卢布或更多一些，这使她更加感到惊讶：干这种微不足道的营生居然能挣这么多钱！

“一个女人辛辛苦苦洗一天衣服，或者擦一天地板，只能挣二十五戈比，你想想看！不过，这活儿也不是好干的！把鸟捉来关进笼子里拿去卖，这也不好。你别干这个了，阿廖沙！”

可是我对捕鸟十分入迷，我喜欢干这事，我又弄到一些上好的捕鸟工具。我在跟老一辈的捕鸟者的交谈中，学到了许多东西。我常常一个人到三十俄里以外的伏尔加河岸的克斯托夫森林去捕鸟，那里有一片出桅材的松林，林子里有交嘴雀，有捕鸟爱好者所珍爱的阿波罗山雀，这种鸟长着长尾巴，清一色的白羽毛，极其漂亮。

有时候我傍晚出发，在喀山大道上行走一夜，有时候冒着秋雨，踏着深深的泥泞赶路，背上背着漆布袋子，里边装着鸟笼和做诱饵用的鸟，手里拄一根结实的核桃木棍子。在黑魆魆的秋日原野里行路，又冷又怕，可怕极了！道路两边林立着被雷击过的老桦树，湿淋淋的枝条伸展到我的头顶上。左边山脚下，黑黢黢的伏尔加河上，几只末班轮船和驳船的桅灯闪现出点点星光，蹼轮啪啪地拍打着水面，汽笛呜呜地鸣响，仿佛要驶入无底深渊。

路边村落的农舍耸立在铁青色的地面上，几只气势汹汹的饿狗向我扑过来，守夜人敲着梆子，威吓地喊道：

“谁在那里？真可怕，鬼把什么人送到这里来了？”

我非常担心我的捕鸟器被人抢去，所以随身带着几个五戈比的硬币，准备送给守夜人。福基纳村有个守夜人，跟我交上了朋友，一见到我就大喊大叫地说：

“又是你呀？你呀，真是一个天不怕地不怕的家伙，一个地道的夜游神，嗯？”

他的名字叫尼丰特，个子不高，头发斑白，很像一个圣徒。他常常从怀里掏出芜菁、苹果、豌豆，塞到我手里，说：

“给你，朋友，我特意给你准备的，美美地吃吧。”

他一直送我到村口。

“去吧，上帝保佑你！”

拂晓，我来到了森林，把捕鸟工具装好，分别放上碎麦米，然后在林边躺下，等待天亮。四周万籁俱寂，一切都在沉睡。透过灰蒙蒙的雾气，隐约显出山脚下那片辽阔的草地。这片草地上横亘着伏尔加河，草地在河那边一直向远处伸展开去，消失在晨雾中。远方，在草地那边的森林后面，亮晃晃的太阳正在徐徐升起，在黑压压的森林鬃岗上，阳光闪烁，一幅奇异美妙、激动心弦的情景展现在眼前：晨雾从草地上升起，越升越高，在阳光下泛着银光，接着是拔地而起的灌木丛、树木、干草垛，草地仿佛在阳光下渐渐融化，变成赤金色，向四面八方漾开去。这时，阳光照射着岸边平静的水面，好像是整条河都向有阳光的这片水域涌来。喜洋洋的太阳渐渐升高，祝福着、温暖着这片赤裸而寒冷的大地，而大地发出秋天甜丝丝的芬芳。清澈明亮的天空，使大地显得辽阔无垠，一切都流向远方，流向蔚蓝色的大地尽头。我在这里看日出已有几十次了，但每次展现在我面前的都是一个崭新的世界，一幅崭新的美景……

我似乎对太阳情有独钟，我喜欢它的名字，读起来朗朗上口，有一种甜蜜的声音，蕴含着清脆的叮当声。我喜欢闭上眼睛，让脸沐浴着温暖的阳光，喜欢用手掌捕捉射进板墙缝隙或树枝间的光线。外公非常崇拜“不拜太阳的切尔尼戈夫的大公米哈伊尔和他的大臣费奥多尔”[①]，我觉得这种人像茨冈人一样，皮肤黝黑，满脸阴郁，性情凶狠。他们永远像莫尔多瓦人那样，患有眼疾。当太阳升起，照在草地上时，我不禁高兴得笑了。

针叶林在我头顶上空簌簌作响，露珠从绿色的叶尖上滴落下来。树荫下，蕨菜花叶上的晨霜闪烁发光，犹如银白色的锦缎。褪成棕褐色的青草被雨水打倒了，草茎伏在地面上，一动不动。可是当明亮的光线照射到它们时，看得见青草一阵微微地颤抖，这大概是生

① 切尔尼戈夫是古罗斯公国，1239年被蒙古鞑靼人洗劫，不复存在。切尔尼戈夫的大公米哈伊尔·弗谢沃洛多维奇和他的大臣费奥多尔于1246年被杀害于金帐汗国。

命的最后一丝努力吧。

鸟儿们醒来了。灰色煤山雀像绒毛球，从这根树枝跳到那根树枝。火红色的交嘴雀用弯曲的嘴啄松林梢上的松果。一只阿波罗山雀在树梢上摇来摇去，振动着长长的尾羽，一只玻璃珠似的黑眼睛怀疑地斜视着我张下的网。一分钟之前还在煞有介事地沉思的森林，霎时间充满了各种鸟鸣，展现出一片大地上最纯洁的生物的繁忙景象，美丽的大地之父——人类——就是根据它们的样子，造出了埃尔弗[①]、司智天使[②]、六翼天使[③]，以及所有其他天使，借此安慰自己。

捕捉小鸟，我真有点于心不忍，把它们关进笼子里，我觉得良心有愧，我更喜欢观赏它们，可是狩猎的激情和挣钱的欲望战胜了怜悯之心。

鸟儿们施展着各种花招，使我感到十分好笑。蓝雀细心地观察了捕鸟器，明白了什么对它有危险，便从一旁钻进去，安全而巧妙地把诱饵从捕鸟器的木棍上啄去。蓝雀这种鸟十分聪明，但好奇心太盛，所以这一点害了它们。骄傲的红腹灰雀有点儿笨头笨脑，它们成群结队地走进网里，好像一群吃饱喝足的小市民拥进教堂。当它们被网子罩住时，便大惊失色，瞪着眼睛，用厚厚的嘴鸽着爪子。交嘴鸟走进捕鸟器里，一副泰然自若、神气活现的样子。一只神秘而独特的鸸，在网子跟前待了好半天，不时动动长喙，身子靠在粗大的尾巴上。它像啄木鸟一样，在树干上跑来跑去，老是在追逐蓝雀。这只苍灰色的鸟身上，似乎有一种令人厌恶的东西，它好像很孤独，谁都不爱它，它也不爱谁。它像喜鹊一样，爱偷东西，然后

① 日耳曼和斯堪的纳维亚民间传说中的自然之神，居住在天、地、山、林、家宅，通常善意待人。
② 九天使中的第二位。
③ 天使中的一级。

把一些发亮的小玩意儿藏起来。

快中午时，我便收工回家，一路上穿越森林和田野。如果走大路从村子里过，那帮孩子和小伙子就会把鸟笼抢去，把捕鸟工具扯破弄断，这事我已尝过苦头了。

傍晚回到家时，我已筋疲力尽、饥肠辘辘，可是我好像觉得在这一天中，我长大了，体验到某种新的东西，变得更加坚强有力了。这种新的力量，使我能够承受住外公恶毒的冷嘲热讽，保持一种平静而善意的心态。外公发现了这一点，说起话来便讲道理了，认真了。

"扔掉这不务正业的玩意儿吧，洗手别干了！没有一个人能靠捕鸟挣大钱的，从来没有过这种事，我知道！好好给自己找个正经差事，在工作中去增长才智。人活着可不是为了干那些乱七八糟的事，人是上帝的种子，他应该长出优质果穗！一个人就好比一个卢布，一旦进入了良性周转，那么一个卢布就能变成三个！你以为过日子容易吗？不，一点儿也不容易！世界对于人来说，好比是黑漆漆的夜，每一个人都必须自己给自己照亮才行。每个人都长着十个指头，可是谁都想用自己这双手得到更多的东西。应当显示出力量来，没有力量，就得要点手腕。弱小无能的人，就连上天国下地狱也都统统没门儿！你要记住，你好像是跟大家生活在一起，其实不然，你是孤单单的一个人。任何人的话都可以听，但任何人都不能相信。偏听偏信，定会吃亏上当的。要保持沉默，房屋和城市不是靠说空话建起来的，而是用卢布和斧头。你不是巴什基尔人，也不是卡尔梅克人，他们的全部财产就只有虱子和羊群……"

这种话他可以整晚整晚地讲个不停，我都背得下来了。我喜欢听他说话，但我对这些话的意义不无怀疑。他认为妨碍人生活的有两股力量，那就是上帝和人，这一点，在他的话里已讲得清清楚楚。

外婆坐在窗户跟前，搓着织花边用的线绳。纺锤在她那灵巧的手中嗡嗡作响，她一直听着外公说话，半天没有吱声，突然间开口说：

“一切都会像圣母所希望的那样。”

“你说什么？”外公叫喊道，“上帝！我从来没有忘记过上帝，上帝我知道！你这个老傻瓜，怎么，那些傻瓜难道是上帝种在地上的吗？”

……我觉得世界上生活得最好的要算是哥萨克人和士兵了，他们的生活单纯而快活。晴天，他们一大早就来到我们家对面那条冲沟后面，分散在光秃秃的田野上，穿着白衬衫，好像一个个白蘑菇似的。然后开始做复杂而有趣的操练：他们一个个行动敏捷，身强体壮，手里拿着枪，在田野里愉快地跑来跑去，钻进冲沟里不见了，一听到号声，忽地又蜂拥到田野上，呼喊着“乌拉”，伴着不祥的击鼓声，端起刺刀，径直朝我们的房子冲过来，好像他们马上要把我们的房子当作草垛一样，从地上推倒、拆掉。

我也喊着“乌拉”，忘乎所以地跟着他们瞎跑。凶猛的咚咚鼓声激起了我炽烈的欲望，我真想把什么东西砸坏，把板墙拆毁，把小孩子们揍一顿。

休息时，士兵们请我抽马哈烟，让我看那些笨重的枪支。有时，不定哪个士兵把刺刀对准我的肚子，故意凶残地叫道：

“刺死你这只蟑螂！”

枪刺闪闪发亮，似乎是活的，像蛇那样蜿蜒盘曲，企图见机咬人。看起来有点吓人，但更多的是令人感到快乐。

鼓手是莫尔多瓦人，他教我用鼓槌打鼓。开头，他握住我的手，直握得我两手发疼，然后把鼓槌塞到被捏痛的手里。

“敲——一二，一二！特拉——嗒——嗒——噹！敲起来，左轻右重，特拉——嗒——嗒——噹！”他瞪着鸟儿似的小眼睛，厉声喊着。

我跟着士兵们在旷地上一直跑到操练结束，然后随他们走过全城，直到营房门口。一路上听着他们嘹亮的歌声，仔细打量着一张张善良的面庞，每一个人的脸都是新的，仿佛刚刚铸出来的五戈比硬币。

他们排着队，整齐划一，步调一致地行进在大街上，这使我产生了一种好感，产生了一种想加入这支队伍的愿望，就像我想潜入伏尔加河，想走进森林里那样。这些人无所畏惧，勇敢地对待一切，也能够征服一切，他们能获得他们所想要的一切，而主要的是，他们个个纯朴而善良。

可是，有一次休息时，一个年轻的下士给了我一支粗大的烟卷。

“抽一支吧！这烟才真叫棒呢，我从不给别人抽，可你是个好小子，太好了！”

我点上烟抽起来。他退后一步。这时，烟卷上忽地冒出一股红红的火焰，迷住了我的眼睛，灼伤了我的手指和鼻子，烧焦了我的眉毛。一股带咸味的灰色烟雾呛得我又打喷嚏又咳嗽。我眼睛看不见了，吓得我原地跺脚，那群士兵却紧紧把我围住，开心地高声大笑。我要回家去了，背后却响起一片唿哨声和哄笑声，噼啪乱响，好像牧羊人甩鞭子的啪啪声。被烧伤的指头阵阵作疼，脸火辣辣地灼痛，眼泪汩汩地流出来。但使我感到憋气的不是皮肉之痛，而是那种折磨人的、隐忍的惊诧：为什么对我干这种事？为什么这会使那些善良的青年人感到开心？

回到家里，我爬到阁楼上，在那里坐了很久，回忆着我过去生活道路上所遇到的一切凌辱的、无法解释的残酷事情。特别是从萨拉普尔来的那个矮个子士兵，清晰生动地浮现在我的脑际——他活灵活现地站在我面前，问：

“怎么样？明白了吗？”

过了不久，我又经历了一件更痛苦更惊人的事。

我常常到哥萨克兵营里去，兵营在佩切尔郊区附近。哥萨克人不同于那些士兵，这倒不是因为他们善骑马和服装华丽。他们能歌善舞，说话独特。晚上，他们常常把马刷洗干净，在马厩旁边围起一个圈子，一个矮个子哥萨克站出来，把棕红色的头发甩得乱蓬蓬的，高声唱起来，像一把铜号鸣响。他绷着劲儿挺直身子，轻轻唱着关于静静的顿河、蓝色的多瑙河一类的悲歌。他闭着眼睛，好像是红胸鸲——这种鸟特别爱唱歌，经常唱得从树枝上掉下来摔死。哥萨克人敞着衣领，露出铜制马嚼子似的锁骨，他整个人就像一尊浇铸的铜像。他摆动着两条细腿，仿佛大地在他脚下摇晃起来。他张开两臂，闭着眼睛，声音嘹亮地唱着，好像已不再是人，而是一把铜号，或一支木笛。有时我觉得，他肯定会仰面倒地，像红胸鸲那样死掉，因为他把整个心灵和全部力量都倾注到歌声里了。

他的同伴们，有的把手插进衣袋里，有的把手背在宽阔的背后，在他四周围成一个圆圈，神情端庄地看着他那张红铜色的脸，注视着他在空中轻轻划动的手，像在教堂里的唱诗班那样，庄严而平静地唱着。他们这些人——不管是留胡子的，还是没留胡子的——在这个时刻，个个都像圣像一样庄严伟岸，超凡入圣。这首歌很长，宛如一条大路，平坦、宽阔、明亮。听着这首歌，使人忘记此时此刻是白天还是黑夜，自己是小孩还是老人，令人忘记一切！当歌声渐渐沉寂下来时，仿佛听见军马在叹息，思念那辽阔草原上无拘无束的生活；仿佛听见秋夜不可阻挡地从田野里悄悄走来。这颗心渐渐长大，想要从一种不同寻常的情感中，从对人们，对大地的无言的厚爱中迸裂开来。

我觉得，这个矮个子的红铜色脸膛的哥萨克不是一个普通人，而是一个重要的、神话里才有的人物，他比所有的人都更优秀、更高尚。我不能跟他说话，当他问到我时，我只会幸福地微笑，难为情地默不作声。我心甘情愿像狗一样默默地、顺从地跟在他后面，只要能常常见到他，听到他的歌声就行。

有一次，我看见他站在马厩角落里，把一只手举到面前，仔细地看着戴在手指上的一枚光润的银戒指。他那漂亮的嘴唇微微地动弹，棕红色唇髭颤抖，一脸忧郁委屈的样子。

一个漆黑的夜晚，我提着几只鸟笼，到老干草广场上的酒店去，酒店老板特别喜欢鸣禽，常常买我的鸟儿。

那个哥萨克正坐在炉子和墙壁之间角落的柜台旁边。他身边坐着一个又高又壮的女人，几乎顶得上他两个。她那张圆脸，好像上等的山羊皮，泛着油光。她用母亲般温柔的眼睛有点不安地看着他。他喝醉了，把脚伸出去，沙沙地摩擦着地板，也许他碰疼了那女人的脚，她哆嗦着，皱起眉头，小声求他：

“别乱来……”

哥萨克使劲地抬起眉毛，可是眉毛又无精打采地耷拉下来。他热得解开制服和衬衫，露出脖子。那女人把头巾从头上抹到肩上，把一双有力的白手放在桌子上，手指交叉在一起，由于太使劲，手指变得通红。我越看他们，就越觉得他像个在慈母面前犯有过失的儿子。她温柔而又责备地对他说着什么，他窘迫地一语不发，对应受的责备无言以对。

他好像被什么东西扎了一下似的，腾地站起来，胡乱戴上军帽，用手掌啪地拍了一下，低低地遮住了前额。他也不扣扣子，大步向门口走去。那女人也站起来，对酒店老板说了一句：

“我们马上回来，库兹米奇……”

人们用哄笑和戏谑送走了他们。不知是谁粗声粗气地厉声说：

“引航员会回来的，他会给她点颜色看的！”

我紧随其后走出来。他们拉开我有十步远光景，在黑暗中走着，斜穿过广场，踏着泥泞，向伏尔加河高高的岸坡走去。我看见那个女人搀扶着哥萨克，步履踉跄。泥泞在他们脚下扑哧作响。那女人祈求地小声问道：

“您到哪儿去呀？您到底要去哪儿？”

我踏着稀泥，跟在他们后面，虽然这不是我要走的路。他们来到斜坡的便道跟前，哥萨克停下来，离那女人有一步距离，突然抡起手，打了她一记耳光。她惊吓地大声叫喊：

“哎呀，你干吗打人？”

我也大吃一惊，径直向他们跑过去。哥萨克横抱起那女人，扔到陡岸下边的护栏外面，自己也跳了下去，于是两个人扭作一团，顺着斜坡上的青草滚下去。我惊呆了，愣住了，只听见下面哧哧啦啦乱响，连衣裙被撕破了，哥萨克在吼叫，而那女人断断续续地低声喃喃道：

“我要喊了……我要喊人了……”

她疼得大声哼了一声，便静寂下来。我摸到一块石头，抛下去，只听见青草簌簌响起来。广场上，酒店的玻璃门“砰”的一声响，有个人“哎呀”叫了一声，大概是跌倒了，然后又沉寂下来。这是一种随时都会发生什么事的可怕的沉寂。

陡岸下边出现了一大团白白的东西。这个白团哽咽着，啜泣着，脚步不稳地缓缓向上边走来——我看出是那个女人。她像只绵羊，四肢着地往上爬，我看见她上半身一丝不挂，吊着两个大乳房，所以我觉得她好像长了三张脸。她终于爬到护栏跟前，在上面坐下来，几乎挨着我。她喘着气，像一匹患气肿病的马，理着散乱的头发。可以清楚地看见，她那雪白的身子上沾满了黑乎乎的泥点。她哭着，用猫洗脸的动作擦着眼泪，她看见了我，小声喊道：

“天哪，你是谁？走开，不要脸的东西！”

我惊呆了，痛苦得麻木了，一步也走不动。我想起了外婆妹妹说过的话：

“女人是一种力量，夏娃连上帝都骗过了……”

那女人站起身，用连衣裙碎片遮住胸脯，赤着脚，急忙跑开了。哥萨克从陡岸那边爬上来，挥舞着白连衣裙碎片，低声打了一声口哨，仔细谛听了一下，用快活的声音说道：

“达里娅！怎么样？哥萨克人向来说到做到……你以为，我喝醉了吗？不，不，我这是装样子给你看的……达里娅！”

他稳稳地站着，清醒而嘲笑地说着。他弯下腰，用碎布片擦了擦皮靴，又说起来：

“喂，把衣服拿去……达什克[①]！别装相了……”

哥萨克又大声地说了一句羞辱那女人的话。

我坐在一堆碎岩石上，听着他的声音。在这静谧的夜晚，这声音显得孤独而又十分威严，具有一种压倒一切的气势。

广场上的灯火在眼前闪动。右边，在黑压压的一片树林中，矗立着贵族女子专科学校的白色楼房。哥萨克懒洋洋的，满口说着脏话，挥动着一片白布，向广场走去，终于像一场噩梦似的消失不见了。

斜坡下边，水塔上的排气管在噗噗地喷气，一辆四轮马车辚辚地从坡道上驶过去。四周阒无人迹。我大感扫兴，顺着斜坡走去，

---

① 对达里娅的蔑称。

手里还握着一块没来得及向那个哥萨克投出去的凉冰冰的石头。在胜者格奥尔基教堂附近，守夜人拦住了我，生气地仔细盘问我是什么人，口袋里背的是什么东西。

我把哥萨克人的事详详细细地告诉了他，他哈哈大笑起来，一边叫骂道：

“真妙！哥萨克人都有两下子，老弟，我们可比不上他们！娘儿们都是母狗……”

他笑得喘不过气来，可是我已经往前走了，真不明白他有什么好笑的。

于是，我怀着恐惧的心情想道：如果这种事发生在母亲和外婆身上，会怎么样呢？

八

天开始下雪了，外公又把我送到外婆的妹妹家里。[①]

“这对你不是坏事，不是坏事。”他对我这样说。

我觉得，这一个夏天我经历了许多许多事情，人变老了，也聪明了。而在这段时间里，主人家里却更加沉闷无聊。他们仍然常常由于吃得太多而闹胃病，仍然相互不厌其详地诉说病情，老太婆仍然那么可怕而狠毒地祷告上帝。年轻主妇产后瘦了，占据的空间小了，但她走路仍然那样大摇大摆，慢慢腾腾，像个孕妇。当她给孩子做衣服时，总是低声唱着同一首歌：

斯皮里亚，斯皮里亚，斯皮里亚——
斯皮里亚，我的亲兄弟；
我坐在雪橇上，
把斯皮里亚放在后座上……

如果有人走进房间，她立刻就不唱了，生气地嚷嚷道：

“你来干什么？”

我敢肯定，除了这首歌之外，她什么歌也不会唱了。

晚上，主人们把我叫到屋子里来，吩咐说：

---

① 1880年秋天，高尔基又回到外婆的妹妹家里干活。

“喏，讲讲你在船上的情况吧！”

我坐在靠近厕所门的椅子上讲起来。在这里（违背我的意愿，硬把我塞到这个家里来）回忆另一种生活，我感到十分惬意。我讲得如痴如迷，全然忘记了听众，可是好景不长。两个女人从来没有坐过轮船，不停地问这问那：

“得了，毕竟是挺可怕的吧？”

我不懂——有什么可害怕的呢？

“万一轮船拐到一个深水处，肯定会沉下去吧！”

男主人大笑起来，我虽然知道轮船不会在深水处沉没，可是我讲不出充分的理由使她们信服。老太婆坚信，轮船不是在水面上游动，而是靠着轮子在河底走，像村子里运货的四轮大车一样在地上走。

“既然轮船是用铁做的，它怎么能浮起来呢？斧头就浮不起来……”

“要知道，长柄勺在水里不是就沉不下去吗？”

“你怎么比呀！长柄勺那么小，又是空的……”

当我说起斯穆雷和他的那些书时，他们都用怀疑的目光看着我。老太婆说，编书的人都是傻瓜和异教徒。

“那么诗篇呢？大卫王①呢？”

“诗篇就是圣经，而且大卫王曾为这诗篇向上帝请过罪。”

“这话在哪儿写着呢？”

“我的手掌上。瞧我给你后脑勺一巴掌，你就知道这话在哪儿了！”

她什么都知道，无论说到什么，她都深信不疑，而且总是古里

① 约公元前950年以色列犹太国国王。据圣经故事传说，大卫少年时曾打败巨人歌利亚。

古怪。

“佩切尔卡街上死了一个鞑靼人，他的灵魂从喉咙里出来了，是黑色的，像焦油一样！”

“灵魂就是魂魄。”我说道。可是她轻蔑地喊道：

“鞑靼人的魂魄吗？傻瓜！”

年轻女主人也害怕书。

“读书非常有害，特别是年轻的时候，”她说道，“我们格列别什卡有个姑娘，出身名门，她成天抱着书本读呀读呀，结果爱上了一个助祭。助祭的老婆使她丢尽了脸——真不得了！在大街上当众羞辱她……”

有时，我引用斯穆雷书上的话。有一本没头没尾的书，其中有这样的话：“说实在话，火药并不是哪个人的发明。像通常的情况那样，它是一系列长期的细微观察和发现的结果。”

我不知道为什么，但我牢牢记住了这句话，尤其喜欢“说实在话”这几个字。我感觉到这几个字有一种力量，但它们给我带来过许多痛苦，可笑的痛苦。生活中确有这种事。

有一次，主人要我再讲些轮船上的事，我回答说：

“我已经没有什么可讲的了，说实在话……”

这使他们大吃一惊，他们嘁嘁喳喳地叫起来：

“什么？你说什么？”

于是四个人一起友好地笑起来，重复说：

“‘说实在话’，啊，天哪！”

甚至男主人也对我说：

“你想出来的这句话很糟，怪人！”

从此，他们有好长时间都这样叫我：

“哎，说实在话，快去把孩子弄脏的地板擦干净，说实在话……”

这种文理不通的嘲讽并没有使我感到受辱，但却令人十分惊讶。

我生活在令人麻木的烦闷中，为了克服这种愁绪，我尽量多干活。这里绝不会缺活儿干——家里有两个小孩，保姆又不合主人的意，经常调换。我不得不照看孩子，天天洗尿布，每星期都要到宪兵泉去洗衣服。那里的洗衣女工经常嘲笑我：

“怎么，你干起娘儿们的活儿来了？”

有时候，她们把我惹火了，我就把湿衣服拧成一股，噼噼啪啪地打她们，她们也以牙还牙，对我大打出手，但是跟她们在一起，我觉得快活而有趣。

宪兵泉顺着一条很深的冲沟流入奥卡河。这条冲沟把以古代的神亚里洛①的名字命名的田野和这边的城市隔开了。每逢悼亡节②，市民们便在这片田野上举行各种追悼活动。外婆对我说过，她年轻的时候，人们还都信奉亚里洛神，拿祭品来祭他：用一只轮子，上面缠上浸过树脂的麻絮，点上火，把它推到山下，人们欢呼，唱歌，注视着火轮能否滚到奥卡河。如果滚到了，那么就是亚里洛神接受了祭品：这年夏天将会风调雨顺，大吉大利。

绝大多数洗衣女工都崇拜亚里洛神，她们个个机智泼辣，伶牙俐齿。她们对城里的生活全都知道。听她们讲她们的主人——商人、官吏、军官的事，十分有趣。冬天，在冰冷的溪水里刷洗衣服简直是一种苦役。她们的手都冻坏了，裂开一道道血口。女人们站在不挡风雪的、破旧不堪的、满是缝隙的棚檐底下弯着腰，在木水槽跟前，用截流来的溪水刷洗衣服。她们的脸布满了血丝，冻得生疼。严寒刺骨，水淋淋的手指僵硬得无法弯曲，眼泪簌簌流下来。可是她们仍然充满活力地说着闲话，彼此讲着各种故事，对一切人、一

① 古斯拉夫人的太阳神，为了对其表示敬意，春天，青年人便聚在一起跳舞做游戏。
② 复活节后第七个星期四举行的民间纪念亡者的节日，通常有跳环舞、编花环等各种活动。

切事，都有一种特殊的勇敢。

纳塔利娅·科兹洛夫斯卡娅讲得最好，她约莫三十开外，是个精力充沛、身体结实的女人，眼睛里含着一种嘲弄人的神情，伶牙俐齿，说话特别尖刻。她博得了全体女友的好感，不管什么事，大家都跟她商量，十分尊敬她，因为她干活麻利，衣着整洁，而且还供女儿读中学。每当她背着沉甸甸的两筐湿衣服，压得弯腰驼背地踩着溜滑的小路从山上下来时，大家高兴地去接她，关心地问：

“你女儿好吗？”

“还好，谢谢，她在念书，托上帝的福！”

“说不定将来会当上太太吧？”

“我就是为了这个让她去念书。哪有匹配的老爷呀，都是娇生惯养的家伙吧？一切都是我们这片黑土地上土生土长的，哪里还有什么别的呀？学问越多，手臂越长，得到的东西就越多。谁得到的越多，谁的职业就越崇高。上帝派我们来这里时，一个个都是不懂事的孩子，上帝召我们回去时，一个个都得是睿智的老人，就是说，人应该学习！”

她说话连贯流畅，充满自信。只要她一说话，大家就一声不吭，聚精会神地听着。人们当面和背后都称赞她，对她的吃苦耐劳和聪明才智表示惊异，但却没有一个人学她的榜样。她把棕褐色的皮靴筒剪下来，缝在衣袖上，这样，她就不必把袖子挽到肘部也不会弄湿。大家都说，她想的点子高明，可是谁都不这么做。我学样缝了一个，她们却取笑我：

“哎哟，你倒是把女人的本事学会了！”

关于她的女儿，大家七嘴八舌地议论说：

“这可是件大事啊！喏，要当太太，有那么容易吗？是啊，说不定知识还没有学到手，人就死了……”

“有学问的人也不见得就生活得美满。就拿巴希洛夫来说吧，他的女儿成天念书呀，学习呀，结果自己也当了教师。嗯，女教师也就是老处女啊……”

“当然！没有文化也照样嫁人，只要有点……”

“女人的聪明不在于头脑……”

听她们那样不知羞耻地议论自己，真叫人又奇怪又难为情。我知道水手、士兵、挖土工人怎样谈论女人，见过男人总是互相吹牛，说自己欺骗女人的手段多么巧妙，跟她们发生关系时多么有耐力。我感觉到，他们对“娘儿们”抱着敌视态度，但是，从他们吹嘘自己胜利的话的背后，几乎总有一种什么东西使我去思考，我认为，在这些话里，吹牛和捏造多于真实。

洗衣女工彼此之间不谈自己的私生活，但从她们谈论男人的话里，我听出了嘲弄和仇恨。我想，这大概是对的：女人是一种力量。

“不管男人怎样在外边胡搞，不管跟谁相好，早晚还得回到自己老婆身边，跑不掉的。”有一次，纳塔利娅这样说。旁边，一个老太婆用伤风的嗓音对她喊道：

“不这样，又能到哪儿去呢？连那些修士呀，隐士呀，都离开上帝，找咱们来了……”

她们在冲沟里，在甚至连洁白的冬雪都盖不住的肮脏的土壕里，在伴着如泣如诉的哗哗流水声和捶衣服的啪啪声中谈论着关于种族和民族是从哪里来的秘密。这种不知羞耻而又满怀恶意的对话，使我感到又害怕又厌恶，从思想上和情感上对我周围那些不要脸的“风流韵事”感到极其反感。“风流韵事”这一概念在我的印象里是同污秽下流、淫逸放荡的事牢固联系在一起的。

可是，在冲沟里跟那些洗衣女工在一起，在厨房里跟那些勤务兵在一起，在地下室里跟那些挖土工人在一起，比在家里有意思得多，因为家里那种僵化的千篇一律的谈话、观念和事情只能引起我难以忍受的、折磨人的苦闷。主人们只知道吃饭、生病、睡觉，成天忙忙碌碌，围着做饭和准备睡觉转，好像生活在一个永远走不出来的魔圈里。他们谈罪恶、谈死亡，而且非常怕死，他们像磨盘上的谷粒，挤来拥去，随时等待着被磨盘研成粉末。

空闲时，我就到板棚里去劈木柴，想独自待一会儿，可是这很少能办到——那些勤务兵常常跑来，讲院子里的热闹事。

到板棚里来找我最多的是叶尔莫欣和西多罗夫。叶尔莫欣是卡卢加人，细高挑儿，有点驼背，小脑袋，眼睛浑浊无光，全身青筋突出，又粗又硬。他是个懒鬼，傻里傻气，走路迟钝笨拙，可是他一见到女人，便发出呜里呜噜的声音，俯身向前，像是要扑倒在她脚下。他很快就能把厨娘和女仆弄到手，院子里的人大感惊诧，都妒忌他。他力大如熊，人人怕他。西多罗夫是图拉人，身子单薄，骨瘦如柴，老是一副忧伤的样子，说话声音很轻，咳嗽小心翼翼，眼睛畏怯地闪着光。他非常爱往黑暗角落里张望。无论他是小声说什么，还是默默地坐着，总是看着一个最暗的角落。

“你看什么呢？”

“说不定会有老鼠跑出来……我喜欢老鼠，它们很安静，跑得又快……”

我常常给那些勤务兵代写家信，代写情书，我挺乐意干这事。但是，在这些人当中，我最高兴的是代西多罗夫写信。每星期六，他准时给在图拉的妹妹寄一封信。

他把我叫到他所在的厨房，挨着我坐在桌子跟前，用手掌使劲揉搓着刚理过的头，在我身边小声说：

“来，开始吧！开头还是这么写：我最亲爱的妹妹，祝你安好！接下来写：寄来的一个卢布我收到了，不必寄钱来，谢谢。我什么都不需要，我们生活得很好。其实我们生活得糟透了，像狗一样。哎，这句话就别写了，只写：很好！这就行了。她还小，只有十四岁，干吗让她知道这些呢？现在你自己写吧，就照教你的那样写……”

他坐在我的左侧，使劲靠着我，浓烈的热气吹进我的耳朵里。他坚决地小声说：

“叫她不要让青年人搂抱，千万不能让人摸她的乳房！你写：如果有人对你甜言蜜语，你千万不要相信他，他是想要欺骗你，作践你……”

他竭力克制住咳嗽，苍白的脸涨得通红。他鼓着腮帮，眼睛里流着泪。他在椅子上坐不安稳，老碰我。

“别碍事！”

“没关系，你写吧……最不可信的是那些老爷，他们一次就能把姑娘骗到手。他们说得好听，什么话都说得出口，你只要听信了这种人的话，就会被卖到窑子里去。你如果攒够了一个卢布，就交给神父，他若是好人，他会替你保存起来的。不过最好是埋进土里，不要让人看见，只要你自己记住地方就行了……”

通风窗的洋铁换气扇呱啦啦的响声，淹没了这令人难过的低语声。我环视着熏黑的炉口，满是苍蝇屎的碗柜——厨房脏得不可思议，到处是臭虫，散发着浓烈的被烧热的油味、煤油和煤烟的臭味。蟑螂在炉子上的木柴里爬来爬去，发出沙沙的响声。我心里涌起一股悲凉感，觉得这个士兵和他的妹妹真可怜，可怜得几乎令人掉泪。难道就这样生活下去吗？难道这就是生活得不错吗？

我只管写着，已经不听西多罗夫的低语。我写这里的生活多么枯燥无聊，多么令人不快。他却叹着气，对我说：

“你写得真不少，谢谢！现在她会懂得该怕什么了……”

“什么都不应该怕。”我生气地说，虽然有许多事情我自己也害怕。

那士兵轻轻地咳嗽着，笑着说：

“你真是个怪人！怎么能不怕呢？那些老爷呢？上帝呢？要怕的还少吗？”

他一收到妹妹的来信，便焦急不安地请求道：

“给我念念吧，快点……”

信写得非常简短空洞，字迹潦草难认，他却让我把这样的信连念三遍。

他是个心地善良、性情温和的人，但对女人却跟所有的人一样，像狗一样粗鲁简单。我有意无意地看到他们经常以惊人的速度，在我眼皮底下从头到尾发生那种关系，令人作呕。我看见过西多罗夫怎样以抱怨自己的士兵生活引起女人的好感，怎样用甜蜜温柔的谎言把她迷倒，然后把自己的胜利讲给叶尔莫欣听，厌恶地皱着眉头，吐着唾沫，好像是喝了苦药似的。这深深刺痛了我的心，我气愤地问他，他们为什么都欺骗女人，对她们撒谎，然后进行玩弄，再把她转手给别人，而且常常打她们？

他只轻轻一笑，说道：

“这种事你不必知道，这都是坏事，这是作孽！你年纪小，干这种事你还早呢……”

但有一次，我得到了比较明确的，使我终生难忘的回答。

“你以为她不知道我在骗她吗？”他说道，眨了一下眼睛，咳嗽着，“她知道！她自己愿意受骗。干这种事，谁都撒谎，都觉得害臊。其实谁也不爱谁，只不过是玩玩罢了！这事太可耻，走着瞧吧，你自己会知道的！干这事得在夜里，白天嘛，那就得在黑暗的地方，在贮藏室里干！因为这个，上帝才把人们撵出了天堂，也因为这个，大家才都是不幸的……”

他说得那么好，那么忧伤，而且不无忏悔之意，这使我对他的风流韵事有所容忍。我对他比对叶尔莫欣友好。我憎恶叶尔莫欣，想方设法嘲笑他，激怒他，而且我频频得手，他便不怀好意地满院子跑着追我，但他行动笨拙，很少得逞。

“干这种事是不允许的。”西多罗夫说。

我知道这种事是不允许的，但人们因此而不幸，这一点是不能令人信服的。我也见过不幸的人，但我不信他们是干了这种事才遭到不幸的，因为我常常在相爱的一对人的眼睛里，看见一种不同寻常的神情，感觉到一种特别的善良。看到这心灵的欢悦，总是令人愉快的。

可是我记得，生活还是变得更加无聊而残酷了，我天天见到的那些形式和关系都固定住了，永远不再变了。除了现有的一切，除了每天不可排除地出现在眼前的一切，我脑子里根本没有想过还会发生什么更好的事情。

可是有一天，士兵们给我讲了一件令我大为不安的事。

院子里住着一个剪裁师，他在城里一家高级服装店做工。这个人性情平和，温文尔雅，不是俄罗斯人。他的妻子娇小玲珑，一天到晚都在读书。他们没有子女。院子里成天吵吵闹闹，各处屋子里挤满了喝醉酒的人。但这对夫妇却很少露面，过着平静的日子。他们不接待客人，自己也不出去串门，只是过节时才到剧院看戏。

丈夫一早就出去干活，晚上很晚才回来。妻子却像个少女，每星期到图书馆去两次。我经常看见她迈着小碎步在堤上走，身子摇摇晃晃的，好像腿有点儿瘸似的。她抱着一摞用皮带捆着的书，小手上戴着手套，像个中学生，显出一副朴实、可爱、蓬勃、清纯的样子。她长着一张像鸟儿似的小巧秀丽的脸庞，闪动着一双灵慧的眼睛，她整个人都显得美丽动人，宛若梳妆台上一尊陶瓷塑像。士兵们议论说，她右侧少一根肋骨，所以走起路来才那样奇怪地晃晃悠悠，可是在我看来，这反而更讨人喜爱，一眼就能把她跟院子里其他太太——军官的妻子们——区分开来。别看这些太太高声大嗓门，穿得花枝招展，刻意修饰，撑着腰垫，但却像一些陈旧的物件，长期堆放在黑洞洞的贮藏室里，跟各种毫无用处的东西搅在一起，被人遗忘了。

院子里的人都认为这位娇小的剪裁师妻子患有精神病。说她读书读得太多，失去了理智，连家务都无法操持。她丈夫亲自到市场上采买食品，亲自向厨娘交代做午饭和晚饭。厨娘也不是俄罗斯人，她块头很大，抑郁寡欢，一只眼睛老是红红的、湿乎乎的，另一只眼睛只剩下一道粉红色的细缝。人们议论说，剪裁师太太连炖猪肉和炖牛肉都分不清，有一次，她去买香芹菜，结果买来的是辣椒，真丢人！您想想看，简直不得了！

在这座房子里，他们三个都是外人，好像是偶然落进这个大养鸡场的一个鸡栏里，又像是怕冷的山雀从通风小窗里飞进一家又闷又脏的住宅。勤务兵们突然告诉我，那些军官老爷在打那个娇小的剪裁师妻子的主意，要恶毒地戏弄羞辱她一番。他们差不多天天轮番地给她递字条，表白自己对她的倾慕，诉说自己的痛苦，赞扬她的美丽。她给他们回复，请求不要打搅她，对由于她引起的痛苦表示歉意，求上帝帮助他们不要再爱她。收到这样的回复，军官们便一起来读，讥笑这个女人，然后再以某个人的名义给她写回信。

勤务兵们一边给我讲这件事，一边笑骂剪裁师妻子。

“倒霉的傻瓜，瘸腿娘儿们。”叶尔莫欣瓮声瓮气地说。西多罗夫小声附和道：

“任何一个娘儿们都心甘情愿受骗。她什么都知道……”

我不相信剪裁师妻子知道大家都在嘲弄她，于是我决定要把这件事告诉她。我看到她家的厨娘到地窖里去了，便乘机顺着黑乎乎的楼梯跑到那娇小女人的屋子里。我先闯进厨房，一个人也没有，我又来到居室，剪裁师妻子正坐在桌前，一只手端着笨重的镀金茶碗，另一只手捧着一本打开的书。她吓了一跳，把书按在胸口上，小声喊道：

“你是谁？奥古斯塔！你是什么人？”

我开始迅速地、不连贯地对她说起来，心里直嘀咕她会不会把书或者茶碗朝我摔过来。她坐在一把深红色的大沙发椅上，穿一件天蓝色的宽松连衣裙，下摆缀着流苏，领子和袖口绣着花边，波浪式的淡褐色头发披散在两肩，宛若天国里的天使下凡。她靠在椅背上，用圆溜溜的眼睛看着我，起初气势汹汹的，继而显出惊讶的神色，露出笑容。

我把我要说的话一股脑儿都告诉了她，这时我一点儿勇气也没有了，转身朝门口走去，她却喊住了我：

“等一等！”

她把茶碗胡乱地放在托盘里，把书扔到桌子上，两手交叉在一起，用成年人那种低沉有力的声音说道：

“你真是个怪孩子……过来，走近一些！”

我非常小心地走过去，她拉住我的手，用那纤细冰凉的手指抚摩着，问道：

“没有人教你来告诉我这个，没有吧？喏，那好，我看得出来，我相信，这是你自己的主意……”

她放开我的手，闭上眼睛，轻轻地曼声说道：

“原来那群下流兵痞在谈论这个！”

“您最好从这房子里搬走。”我庄重地建议道。

“为什么？”

“他们会找您麻烦的。”

她高兴地笑起来，然后问道：

“你上过学吗？喜欢读书吗？”

“我没有工夫读书。”

“如果你喜欢，就一定能抽出时间。喏，谢谢你！”

她把捏在一起的手指伸到我面前，里边是一枚银币，我羞于收下这个凉冰冰的东西，但又不敢拒绝她，于是我走的时候，把它放在了楼梯扶手的小柱上。

这个女人给我留下了一种深刻的不曾有过的印象，我面前仿佛出现了一道霞光，使我一连高兴了好几天，回忆着那宽敞的房间和那位身着天蓝色宽松连衣裙、宛如天使般的剪裁师妻子。周围的一切那么漂亮，是我从未见过的，她脚下铺着豪华的金色地毯，冬天的白昼透过泛银光的窗玻璃窥视着，晒得她身上暖洋洋的。

我想再见她一次。如果我去找她，向她借书，那会怎么样呢？

我说到做到，又见到了她。她仍然坐在老地方，手里拿着书，但她半边面颊上缠着一块棕红色的手绢，一只眼睛肿了起来。她拿一本黑封面的书给我时，含糊不清地说了一句什么。我拿着书，心情忧郁地离开了。这书散发出一股杂酚油和茴香水的气味。我用干净的衬衫和纸把书包起来，藏在阁楼上，以免被主人们抢去弄坏。

主人家订了一份《田野》[①]周刊，是为了要里边的服装式样和赠刊，而不是为了阅读。他们看过插图后，便把杂志放到卧室的柜橱里。到了年底，把它们装订起来，塞到床底下，那里已经有三本《绘画评论》[②]了。每当我擦洗卧室的地板时，脏水便流到了这些书下边。

---

① 在彼得堡出版的一种带插图的周刊（1870—1918）。
② 在彼得堡出版的一种家庭读物，图文并茂的周刊（1872—1905）。

男主人还订了一份《俄罗斯信使报》[1]，每天晚上看报时，都骂骂咧咧的。

“鬼才知道他们干吗老写这些玩意儿！真无聊……”

星期六，我在阁楼上挂内衣时，想起了那本书，拿出来读了开头一行：“房屋也和人一样，各有自己的面貌。”[2]这句话如此真实令我大吃一惊，我站在天窗跟前，接着读下去，一直读到冻得浑身发僵。晚上，主人们都做晚祷去了，我把书拿到厨房里，埋头读起来。书页已经翻破了，发黄了，宛如秋天的落叶一样。这书深深地吸引了我，把我带进另一种生活，接触了许多新名字和新关系，展示了许多善良的英雄和阴险的坏蛋，他们跟我看腻了的那些人不一样。这本书是格拉维埃·德·蒙特潘的长篇小说，跟他所有的长篇小说一样，书里刻画的人物繁多，事件交错，描写了一幅我不曾见过的、急剧变化的生活图景。小说写得简洁明快，令人惊诧，仿佛字里行间隐藏着一种光，这光照出了善与恶，帮助人们分清爱与憎的对象，使读者密切注视紧紧交织在一起的人们的命运。书中的描写扣人心弦，令人产生强烈的愿望，想立即去帮助这个，阻止那个，而全然忘记了这突现在面前的生活情景完全是写在纸上的。一切都沉浸在斗争的起伏之中，读这一页时感到高兴，读那一页时感到悲伤。

我读得入迷了，以至听见大门的铃响，没能立刻明白过来谁在按铃，为什么按铃。

蜡烛差不多烧光了，今天早上我刚刚清除干净的烛台滴满了蜡油。我本应照看的长明灯的灯芯，也从支架上滑落下来，熄灭了。我焦急万分地在厨房里走来走去，竭力掩盖我的罪迹，把书塞到炉子下边的空处，点上长明灯。这时，保姆从房间里风风火火地跑

---

① 1879年在莫斯科出版的一种报纸。

② 法国作家格拉维埃·德·蒙特潘（1823—1902）的长篇小说《巴黎的悲剧》里的第一句话。

出来。

“你聋了吗？门铃响呢！”

我急忙跑去开门。

“睡懒觉了吧？”男主人厉声问道。他的妻子笨重地上着楼梯，抱怨说，我使她冻感冒了，那老太婆骂骂咧咧来到厨房，一眼看见了几乎燃尽的蜡烛，便开始审问我在干什么。

我沉默不语，好像从高处摔了下来，浑身软弱无力，害怕她发现那本书，但她只是叫骂，说我要把房子烧掉。男主人和妻子过来吃晚饭，老太婆向他们告状说：

“你们瞧瞧，他点了整整一支蜡烛，连房子也要烧掉的……”

吃饭的时候，他们四个人尖刻地数落着我有意无意犯下的过失，恫吓我，说我不得好死。可是我心里十分清楚，他们所说的这一切，并不是出于恶意或者好心，而纯粹是闲极无聊。拿他们跟书中的人物比较一下，就会奇怪地发现，他们是多么空虚而可笑。

吃过晚饭，他们拖着疲惫而沉重的身子，各自睡觉去了。老太婆气哼哼地抱怨了一通，搅扰了一番上帝，便爬到炉台上，不吱声了。这时，我轻轻爬起来，把书从炉子下边的空处拿出来，走到窗前。夜晚是明亮的，月光洒着清辉，直射进窗户里，可是字体太小，看不清楚。但我又想看得要命，便从搁板上拿起一只铜锅，以此把月光反射到书上，这样一来，反倒弄巧成拙，光线更暗了。于是我爬到墙角的凳子上站着，凑近圣像，借着长明灯的光亮读起来，不知不觉看得倦了，坐在长凳上睡着了。我从老太婆的叫骂声和推搡中惊醒过来。她两手拿着书，使劲敲打我的肩膀，怒不可遏，满脸通红，狂暴地摇晃着棕红头发的脑袋，赤着脚，只穿一件衬衫。维克托在床上号叫道：

“妈，您别瞎吼了！真叫人受不了……”

“书完蛋了，会被撕碎的。”我暗自想道。

吃早茶的时候，他们一个个都来指责我。男主人严厉地问：“你从哪里借来的书？”

两个女人叫喊着，互相打断对方的话。维克托狐疑地闻了闻书页，说道：

“有香水味，真的……”

当他们知道这书是神父的以后，又仔细地看了看，对神父还看小说感到又惊又气，但这毕竟使他们稍微放心了一些，虽然男主人又训示了我好半天，说读书既有害，又危险。

“看看他们，那些读书人，把铁路都炸毁了，想谋杀……”①

女主人又气又怕地对丈夫喊道：

“你疯了！给他说些什么呀？”

我拿这本书去找西多罗夫，告诉他事情的原委，西多罗夫接过书，默默地打开一只小箱子，拿出一条干净毛巾，把书包起来，藏到箱子里，对我说：

“别听他们的，往后你就到我这里来看好了，我保证不对任何人说！要是你来的时候我不在，钥匙就挂在圣像后面，你自己打开箱子，拿出来看好了……”

主人们对书的这种态度立刻提高了书在我眼中的地位，我把书视为一种重大而可怕的秘密。至于什么样的“读者”在什么地方炸毁了铁路，企图谋杀什么人，我并不感兴趣。但是我想起了做忏悔时神父提出的一个问题，中学生在地下室里读书，斯穆雷关于“正道的书”的一番话，想起了外公讲的关于巫师——共济会会员的故事。

---

① 指1879年俄国民粹派对沙皇亚历山大二世的一次谋杀行动。

“在洪福齐天的亚历山大·巴夫雷奇皇帝①在位的时候，一些贵族受了巫术和共济会思想的诱惑，企图把全体俄国人民出卖给罗马教皇——一帮伪善者！这时，阿拉克切耶夫②将军揭发了他们，不管他们是什么官职爵位，统统发配到西伯利亚去服苦役。在那里，他们像过眼云烟似的无声无息地消失了……”

我又想起了“缀满星星的恩勃拉库伦”，“格尔瓦西”和得意而又可笑的话：

“好奇的门外汉想知道我们的事情！你们那弱视的眼睛，永远也看不分明！”

我感觉到自己已经站在某些重大秘密的门口，像个如痴如狂的人。真想一口气把书看完，因为担心西多罗夫把书弄丢，或者不小心把书弄坏。到那时，我怎么对剪裁师妻子交代呢？

为了提防我往勤务兵那里跑，老太婆戒备地盯着我，经常吹毛求疵地责骂：

“书呆子！那些书有什么好，净教人淫乱放荡，你瞧她，那个好读书的女人，堕落到什么地步，连上市场买东西都不会，就会跟那些军官鬼混，大白天还接待他们，当我不知道！”

我真想大喊一声：

“瞎说！她没有鬼混……”

可是我不敢这样明目张胆地维护剪裁师妻子——老太婆会马上猜想到，这书是不是她的？

几天来，我心里难过极了，神思恍惚，焦虑不安，睡不着觉，时时为蒙特潘那本书的命运而提心吊胆。正好有一天，剪裁师家的

① 指亚历山大一世，1801 年至 1825 年俄国皇帝。
② 阿拉克切耶夫（1769—1834），俄国国务活动家，将军，亚历山大一世时权势极大的专横残暴的宠臣，推行极端反动的警察专制制度，残酷镇压对社会不满的人。

厨娘在院子里叫住了我，说：

“请把书还回来吧！”

午饭后，主人都休息了，我抽空来到剪裁师妻子那里，一副局促不安、抑郁颓丧的狼狈相。

她跟我第一次见到她时一样，只是换了装：灰裙子、黑丝绒上衣，裸露的脖子上戴一个绿松石十字架。她这副样子好像一只雌红腹灰雀。

我告诉她，我没来得及把书读完，我心里很难过，因为主人们不许我看书，我心里很委屈，但见到这女人又很高兴，不禁眼泪盈眶。

“呸，这些人真愚蠢！”她说道，皱了皱细细的眉毛，“而且你那个主人还有一张蛮有趣的脸孔。你先别伤心，我想个办法。我给他写张字条吧！”

我一听吓坏了，连忙向她解释说，我对主人撒了谎，说这书不是从她这里借的，而是借神父的。

“不，不要写！”我求她，“他们会嘲笑您，会骂您的。要知道，这院子里谁都不喜欢您，大家都在讽刺挖苦您，说您是傻瓜，说您少一根肋骨……”

我不假思索地一口气说完这些之后，立刻意识到自己说这些话是多余的，她听了会难过的。她咬紧上嘴唇，“啪”地拍了一下自己的大腿，仿佛在骑马似的。我尴尬地低下头，恨不得找个地缝钻进去。可是剪裁师妻子往椅子上一靠，快活地大笑起来，反复说：

“哎哟，多么愚蠢……多么愚蠢！可是有什么办法呢？”她用凝视的目光仔细打量我，自言自语着，然后叹了口气，说道，“你是个非常奇特的孩子，非常奇特……”

我往她身边的镜子里照了一下，看见一张高颧骨、宽鼻子的脸膛，额头上有一大块青伤，好久没有理过的头发乱蓬蓬地支棱着，这就是“非常奇特的孩子”吗？……这个奇特的孩子一点儿也不像这个小巧玲珑的瓷人儿……

“那天我给你的一点小钱，你没有拿去。为什么？”

“我不需要。”

她嘘了口气。

“喏，有什么办法呢！如果允许你看书的话，你就来找我，我会借书给你的……”

梳妆台上放着三本书，其中一本最厚的，是我刚刚送来的。我心情忧郁地看着这本书。剪裁师妻子向我伸出一只粉红小手。

“喏，再见吧！”

我小心翼翼地碰了一下她的手，迅速地离开了。

大家说她什么都不懂，这话说得也许不错，明明是一枚二十戈比的硬币，她却说是一点小钱，像个孩子一样。

但是我挺喜欢……

九

突然迸发出来的极大的读书热情，给我带来了多少沉痛的屈辱、烦恼和恐惧啊，想起来叫人又伤心，又可笑！

剪裁师妻子的书好像极其珍贵，我担心老太婆会把它们扔进炉子里烧掉，所以我尽量不去想这些书。每天早上我到铺子里买早茶用的面包时，便在那里借一些彩色的小册子来看。

铺子老板是个十分惹人讨厌的小伙子——厚嘴唇，苍白松弛的脸长满瘰疬疤痕和斑点，老是汗淋淋的，一对浅色的眼睛，两只肥胖的手，手指粗短而笨拙。他的铺子是这条街上那些冒失的少男和轻佻的少女晚上聚会的场所。我家主人的弟弟也几乎天天晚上到他那里去喝酒打牌。吃晚饭时，常常差我来叫他，在店后面一间拥挤的小屋里，我不止一次看见有点傻里傻气的、面色红润的老板娘坐在维克托鲁什卡或别的小伙子腿上。看来，铺子老板并不把这当回事。他的妹妹在铺子里帮他照应生意，经常和教堂唱诗班歌手、士兵和一切乐于此道的人搂搂抱抱，但是他见了也毫不生气。铺子里的货品不多，对此，他解释说，他的买卖刚开张，他还没顾得上好好安排。其实这铺子秋天就开业了。他经常拿一些淫秽的图画给客人和顾主们看，拿一些低级下流的诗给那些喜欢这类诗的人去传抄。

我看了一些米沙·叶夫斯季格涅耶夫的毫无价值的小书，每看一本，租金是一个戈比，这在当时是很贵的，可是这些小册子并没有使我得到任何快乐。《古阿克，或者忠贞不屈》《威尼斯人弗兰齐尔》《俄罗斯人和卡巴尔达人之战，或者一个死于丈夫灵柩的美人伊斯兰教徒》，以及类似这样的作品，也令我大失所望，懊恼不已，因为那些小册子用艰涩的语言叙述一些不可思议的事情，好像嘲弄一个傻瓜似的在嘲弄我。

我比较爱看的是《射击军》《尤里·米洛斯拉夫斯基》《神秘的修士》《鞑靼骑士亚潘恰》和类似这样的书，这种书读后可以令人回味。不过，最使我入迷的要算是圣徒传了。这类书写得比较严肃、可信，有时还令我深为感动。不知为什么，一切男性苦难圣徒使我想起那个“好事儿”，一切女性苦难圣徒使我想起外婆，而那些普通圣徒，使我想起家道昌盛时的外公。

我一般是在砍劈柴时躲在板棚里看书，或是在阁楼上看书，但不管在什么地方都同样不便，同样寒冷。有时候，我对一本书发生兴趣或者必须尽快看完，我便夜里爬起来，点上蜡烛读。但是后来老太婆发现蜡烛夜里变短了，便用一根细长的木片把蜡烛量一遍，然后把它们藏起来。如果早上起来蜡烛短了一截，或者我找到了小木片而没有把它折短到跟所燃的蜡烛同等长度时，那么厨房里便开始了狂怒的叫骂。有一次，维克托鲁什卡气势汹汹地在床上大喊：

“妈，您别乱骂了！真叫人受不了！蜡当然是他点的，因为他在看书，是在铺子老板那里租来的，这个我清楚！您到他阁楼上去瞧瞧吧……”

老太婆跑到阁楼上，把书翻出来，撕了个粉碎。

当然，这使我很伤心，但是读书的愿望更加强烈了。我明白，假如有个圣者来到这种人家，那么我的东家也一定会教训他，按自己的方式去改变他。他们因为百无聊赖才去干这种事。假如他们停止责难和嘲弄别人，停止大喊大叫，那么他们就不再会说话，将变成哑巴，失去了原本的自己。一个人为了感觉到自己的存在，必须采用某种手段去对待他人。我的东家除了用教训和指责对待别人外，就不会再有其他办法了，如果照他们那样去生活、去思考、去感觉，他们同样会因此而责怪你。他们就是这种人。

我想方设法继续看书。老太婆几次三番地毁掉了我的书，我一下子债台高筑，欠了铺子老板四十七戈比！他要我还钱，威胁说，等我到铺子里买东西时，就把主人家的钱扣下来抵债。

“到那时会怎么样呢？”他嘲弄地问我。

我对他极其厌恶，他大概感觉到了这一点，因此怀着一种特别的满足感对我进行种种恫吓和刁难：每当我走进铺子里，他那满是斑痕的脸总是堆着笑，亲切地问：

“来还债吗？”

“不。”

这使他害怕了，他板起了面孔。

“怎么能这样？难道要我到民事法官那里告你一状吗？难道要把你查抄了，送你进教养院不成吗？”

我确实没地方去弄钱——我的工钱是直接付给我外公的。我束手无策，不知如何是好。我请求铺子老板宽限我一些时日，可是他却伸出一只像油炸饼似的肥胖的油手，说：

“吻一下我的手，我就答应你！”

可是当我从柜台上抓起秤砣，抡起来要打他时，他倏地往下一蹲，喊道：

“干什么，干什么，你要干什么？我跟你开玩笑呢！”

我明白他不是在开玩笑。为了还清他的债，我决定去偷钱。每天早上，我给主人刷衣服时，都听见他裤兜里的硬币哗啦哗啦地响，有时候，硬币从兜里掉出来，在地板上滚动。有一次，一枚硬币落在楼梯下边的柴棚缝里了。我当时把这件事忘了，几天之后，我在柴堆里找到一个二十戈比的硬币时，才想起来。我把硬币交给主人时，他妻子对他说：

“看见了吧？应该把放在口袋里的钱数一数。”

主人却笑着对我说：

“他不会偷钱的，我知道！”

现在，我下决心要偷钱了，想起了这句话和他那信任的笑容，觉得偷钱对我是一件难事。有好几次，我从口袋里掏出银币，数了数，终究下不了决心把它拿走。我为这事苦恼了两三天。没想到，一切都非常迅速而简单地一下子解决了，主人突然问我：

“你怎么了，彼什科夫，成天闷闷不乐的，身体不舒服吗？”

我直截了当地把自己的愁苦告诉了他。他皱起了眉头。

“瞧瞧，那些小书把你弄成了什么样子！看书反正是会惹祸的……”

他给了我五十戈比，并严厉地对我说：

“当心，千万不能对我妻子和我母亲说漏了嘴，要不然，又会吵得天翻地覆！”

随后，他温和地笑着说：

“你真倔强，真不得了！没什么，这挺好。不过不许再看书了！从新年开始，我将订一份好报纸，有你看的……”

于是，每天晚上，从喝茶到晚饭这段时间，我就给主人们念《莫斯科小报》。报上刊登的尽是瓦什科夫、罗克沙宁、卢德尼科夫斯基的长篇小说和专门给那些饱食终日、闲极无聊的人看的作品。

我不喜欢念出声来，这妨碍我理解所读的内容。可是主人们好像怀着一种极虔诚的渴望，听得津津有味，全神贯注，不时对主人公的恶劣行径发出惊叹，并且自鸣得意地说：

“我们过得倒挺安宁，不知道那些乱七八糟的事，谢天谢地！”

他们常常把事件张冠李戴，硬把有名的大盗丘尔金所干的事安在马车夫福马·克鲁奇纳身上，把名字混得一塌糊涂。我纠正了他们的错误，他们大为惊愕。

“瞧，他的记性可真棒！”

《莫斯科小报》经常刊载列昂尼德·格拉韦的诗，我非常喜欢，把其中一些诗抄在本子上。可是，主人们谈起这位诗人，却出言不逊：

“人都老朽了，还写诗呢。”

“他是个酒鬼、疯子，倒是什么都不在乎。”

我喜欢斯特鲁日金和梅曼托-莫里伯爵的诗，可是两个女主人，不管是年轻的，还是年老的，都一口咬定，说诗纯粹是插科打诨的耍贫嘴。

“只有小丑和戏子才念诗呢。”

冬天的夜晚，挤在狭窄的小屋里，坐在主人面前，这对于我是一种活受罪。夜死一般沉寂，不时发出严寒的噼啪声，大家默默地围在桌子跟前，像一条条冻鱼。暴风雪吹打着窗户和墙壁，发出沙沙的声音，烟囱里呼呼作响，吧嗒吧嗒刮着炉子的风门。两个小孩在儿童室里啼哭。我真想坐在一个黑暗的角落里，蜷缩起身子，像狼那样大声嗥叫。

两个女主人坐在桌子的一头，做针线活，或者织袜子。维克托鲁什卡坐在桌子另一头，弓着背，不情愿地绘着图样，时不时地叫喊道：

“别摇晃桌子呀！真要命，净玩绝的，狗逮耗子！”

主人坐在旁边的大绣架后面，在一块粗麻布台布上绣十字形图案。鲜红的虾、蓝色的鱼、黄色的蝴蝶和棕褐色的秋叶一一出现在他的手下。这个刺绣图案是他自己设计的，他搞刺绣已经是第三个冬天了，这活儿他干够了。白天，我有空时，他常常对我说：

“喂，彼什科夫，你来绣这台布吧，干吧！”

我坐下来，拿一枚粗大的针动手绣起来。我同情主人，不管什么时候，不管什么事情，我都尽心竭力地帮助他。我好像觉得，总有一天，他会放弃制图、刺绣和玩牌，开始做一件别的、他常常想做的、有意思的事情。他常常突然扔掉手里的活儿，好像在看一件他不熟悉的东西一样，用惊讶的目光凝视着它。他的头发披落到前额和面颊上，就像一个修道院里的杂役。

“你在想什么呢？”妻子问他。

“没什么。”他回答说，又继续干起来。

我暗自诧异，难道可以这样问一个人在想什么吗？这个问题无法回答，因为往往可以同时想很多事情。可以想眼前的一切，可以想昨天或一年之前所看到的一切。一切都混杂在一起，一切都无法捉摸，一切都在运动，在变化。

《莫斯科小报》上的小品不够一个晚上念的。于是我提议把放在卧室床底下的那些杂志拿出来念，年轻女主人满腹狐疑地问：

“那上边有什么好念的？尽是些图画……”

但是，床底下除了《绘画评论》之外，还有一种杂志叫《火花》。于是我们选了萨利阿斯的中篇小说《佳－巴尔季斯基伯爵》念起来。主人非常喜欢书中那个呆头呆脑的主人公，但对小少爷的悲惨遭遇毫无恻隐之心，而且笑得流出了眼泪，喊道：

“不，这故事真滑稽！”

“得了吧，净是胡说八道。”女主人说，只不过为了显露一下自己独立的思维能力罢了。

床底下找出来的这些作品给我帮了大忙，我得到了把杂志拿到厨房去的权利，有机会在夜里看书了。

我很走运，老太婆搬到儿童室去睡了，因为保姆开始酗酒。维克托鲁什卡没有给我捣乱。当家里人都睡着以后，他便悄悄穿上衣服，不知到哪里去了，直到第二天早上才回来。主人们把蜡烛都拿到各自房间去了，我仍然没有灯看书。我没有钱买蜡烛，于是就悄悄地把蜡台上的蜡油收集起来，装在一只沙丁鱼罐头盒里，倒上一些长明灯的灯油，插上用线搓成的灯芯，点着放在炉子上，于是一盏冒烟的灯彻夜亮着。

我看一本很厚的大书。翻书页时，灯的火苗忽明忽暗，颤颤悠悠要熄灭的样子，燃烧的蜡油发出强烈的气味，灯芯不断地滑落进去，油烟刺激着眼睛。这些不便我全然不顾，全神贯注地看着插图和插图的说明文字，沉浸在无比的快乐之中。

这些插图在我面前打开了一个更加广阔的世界，那里有童话般的城市、巍峨的高山、美丽的海岸，这一切构成了一幅蓬勃美好的生活图景，使我了解到世界上有那么多国家、那么多城市、那么多人，大地是这样绚丽多彩和诱人。现在，眺望着伏尔加河对岸的远方，我知道了，那里并不是空旷的荒漠。而在以前，当我望着伏尔加河对岸时，总觉得特别枯燥，因为那里只有平坦坦的草地、一片片黑压压的灌木丛、参差不齐的树林，天空灰蒙蒙的，凄清而寒冷，大地显得悲凉而孤寂。我心里也感到空落落的，一丝惆怅油然而生，刺得心痛，一切希望都破灭了，没有什么可想的，只想闭上眼睛。这令人心灰意懒的空虚，把心中的一切都吸干了，没有给我留下任何指望。

插图浅显易懂地介绍了另一些国家和人们的概况，讲述了过去和现在发生的各种事件。其中许多东西我都弄不明白，这使我苦恼。有时，一些稀奇古怪的名词钻进脑子里，譬如“形而上学”“锡利亚主义”[1]“宪章主义者”[2]，简直把我弄得晕头转向。这种词多得不得了，把其他一切都排挤掉了，因此我觉得，如果不首先把这些名词的意思弄清楚，那么我永远也不会搞明白任何东西。正是这些名词，像看守人一样，把守着一切秘密的大门。常常遇到一些句子，长时间完整地留在脑子里，就像扎进手指中的刺一样，影响我去思考别的事情。

我记得读过这样一首怪诗：

匈奴族的酋长阿提拉[3]，
全身披着钢铁铠甲，
神色阴郁如同坟墓，
骑马驰骋，所向无敌。

黑压压的大军在他身后高喊：

罗马在哪里，强大的罗马在哪里？

罗马是一座都城，这个我已经知道了，可是匈奴到底是怎样的人呢？这一点必须弄清楚。

我选择了一个好机会，向主人请教。

“匈奴？”他吃惊地重复了一句，“鬼知道这是什么东西！大概是什么荒唐的玩意儿……”

他不赞成地摇着脑袋。

---

① 早期基督教的一种学说，相信上帝和世间遵守教规的人将生活在“千年王国”里。
② 19世纪30—50年代英国第一次群众性的、政治性的无产阶级革命运动的活动家。
③ 5世纪时匈奴部族的酋长，曾对东罗马帝国、高卢、北意大利进行过残酷的征伐。

“你这脑瓜里净装些乱七八糟的东西，这可不好，彼什科夫！”

管他好不好呢，反正我就是想弄明白。

我好像觉得，团队的神父索洛维约夫大概知道匈奴是什么。于是，我在院子里拦住他，向他讨教。

他一向体弱多病，面色苍白，脾气暴躁，两眼红肿，没有眉毛，留着黄须。他把黑手杖杵在地上，对我说：

“这个与你有什么关系？”

涅斯捷罗夫中尉对我发凶地说：

“什么……么？”

于是我决定，关于匈奴这个问题应该去问问药店里那位药剂师。他有一张聪慧的脸，大鼻子，戴一副金丝眼镜，对我总是和和气气的。

“匈奴，”药剂师帕维尔·戈利德贝格说道，“是一个像吉尔吉斯人那样的游牧民族。现在不会再有了，都死绝了。”

我觉得又难过又沮丧，倒不是因为匈奴死光了，而是因为把我折磨了这么久的一个词的意思，原来竟如此简单，使我一无所获。

不过我还是十分感激匈奴。自从弄明白这个词以后，我的心踏实了许多。而且多亏了阿提拉，我才结识了药剂师戈利德贝格。

这个人对所有深奥难懂的词都能讲出简明扼要的意思，他有打开一切秘密的钥匙。他用大拇指和食指正了正眼镜，透过厚厚的镜片，凝视着我的眼睛，他的话句句金玉良言，像一个个小钉子钉进我的脑门。

“这些词，朋友，就好比是树上的树叶，要想弄明白树叶为什么是这样的，而不是那样的，那就需要知道树是怎样生长的——要学习！书好比一座美丽的花园，朋友，那里应有尽有：既有令人愉快的东西，也有对人有益的东西……”

我常常到他药店里去，给东家买苏打和苦土，他们经常害“烧心”病；给两个孩子买月桂油膏和泻药。他那言简意赅的教诲使我更认真地去读书，不知不觉书籍对于我成了不可或缺的，就像酒徒离不开伏特加一样。

书籍向我展示了一种完全不同的生活——充满强烈情感和愿望的轰轰烈烈的生活，这种生活既可以促使人们去建功立业，也可以导致人们去违法犯罪。我明白，我周围的人没有能力去立功或犯罪，他们生活在书中所描写的那种生活之外，所以他们很难知道他们生活中有意义的东西是什么。我不想过这种生活……这一点我是很明确的，我不想……

我从插图的说明文字中知道了在布拉格、伦敦、巴黎这些城市里，没有冲沟和肮脏的垃圾堆，那里的大街又宽又直，房屋和教堂是另一种样子。那里没有把人们关在家里长达六个月的冬天；没有只能吃酸白菜、腌蘑菇、燕麦粉、土豆和讨厌的亚麻油的大斋期。在俄国，大斋期不许看书，《绘画评论》也被他们收走了。于是，这种无聊的斋戒生活又降临到我的头上。现在，当我拿这种生活与我从书中了解到的那种生活做对比时，就更加觉得它是那么贫乏而丑陋。一有书看，我就觉得自己更加强壮有力，干起活来得心应手，快捷麻利。因为我有明确的目的：活儿干完得越快，剩下的看书时间就越多。没有书看，我就变得百无聊赖，萎靡不振，一种我从前不曾体验过的病态的健忘把我搞得昏昏沉沉，打不起精神。

记得正是在这乏味的大斋期，出了一件令人不解的怪事。一天晚上，大家都躺下睡了，教堂里突然传来很响的钟声，登时把家里人都惊醒了，没有穿好衣服便跑到窗前，彼此打听：

“失火了吗？是警报吗？”

听到其他人家里也忙乱起来，门砰砰地响着。不知是谁牵着马在院子里奔跑。老太婆叫喊说，教堂被抢了，主人阻止她说：

“够了，妈，不是听得很清楚吗，这不是警报！”

“要不就是大主教死了……”

维克托鲁什卡从床上爬下来，一面穿衣服，一面嘟哝说：

“我知道出什么事了，我知道！”

主人叫我到阁楼上去看看有没有火光。我跑到阁楼上，从天窗里爬到屋顶上——看不见有火光。钟声在静谧而寒冷的夜空中从容不迫地响着。城市在沉睡。一些看不清楚的人沙沙地踩着雪地，在黑暗中跑过去，雪橇滑板发出嘎嘎吱吱的声音，钟声不祥地当当响着。我回到屋里。

“没有火光。”

“天哪！”主人说，他穿着大衣，戴着帽子，把衣领稍微竖起来。他犹疑不决地开始穿套靴。女主人央求说：

“别出去！哎，你千万别出去……”

“少废话！”

维克托鲁什卡也穿好了衣服，挑逗大家说：

“我知道……”

兄弟俩出去了，两个女人吩咐我烧上茶炊，自己却跑到窗户跟前去看，可是主人很快便在外边按响了门铃，默默地跑到楼上，把前室的门打开，声音低沉地说：

“沙皇被刺杀了！”①

“杀死了？”老太婆惊叫道。

“被杀死了，一个军官告诉我的……现在怎么办呢？”

门铃响了，维克托鲁什卡回来了。他满脸不高兴地脱着衣服，

① 指1881年3月，俄国民意党人刺杀沙皇亚历山大二世一事。

气冲冲地说：

“我还以为是打仗了呢！”

过后，他们坐下来喝茶，平静地谈着，但声音很低，十分小心。街上也安静下来，钟声不响了。整整两天，他们鬼鬼祟祟地窃窃私议，不停地出去到什么地方，也有客人到家里来，详细地谈着什么。我非常想弄明白出了什么事，可是东家把报纸藏了起来，不让我看。我问西多罗夫，沙皇为什么被杀害？他小声说：

“这事不许乱说……”

这一切很快就淡忘了，被日常琐事取代了。不久，我遇到一件很不愉快的事情。

一个星期日，主人们做早祷去了，我烧上茶炊，便去收拾房间。这时，大点儿的孩子溜进厨房，把茶炊的龙头拔下来，钻到桌子底下玩起来。茶炊内膛里炭火很旺，水流干以后，茶炊开焊了。我在收拾房间的时候就听见茶炊响得不对劲儿。我走进厨房一看，糟了，茶炊整个变青了，突突地在抖动，仿佛想从地板上跳起来似的。已经开焊的龙头套管垂头丧气地耷拉下来，盖子歪到一边，两侧的把手下边滴答着熔化了的锡。一只好端端的青紫色茶炊好像变成了一个烂醉如泥的酒鬼。我用水浇它，它发出咝咝的响声，哀怨地倒在了地板上。

大门的铃响了，我去开了门。老太婆问，茶炊是不是烧好了，我简单地说：

“烧好了。”

我当时怀着又困窘又惶恐的心情说的这句话，却被当成了对女主人的嘲弄，加重了对我的惩罚。我挨了一顿毒打。老太婆用一捆细长的松木柴抽打我，倒不觉得很疼，不过背上深深地扎进了许多刺。到了傍晚，我的背肿得像只大枕头。第二天中午，主人不得不带我去医院。

医生是个细高挑儿，干瘦得令人可笑。他检查了我的伤势，平静地、瓮声瓮气地说：

“这是拷打所致，我得写出伤势检查记录。”

主人脸红了，两脚嚓嚓地蹭着地，小声对医生嘀咕着什么。医生越过他的头顶望着，简短地回答说：

“我不能这样做。这不行。”

后来，他问我：

“你想起诉吗？”

我觉得很疼，但我说：

“我不想起诉，快点给我治治吧……”

我被带到另一个房间，趴在手术台上，医生用凉飕飕的令人感到舒服的小手术钳把刺一根根地拔出来，诙谐地说：

“他们把你的皮加工得棒极了，朋友，你以后就不会再受到伤害了。”

他给我做完了令人痒得受不了的手术，说道：

“拔出四十二根刺，朋友，记住吧，有吹牛的资本了！明天这个时间来换绷带。经常挨打吗？”

我想了想，回答说：

“以前我老挨打……”

医生声音低沉地哈哈笑起来。

“一切都会好起来的，朋友，一切！”

他把我带到主人面前，对他说：

“请把他领回去吧，修理好了！明天让他来一趟，给他换绷带。算您运气——小家伙挺逗……”

我们坐车回去的时候，主人对我说：

“我以前也老挨打，彼什科夫，有什么办法呢？我是经常挨揍呀，老弟！你好歹还有我可怜你，可是我呢，没人可怜，没有一个人可怜我！人有的是，到处挤得满满当当。可是要想得到同情——没门儿！狗杂种！唉，凶母鸡……”

他骂了一路。我很同情他，也很感激他，因为他像对人那样跟我说话。

家里人像迎接过命名日归来的人那样迎接我，两个女人让我详细讲讲医生是怎样给我治疗的，对我说了些什么。她们一边听，一边哎哟哟地大呼小叫，心满意足地咂着嘴，皱着眉。她们对病痛、对一切不快的事情的那种浓厚兴趣，使我大感震惊。

我看出她们对我放弃起诉而感到很满意，于是我抓住这个机会请求她们允许我向剪裁师妻子借书看。她们没有拒绝我，只是老太婆大惊小怪地喊道：

“真是个机灵鬼！”

过了一天，我来到剪裁师妻子那里，她和悦可亲地对我说：

“我听说你生病了，被送进了医院。你看，这不是真的吧？”

我缄口无言。我实在不好意思把真相告诉她——为什么让她知道这种暴虐而悲伤的事呢？她跟别人不同，这太好了。

我又开始看大仲马[①]、庞逊·德·泰尔莱利[②]、蒙特潘、扎孔纳[③]、加博吕[④]、埃马尔[⑤]、巴戈贝[⑥]的大厚书。我迅速地、一本接一本地、如饥似渴地阅读着大量书籍，心里感到好畅快。我觉得自己俨如生活在这种不同寻常的生活之中。这种生活令我激奋昂扬，

① 大仲马（1802—1870），法国浪漫主义作家，杰出的通俗小说家。
② 庞逊·德·泰尔莱利（1829—1871），法国惊险小说作家。
③ 扎孔纳（1817—1895），法国惊险小说作家。
④ 加博吕（1832—1873），法国作家，侦探小说体裁的创始人之一。
⑤ 埃马尔（1818—1883），法国作家。著有惊险小说《追踪野兽的猎人》和《草原大盗》等。
⑥ 巴戈贝（1821—1891），法国惊险小说作家。

心情愉悦。我自制的小油灯重又冒起黑烟，由于通宵达旦地看书，我的眼睛有点发痛。老太婆也客气地对我说：

“等着瞧吧，小书呆子，眼珠子会爆破的，到那时，你会变成瞎子！”

但是我很快就明白了，所有这些险象环生、引人入胜的书籍，尽管讲述的事件各种各样，国家与城市不尽相同，但最终要说明的只有一点，即好人没有好报，屡遭恶人迫害，恶人却鸿运亨通，比好人聪明，可是到最后，一种神秘莫测的东西战胜恶人，好人大获全胜。书中所有的男人和女人都用单调乏味的语言“谈情说爱”，叫人看了生厌。这种千篇一律的“爱情”不仅使人感到低级无聊，而且引起一种不安的疑虑。

有时候，看了书的开头几页，就开始猜测谁胜谁败，事件的发展略有端倪，便凭自己的想象力解开埋下的伏笔。一放下书，我就琢磨起来，像做算术教科书上的习题那样，并且往往能猜对，哪个主人公将过上幸福自由的生活，哪个主人公将身陷囹圄。

但透过这一切，我看到了活生生的、对我有重大意义的真实，看到了另一种生活，另一种人际关系的特征。我清楚地知道了，在巴黎，车夫、工人、士兵和一切“平民”与在下诺夫哥罗德、喀山、彼尔姆等地方的完全不同，他们可以放心大胆地跟老爷说话，在老爷面前也比较随便，不受拘束。比如，书中描写了这样一个士兵，但他不像我所认识的那些兵，不像西多罗夫和船上那个维亚特卡人，更不像叶尔莫欣，他比他们几个都更像一个人。在他身上有某种跟斯穆雷相同的东西，但他不那么凶狠和粗暴。书中还描写了一位店主，他也比我所知道的那些店主都好。甚至这些书中的神父也跟我所认识的神父不一样，他们对人更真挚，更富有同情心。总之，国外的一切生活，像书上讲述的那样，比我所了解的这种生活有趣、轻松、美好得多；在外国，人们不那样经常凶狠地打架，不像嘲弄维亚特卡士兵那样痛苦地嘲弄人，不像老太婆那样恶狠狠地祷告上帝。

特别引人注意的是，这些书在讲述那些为非作歹、贪婪、卑鄙之徒时，在他们身上没有表现出那种无法解释的残酷和我所熟悉的、经常看到的捉弄人的嗜好。书中的歹徒穷凶极恶，但凶得有道理，差不多总能弄明白，他为什么要残暴无情，而我看到的暴行却是毫无目的、毫无意义的，只不过是以此来开心解闷，并不期待从中得到什么好处。

每看一本新书，那种俄国生活与外国生活的差异便越加明显，引起我迷惘的懊丧，怀疑这些业已发黄、角边破旧的书的真实性。

我偶然得到龚古尔[①]的一部小说《桑加诺兄弟》，我用了一个通宵，一口气把它看完了。书中有一种从未经受过的东西令我感到惊讶，于是我重新把这平凡而悲伤的故事读了一遍。书中没有盘根错节的情节，表面看上去没有任何吸引人的东西，开头几页给人的感觉好像是一部严肃而枯燥的圣徒传。它的语言准确，毫不夸张，起初令我奇怪而又不快，可是这些单调贫乏的语言（它们组合成密不可分的句子，牢牢地记在我的心中）叙述了杂技演员两兄弟的悲剧，我看着看着，不由自主地高兴得两手颤抖。当我读到折断双腿的不幸演员爬到阁楼上，他的兄弟正在那里悄悄苦练心爱的技巧时，我哽咽着大声痛哭起来。

当我把这本好看的书还给剪裁师妻子时，我求她再借我一本这样的书。

“这样的书是什么书呢？”她笑着问我。

这一笑把我弄得不好意思了，我也说不清想看什么书了。她

---

① 埃德蒙·德·龚古尔（1822—1896），法国作家。《桑加诺兄弟》是一部中篇小说。

说道：

“这本书很乏味，你等等，我给你拿一本更有意思的……”

过了几天，她借给我一本格林伍德的《一个流浪儿的真实故事》。书名对我有些刺激，读第一页就引起了我内心的狂喜。怀着这样的喜悦，我一口气把书读完了，有些段落反复看了两三遍。

原来即使在国外也有这样的苦孩子！喏，我的生活远非那样糟糕，就是说，不必灰心丧气！

格林伍德使我鼓起了很大勇气。看过他的这本书不久，我得到一本真正的“正道的”书——《欧也妮·葛朗台》。

葛朗台老头儿使我真切地想起了外公。这本书篇幅太小，小得令人恼火，同时，书中蕴含着许多真实，这又令人惊诧。它以一种全新的、宽厚而平和的笔触，阐明了我非常熟悉的、厌恶的这种真实。我从前读过的所有的书，除了龚古尔之外，都毫不留情面地、连吵带骂地责难别人，像我的主人们那样，常常引起对犯有过失的人的同情和对道德高尚的人的遗憾。经常令人痛惜地看到，在付出了巨大的才智和毅力的情况下，一个人仍然不能得到自己所理想的东西——道德高尚的人在他面前自始至终宛若石柱，岿然不动。虽然一切阴谋诡计都不可避免地在这些石柱上碰得粉身碎骨，但石柱却唤不起人们的同情。要知道，一道墙无论多么漂亮和结实，但是，当一个人要想在这墙后边的苹果树上摘苹果时，那么这道墙就不会被欣赏了。我似乎已感觉到，最宝贵、最真实的东西就隐藏在高尚品德的背后……

在龚古尔、格林伍德、巴尔扎克的笔下，没有恶人，也没有善人，有的只是活生生的、有血有肉的普通人。他们不容怀疑，他们所说所做的一切都只能是这样，而不能那样。

因此我明白了，读一本“好的、正道的”书是一件多么大快人心的事啊。可是怎样能找到这样的书呢？在这方面，剪裁师妻子帮不上我的忙。

“这是一本好书。”她说道，推荐我看阿尔桑·古塞[①]的《抱着玫瑰、黄金和鲜血的双手》以及贝洛[②]、保罗·德·科克[③]、保罗·费瓦尔[④]的长篇小说，但我已经在努力地读这些书了。

她喜欢的是马里耶特[⑤]、维尔纳[⑥]的小说，我觉得这些书枯燥无味。我也不爱看施皮尔哈根[⑦]的书，但对奥尔巴赫[⑧]的短篇小说倒是情有独钟。苏[⑨]和雨果[⑩]对我也没有多大吸引力，与他们相比，我更喜欢华特·司各特。我想要看的是像巴尔扎克那样精彩的、令人激奋和欢悦的书。像瓷人儿似的剪裁师妻子也渐渐使我失去了兴趣。

我到她那里去时，总是换上干净衬衫，梳梳头发，尽力显出端庄的仪表，我未必能把自己打扮好，但我还是希望她能注意到我的文雅风度，同我说话更随便、更友好一些，那张洁净的、老是喜洋洋的脸上不要挂着冷冷的微笑。但她用疲倦而甜美的声音笑着问我：

“看完了吗？喜欢吗？”

“不喜欢。”

她微微抬起细细的眉毛，看着我，叹着气，用熟悉的鼻音说：

“为什么呀？”

“关于这个我以前就读过。”

---

① 阿尔桑·古塞（1815—1896），法国作家。

② 贝洛（1829—1890），法国小说家，作品有《一个女凶手的情夫们》等。

③ 保罗·德·科克（1794—1871），法国小说家，作品有《林荫道上的儿童》《巴黎浪荡子》等。

④ 保罗·费瓦尔（1817—1887），法国小说家，作品有《一妇二夫》《伦敦的秘密》等。

⑤ 马里耶特（1792—1848），英国作家。

⑥ 维尔纳（1838—1918），德国女作家，作品有《一路平安》等。

⑦ 施皮尔哈根（1829—1911），德国作家，作品有《两头受气》等。

⑧ 奥尔巴赫（1812—1882），德国作家。

⑨ 欧仁·苏（1804—1857），法国作家。

⑩ 雨果（1802—1885），法国作家。

“关于这个是什么？”

“关于爱情……”

她微微眯缝起眼睛，愉快地笑着说：

“啊，可是所有的书里都有爱情描写呀！”

她穿一件蓝色宽松长衫，坐在大沙发椅上，穿着毛皮便鞋的小脚轻轻摇动着，膝头上放着一本书，她用粉红的手指敲着书皮，打着哈欠。

我真想问问她：

“您为什么还不搬走呢？要知道，那些军官老是给您写信，嘲笑您……”

可是我没有勇气对她说这些话，我拿着描写“爱情”的大厚书，怀着悲伤的失望心情，离开了。

院子里的人仍然在议论这个女人，冷嘲热讽，说的话更难听、更恶毒了。听了这些不堪入耳的，也许是无中生有的瞎扯，我心里很难受。我背地里同情她，替她担心，可是当我来到她跟前，看见她那双敏锐的眼睛、猫一样灵活的纤小身体和这张老是喜笑颜开的脸时，怜悯和惧怕便烟消云散了。

春天，她突然不知到什么地方去了。过了几天，她丈夫也搬走了。

他们住过的房间空了，等着新房客来住。这时，我顺便进去看了看，只见光秃秃的墙上留下挂过画的四方形的痕迹、弯曲的钉子以及钉过钉子的疤痕。油漆过的地板上，乱堆着花花绿绿的碎布头、纸片、破药盒、空香水瓶，一枚铜制的大佩针明晃晃地闪着光。

我感到很难过，真想再见一见娇小的剪裁师妻子，对她说一句，我是多么感激她……

十

剪裁师妻子还没有搬走之前，我的东家所住的楼下，搬来一位黑眼睛的太太，带着一个小女孩和母亲。母亲是个头发花白的老太婆，嘴里含着琥珀烟嘴，不停地抽着烟卷。太太长得很漂亮，样子威严而高傲，她说话声音低沉悦耳，看人的时候昂着头，微微眯缝起眼睛，仿佛别人离她很遥远，她看不清楚似的。一个叫丘菲亚耶夫的黑脸膛士兵，几乎天天牵一匹细腿的棕红马到她家门口。太太从屋里走出来，穿着铁青色的长丝绒连衣裙和黄色皮靴，戴一副喇叭口形的白手套。她一手握住长裙后摆和柄上嵌着淡紫色宝石的马鞭，另一只手亲切地抚摩着露出牙齿的马脸。马用一只炯炯有神的眼睛斜视着她，浑身抖动，一只蹄子轻轻地刨着被踩实的地面。

“罗贝尔，罗贝尔。”她小声喊着马的名字，用力拍着马优美的弯曲着的脖子。

接着，太太一只脚踏在丘菲亚耶夫的膝头，轻捷地跳上马鞍，马傲然地跳着脚步，沿着堤岸走去。她那么安稳舒适地坐在马鞍上，好像长在上面似的。

她的容貌美丽绝伦，总给人一种新鲜的、不曾见过的感觉，令人喜悦，令人心醉。看见她，我心里就想，她活脱脱就是狄安娜·普瓦提埃[①]、玛尔格王后[②]、青春少女拉·瓦尔埃尔[③]，以及其他历史小

---

① 法国作家大仲马的历史长篇小说《两个狄安娜》中的女主人公，法王亨利二世的宠姬。
② 大仲马同名小说中的女主人公，法王亨利四世之妻。
③ 大仲马《三个火枪手》的续篇《二十年后》中的女主人公。

说中美丽的女主人公。

驻扎在城里师部的军官们经常围着她转，每天晚上都在她家里弹钢琴和吉他，拉小提琴，唱歌跳舞。来得最勤的是一个叫奥列索夫的少校。他胖墩墩的，小短腿，红脸膛，白头发，浑身油渍麻花的，像轮船上的机械师。他弹得一手好吉他，在太太面前像个驯顺忠诚的仆人。

那个五岁的小女孩，长着卷曲的头发，胖乎乎的，像母亲一样漂亮而讨人喜欢。她有一双淡蓝色的大眼睛，流露出期待的目光，显得严肃而安静。而且，这小女孩还表现出一种不是小孩子应有的沉思的神情。

那个老太太带着忧郁寡言的丘菲亚耶夫和眼睛斜视的胖女仆，从早到晚忙着家务。小女孩没有保姆，生活几乎无人照管，成天在门廊里或对面一堆原木上玩耍。我常常晚上出去跟她玩，而且非常喜欢她。她很快跟我熟了，每当我讲童话给她听时，她听着听着就在我怀里睡着了。她睡着以后，我便把她放在床上。不久，她每晚躺下睡觉时，一定要我去跟她道别。我每次去了，她都郑重其事地向我伸出胖乎乎的小手，说：

“明天见！外婆，还应该说什么呀？”

“上帝保佑你。”老太太说，嘴里和尖鼻子里冒出一缕缕白烟。

“上帝保佑你到明天，我要睡觉了。”小女孩重复说，一边钻进镶花边的被子里。

老太太教她说：

“不是到明天，而是到永远！”

“难道明天不是永远都有吗？”

她喜欢“明天”这个词，凡是她喜欢的东西，她都寄托于未来。她把摘来的花和小树枝插进土里，说：

“明天这里将会变成一座花园……”

“明天什么时候，我也要给自己埋（买）[1]一匹麻（马）骑上，像妈妈一样……”

她很聪明，但不那么活泼，常常在玩得起劲时，突然就沉思起来，出人意料地问：

“为什么神父的斗（头）像女人的一样？”

她被荨麻刺痛了，就指着荨麻，威胁说：

“等着瞧，我要讨（祷）告上帝，他会重重地斥（治）你的罪。上帝可以对所有人斥（治）罪——连妈妈他也可以惩罚……”

有时候，她显出隐隐的、沉郁的忧伤。她偎依着我，一双期待的蓝眼睛望着天空，说道：

“外婆老是发火，妈妈却从来不，几（只）是笑。大家都挨（爱）她，所以她总是没有工夫，老是有客人来看她，因为她长得漂亮。她是个可挨（爱）的妈妈。连奥赖（列）索夫都这样说：可挨（爱）的妈妈！”

我非常喜欢听小女孩说话，因为她在给我讲述一个我所不知道的世界。她总是很乐意地、滔滔不绝地讲自己的妈妈，于是，我面前悄然展现出一幅新的生活图景，我又想起了玛尔格王后，这进一步加深了我对书的信赖，同时也增强了对生活的兴趣。

一天傍晚，我坐在门廊里等候到奥特科斯去散步的主人们，小女孩却躺在我胳膊上打瞌睡。这时，她妈妈骑马驰来，轻捷地跳到地上，昂起头，问道：

“怎么，她睡了吗？”

“是的。”

① 小女孩不会发“л”的读音，下同。

“你看，怎么会这样？……”

士兵丘菲亚耶夫跑出来，牵住马。太太把鞭子往宽腰带里一别，伸出两手，说道：

“把她给我吧！”

“我自己来抱！”

“喔！”太太冲我喊了一声，像催马似的，一只脚在门廊台阶上跺了一下。

小女孩醒了，眨着眼睛，看了看母亲，便伸手要她抱。她抱着女儿走了。

我已经习惯了别人对我的呵斥，但这位太太也这样大喊大叫，令人感到不痛快。只要她哪怕轻轻吩咐一声，任何人都会听从她的。

过了一小会儿，那个斜眼睛的女仆来叫我，说小女孩在使性子，不跟我道声别，就不去睡觉。

我当着她母亲的面，不无自豪地走进客厅——小女孩坐在妈妈的膝盖上，她妈妈正在用灵巧的手给她脱衣服。

“喏，你看，”太太说，“他来了，这个怪物！”

“他不是怪物，是我的小和（伙）伴……”

“是吗？那好极了。那就给你的小伙伴送一件什么礼物吧。你愿意吗？”

“是的，我愿意！”

“好极了，这个由我来办，你去睡觉吧。”

“明天见，”小女孩向我伸出一只手说，“上帝保佑你到明天……”

太太惊讶地喊道：

“这是谁教你的，是外婆吗？”

“嗯……”

小女孩去睡觉了，太太用手指招呼我到她跟前去。

“送你点什么好呢？”

我说，我什么也不要，只希望她能借给我一本什么书看看。

她用芳香的、热乎乎的手指微微抬起我的下颏，带着可爱的笑容问道：

“原来是这么回事，你爱看书，是吗？你都看过些什么书呢？”

她一笑起来，显得更美了。我难为情地向她说出几部长篇小说的名字。

“你喜欢书中的什么呢？”她问道，把手放在桌子上，轻轻地动动手指。

她身上散发出甜蜜而浓郁的花香，奇怪地夹杂着一股马汗味。她透过长长的睫毛看着我，显出一副沉思而严肃的神情，在这一刻钟之前，从来没有人这样看过我。

房间里摆了许多精致漂亮的软家具，显得很挤，像只鸟巢。窗户隐没在花的浓密的绿荫中，炉子上砌的白瓷砖，在昏暗中闪闪发光，炉子旁边摆着一架亮晶晶的黑色钢琴，墙上挂着一张张模糊不清的镶在褪色的金黄色木框里的证书，上面印满了大号斜体斯拉夫字母，每张证书下面都用线绳吊着一枚深色的大证章。房间里的一切东西，都像我一样，恭顺而畏怯地望着这个女人。

我尽我所能向她解释说，我生活得很艰难，很苦闷，只有看书，才能把这一切忘掉。

“嗯，原来是这样？”她说道，一边站起身来，“这话说得不错，看来是对的……那有什么呢？我可以借书给你看，可是我现在没有……不过，你先拿这本书去看吧……”

她从长沙发上拿起一本翻破的黄皮书。

“拿去看吧，看完了我再给你第二卷，一共有四卷……”

我拿着梅谢尔斯基公爵[①]的《彼得堡的秘密》离开了这位太太家。我非常认真地读起来，可是读了开头几页，我便明白了，彼得堡的“秘密”比马德里、伦敦和巴黎的要枯燥乏味得多。我觉得书中那段关于自由和棍棒的寓言倒是挺好玩的。

“我比你高，”自由说，“因为我比你聪明。”

可是棍棒回答它说：

“不，我比你高，因为我比你力气大。”

它们俩争着争着就打起来了。棍棒痛打了自由一顿，自由因遭殴打而死在了医院里。（我记得书上是这么写的）

书中讲的是虚无主义者。我记得，照梅谢尔斯基公爵的观点看，虚无主义者是十分恶毒的人，以致被他看一眼，连母鸡都会死掉。我以为虚无主义者这个词是侮辱人的，不体面的，除此，我什么也没有看懂，真令人丧气，想必我没有看懂好书的能力吧！可是，我坚信一点，这是一本好书，因为我觉得这样一位高贵而漂亮的太太绝不会看坏书！

“喏，怎么样，喜欢吗？”当我把梅谢尔斯基公爵的黄皮书还给她时，她这样问我。

我很难说出口我不喜欢。我想，这会使她生气的。

可她却大笑起来，一边走进她的挂着厚门帘的卧室里，从那里拿出一本精装小书，封面是蓝色的上等山羊革。

“这本书你一定会喜欢的，当心别弄脏了！”

这是一本普希金的诗集。我怀着渴望的心情，一口气把书看完

① 梅谢尔斯基（1839—1914），俄国反动作家和政治家。

了。这种心情是一种当一个人偶然来到一个从未见过的美丽的地方，总是急切地想把它跑遍时才能体验到的感情。在有沼泽的森林里，踏着长满苔藓的草丘，行走了好长时间，这时，一片鲜花盛开、洒满阳光的干燥的林间空地出其不意地展现在你面前时，常常会有这种感觉的。你会怀着狂喜的心情望着这片空地，过一小会儿，便幸福地跑遍这块地方，脚每每触到这片肥美土地上的柔嫩青草时，都会令人感到高兴，心花怒放。

在普希金的诗里，那种纯朴和音韵完美和谐地交织在一起，这使我十分惊诧，以至很长一段时间，我都觉得散文是矫揉造作的东西，读来令人别扭。我觉得，《鲁斯兰》的序诗，很像外婆讲的那些优美的童话，完美地融为一体。有些诗句表现出自己明快的真实，令我吃惊。

在那无人知晓的小路上，
留下从未见过的野兽踪迹。①

我心里反复吟诵着这些奇妙的诗句，看见了我十分熟悉的、几乎看不出来的小路，看见了把挂满水银般沉甸甸露珠的青草踩倒的神秘足迹。铿锵的诗句音感明快，容易记住，诗中所叙述的一切都被装点得艳丽动人。这使我感到幸福，使我的生活变得轻松而快乐。诗歌发出的振鸣犹如新生活的钟声。做一个识字的人是多么幸福啊！

读着普希金优美的童话，我感到更亲切，更易理解。只要反复读几遍，我就能背下来。躺在床上，闭上眼睛，小声念着诗，直到睡着。我常常把这些童话再给那些勤务兵讲一遍，他们边听边笑，

① 引自普希金的叙事长诗《鲁斯兰与柳德米拉》。

彼此温和地说着骂人的粗话。西多罗夫抚摩着我的头，轻声说：

“这就是好呀，啊？唉，天哪……”

我十分兴奋，被主人们看出来了。老太婆骂道：

“你真是读上瘾了，冒失鬼。茶炊三天没擦了！瞧我拿棒槌揍你……”

棒槌算什么东西！于是我便念诗跟她对着干，以保护自己。

黑心肝的老巫婆，
又作恶，又歹毒……[1]

这位太太在我心目中更加崇高了——她看的是什么样的书啊！她可不像瓷人儿剪裁师妻子……

我把书拿去，满脸愁容地交给了她。她满怀信心地说：

“你肯定喜欢这本书了！你以前听说过普希金吗？”

我曾在一本杂志上读过关于这位诗人的文章，但是我现在特别想从她口里听到关于普希金的情况，所以我说我没有听说过。

她简短地向我讲述了普希金的生平和死。她脸上洋溢着微笑，宛如明媚的春日，对我说：

“你看，对女人发生爱情多危险呀。”

从我所读过的书里，我了解到，这的确很危险，但也很美好。我说：

“是危险，可是大家都在爱！女人也因此而苦恼……”

她像看一切东西似的，透过睫毛，瞥了我一眼，认真地说：

“是吗？这事你懂？那么我希望你不要忘记这一点！”

---

① 引自普希金的叙事长诗《鲁斯兰与柳德米拉》。

接着，她问我喜欢什么样的诗。

我挥动着两手，背了几首给她听。她神情严肃地默默听着。后来，她站起身，在房间里走了走，若有所思地说：

“你呀，可爱的小东西，应该去上学读书！这件事我来想想办法……你的主人跟你是亲戚吗？”

当我做出肯定的回答时，她惊叫道：

“啊！”好像是在斥责我。

她借给我一本《贝朗瑞[①]歌曲集》，这是一个精装本，带有版画插图，红皮封面，裁口喷金。这些歌把那种撕心裂肺的痛苦和热烈奔放的欢乐奇异地紧密交织在一起，令我如痴如醉。

《年迈的流浪汉》中那悲戚的歌词，读来令我心寒。

难道是我这害虫搅扰你们的安宁？
那你们就用脚把这害虫踩死吧！
怜悯什么？快把它压扁呀！
你们为什么不教导我，
为什么不让我发挥强大的力量？
如果这样，说不定害虫也会变成蚂蚁！
当我离开人世时，
我会拥抱你们如兄弟。
可是我这年迈的流浪汉，
临死也要向你们这伙人报仇雪恨！

接下来是《哭泣的丈夫》，我看了，笑得流出了眼泪。我记得特

① 贝朗瑞（1780—1857），法国诗人。

别清楚的是贝朗瑞的这两句歌词：

学会过快乐的生活，
对普通人也算不得什么……

贝朗瑞激发起我无法抑制的快乐，使我老想搞恶作剧，想对所有的人说粗鲁刻薄的话。果然，在很短的时间内，我在这方面已大有长进。他的诗我也背熟了，我常常利用到厨房去找勤务兵的几分钟时间，兴致勃勃地念给他们听。

但是不久，我不得不放弃这件事，因为：

姑娘十七好年华，
戴什么帽子都好看！[1]

这两句诗引起一场对姑娘们的极为下流的议论，这使我感到受了莫大的侮辱，气得发疯，于是我拿饭锅打了叶尔莫欣的脑袋。西多罗夫和其他勤务兵把我从他那笨拙的手里拉了出来。从此，我不敢再到军官厨房去了。

东家不让我出去闲逛，而且我也没有工夫闲逛，因为活儿越来越多。现在，除了承担女仆、扫院人和“跑腿的”日常工作之外，我还得每天用钉子把细棉布钉在宽木板上，贴上图纸，抄写主人的建筑工程计算表，复核承包者的账单。主人从早干到晚，像一台机器。

在那个年代，市场上的官房转让给商人私有。许多商场都忙

① 引自普希金的叙事长诗《鲁斯兰与柳德米拉》。

着改建。我的主人承包了修理和新建店铺的工程，画出“改建门窗过梁，房顶开天窗”等等的设计图纸。我把这些设计图纸和装着二十五卢布纸币的信封送到老建筑师那里——老建筑师收下钱，签了字：“设计合理，切实可行，工程监督由本人承担。某某。”当然，他没有见过原建筑物，工程监督他也无力胜任，因为他染病在身，根本不出家门。

我还给市场管理员和别的用得着的人送贿赂，从他们那里得到干“一切不法行为的许可证”，这是我的主人给这些证件起的名称。为此，我获得了当主人们晚间出去做客时，在门廊上等候他们回来的权利。这事不常有，但他们每次都过了午夜以后才回来，于是我坐在门廊的平台上或对面那堆原木上，朝太太家的窗户里张望，如饥似渴地倾听愉快的谈话和音乐。

窗户敞开着。透过窗帘和窗台上摆放的花卉，我看见军官们一个个挺拔矫健的身影在房间里走动，矮胖的少校一踮一踮地走来走去。太太步态舒缓轻盈，穿着十分雅致而漂亮。

我心里暗暗称她玛尔格王后。

“瞧，这正是法国小说中描写的那种快乐生活。”我眺望着窗户，思忖道，但我心头总是笼罩着一丝忧伤。痛苦地看见那些男人围着玛尔格王后，我不禁心生嫉妒——孩童式的嫉妒，因为他们在她身边转来转去，像一群讨厌的黄蜂在采花蜜。

有一位高身量、深眼窝的军官，性情抑郁寡欢，脑门上有一条刀伤，他是客人中来这里次数最少的一位。但他每次来都带着小提琴，拉得好极了，以至路过这里的人都停下来，站在窗下凝神倾听，整条街上的人都聚拢来，站在原木上，甚至我的主人们，如果他们在家的话，也打开窗户，边听边称赞这位音乐家。除了教堂的辅祭长以外，我不记得他们还夸过谁，而且我知道，他们喜欢吃鱼油馅饼大大胜过听音乐。

有时候，那位军官用低沉浑厚的声音唱歌和朗诵诗，奇怪地喘着气，把手掌捂在额头上。有一次，我正跟小女孩在窗户下边玩耍，玛尔格王后请他唱歌，他推辞了半天，后来吐字清楚地说：

只有歌需要美，
美却不需要歌……①

我非常喜欢这两句诗，而且不知为什么同情起那位军官来了。

我看到太太一个人在房间里，坐在那里弹钢琴时，心里感到更愉快。音乐使我陶然欲醉，这时，我只看见窗户，看见窗户里黄色的灯光、那女人绰约苗条的身姿、傲然的脸孔侧影、像小鸟一般在键盘上飞快移动的白皙的纤纤酥手，除此，什么都看不见了。

我望着她，听着如泣如诉的音乐，心中不禁想入非非：我一定要到什么地方去找到宝物，全部献给她，让她成为大富翁！假如我是斯科别列夫②，我会重新向土耳其人宣战，接受赔款，在奥特科斯——城里最好的地方——建造一座富丽堂皇的房子送给她，让她离开这条街，离开这所房子，因为在这里，人人都在对她说三道四，飞短流长。

无论是街坊邻居，还是我们这院子里的下人，尤其是我的主人们，像议论剪裁师妻子那样，恶毒地说玛尔格王后的坏话，只不过说的时候压低声音，四下里看看，更加小心。

大家都怕她，大概因为她是一位赫赫有名的人物的遗孀吧。她

---

① 引自俄国诗人阿·费特（1820—1892）的诗《我只欢迎你的笑容》的最后两行。
② 斯科别列夫（1843—1882），俄国步兵上将，在1877年至1878年俄土战争时，成功地指挥了普列夫纳战斗。

房间墙上挂的证书，都是俄国先皇戈东诺夫、阿列克谢、彼得大帝颁发给她丈夫的先祖的，这是那个识字的、总是看福音书的士兵丘菲亚耶夫告诉我的。也许人们怕她用柄上镶着淡紫色宝石的鞭子打人，据说，她曾用这鞭子痛打过一位大官。

但是，低声说的话未必比高声说的话好。这位太太生活在一片对她敌视的氛围里。这种敌视使我感到莫名其妙，感到十分痛苦。维克托鲁什卡说，他午夜后回到家时，往玛尔格王后的卧室窗户里一看，只见她穿着内衣，坐在沙发床上，少校跪着给她剪脚指甲，然后用海绵擦干净。

老太婆骂着，呸呸地啐着唾沫。年轻女主人涨红了脸，尖声叫道：

“呸，维克托！你真不知害臊！哎哟，这群荒淫放荡的家伙！”

主人没有说话，只是笑着。我很感谢他的沉默，但我仍然提心吊胆，害怕他万一抱有同感，加入叫骂的行列。两个女人尖声细气地叫着，感叹着，不厌其详地询问维克托鲁什卡，那太太究竟是怎样坐在床上的，少校是怎样跪着的？维克托大肆发挥、添枝加叶一番，于是许多无中生有的细节产生了。

“脸红红的，伸着舌头……”

我不认为少校给太太剪指甲有什么不体面的，我不相信他把舌头伸出来，我觉得这纯粹是侮辱人的造谣中伤。于是我对维克托鲁什卡说：

“既然这不好，那您为什么还要往窗户里偷看呢？您又不是小孩子……”

不用说，我被臭骂了一顿，但我不在乎责骂，我只想干一件事——跑下楼去，像那位少校一样，跪在太太面前，恳求她：

“请您离开这所房子吧！”

现在，我知道了世界上还有另一种生活、另一种人们、另一种感情和思想，这所房子及所有住在里面的人引起我心中更强烈的厌恶。整座房子都笼罩在一张无耻的流言蜚语的肮脏网子中，这里没有一个人不被人恶毒地说长道短。团队的神父是个病秧子，一副可怜巴巴的样子，可是人们连他也不放过，硬是造他的谣，说他是酒鬼和好色之徒。那些军官和他们的妻子，照我主人们的话说，都犯了群居罪孽。勤务兵们张口闭口老是那套谈论女人的话，听得叫人腻烦。最使我讨厌的是我的主人们——他们对人们惯用的无情指摘的真正价值，我了解得一清二楚。挑剔别人的毛病是一种不用花钱的唯一消遣。我的主人们用恶言恶语无情地嘲讽周围的人，以此开心解闷，好像是为自己过的这种虔诚、艰难和枯燥的生活而要对所有的人进行报复。

当他们用污言秽语说玛尔格王后时，我感到一阵非孩童具有的感情的躁动，充满了对造谣诽谤者的满腔仇恨，一心想要把他们激怒，搞恶作剧来捉弄他们。有时候，我对自己、对所有的人都油然产生一种折磨人的怜悯之心，这无言的怜悯比仇恨更加令人痛苦。

关于玛尔格王后的事，我比他们了解得多，所以我很害怕他们探听到我所知道的事。

每逢节日，当我的主人们到教堂去做午祷时，我一早就跑到她那里。她把我叫到她的卧室，我坐在一张包着金色丝绸的小沙发椅上，小女孩趴在我的膝盖上，我给她妈妈讲我看过的书。她侧身躺在大床上，脸颊枕在两只合起来的小手掌上，身上盖着金黄色的罩单（卧室里的东西都是金黄色的），编成辫子的黑头发从肩头垂落在她胸前，有时从床上拖到地板上。

她一边听我讲，一边用温柔的眼睛注视着我的脸，淡淡地微笑着说：

“是吗？”

在我的眼里，连她那善意的微笑都像是玛尔格王后宽容的微笑。她说话的声音低沉而温柔，我好像觉得她说的话从来都是一个意思：

“我知道，我比所有的人都高尚得多，纯洁得多，我谁都不需要。”

有时，我碰见她在照镜子，她坐在一把矮沙发椅上，梳着头发。发梢披散在膝盖上和沙发椅扶手上，或者从椅背上垂落下来，几乎挨到了地板——她的头发像外婆的头发一样，又长又密。我从镜子里看见她那淡褐色的、丰满的乳房，她当着我的面穿乳罩和袜子，但是她那洁净的裸体并没有使我感觉到羞耻，我只为她感到高兴而骄傲。她身上总是散发出一股花香，保护着她，使别有用心的人不敢打她的坏主意。

我体魄健壮有力，清楚地知道男女之间的那种秘密，可是人们当着我的面，竟如此幸灾乐祸、残酷无情、凶狠下流地侈谈这些秘密，以至我无法想象，这个女人也会被男人拥抱，我无法想象，哪个人有权利卑鄙无耻地用手去碰她的肉体。我相信，玛尔格王后决不会知道厨房里和贮藏室里那种爱，她知道的是另一种爱情，另一种更高尚的快乐。

可是，一天黄昏，我来到客厅时，听见卧室门帘后面发出我爱戴的太太清脆的笑声和一个男子请求的声音：

“等一等呀……天哪！我不敢相信……”

我本应该走开，我明白他们在干什么，但我却不能……

“谁呀？”她问道，“是你吗？进来吧……”

卧室里由于浓烈的香味而发闷，光线暗淡，窗帘都拉上了……玛尔格王后躺在被窝里，被子盖到下巴颏，拉小提琴的那个军官坐在她身边的墙跟前，只穿一件衬衫，敞着怀，他的胸前也有一道红红的伤疤，从右肩直到乳头，十分明显，甚至在这昏暗的光线中，我也看得清清楚楚。军官的头发乱蓬蓬的，令人可笑。我头一次看见他那凄迷的有疤痕的脸上露出笑容，笑得很怪。他那双女人似的大眼睛凝视着玛尔格王后，好像是第一次发现她的美。

“这是我的朋友。”玛尔格王后说，我不知道她这句话是对我说的，抑或是对他说的。

“你干吗吓成那样？”我听见她的声音，仿佛是从远处传来的，“过来呀……”

我走过去，她用赤裸的热乎的手臂搂住我的脖子，说：

“等你长大了，你也会幸福的……去吧！”

我把书放在书架上，又拿了另外一本，像做梦似的离开了。

我心里好像有一种什么东西咯吱响了一声。当然，我连一分钟也没想过，我的王后会像其他女人那样在做爱，而且这位军官也不容许我这样想。我眼前浮现出他的微笑——他高兴地笑着，好像一个突然对什么事感到惊奇的婴孩那样微笑着，他那忧伤的面庞神气地焕然一新。他应该爱她——难道可以不爱她吗？而且她也可以把自己的爱慷慨地奉献给他，因为他小提琴拉得那么出神入化，诗朗诵得那么感人肺腑。

我只能以这些来自慰，因为我十分清楚，在我对我所目睹的一切以及对玛尔格王后本人的看法中，并不是一切都是好的，一切都是对的。我觉得自己像丢失了什么东西似的心慌意乱，一连几天都非常悲痛。

……有一天，我恣行无忌地大闹了一通。当我到太太那里借书时，她十分严厉地对我说：

“我听说，你是个坏透的捣蛋鬼！这个我可没想到……”

我实在忍不住了，说出了我对这种生活多么厌恶，听到别人讲她的坏话，心里多么痛苦。她站在我对面，一只手放在我肩膀上，起初认真而严肃地听我讲着，但她很快就笑了，轻轻地把我推开。

“够了，我什么都知道，你懂吗？我知道！”

然后，她拉住我的两只手，非常温柔地说：

“你以后不要在意那些卑鄙下流的话，这样对你会更好一些……瞧，你这手可是没有洗干净啊……”

唉，这事她本可以不说的。要是她每天都擦铜器、洗地板、给孩子刷尿布，我想，她的手也不会比我的手好到哪里去。

“一个人会生活——遭别人怨恨，妒忌；不会生活——又遭别人蔑视，看不起，”她沉思地说，把我拉到她跟前，搂住我，面带微笑地望着我的眼睛，“你喜欢我吗？”

“是的。”

“非常喜欢吗？”

“是的。”

“怎么喜欢呢？”

“我不知道。”

“谢谢。你是个可爱的孩子！我喜欢别人喜欢我……”

她嫣然一笑，想说什么，可是她喟然叹了口气，半天没有吱声，一直搂着我没有撒手。

“你以后常来我这里吧。只要能来，你就来吧……”

我利用这个机会，从她那里得到许多好东西。午饭后，我的主人们睡午觉，我便跑下楼去，如果她在家，我就在她那里待一个小时，甚至更长一些时间。

“应当看一些俄国的书，应当了解自己的、俄国的生活。”她教导我说，一边用灵巧的粉白手指把发卡别在自己芳香的头发上。

于是，她列举出一些俄国作家的名字，问：

“你能记住吗？”

她常常沉思地、带着几分懊恼地说：

“你应该上学读书，上学。这件事我老是忘记！啊，天哪……”

我在她那里待了一会儿，拿上一本新书跑回楼上，这时，我好像觉得自己从里到外洗了个干净。

我已经看完了阿克萨科夫[①]的《家庭纪事》，著名的俄罗斯史诗般的巨著《在林中》[②]、精彩的《狩猎笔记》，还看了格列比翁卡[③]和索洛古勃[④]的几本书以及韦涅维季诺夫[⑤]、奥多耶夫斯基[⑥]、丘特切夫[⑦]的诗集。这些书洗涤了我的心灵，剥去了包在心灵上的贫穷痛苦的现实生活印象的外壳。我感觉到，我懂得了什么才是好书，同时也懂得了，好书对于我是不可或缺的。读了这些书，我心里形成了一个坚强的信念：在这片大地上，我不是孤零零的一个人，我不会完蛋！

外婆来看我时，我欣喜地向她讲了玛尔格王后。外婆津津有味地嗅着鼻烟，坚定地说：

“哦，哦，这太好了！好人有的是，只要去找，就会找到！”

有一天，外婆提议说：

“也许我应该到她那里去一趟，替你向她道声谢。你看这样好吗？”

---

① 阿克萨科夫（1791—1859），俄国作家。《家庭纪事》是一部自传体小说，描写一个老年地主的日常生活。

② 俄国作家梅列尼科夫（1818—1883，笔名彼切尔斯基）的长篇小说，描写伏尔加河中下游左岸旧礼仪派教徒中的商人的生活。

③ 格列比翁卡（1812—1848），用俄语写作的乌克兰作家和诗人。

④ 索洛古勃（1814—1882），俄国作家和剧作家。

⑤ 韦涅维季诺夫（1805—1827），普希金时代的俄国诗人，文艺评论家。他的浪漫主义诗歌充满哲理，洋溢着渴望自由的激情。

⑥ 奥多耶夫斯基（1802—1839），俄国诗人，十二月党人。

⑦ 丘特切夫（1803—1873），俄国诗人。

“不，不要去……”

“不去就不去吧……天哪，天哪，这一切多好啊！我愿意永远活着！”

玛尔格王后想让我上学读书的事，没能办成。圣灵降临节那天，发生了一件讨厌的事，差点儿把我给毁了。

节日前几天，我的眼皮突然肿得吓人，眼睛一点儿也睁不开了。我的东家以为我会变成瞎子，十分惊慌，我自己也害怕了。他们把我带到一个认识的产科医生亨利希·罗德泽维奇那里，他从内侧把我的眼皮割开，包扎了纱布。我一连躺了几天，心里烦闷极了。圣灵降临节的头一天，包扎被解去了，我又能下床走路了，好像一个被活埋的人从坟墓里爬出来似的。没有比失明更可怕的事了，这是一种非语言所能形容的苦恼，它会夺去一个人十分之九的世界。

喜庆的圣灵降临节这天，我作为一个病人，从中午起，免去了我的一切活计，于是我到各个厨房去看望那些勤务兵。除了矜持的丘菲亚耶夫之外，所有的人都喝醉了。快傍晚时，叶尔莫欣用一根木柴打了西多罗夫的脑袋，西多罗夫倒在穿堂里，不省人事。叶尔莫欣慌了手脚，吓得跑到冲沟里去了。

西多罗夫被打死的传言不胫而走，弄得满院沸沸扬扬，人心惶惶。大家都聚在门廊前，围观倒在地上的西多罗夫。他直挺挺地躺在那里，一动不动，脑袋枕在从厨房到穿堂的门槛上。有人窃窃议论说，应该叫警察来，可是谁也没有去叫，谁也不敢去动那个士兵。

洗衣女工纳塔利娅·科兹洛夫斯卡娅来了。她穿着雪青色的新连衣裙，肩上披着白头巾，一脸怒气，把大家推开，走进穿堂，蹲下身子，大声说：

“你们这些笨蛋，他还活着！快拿水来……”

大家都劝她说：

“你最好别管闲事！”

“我说，快拿水来！”她救火似的喊道。她把新连衣裙往上一撩，过了膝盖，又抻了抻衬裙，把士兵血淋淋的脑袋搁在自己的膝盖上，这一切她做得又泼辣又麻利。

人们对此不以为然，胆小怕事地散去了。穿堂里光线昏暗，我看见洗衣女工圆圆的脸盘变得发白，眼睛闪出愠怒的神色，两行热泪簌簌地流下来。我提来一桶水，她吩咐我把水浇到西多罗夫头上，并警告说：

“可别泼到我身上，待会儿我还要去做客呢……”

士兵苏醒过来，睁开呆滞无神的眼睛，呻吟起来。

“我们把他抬起来。”纳塔利娅说完，用手抓住他的腋下，悬着伸出的双臂，以免把连衣裙弄脏。我们把士兵抬到厨房，搁在床上。接着，她用湿抹布给他把脸擦干净，转身走的时候说：

“你把抹布蘸上点儿水，放在他头上，我去找那个混蛋算账。这些鬼东西，一个个喝得烂醉，瞧着吧，早晚会喝出事来的。”

她把弄脏的衬裙脱下来，扔到墙角，精心地整了整沙沙作响的、揉皱的连衣裙，走了。

西多罗夫伸展着身子，打着嗝，哼叫着。他头上滴着浓浓的黑血，滴在我光着的脚上，令我感到很不舒服，但由于害怕，我不敢把脚挪开。

这真是活受罪。外面喜气洋洋，充满了节日气氛。门廊和大门都用小白桦树装点一新，大街上的每根柱子都缠上了新砍来的槭树和花楸树枝条。整条大街都披上了绿装，显得青春焕发，生机勃勃。今天一早我就觉得，春天的节日来了，会持续很长一段时间，并且从这一天起，生活将变得更纯洁，更光明，更愉快。

士兵呕吐了，热乎乎的伏特加酒气和青葱的臭味充满了厨房，令人窒息。隔着窗户，不时有人往里看。只见一些模糊不清的大宽脸，贴在玻璃窗上，把鼻子都压扁了，两只手掌撑在面颊两边，像两只大耳朵，使脸变得更加丑陋了。

士兵努力回忆着，喃喃地说：

“这是怎么回事，我怎么了？我跌倒了吗？叶尔莫欣？他是个好……好伙伴……”

接着，他开始咳嗽，醉态地哭起来，流着眼泪，凄然喊道：

“我的小妹妹……好妹妹……”

他站了起来，湿淋淋的身子东倒西歪，发出一股刺鼻的臭气。他身子一晃，“扑通”栽倒在床上，奇怪地转动着眼珠子，说：

“我被彻底打死了……”

我觉得挺好笑，忍不住笑出声来。

“哪个鬼东西在笑？”士兵问道，直愣愣地看着我，“你笑什么？我被打死了，永远死了……”

他开始用手把我推开，嘴里嘟哝说：

“第一个日期是先知伊利亚，第二个是骑马的叶戈尔，第三个——别到我跟前！滚开，你这只恶狼……”

我对他说：

“别胡闹！”

他莫名其妙地发火了，大吼大叫，两脚嚓嚓地乱蹬乱踹。

“我被打死了呀，可是你……”

他用无力的、肮脏的手猝不及防地重重打在我眼睛上。我大叫一声，什么也看不见了。我勉强跑到院子里，正碰上纳塔利娅。她拉着叶尔莫欣的手，不时吆喝道：

“走啊，蠢驴！你怎么了！”她抓住我，问道。

“他打人……”

“打人？”纳塔利娅惊讶地拖长声音说。她猛然拉了一下叶尔莫欣，对他说：

“哎，该死的，还不赶快谢谢你的恩人！”

我用水洗了洗眼睛，从穿堂往门里张望，看见两个兵和解了，拥抱着痛哭。后来，他们俩去拥抱纳塔利娅，而纳塔利娅打着他们的手，叫嚷道：

“把爪子拿开，狗东西！怎么，以为我是你们的那种淫荡女人吗？趁你们老爷不在家，快去睡一觉吧，快去呀！不然的话，你们会吃苦头的！”

她像哄孩子似的安排他们睡下，一个躺在地板上，一个躺在床上。等他们俩呼呼地打起了鼾声，她才离开，来到穿堂里。

“我弄了一身脏，本来说是穿上新衣服去做客呢！他打你了吗？他真是个大笨蛋！都是伏特加惹的祸。你可别喝酒，小家伙，不管什么时候都不要喝……”

后来，我跟她一起坐在大门口的长凳上，问她为什么不害怕喝醉酒的人。

“就是没有醉的人，我也不怕呀！他们要是撞在我手里，就叫他们吃这个！”她伸出握得紧紧的发红的拳头给我看，“我死去的丈夫也是个喝酒不要命的人，有时，他喝醉了，我就乘机狠狠治他一顿，把他的手脚捆起来，等他睡醒了酒，我便扒掉他的裤子，用树条结结实实地抽他一顿，对他说：你不准再喝酒了，不准狂饮无度，你既然娶了老婆，老婆就能使你快活，而不是伏特加！是啊。就这样，我不住手地打呀打呀，一直打到精疲力竭。从此以后，他在我跟前变得乖顺了……”

“您真有劲。”我想起了把上帝都给骗过的夏娃。

纳塔利娅叹了口气，说：

“女人应该比男人有劲，应该顶得上两个男人的力量，可是上帝给她们的力量少了！男人都是性情不定的人。”

她说得平心静气，毫无恶意。她坐在长凳上，两手交叠，放在隆起的胸上，背靠在围墙上，悲伤地望着堆满碎石的脏乱不堪的堤坝。我听着高深的讲话，听得出了神，全然忘记了时间，猛然抬头，看见主人夫妇挽着手，在堤坝尽头漫步。他们走得慢慢腾腾，大模大样，活像一对印度火鸡。他们朝我们这边打量着，嘴里嘀咕着什么。

我赶忙跑去开门，门开了。女主人一边上楼，一边恶狠狠地对我说：

“你在向洗衣女工献殷勤吗？跟楼下那位太太学的吧？”

这话愚蠢得我都不屑去生气。主人冷笑了一声，甩出一句话，我听了很难过。他说：

“那有什么，到年纪了嘛！……”

第二天早上，我下楼到板棚取劈柴，在板棚门下边的猫洞跟前发现一只空钱包。我多次看见西多罗夫拿过这个钱包，便立刻给他送去了。

“里面的钱呢？”他问道，一边伸进手指去掏，“一卢布三十戈比哪里去了？拿出来！”

他头上缠着毛巾，面黄肌瘦。他气愤地眨着红肿的眼睛，不相信我捡到的是空钱包。

叶尔莫欣来了，用头指着我，对他说：

“是他偷的，就是他，带他去见主人吧！当兵的不偷当兵的！”

这些话反倒提醒了我，我敢断定，钱就是他偷的，然后把空钱包悄悄扔到板棚里，嫁祸于我。我立刻毫不客气地冲他喊道：

“你反咬一口，钱就是你偷的！”

我坚信，我的推断没有错。他那张蠢笨的脸由于恐惧和愤怒而变形了，他慌乱起来，尖声号叫道：

“拿出证据来！”

我有什么证据呢？叶尔莫欣大喊大叫地把我拉到院子里，西多罗夫跟在我们后面，也在瞎嚷嚷，各种各样的人从窗户里探出脑袋。玛尔格王后的母亲悠然自得地吸着烟，不动声色地观望着。我明白了，我在太太的眼里算是彻底完了——我一下子傻了。

我记得，那两个兵抓住我的手臂，我的主人们跟他们面对面站着，听着他们在告状，表示同情地连声称是。这时，女主人咬定说：

“当然，这肯定是他干的！难怪他昨天在大门口跟那个洗衣女工勾勾搭搭的，明摆着，他是有钱了。要是没有钱，别想从那女人身上揩到一点儿油水……”

“就是嘛！”叶尔莫欣叫喊道。

地板在我脚下颤抖起来，我简直气愤得发疯，冲女主人吼叫起来，结果我被结结实实毒打了一顿。

与其说令我痛苦的是挨打，不如说是我心中产生的这个念头：现在玛尔格王后会怎么看我呢？我怎样在她面前证实自己是无辜的呢？在这可恶至极的几个小时里，我算倒霉透了。

幸运的是，那两个士兵很快把这件事传扬开了，弄得人人皆知。晚上，我在阁楼上躺着，听见纳塔利娅·科兹洛夫斯卡娅在下面叫嚷：

“不，我干吗不说话！不，亲爱的，你出来一下，出来呀！我说，你快出来！要不然，我就去找老爷，他会使你……”

我立刻意识到，这吵闹与我有关。她就在我们门口叫喊，声音越来越高，越来越欢。

“你昨天给了我多少钱？这钱是哪儿来的，你讲呀。”

我高兴得透不过气来，听见西多罗夫丧气地拉长声音说：

“哎呀呀，叶尔莫欣……”

“你们败坏了孩子的名声，毒打了他，啊？”

我当时真想跑到院子里，高兴地跳起来，去吻纳塔利娅，向她表示感谢。但这时，我的女主人也许是从窗户里边叫喊道：

“打那孩子是因为他骂人，至于说他是小偷，谁都没有这样认为，除了你，泼妇！”

“太太，您才是泼妇呢！我告诉您吧，您是一头地道的母牛。”

我听着叫骂声，像听音乐一样，屈辱和对纳塔利娅感激的热泪烧灼得心痛，为了努力克制住眼泪，我憋得喘不过气来。

后来，主人慢腾腾地踏着楼梯来到阁楼上，坐在我身边叉梁的接合处，掠着头发说：

“怎么样，彼什科夫老弟，你最近运气不好，是吗？”

我没有说话，转过脸去。

“不管怎么说，你骂人实在不像话。”他继续说。这时，我小声向他声明：

“等我伤好了，我一定离开你们家……”

他默默地坐了一会儿，抽着烟卷，注视着烟头，低声说：

“好吧，随你的便！你已经不是小孩子了，怎么样对你更好，你自己看着办吧……”

他走了。像往常那样，我觉得他很可怜。

这事发生后第四天，我离开了主人家。我很想去跟玛尔格王后道别，但我没有勇气到她那里去，坦白地说，我期望她能亲自来叫我。

在同小女孩告别时，我请求说：

“请告诉你妈妈，我非常非常感谢她！你会说吗？”

“我一定说，”她允诺道，亲切温柔地微笑着，“明天见，是吗？”

大约二十年之后，我遇见了她。她已经结婚了，嫁给一个宪兵军官……

十一

我又在“彼尔姆号”轮船上干起了洗碗工。这是一条像天鹅一样洁白宽敞的快轮。我现在是“干粗活的”洗碗工，或叫“厨房男用人”，月薪七卢布，职责是给厨师打下手。

餐厅主管是个胖得发圆、傲气十足的家伙，脑袋秃顶，像只皮球。他成天背着手，笨重地在甲板上走来走去，活像一头大骟猪在炎热天里寻找阴凉地。餐厅里最扎眼的是他的妻子，一个四十开外的女人，长得挺漂亮，但老是一副无精打采的样子，脸上扑着厚厚的香粉，以至那黏糊糊的白粉末从面颊上落到她那艳丽的衣服上。

厨师长是招人喜欢的伊万·伊万诺维奇，绰号叫小熊，个子不高，胖乎乎的，长着一管鹰钩鼻子，一双含嘲笑意味的眼睛。他是个好打扮的人，系着浆过的硬领，天天刮脸，面颊发青，黑唇髭向上翘着。闲暇的时候，他总是不停地用烤得发红的手指去摆弄髭须，拿一面带柄的小圆镜子，没完没了地照来照去。

船上最有趣的是司炉雅科夫·舒莫夫。他宽胸方肩，翘鼻子，扁平脸，像只铁铲，熊一样的小眼睛隐在浓密的眉毛底下，络腮胡子一小圈一小圈的，像是沼地上的苔藓，头发又长又密，像顶帽子，费好大劲才能把弯曲的手指伸进去。

他是打牌赢钱的好手，而且贪吃得惊人。他像条饿狗，老是围着厨房转来转去，想讨几块肉或骨头来吃。晚上，他跟小熊伊万·伊万诺维奇一起喝茶，讲述自己离奇的身世。

少年时候，他在梁赞给一个牧人当助手，后来一个过路的修士诱使他进了修道院，在那里当了四年见习修士。

“我本来能当上修士，而且是才华超群的黑衣修士，”他说得又快又风趣，“就在这当口，我们这片净土来了一个奔萨城的女朝圣者——一个挺好玩的女人，她使我方寸大乱，魂不守舍。她说：‘你多么能干，多么强壮啊！我是个寡妇，为人清白正直，现在我孤身一人，你到我家来当个管院人多好啊，我自己有房子，我是做羽毛生意的……’”

“好吧，她既然请我去当管院人，我呢，就给她当情人，她供我吃供我喝，大概有三年，好不自在……”

“你真能吹牛，”小熊打断他的话头，忧心忡忡地仔细看着自己鼻子上的疱疹，“要是说谎话能赚钱，你准发大财了！”

雅科夫嘴里嚼着东西，斑白胡须在瞎眼似的脸上曲曲弯弯地不住地动弹，毛烘烘的耳朵也在微微抖动。他听罢厨师的评语，继续有节奏地、快速地说：

“她比我大，跟她在一起没劲，太乏味。于是，我跟她的侄女搞上了，她知道以后，把我狠揍一顿，赶出了家门……”

“这是对你的奖赏——再好不过了。”厨师说得跟雅科夫一样轻松而流畅。

司炉往嘴里塞了一块糖，接着说：

“我漫无目的地闲逛了一段时间，后来跟一个乡下卖货的老头儿搭帮了。我们走遍了世界各地。去过巴尔干山脉、土耳其，也到过罗马尼亚、希腊、奥地利——我们跟各国的人都打交道，从这个人手里买下东西，再转手卖给那个人……”

“你们也偷东西吗？”厨师认真地问。

“那老头儿可不干这种事！他还对我说：在异国他邦，要行得端，做得正，这里法律很严，只要干一点儿坏事，就会掉脑袋。说实话，我曾试过偷东西，结果糟得一塌糊涂。我打算把一个商人的马从院子里牵出来，可是没能得手，我被逮住了，不用说，他们对我大打出手，揍了个半死，然后把我拽到警察局。我们是两个人，那个人是真正的盗马老手，而我马马虎虎，主要是出于好奇。我曾给那个商人干过活，在新盖的洗澡间里砌炉子。那个商人生病了，做噩梦，梦见了我，吓坏了，就赶忙跑到警察局，呈请上司：请把他——指我——放了吧，把他放了吧，不然，我老是梦见他。如果不赦免他，我的病就好不了，他大概会魔法。你看，我成魔法师了！嗯，他是个知名的商贾，我被放了出来……"

"不该放你，应该把你泡在水里淹三天，把你脑瓜里的愚蠢念头统统淹死。"厨师插嘴说。

雅科夫立刻顺着他的话说起来：

"说得对，我身上的傻气确实不少，照直说吧，我身上的傻气能摆满整个村子……"

厨师把一个手指伸进紧绷的衣领里，发狠地把它拉开，一边摇头晃脑，懊丧地说：

"净胡说八道！像你这样的囚犯活在世上，成天大吃大喝，游手好闲，何苦呢？哎，你说说，你活着是为什么？"

司炉吧嗒着嘴，回答说：

"这个我也不知道。活着就是活着呗。有人躺着，有人走着，当官的坐着，可是吃饭，人人都需要。"

厨师更加冒火了。

"就是说，你是一头猪，甚至是——简直无法形容！只配吃猪食……"

"你干吗骂人？"雅科夫惊讶地问，"男人都是一棵橡树上的果实。你再骂，我也不会因此而变好的……”

这个人一下子把我牢牢地吸引住了。我望着他，听他海吹神聊，惊讶得合不拢嘴，我觉得，他对生活有一种独到而坚定的了解。他对所有的人都称“你”，对所有的人都一样从毛烘烘的眉毛底下坦然直视，我行我素，他好像把所有的人——船长、餐厅主管、头等舱有权势的乘客，连同自己本人、水手、餐厅侍役和甲板上的乘客——都排成一排，同等看待。

常有这样的情况：他把猴子般的长手臂背在背后，站在船长或机械师面前，默默地听着他们骂他偷懒，骂他打牌时不经意地赢了别人。看来，责骂对他不起作用，一到码头就赶他下船的威胁也吓唬不住他。

他身上有一种与众不同的东西——跟“好事儿”一样，显然，他本人确信自己有特性，确信人们对他是不会理解的。

我从未见过这个人对什么事情抱屈和有过什么顾虑，也不记得他有过长时间的沉默。他的话犹如一条淙淙的小溪，源源不断地从他那毛茸茸的嘴里流出来，甚至似乎全然不管他的愿望如何。当他挨骂时或者在听别人讲到有趣的话时，他的嘴唇就微微动弹，仿佛不出声地重复他所听到的话，抑或继续自言自语。他每天值完班，从锅炉房里爬出来，赤着脚，浑身汗淋淋的，满是油污，穿着湿漉漉的衬衫，敞着怀，满胸都是浓密的卷毛。这时，他那平板单调，有点儿嘶哑的声音立刻传遍了甲板，他的话像雨点似的噼里啪啦洒落下来。

“你好，大娘！上哪儿去呀！奇斯托波利？我知道，那地方我去过，给一个有钱的鞑靼人当过长工。那个鞑靼人叫乌桑·古拜杜林，有三个老婆，那老头儿身子骨可结实了，脸膛红红的。他有个年轻老婆，是鞑靼人，很好玩的，我跟她有过那种事……”

他什么地方都到过，在每次行程里，他跟所有的女人都搞那种事。他讲这些事的时候，毫无恶意，泰然自若，好像他在生活中从未受过屈辱挨过骂。过了一分钟，船尾响起了他的说话声：

“打牌的人最守规矩！喂！来玩一把吧！打牌是件痛快事，坐着就把钱挣到手了，真是买卖人的美差……”

我发现，他很少说好、坏、可恶，几乎总是说好玩、开心、有趣。对于他来说，漂亮的女人就是好玩的蝴蝶，阳光灿烂的天气就是开心的日子。他的口头禅是：

“小意思！管他呢！”

大家都认为他懒惰，我倒觉得他跟大家一样，冒着地狱般窒闷污浊的炽热，站在炉膛前，干那么繁重的活儿，像其他司炉那样，勤勤恳恳，从不叫苦叫累。

有一次，不知是谁把一个年老的女乘客的钱包偷走了。那是个晴朗宁静的夜晚，大家都很和善。船长给了那老太婆五个卢布，乘客们也凑了一些钱。当把钱交给老太婆时，她画着十字，向大家深深地鞠躬，说：

“亲爱的，这比我丢的钱还多出三卢布十戈比呢！”

有个人快活地喊道：

“你都拿着吧，老大娘，还嚷嚷什么呀？三个卢布永远不是多余的……”

不知是谁随和地说：

“钱不是人，不会成为累赘的……”

这时，雅科夫走到老妪跟前，认真地说：

“把多出来的钱给我吧，我拿去打牌！”

大家都笑了，以为司炉在开玩笑，可是他一再央求窘迫的老妪：

“给我吧，老大娘！你要钱有什么用呢？说不定你明天两腿一蹬，就进坟墓了……”

大家痛骂了他一顿，把他撵走了。他摇晃着脑袋，惊讶地对我说：

“这帮人真古怪！干吗管闲事呢？她可是亲口说这钱是多出来的！要是三个卢布给了我，我就能痛快玩一场……”

大概他一见到钱就特别兴奋——说话时，他总好拿着银币和铜币在裤子上擦，等擦得发亮时，他的眉毛微微跳动着，用弯曲的手指把硬币凑到翘鼻子的脸前，仔细地看来看去。但他对钱并不吝啬。

有一次，他让我跟他玩牌赌博，我说我不会。

“你不会？”他感到很惊讶，“你怎么不会呢？亏你还是个识字的人呢！我可以教你。我们先不赌钱，拿糖赌着玩……”

他赢了我半磅方糖，一块一块地都塞进毛茸茸的腮帮子里。后来，他见我学会了，就说：

“现在我们玩真格的，赌钱吧！你有钱吗？”

“我有五个卢布。”

“我有两个多卢布。”

不言而喻，他很快就把我的钱赢个精光。我想翻本，于是把一件值五卢布的外衣做了赌注，结果也输了。我又赌上一双值三卢布的新皮靴，又输了。这时，雅科夫不满地，几乎生气地对我说：

“不，你不能玩赌博，你太性急——一下子就把外衣、靴子都输掉了！这些东西我不要。给你，把衣服拿回去吧，把钱也拿走吧，四个卢布给你。我留下一个卢布，算作你交的学费吧……行吗？”

我非常感谢他。

“小意思！”我向他道谢时，他这样回答，“玩就是玩嘛，也就是开开心。你那股硬拼的劲头，好像要打架似的。即使打架，也不能操之过急——要看准了再打！有什么好急的呢？你还年轻，要学会克制自己。一次不成功，五次不成功，七次——洗手不干！一走了之。等头脑冷静下来再玩嘛！这其实就是一种游戏！”

我越来越喜欢他，同时也越来越不喜欢他。有时候，他讲的话令人想起外婆。他身上有许多吸引我的东西，但他那种对人拒之千里的、看来一辈子都改不了的冷漠态度，又使我对他极其反感。

有一天，太阳落山时，二等舱一个身材粗壮的乘客，彼尔姆的商人，喝醉酒掉进河里，在泛着金光的水里拼命扑腾挣扎。发动机立刻关了，船停下来，蹼轮底下涌起一团团泡沫，被夕阳的余晖染得血红。在这翻滚的血色波浪中，那个黑乎乎的身体已被甩在船尾很远的地方，扑通扑通地拍打着水，传来震撼人心的、声嘶力竭的惨叫声。乘客们互相推挤着拥到船舷和船尾，向落水者大声喊叫。落水者的同伴是个棕红头发的秃顶汉子，也喝醉了，用拳头乱打人，一边挤到船舷跟前，吼叫道：

“都滚开！我要把他捞上来……”

已经有两个水手跳下去了，划动着双臂向溺水者游去。这时，从船尾放下来一只舢板。在船员和女人们的大呼小叫中，传来雅科夫有点嘶哑的、像水流一样平静的声音：

“他会淹死的，肯定会淹死，因为他穿着长外衣！穿着长衣服落水，根本没救。比方说女人吧，她们为什么比男人淹死得快？因为她们穿的是裙子。女人只要一落水，立刻就沉到水底，像个一磅重的秤锤……你们瞧瞧，他淹死了吧，我绝不胡说……”

商人真的淹死了。打捞了两个小时，硬是没有找到他的尸首。这时，他的同伴醒过酒来，坐在船尾，呼哧呼哧地喘着气，诉苦地嘟哝说：

“瞧瞧这事闹的，眼看就到家了！现在可怎么办好呢，啊？我怎么对他的家人交代呀，啊？他有家眷……”

雅科夫反剪双手站在他面前，开始安慰他：

“没关系，买卖人！谁也不知道会给自己选定死在什么地方。有的人吃蘑菇，吃着吃着，突然就死了！许多人都吃蘑菇，敞开着吃，结果吃死的就一个！这难道能怪蘑菇吗？”

他膀大腰圆，体魄强壮，像大磨盘似的站在商人面前，滔滔不绝地说着。起初，商人只顾默默地哭泣，用宽大的手掌揩拭滴在胡子上的眼泪，但他听了一会儿，突然吼叫道：

“你这该死的！干吗要折磨我？同胞们，快把他赶走，不然的话，不会有他的好下场！”

雅科夫离开时平静地说：

“这人真怪！好心好意来劝他，他倒像个木橛子……”

有时候，我觉得司炉傻乎乎的，但我常常想，他大概是故意装疯卖傻。我真想直截了当地恳求他给我讲讲他周游世界的所见所闻，但每次都事与愿违。他扬起头，把那熊一样的黑眼睛微微睁开一道缝，用手抚摩着毛烘烘的脸，拉腔拖调地回忆说：

“人这东西无处不有，老弟，黑压压的，像蚂蚁一样！有人的地方，就有忙碌，我告诉你吧！最多的当然是庄稼人，满地都是，像秋天的落叶一样。你问保加利亚人吗？保加利亚人我见过，希腊人也见过，还有塞尔维亚人、罗马尼亚人、各种各样的茨冈人——见过的多了，各种各样的人！他们是什么样的？能是什么样呢？在城市里，就是城里人，在村子里，就是乡下人，完全跟我们这里一样。相似的地方也很多。有些人甚至说我们的话，只是说得不地道。比如，鞑靼人和莫尔多瓦人。希腊人不会说我们的话，他们说话叽里咕噜的，好像是在说话，可就是听不懂。跟他们说话得打手势。跟我搭帮的那个老头儿，他会假装，好像连希腊人的话都能听懂，什么卡拉马拉、卡利美拉的，他都呜里哇啦地瞎说一气。那老头儿鬼得很，把他们蒙得一愣一愣的。你又问——他们长什么样？你真古怪，人能是什么样呢？嗯，当然，他们是黑头发，罗马尼亚人也是黑头发，他们是同一种信仰。保加利亚人也是黑头发，他们的信仰跟我们一样。希腊人跟土耳其人差不多……”

我好像觉得，他没有把他所知道的全讲出来。他肯定知道些什么事情，只是不愿意说罢了。

我从杂志的插图上了解到，希腊的首都雅典是一座非常古老、非常漂亮的城市，可是雅科夫却怀疑地摇着头，否定了雅典。

“你上当了，老弟，没有雅典，有个雅丰[①]，不过这不是城市，是一座山。山上有一座修道院，别的什么都没有了。这座山叫雅丰圣山，有关于这座山的图片，跟我搭帮的老头儿就卖过。有一个城市叫别尔戈罗德[②]，位于多瑙河畔，很像雅罗斯拉夫尔或下诺夫哥罗德。那边的城市并不漂亮，村子可就大大不同了！女人真够味，叫人开心得要命！为了一个女人，我差点儿留在那里——她叫什么名字来着？”

他用手掌使劲搓着看不见眼睛的脸，硬撅撅的毛发轻轻地簌簌作响，喉咙深处发出咯咯的笑声，像是摇动的小铃铛丁零作响。

“我真是个没记性的人！要知道，我经常跟她那个……分手的时候，她哭了，我也哭了，真的……”

他开始赤裸裸地、没羞没臊地教我如何勾搭女人。

我们坐在船尾。夜晚暖洋洋的，明月清辉，迎面缓缓掠过。水面银波荡漾，隐隐约约显现出两岸的草地。山冈那边，黄色的点点灯火时隐时现，好像被征服的星星。在这不眠之夜，四周的一切都在运动，在摇颤，表现出一种恬静而顽强的生命力。在这亲切而悲

① 雅丰在马其顿境内，山上有一片寺院群。
② 即贝尔格莱德。此处说话人说得不准确。

凉的沉寂中，只听见雅科夫用沙哑的声音说：

“有时，她张开双臂，向我扑来……”

雅科夫的话虽然说得不顾脸面，但并不讨厌。这些话里没有虚假，没有残忍，却有一种朴拙和一丝哀婉。天空的月亮也厚颜无耻地裸着身子，也这样令人心潮激荡，令人思念悠悠。那美好的，最最美好的玛尔格王后和真实得叫人永志难忘的诗句油然浮现在心头。

只有歌需要美，
美却不需要歌……

我像驱走微微的睡意那样，努力摆脱开这想入非非的思绪，重又央求司炉谈谈他的生活和见闻。

“你真怪，”他说，“给你说点什么呢？我什么样的世面都见过。你问：你见过修道院吗？见过。见过带饭馆的旅店吗？也见过。老爷的生活、庄稼汉的生活，我都见过。吃饱饭的日子、饿肚皮的日子，我都经历过……”

他仿佛踩着摇摇欲坠的木桥过一条水深流急的小河，慢条斯理地回忆说：

“喏，比方说，我因为偷马被关在警察局里的时候，心想，这一下完了，我会被发配到西伯利亚！这时，我听见警长因为他新房子里的炉子冒烟正在骂人。我说：‘老爷，这个我能修好。’他冲我呵斥道：‘住口！连手艺最高强的工匠都拿它毫无办法……’我对他说：‘有时，牧人比将军还聪明。’我那时胆量可大了，天不怕地不怕，反正前头等着我的是西伯利亚！他说：‘你来干吧，如果弄得还不如原来的，当心我捣碎你的骨头！’我干了两昼夜，终于给他修好了。警长大为惊讶，喊道：‘哎，你呀，傻瓜，笨蛋！你本来是个好工匠，可你偏偏去偷马，怎么搞的？’我对他说：‘老爷，这是一时糊涂。’他说：‘也许是一时糊涂吧，我为你感到惋惜！’是啊，他说他惋惜我。明白吗？按职责讲，警察是残酷无情的人，可他却发起慈悲来了……”

“那么后来呢？”我问。

“还不错，他动了怜悯心。还要怎么样呢？”

“对你这种人没有什么可惋惜的，你太冷酷无情，像块石头！”

雅科夫温厚地笑着说：

“你真怪！说我是石头，啊？即使是石头，你也要有怜悯之心，石头也有用处，修街铺路用的就是石头。任何一种东西都应当爱惜，没有什么东西是多余的。沙子算什么呢？可是沙子上边也能长出青草……”

听了司炉这番话，我更加清楚了，他知道的东西，对于我是难以理解的。

“你对厨师怎么看呢？”我问道。

“是小熊吗？”雅科夫冷淡地说，“对他能怎么看呢？他这个人没说的。”

这话是对的。伊万·伊万诺维奇为人正派、严谨、无可指摘。但很有趣的是，他不喜欢司炉，常常骂他，可又常常请他喝茶。

有一次，伊万·伊万诺维奇对雅科夫说：

“假如现在实行的还是农奴制度，并且我是你的主人，像你这样好吃懒做的人，我一个星期得打你七次！”

雅科夫一本正经地说：

“七次——太多了！”

厨师老是骂司炉，不知为什么又常常给他吃的。他粗暴地塞给他一块吃的，说：

“吃吧！”

雅科夫不慌不忙地嚼着，说道：

“有你的关照，我会长得更健壮有力，伊万·伊万诺维奇！”

“你这懒汉，要力气有什么用呢？”

“有什么用？我可以长生不老啊……”

“你活着干什么呀，该死的！”

“该死的也得活着呀。瞧你说的，难道活得不够开心吗？伊万·伊万诺维奇，活着是人生一大乐事……”

“真是个摆痴[①]！”

“什么意思？”

“你是摆痴。”

“瞧瞧，这叫什么话呀！”雅科夫感到奇怪。而小熊却对我说：

“你想象一下，我们在流血流汗，在炽热难当的炉灶前把骨头都烤焦了，可是他，你瞧，只顾大吃大嚼，像头骟猪！”

“人各有命。”司炉说道，一边嚼着食物。

我知道，烧锅炉比做饭更累，更热。有好几次，我在夜里跟雅科夫一起“添火”，亲自尝过烧锅炉的滋味。令我纳闷的是，他不知为什么不愿意向厨师说明自己繁重的工作量。不，这个人肯定知道什么特别的事情……

所有的人——船长、机械师、水手长，谁想骂他就骂他，但奇怪的是，为什么不解雇他呢？司炉们显然比其他人对他好，尽管他们也嘲笑他爱说废话和爱打牌。我问他们：

“雅科夫是好人吗？”

“雅科夫吗？还不错。他不害人，你怎么对他都可以，哪怕把烧

① 即白痴，此处说话人吐字不清楚。

红的炭放在他怀里都行……”

虽然雅科夫在锅炉房干的活儿十分繁重，并有一个像马一样的好胃口，但他睡觉很少——交班以后，他常常连衣服也不换，浑身汗淋淋、脏兮兮的，整宿待在船尾，跟乘客聊天或打牌。

他在我面前就像一只上锁的箱子。我觉得，箱子里藏着我所需要的东西，于是我苦苦地寻找着开启这只箱子的钥匙。

“我真搞不明白，老弟，你到底想要知道什么呢？”他探问道，一双隐在眉毛下边看不出来的眼睛仔细打量着我。“嗯，世界嘛，我的确到过许多地方，还有什么呢？你真怪！好吧，你好好听着，我给你讲一件我亲身经历的事。”

这就是他讲的故事：在一个县城里，住着一个害痨病的年轻法官。他妻子是德国人，身强力壮，没有孩子。她爱上了一个集市上摆摊卖布的商人。那商人有家室，妻子很漂亮，有三个孩子。商人察觉到德国女人爱上了自己，便打算捉弄她一下。一天夜里，他把她叫到自家的花园里，另外又请来两个朋友，让他们藏在花园里的灌木丛中。

“妙极了！喏，德国女人来了，对他说这说那，最后她说，我来了，现在整个人都是你的了！他对她说：太太，我不能令你如愿，我有家室。不过我为你准备了两个朋友：一个是鳏夫，一个是光棍。德国女人啊呀叫了一声，照他脸上‘啪’地打了一耳光，他从长椅上折过去了，德国女人照准他的脸，好一顿拳打脚踢！是我把她送来的——我在法官家当管院人。我从板墙缝里望着，只见那边打成了一锅粥。这时，那两个朋友急忙跳出来，揪住她的发辫，我也纵身从板墙上翻过去，把他们推开。我说：‘你们不能这样对她，诸位商家先生！’太太怀着一腔真情来会他，他却想出这馊主意羞辱她。我把她领走时，他们用砖头把我脑袋砸破了……德国女人十分苦闷，不知所措地在院子里走来走去，对我说：‘等我丈夫一死，雅科夫，我就回国，回到自己人那里，我一定要走！’我说：‘当然，应该回去！’法官死了，她回国了。她是个温柔娴淑、通情达理的女人。法官为人也很和气，愿他在天之灵得到安息……”

我感到困惑莫解，不明白这个故事的意义，所以没有说话。我觉得这里边有一种熟悉、残酷而荒唐的东西，可是能说什么呢?

“这故事好吗？”雅科夫问我。

我说了几句，气愤地骂着，但他却平静地解释说：

“有吃有喝的人，一切都心满意足。有时候想开个玩笑，结果没开成，他们好像不会似的。当然，生意人倒都是正派的。做生意脑瓜得灵，可是光靠脑瓜灵过活，试试看，太枯燥，所以就想点子寻开心。”

船尾后面，河水泛着泡沫，滔滔流去，听得见汹涌奔腾的水声。黑魆魆的河岸伴着河水徐徐向后移动。甲板上，乘客们呼呼大睡，发出鼾声。在长凳之间，即沉睡的乘客中间，一个细高干瘦的女人悄悄走动，向我们靠近过来。

这女人穿着黑色连衣裙，一头白发，没有扎头巾。司炉捅了一下我肩膀，小声说：

“你看，她多苦闷……”

我似乎觉得，别人的愁苦使他感到很开心。

他滔滔不绝地讲了许多，我贪婪地听着，他所讲的一切，我都能牢牢地记住，但我不记得有一件愉快的事。他讲起话来，比书上讲的还要平静。我看书的时候，常常感受到作者的感情、愤怒、喜悦以及悲伤和嘲弄。司炉从不嘲笑人，也不责难人，没有任何东西会使他生气，也没有任何东西明显地使他感到高兴。他说起话来，就像法官面前一个镇静自若的证人，同被告、原告、法官都同样是毫无关系的陌路人……这种冷漠越来越引起我难以忍受的苦恼，对雅科夫产生一种气愤的厌恶感。

生活在他面前燃烧，犹如炉膛里的火。他站在炉膛跟前，熊掌一样粗糙的大手拿着一把木槌，轻轻地敲着喷嘴的活塞，或减或加着劈柴。

“你受过欺负吗？”

“谁敢欺负我呢？我这么强壮有力，一下子就把他收拾了！……”

“我不是说打架，我是说，灵魂受到屈辱了吗？”

“灵魂决不会受到屈辱，灵魂不接受屈辱。”他说，“不管什么都决不会触及人的灵魂……”

甲板上的乘客、水手以及所有的人，经常大谈灵魂，像谈土地、工作、面包和女人一样随便。普通人动不动就大谈灵魂，这个词就好像五戈比的硬币一样时髦。我讨厌人们把这个词随意地挂在嘴边，当那些庄稼佬极粗野地、不干不净地骂人，亵渎了灵魂这个词时，我深感痛心，不管他们骂人的动机是出于好意还是恶意。

我记得很清楚，外婆在谈到灵魂时是那样小心翼翼——她说那是爱情、美丽、欢乐的神秘所在。我相信，好人死后，白衣天使会把他的灵魂带到蓝天上，带给我外婆的善良的上帝，上帝会亲切地欢迎它。

“怎么样，亲爱的灵魂，怎么样，纯洁的灵魂，历尽了苦难，受够了折磨吧？”

于是上帝就把六翼天使的翅膀——六只白色的翅膀——送给这个灵魂。

雅科夫·舒莫夫谈到灵魂也是那样小心谨慎，很少而且也不乐意谈。像外婆一样，他骂人时，从不随意提及灵魂，而当别人谈到时，他便弯下公牛似的红脖子，一声不吭。当我问他什么是灵魂时，他回答说：

“灵魂就是上帝的精神和气息……”

我觉得不满足，又向他提问。这时，司炉低下头说：

“关于灵魂，老弟，连神父也不太了解，这事是隐秘的……”

他使得我经常琢磨他，坚持不懈地努力了解他，但这种努力毫无成效。除了他，我什么都看不见，他那膀大腰圆的身体老是挡在我面前。

餐厅主管的妻子对我亲热得令人生疑。每天早上，我得侍候她盥洗，虽然这是二等舱女招待卢莎的差事（她是个整洁快乐的姑娘）。在拥挤的舱室里，我站在裸着上身的餐厅主管的妻子身边，她那发黄的、像发过劲变酸的面团一样松弛稀软的肉体，令我恶心。同时，心头浮起玛尔格王后那淡褐色的结实丰满的身体。餐厅主管的妻子老是唠叨不停，一会儿诉苦抱怨，一会儿生气讥讽。

我不理解她说的话的意思，不过我好像拐着弯揣摩出那话的意思是可怜可鄙可耻的。但我并不愤恨，因为我有我的生活，离餐厅主管的妻子和轮船上发生的一切都很遥远，我有那块硕大的毛烘烘的石头[①]挡着我，它把这不分昼夜，不知游向何方的整个世界都隐藏起来，不让我看见。

“我们的加夫里洛夫娜完全爱上你了，”我好像做梦似的听见卢莎嘲笑地说，“你快张开嘴巴，抓住这幸福……”

取笑我的不止她一个，厨房所有的侍役都知道加夫里洛夫娜的毛病，厨师皱着眉头说：

“那女人什么都吃过了，现在又想吃蛋白酥点心了！这种人……要当心啊，彼什科夫，要多长个心眼……”

---

① 指司炉雅科夫。

雅科夫也像长辈那样练达地训导我：

“当然，如果你再大两岁，我会告诉你点别的，可是现在，你年纪还小，看来，最好不要上她的钩！不过，你自己看着办吧……”

“别讲了，”我说，“令人恶心……”

“当然……”

他用手指把乱蓬蓬的头发披散开，立刻又流利地说起来：

“她的处境也应当理解，这种处境也很可怜，很难熬……狗还喜欢别人抚摩自己呢，何况是人！女人靠温存生活，就像蘑菇喜欢潮湿一样。她自己大概觉得害臊，可是有什么办法呢？爱抚是身体的需要，没什么……”

我使劲盯着他那难以看到的眼睛，问道：

“你可怜她吗？”

“我？难道她是我的母亲吗？做母亲的都没有人怜悯，你……真是个怪人！”

他低声笑了，笑声像颤响的铃鼓。

有时候，我望着他，仿佛自己跌入一个沉寂的空洞，跌入一个昏暗无底的深坑。

“你看，大家都有老婆，那么你，雅科夫，为什么不结婚呢？”

“结婚干什么？我随时可以弄到女人，谢天谢地，这事简单……结了婚的男人得在固定的地方生活，务农种田，可是我只有一点儿薄地，而且还被叔叔抢占去了。我的弟弟当宪兵，复员回到家乡，就跟叔叔争吵起来，打官司，还用木橛子打破了他的脑袋，流了血。因此，他被判处坐牢一年半。出狱后，只有一条路——再去坐牢。可是他的妻子是个挺有趣的少妇……说这个有什么用！结了婚的男人，就是说，得待在自己的窝里当一家之主，而当兵的却不能自主。”

“你祈祷上帝吗？”

“你真怪！当然，我祈祷上帝……”

“怎么祈祷呢？”

“各式各样。”

“你念什么样的祈祷文呢？”

“我不知道什么祈祷文。老弟，我祈祷很简单：我主耶稣啊，让生者得到宽恕，让死者得到安息吧。主啊，保佑无灾无病……喏，再说点别的什么……”

“说什么呢？”

“想到什么说什么！不管说什么，他都能听见！”

他对我和善而好奇，像对待一只会逗趣的相当聪明的小狗一样。有时，夜晚跟他在一起，他身上发出一股石油味、焦煳味和大葱味。他喜欢吃青葱，喜欢啃生葱头，像啃苹果一样津津有味。他忽然请求说：

“哎，阿廖沙，念首什么诗听听吧！”

我脑子里记了许多诗，此外，我还有一个厚厚的本子，上面抄着我喜爱的诗。我给他念《鲁斯兰》，他屏声静气，一动不动地听着，好像盲人一样。听完之后，他小声说：

“是个令人快慰而又流畅的故事！怎么，是你自己想出来的吗？普希金？有这样一位老爷，叫穆欣－普希金，我见过他……”

“不是那个，我说的这个普希金早被人打死了！”

“为什么？”

我像玛尔格王后告诉我那样，简短地把这件事讲给他听。雅科夫听了，平静地说：

“为了女人而不要命的人可真不少……”

我时常给他讲我从书上看来的各种故事。我把它们融在一起，串成一个情节精彩的、一环扣一环的长长的故事。其中不仅有动荡不安的、美好的生活，而且还充满了炽烈的热情、侠肝义胆的英勇壮举、高尚的贵族气派、非凡的成功、决斗和死亡以及高雅的谈吐和卑鄙的勾当。在我的故事里，罗坎博尔[①]变成了骑士拉·莫尔[②]、阿尼巴尔[③]和科科纳[④]，路易十一[⑤]变成了葛朗台老头，奥特列塔耶夫骑兵少尉[⑥]同亨利四世[⑦]融为一体。我凭着灵感改变人物的性格，把不同事件穿插在一起。这个故事对于我来说是另一个世界，我在这个世界里是无拘无束的自由人，像外公的上帝一样——可以任意指挥一切。虽然我把书上的故事混在了一起，但这并不妨碍我看清现实的真相，也没有对我要了解生者的愿望有丝毫的削弱。它像一片透明但却不能穿过的云挡住了我，没有使我受到生活中许多传染性污秽和毒素的侵害。

书籍使我变成一个有能力抵御各种病毒而不受伤害的人。我知道人们怎样相爱，怎样忍受痛苦，我还知道妓院这种地方是去不得的，我对那种不值钱的淫乱深恶痛绝，对那些受到甜蜜诱惑的人们深感惋惜。罗坎博尔教我做一个坚忍不拔的人，在任何恶劣的环境面前都不要低头，大仲马的主人公使我立志献身于重要而伟大的事业。我最喜欢的人物是快乐的国王亨利四世，我觉得，下面这首贝朗瑞的著名歌曲，歌颂的正是他。

---

① 法国惊险小说作家庞逊·德·泰尔莱利的小说《罗坎博尔历险记》中的主人公。
② 大仲马的小说《玛戈王后》中的主人公。
③ 北非古代城邦迦太基的统帅，生活在公元前3世纪—公元前2世纪。
④ 大仲马的小说《玛戈王后》中的主人公。
⑤ 路易十一（1423—1483），法国瓦罗亚王朝（1328—1589）时期的国王（1461年起），极力推行专制政体，是英国作家司各特的长篇小说《昆廷·达沃德》中的主人公原型。
⑥ 库古舍夫公爵（？—1871）的中篇小说《奥特列塔耶夫骑兵少尉》中的主人公。
⑦ 亨利四世（1553—1610），法国国王。

他给百姓许多优惠，
自己也爱喝上几杯；
是啊，既然人民生活幸福，
皇帝又为何不能喝酒？[①]

小说把亨利四世描写成一个善良的、接近人民的人，他的形象犹如太阳一般鲜明生动，因此我坚信，法兰西是世界上最美的国家，是高尚的骑士之国，不管他们穿的是国王的服装或是农民的衣裳，昂日·皮都[②]就是像达达尼安[③]一样的骑士。当读到亨利被杀时，我难过地哭了，而对拉瓦利雅克[④]恨得咬牙切齿。在我给司炉讲的故事中，这位国王差不多老是主要的主人公，而且我觉得雅科夫也喜欢上了法兰西和亨利皇帝。

"亨利皇帝是个好人，哪怕跟他一起去捕鱼也好，干什么都行。"他说。

他听故事，总是低着头，从不赞叹，也不提出问题打断我的话，像一块被侵蚀的石头，不动声色，默默无言。可是当我出于某种原因停顿下来时，他立刻就问：

"讲完了吗？"

"没有讲完。"

"那你别停呀！"

讲到法兰西人，他喘着气说：

"他们过得真凉快……"

① 引自贝朗瑞《意维托国王》一歌中的片段。歌中把亨利四世理想化了，塑造成一个造福百姓的仁君。
② 法国保皇党人作家，大仲马的小说《昂日·皮都》中的主人公。
③ 大仲马的小说《三个火枪手》中的人物。
④ 狂热的天主教徒，被亨利四世所杀。

“这是什么意思？”

“你看我们俩成天冒着酷热干活，可他们倒挺凉快，而且什么活也不干，只是喝酒游玩——生活多开心啊！”

“他们也做工。”

“在你的故事里，可没见他们做工。”司炉说得不错。我马上明白了，在我看过的绝大部分书里，几乎都没有谈到那些高贵的主人公是怎样干活以及靠什么劳动来生活。

“嗯，我得睡一会儿了。”雅科夫说完，便随地仰面倒下，接着，鼻子里发出均匀的鼾声。

秋天，卡马河两岸褪成了红褐色，树林染上了金黄色，斜阳的光线开始发白了。就在这个时候，雅科夫突然离开了轮船。在这头一天，他还对我说：

“后天我们就到彼尔姆了，到了那里以后，先去澡堂痛痛快快洗个蒸浴，然后到有乐队的酒馆去喝酒——多开心啊！我爱看管风琴演奏。”

可是在萨拉普尔，上来一个胖胖的男子，长着一副女人的面孔，皮肤松不拉唧，没有胡子，穿一件暖和的厚呢长外衣，戴一顶有狐皮护耳的帽子，这使他显得更女人气了。他立刻在靠近厨房比较暖和的地方占了一张桌子，要了茶，喝起来，甚至连呢外衣的扣子也不解，帽子也不脱，满脸大汗地喝着热茶。

秋天的乌云淅淅沥沥地泼洒着小雨，当那个人用方格手绢擦去脸上的汗时，雨似乎下小了，随着那人又冒出汗来，雨也就又下大了。

雅科夫很快来到他跟前，他们便开始查看历书上的地图。那乘客在地图上移动着手指，司炉却平静地说：

“这算什么！没关系。这对于我——小意思……”

“那好。”乘客尖声细气地说，把历书塞进放在脚边半敞开的皮袋子里。他们轻声谈着，喝着茶。

在雅科夫去当班之前，我问他那个乘客是什么人，他笑着回答说：

“看样子挺可爱的，自然是阉割派教徒了，是从西伯利亚来的，可远啦！他人倒蛮好玩的，生活有计划……”

他丢下我走了，踏着甲板，留下一个个坚实的黑脚印，像蹄子一样，但他走了几步又停下来，挠挠腰，说：

“我决定到他那里去做工了。等到了彼尔姆，我就上岸，再见了，老弟！我要先乘火车，再走水路，还得骑马。好像路上要走五个星期呢，你瞧瞧，那人住的地方多远啊……”

“你认识他吗？”我问道，对雅科夫出人意料的决定大感愕然。

“怎么会认识他呢？从来没见过面，我可没去过他那地方……”

第二天早上，雅科夫穿着油渍麻花的短皮大衣，赤脚穿着破鞋，戴着小熊的破旧无檐草帽，用铁一样硬邦邦的手指紧握住我的手，说道：

“跟我一起走吧，啊？要是对他说一声，他准会要你的。我去对他说，你想去吗？到那里以后，他们把你身上多余的东西割掉，还给你钱。把人废了，是他们的大喜事，他们会为此而行赏……”

那个阉割派教徒站在船舷跟前，腋下夹着一个白包袱，用毫无表情的眼睛盯着雅科夫，他那粗笨臃肿的身体活像一个淹死鬼。我小声骂了他一句，司炉又一次紧握住我的手。

“由他去吧，小意思！各拜各的神，与我们有什么相干！好了，再见吧！祝你幸运！”

雅科夫·舒莫夫像熊一样一跩一跩地走了，留在我心里的却是一种沉痛而复杂的感情，我对他又惋惜又恼恨，记得还有点儿羡慕。我忧虑不安地思摸：他为什么要到一个不知道的地方去呢？

雅科夫·舒莫夫究竟是个什么人呢？

十二

到了深秋，轮船停航了，我进了一家圣像作坊当学徒[1]。第二天，我的女老板，一个和善而略有醉意的老妪，带着弗拉基米尔城的口音对我说：

“现在昼短夜长了，你一早起来就得到铺子里去干活，晚上再学手艺！”

她把我派给年轻的掌柜使唤。这个人身材矮小，走路飞快，脸长得甜甜的，挺漂亮。每天早晨，天刚蒙蒙亮，我便和掌柜冒着寒冷，穿过全城，从还在沉睡的伊利卡商业街来到下诺夫哥罗德市场。铺子设在中心商场的二楼，原来是一间货仓，黑洞洞的，装着铁门，有一个小窗户对着搭有铁皮的凉台。铺子里摆满了大大小小的圣像、神龛，有的是光面的，有的雕着葡萄花饰，还有教会斯拉夫文的黄皮封面的书籍。另一家铺子紧挨着我们，也经营圣像和书籍，铺子老板是个黑胡子的汉子，是伏尔加河支流克尔热涅茨河一带一位知名的旧教派经济学家的亲戚。他有一个与我同岁的儿子，人长得精瘦、机敏，苍白的小脸，像个小老头儿，一双老鼠一样的惊慌不安的眼睛。

来到铺子里，我得首先到饭馆里打来开水。喝过茶，便开始收拾铺子，拂拭货品上的灰尘，然后站在凉台上，紧紧地盯着，不让

① 1882年深秋，高尔基进了萨拉巴诺娃的圣像作坊当学徒，一直干到1883年春天。

顾客上隔壁的铺子里去。

“买主都是傻瓜，”掌柜很自信地说，“只要便宜，他在哪儿买都无所谓，但对货的成色一窍不通！”

他动作麻利地敲着圣像小木板，炫耀着自己对生意的精通，教我说：

“姆斯乔拉村的货便宜，三俄寸宽四俄寸高的圣像——不贵，六俄寸宽七俄寸高的圣像——也值……你对圣徒了解吗？你要记住，圣徒沃尼法季是戒除狂饮症的，苦难圣徒瓦尔瓦拉医治牙痛、暴死；圣瓦西里治伤寒、热病……你对圣母了解吗？你来看，这是悲哀圣母、三手圣母、阿巴拉茨卡娅预兆圣母、吻哭我圣母、消愁圣母、喀山圣母、保护圣母、七箭圣母……”

我很快记住了各种尺码和不同质量的圣像的价格，记住了各种圣母像的区别，但要记住每个圣徒的含义可不那么容易。

有时候，我正站在铺子门口想事，掌柜冷不丁地就来考我：

“保佑难产妇的圣徒叫什么名字？”

如果我答错了，他就轻蔑地问：

“你长脑袋是干什么用的？”

招揽顾客是最头痛的事。我不喜欢画得奇形怪状的圣像，也不好意思去推销。照外婆说的那样，我想象圣母一定是年轻、漂亮而又善良，杂志插图上的圣母也是这样的。可是圣像却把圣母画得苍老、冷峻，鼻子又长又歪，两只手像木头似的迟钝。

星期三和星期五是逢集的日子，生意十分兴隆，凉台上庄稼人和老太婆熙来攘往，有时全家全家地来，都是伏尔加河中下游左岸的旧教徒，忧郁多疑的林区人。常有这种情形：一个五大三粗的乡下人，身上裹着熟羊皮和自家织的粗毛呢，好像怕跌下去似的，慢吞吞地在回廊里走着，站在这种人面前真别扭，真难为情。我硬着头皮上前拦住他，在他穿着笨重皮靴的脚边转来转去，蚊子似的不停地叨咕说：

“您想要点儿什么，您老？我们这里有带注解的赞美诗集，有叶夫列姆·西林的书，基里尔的书，还有圣规集、日课经，应有尽有，您请进吧，随便看看！圣像的价格有贵的也有便宜的，货色地道，颜色深暗，您请随意！可以定做，各式各样的圣徒圣母都可以画！您是否想定做与某人名字有关的圣像，或是镇宅的圣像？我们有俄国一流的作坊！买卖在城里首屈一指！”

这个不可捉摸的、古里古怪的顾客一言不发，像看狗似的盯着我，然后用笨拙的手把我推开，径直走进隔壁的铺子里。我的掌柜搓着两只大耳朵，气哼哼地嘟哝说：

“把顾客放走了，你这是做什么生意……”

隔壁铺子里传来和气的声音，只听铺子主人说得极其动听，令人如坐云雾。

“亲爱的，我们不做羊皮、皮靴生意，全都是上帝的恩赐，这比金银更宝贵，是真正的无价之宝啊……”

“见鬼！”掌柜又妒忌又感叹地小声说，“瞧人家多会蒙乡下佬！你学着点！学着点吧！”

我学得十分认真勤奋，一丝不苟，不管什么事，只要着手做起来，都要做好。可是在招揽顾客、张罗买卖方面，我却学无成就。那些神情忧郁、少言寡语的乡下人，那些好像被什么东西吓破了胆似的，老是低着脑袋，像老鼠一样胆小的老太婆，常常引起我对他们的同情，我真想把圣像的实价悄悄告诉买主，不向他们收二十戈比的谎价。我觉得他们都很贫穷，过着忍饥挨饿的日子，但看到他们肯拿出三卢布五十戈比买一本赞美诗集，又不胜惊奇，而且买赞美诗集的往往都是这些人。

令我诧异的是，他们对圣书和圣像都很懂行。有一次，我把一个白发老翁招呼进铺子里，他简短地对我说：

“小伙计，你说你们的圣像作坊是俄国一流的，你这话说得可就差了。一流的圣像作坊是罗格任，在莫斯科！”

我狼狈地走到一边，他却慢条斯理地往前走去，也没有进隔壁的铺子里。

“受气了吧？”掌柜挖苦地问我。

“您从来没告诉过我还有个罗格任作坊……”

他破口大骂起来：

“这帮貌似斯文的家伙，成天东游西逛，什么都知道，遭天杀的，他们什么都懂，老狗……”

掌柜长得英俊，保养得很好，自尊心挺强，他厌恶乡下人，他情绪好的时候，常常向我诉苦说：

“我脑瓜聪明，又爱清洁，喜欢闻好闻的气味，如神香、香水等，可是为了替主人赚五个戈比，我却不得不这样有失尊严地给臭乡巴佬鞠躬哈腰！我心里能痛快吗？乡巴佬算什么东西？劣质羊毛、地上的虱子，而且……”

他伤心地不作声了。

我喜欢乡下人，他们每个人身上都有一种神秘的东西，像雅科夫那样。

有一次，铺子里来了一个胖大笨重的人，穿了一件长襟外衣，上面罩着短皮袄，他摘下毛茸茸的帽子，望着点着神灯的地方，用两个手指给自己画十字，竭力不去看没有照明的圣像，然后默默地扫视了一下四周，开口说道：

“劳驾，给我拿一本加注的赞美诗集！”

他挽起长襟外衣的袖子，微微地动着土色的、干裂得出血的嘴唇，看了半天内封版权页。

“有古一点的吗？”

“古版书得几千卢布，您知道……”

“知道。”

那乡下人在手指上稍稍蘸点唾沫，一页一页地翻着——凡是他手指碰过的地方，都留下了黑指印。掌柜用恶狠狠的目光盯着他的头顶，说道：

“圣书都是古的，上帝没有改变自己的话……”

“这个我知道，听说过！上帝没有改变，可是尼康[①]改变了。”

说完，他合上书，默默地走了。

有时候，这些老林里来的人跟掌柜争论，我心里清楚，他们对圣书比掌柜更熟悉。

“都是沼地里的异教徒。”掌柜嘟哝说。

我也看见过，乡下人对新版书虽然不喜欢，但看的时候却都怀着敬意，翻页时小心翼翼，好像这书是一只小鸟，会从手里飞走似的。看到这种情景，我感到十分高兴，因为对于我来说，书是一种神奇的东西，里边包含着写作者的灵魂。我一打开书，就把这灵魂放出来，于是它就神秘地同我交谈起来。

一些老头儿和老太太常常拿尼康时代之前的古书或抄本来卖，这些抄本是伊尔吉兹河和克尔热涅茨河一带隐世的旧教派女教徒们抄写的，字体工整秀丽，还有未经过德米特里·罗斯托夫斯基修改的日课经文月书抄本、古代的圣像、十字架、北部沿海地区制作的涂珐琅的折叠式铜版画像和莫斯科公爵赠给酒店掌柜的银匙。他们卖的时候，总是先向四周看看，然后从衣襟底下拿出来，给人一种

① 尼康（1605—1681），1652年起为俄国东正教总主教，曾实行教会改革，引起教派分裂。

很神秘的感觉。

我的掌柜和隔壁铺子的老板对这样的卖主盯得很紧，拼命互相争抢。他们花几个或几十个卢布收买的古物，拿到市场上去，转手就能以上百卢布的高价卖给有钱的旧教派教徒。

掌柜教我说：

“你好好留意这些林妖、巫师，睁大眼睛盯住了！他们会带来鸿运的。”

当有这样的卖主上门时，掌柜就派我去请博学的彼得·瓦西里伊奇，他是古籍、圣像和各种古物的鉴赏家。

这位鉴赏家是个高个子的老者，留着圣瓦西里那样的大胡子，一双睿智的眼睛，一张使人产生好感的面孔。他有一只脚被砍断了跖骨，走路一瘸一拐的，拄一根长拐杖。不管是冬天还是夏天，他都穿一件像长袍①似的又轻又薄的外衣，戴一顶像饭锅似的怪模怪样的丝绒便帽。他精神矍铄，腰板挺直，走进铺子里时却垂肩屈背，发出轻轻的哼哈声，常常用两个手指画着十字，不停地小声念着祈祷文和圣诗。这种虔诚和老态龙钟的样子立刻博得卖主对鉴赏家的信赖。

“你们有什么事难住了？”老头儿问。

“有人拿圣像来卖，说是斯特罗加诺夫②的。”

“什么？”

“说这圣像是斯特罗加诺夫的。”

“啊哈……耳背了，上帝塞住了我一只耳朵，不让我听尼康派教徒们的那些胡言……”

---

① 正教僧侣穿的窄腰肥袖的长服。

② 斯特罗加诺夫即斯特罗加诺夫家族，16世纪至20世纪俄国最大的商人和实业家。16世纪末至17世纪初，俄国圣像画师普·奇林、纳·萨温、伊斯托马等为这家人画了很多圣像。他们的绘画风格是描画工细，用色典雅，人物的身姿矫揉造作，被称为斯特罗加诺夫画派。

他摘下帽子，平拿着圣像，前后左右地仔细审视。他看着木底座的榫头，眯细眼睛，嘟哝着说：

“该死的尼康派教徒，他们知道我们崇尚高雅古物，就别有用心地怂恿制造出各种伪劣假冒的鬼玩意儿，当今这世道，连圣像都能伪造得以假乱真了！哎，真是狡诈透了！从外观上看，斯特罗加诺夫或乌斯秋日纳[①]或苏兹达利[②]的圣像似乎都是真的，可你仔细一瞧——全是赝品！”

如果他说圣像是“赝品”，其实就是稀世珍品。老头儿说这一连串的暗语，其目的就是提示掌柜，可以出什么样的价码买下圣像或圣书。据我所知，“丧气和悲哀”是十卢布，“虎狼之辈尼康”是二十五卢布。看他们在蒙骗卖主，我觉得很可耻，但我对鉴赏家诡计多端的把戏却大感兴趣。

“那些尼康派教徒，虎狼之辈尼康的无恶不作的徒子徒孙，什么都干得出来，是魔鬼在驱使他们。你们瞧，这底色的涂料好像挺地道，衣服也是同一个人画的。不过这面部，你们看，画的风格可就不一样了，完全不一样了！古时候，圣像画大师，如西蒙·乌沙科夫[③]，虽然是异教徒，但画起圣像来毫不含糊，一幅圣像从头到尾都是他一个人画下来的，不管是画衣服，还是画面部，甚至画圣像用的木板都是亲手准备。而如今，这些不信神的家伙根本做不到这一点！从前，画圣像是一件神圣的事，可现在却变成一种骗人的勾当，这叫什么信上帝的人呢！”

他终于小心翼翼地把圣像放在柜台上，戴上帽子，说：

“罪过啊。”

---

① 乌斯秋日纳，俄国沃洛格达州城市，1252 年已有记载。
② 苏兹达利，俄国弗拉基米尔州城市，1024 年已有记载。
③ 西蒙·乌沙科夫（1626—1683），17 世纪最著名的圣像画家。

这意思是说："买下吧！"

卖主被老头儿这番花言巧语搞得晕头转向，被他的渊博知识所深深折服，满怀敬意地问：

"您看这圣像怎么样啊，您老？"

"圣像嘛，自然是出自尼康派教徒之手的货了。"

"这不可能！我们的祖父、曾祖父都拜过这尊圣像啊……"

"尼康在世先于你的曾祖父。"

老头把圣像拿到卖主面前，厉声说道：

"你瞧瞧，这副喜眉笑眼的样子，这难道能算是圣像吗？纯粹是一幅画，是一窍不通的粗制滥造，尼康的胡闹。这东西没有一点儿神韵！我干吗撒谎呢？我都一把年纪了，一辈子诚实做人，眼看要去见上帝了，再说昧心话，不值得啊！"

他摆出一副衰朽得行将就木和由于对他的鉴赏不信任而感到受辱的样子，从铺子里走出去，来到凉台上。掌柜出了几个卢布，买下了圣像，卖主向他深深鞠着躬，离去了。我被差到楼下的饭馆去打开水沏茶，回来时，我看见鉴赏家神采奕奕，喜笑颜开，爱不释手地仔细观赏着圣像，教导掌柜说：

"你看，这圣像神态庄重，笔触工细，透着一股凛然超凡之气韵，绝无尘世俗物之趣味……"

"你以为，这圣像是哪位大师的手笔呢？"掌柜高兴雀跃地问道。

"你想知道这个还早了点儿。"

"依你看那些懂行的肯出什么价钱？"

"这个我就不清楚了。你先把圣像给我，我拿去找个人看看……"

"哎呀，彼得·瓦西里伊奇……"

"要是卖掉了，给你五十卢布，其余归我！"

“哎呀……”

“你先别‘哎呀’……”

他们悠然地喝着茶，寡廉鲜耻地讨价还价，四目相视，流露出同骗子毫无二致的贪婪眼光。掌柜被攥在老头儿的手心里，这一点十分清楚。等老头儿离开以后，他准会对我说：

“当心，你不许把今天买的这件东西告诉女主人！”

他们讲妥了出手圣像的条件，掌柜问道：

“城里有什么新闻吗，彼得·瓦西里伊奇？”

老头儿用发黄的手把胡子捋平，露出油光的嘴唇，滔滔地谈起那些富商的生活：做生意发了大财、纵酒无度、生病求医、举办婚礼、夫妻情变等等。老头儿伶牙俐齿，讲起这些油腻腻的花边轶闻来得心应手，而且不时发出咯咯的笑声，就像手巧的厨娘在烙发面煎饼一样。掌柜的圆脸由于羡慕和兴奋而变成褐色。他叹着气，抱怨说：

“人家过的生活多带劲儿！可我现在……”

“人各有命，”鉴赏家瓮声瓮气地说，“一些人的命，是天使用银锤打造的，另一些人的命，是魔鬼用斧背打造的……”

这个结实健壮的老头儿什么都知道，对全城的生活、商人、官吏、神父以及小市民的隐私无所不晓。他非常敏锐，像只猛禽，他身上似乎混杂着一种狼和狐狸所具有的东西。我老是想逗他发火，但他却远远地，仿佛透过一层雾似的望着我。我觉得，他周围有一个无底洞，如果走近他，一定会掉进去。而且我还感觉到，他有某种与司炉舒莫夫相同的东西。

显然掌柜当面背后都十分佩服他的才智，但有时候他也像我一样，想把他惹恼，气气他。

“在大家眼里，你可是个大骗子呀。”他冷不丁地说道，用寻衅的目光死死盯着老头儿的脸。

老头儿慵懒地微笑着回答说：

“不骗人的只有上帝一个，可是我们生活在傻瓜中间。如果不骗傻瓜，还能从他那里赚到什么钱呢？”

掌柜翻脸了。

“乡下人也不都是傻瓜，要知道，商人也是庄稼汉出身的！”

“我们现在谈的不是商人。傻瓜不会当骗子，傻瓜是圣洁的，他的脑子在睡觉……”

老头儿越说越赖，真叫人气愤。我好像觉得，他站在沼地里的草墩上，周围尽是泥淖。不可能叫他发怒，发怒与他无缘，要么是他善于把愤怒深深隐藏起来，表面上不露声色。

往往是他来纠缠我——走到我跟前，从胡子里露出微笑，问道：

“你说的那个法国作家叫什么名字呀？是叫波诺斯[①]吗？”

这种故意改换别人姓名的恶习令我大为愤慨，但我还是忍下这口气，回答说：

“他叫庞逊·德·泰尔莱利。”

“他在哪里消失的？”

“别胡闹，你又不是小孩儿。”

“不错，我不是小孩儿。你在看什么书呢？”

“叶夫列姆·西林。”

“你那些世俗作家与这个叶夫列姆·西林比较，谁写得更出色呢？”

我没有搭腔。

“世俗作家大都写些什么呢？”他仍然纠缠不休。

---

① 意为腹泻。

“写生活中发生的一切。”

“大概也写狗写马吧，它们到处都有。”

掌柜嘿嘿直乐，我怒火中烧。我感到很难过，很不舒畅，可是，假如这时我想走开，掌柜就会拦住我。

“你去哪儿？”

接着，老头儿又用这种令人难堪的问题折磨我。

“喂，读书人，我请你破一道题：你面前站着一千个裸体者，五百个女的，五百个男的，其中就有亚当和夏娃，那么你用什么方法能找出亚当和夏娃呢？”

他问了我好半天，最后，自鸣得意地宣布说：

“小傻瓜，亚当和夏娃不是人生出来的，是造出来的，就是说，他们没有肚脐眼！”

老头儿有许多这样的“题”，常拿这些“题”来折磨人。

我初到铺子里当班时，把我读过的几本书讲给掌柜听。掌柜把我讲的内容经过一番存心的歪曲原意、颠倒黑白地篡改加工之后，又告诉了彼得·瓦西里伊奇。老头儿又从中提出一些下流猥亵的问题，进而推波助澜。他们现在常常拿这些被扭曲的故事刁难我。他们那不依不饶的舌头像倒垃圾似的把污言秽语倾撒在欧也妮·葛朗台、柳德米拉、亨利四世的头上。

我明白，他们这么做并非出于恶意，而是由于无聊，可是我心里却因此而不好受。他们制造出一些肮脏东西，像猪一样在里边乱拱一气，因把美的东西弄脏——他们以为是别人的、不可理解的、滑稽可笑的东西——而心满意足地哼哼叫唤。

整个中心商场和住在那里的人，所有的商人和掌柜，都过着一种充满孩子气的傻乎乎的奇怪生活，但又无不充满恶毒的开心取乐。如果来一个乡下人问路，打听到城里某某地方怎么走更近便一些，他们总是故意给他指错方向。这些骗子对这种事早已习以为常，不能使他们从中体味到任何快乐了。他们捉住两只老鼠，把它们的尾巴拴在一起，放到路上，看它们如何向不同的方向拼命挣脱，互相咬噬；有时他们在老鼠身上浇上煤油，把它们活活烧死。有时把破铁桶系在狗尾巴上，狗吓坏了，汪汪地吠叫着，拖着破铁桶咕里咕咚地乱跑，他们过瘾地看着，哄然大笑。

类似这样的消遣还有许多，好像所有的人，特别是乡下人，活着就是专门供中心商场的人取乐解闷的。在对待人方面，他们有一种固定不变的愿望，那就是肆意嘲弄人，把人置于痛苦而尴尬的境地。不过奇怪的是，我读过的书里，没有描写人们这种经久不衰的、恣意戏弄人的强烈欲望。

在中心商场里搞的这些低级趣味的消遣中，有一件事使我感到特别气恼和厌恶。

在一楼，我们的铺子下边，有一个专做皮毛和毡靴的商人，他有一个伙计，特别贪吃，令整个下诺夫哥罗德市场的人感到震惊。他的主人像夸耀狗的凶猛或者马的力量那样，对自己这个伙计吃的本领大为得意。他常常向隔壁四邻的铺子的主人、伙计叫阵打赌。

“有人愿意赌十个卢布吗？我保证叫米什卡在两个钟头之内吃完十俄磅火腿！”

但人人都知道，米什卡有这个本领，于是说：

“我们不打赌，不过火腿倒可以买，让他吃吧，我们倒要看一看。”

“得买净肉，不要带骨头的！”

他们懒洋洋地争论了一会儿，这时，从黑洞洞的货仓里走出来一个高颧骨的小伙子，身材瘦削，没有胡子，穿一件厚呢长大衣，腰间扎着红色宽腰带，浑身沾满碎毛皮。他恭敬地从小脑袋上摘下便帽，用深陷的浑浊无光的眼睛默默地望着主人。主人圆脸膛，脸色赤红，长满又粗又硬的胡子。

“你能吃完十俄磅火腿吗？”

“限多少时间呢？”米什卡认真地细声问道。

“两个小时。”

“很难！”

“有什么可难的！”

“那就再添两瓶啤酒吧！”

“好吧！”主人说，并吹牛道，“你们不要以为他空着肚子，不，他早上吃掉了大约两俄磅白面包，中午也照常吃了饭……”

火腿拿来了，聚了一群围观者，都是粗壮的商人，紧紧裹着笨重的大皮袄，像个大秤锤。他们个个是大肚子、小眼睛、肿眼泡，一副百无聊赖和昏昏欲睡的样子。

他们把手插进袖笼里，紧紧地围成一圈，围住那个随身带着刀子和一大片黑面包的吃主。他恭恭敬敬地画着十字，在一个装着毛皮的大袋子上坐下来，把火腿放在身边的木箱上，用呆滞的眼睛估量着火腿。

吃主切下薄薄一片面包和厚厚一片肉，整齐地夹在一起，两手拿着送到嘴边——嘴唇哆嗦着，伸出狗一样的长舌头舔着，露出尖细的牙齿——像狗一样把脸俯在肉上。

“开始了！”

“看着时间！”

大家把目光都集中在吃主的脸上、下颌上和耳朵边由于咀嚼而凸起的肌肉上。人们一边看着他那尖下巴颏一上一下的均匀的动作，一边无精打采地说着自己的见解：

“瞧他那副吃相，跟熊一模一样！”

“你见过熊吃东西呀？”

“难道我住在森林里吗？吃相像熊，这不过是一种形象的说法嘛。”

“常言说，吃相像猪……”

“猪可不吃猪肉啊……”

他们勉强地笑着，一个内行的人立刻接过话茬说：

“猪什么东西都吃——连小猪崽，连自己的姐妹都吃……”

吃主的脸渐渐变成褐色，耳朵发青，深陷的眼睛从眼窝里露出来，呼吸困难，但他的下颌依旧均匀地动着。

“猛吃呀，米什卡，时间快到了！”人们给他鼓劲儿。他不安地用眼估量着剩下的肉，喝一口啤酒，又嚼起来。观众兴奋起来，频频地看着米什卡的主人手中的表，互相警告说：

“他可别把表往回拨呀，把表要过来吧！”

“看住米什卡，小心他把肉放在袖子里！”

“他肯定不会按时吃完的！”

米什卡的主人挑衅地叫嚷道：

“我赌一张二十五卢布的票子！米什卡，千万别输呀！”

观众在挑逗主人，但没有一个人接受打赌。

米什卡仍然一个劲儿地吃着，脸变成了火腿色，高鼻梁的尖鼻子哀怨地发出呼哨。看他那样子真吓人，我觉得，他马上会哭叫起来：

“饶了我吧……”

或者，肉噎在嗓子眼里，一头栽倒在看客脚下，当场死去。

他终于吃光了，瞪着醉醺醺的眼睛，疲惫地发出沙哑的声音：

“给点水喝……”

他的主人看着表，嘟哝道：

“过时间了，下流东西，过了四分钟……”

观众嘲弄他说：

“真可惜没跟你打赌，要不然你输定了！”

“可他毕竟是顶呱呱的小伙儿！”

“不错，把他送到马戏团就好了……”

“难道上帝会允许把人给毁掉吗，啊？”

“请我们喝茶吧，怎么样？”

于是，人们像船一样，向饭馆拥去。

我想弄明白，是什么东西使这些生铁一样蠢笨的人聚集在那个不幸的小伙子周围？他那病态的暴食，为什么使他们感到开心？

狭窄的走廊里昏暗而沉闷，堆满了兽皮、羊皮、大麻、粗绳、毡靴和马具。砖砌的圆柱把走廊和便道隔开了。圆柱粗笨而难看，上面留下时间剥蚀的痕迹和从街上带进来溅上去的泥污。圆柱上的每一块砖，每一道缝，都被人们在心里默数过大概几千次，并永久地留在自己畸形花纹的沉重的网的记忆中。

行人在便道上不慌不忙地走着，拉货的马车和雪橇慢悠悠地在街上移动。大街那边，有一排正方形的二层红砖楼的铺子，前面那片空场地被脏污而踩得瓷实的雪覆盖着，上面堆放着木箱、稻草、揉皱的包装纸。

所有这一切，包括人和马，尽管都在走动，但给人的感觉似乎是静止的，懒洋洋地在原地打转，好像一些看不见的链子把他们紧紧拴住了。你会突然觉得，这种生活几乎是无声的，寂静得令人痛惜。雪橇滑板发出嘎吱嘎吱的响声，铺子的大门乒乓地开合着，商贩叫卖着馅饼、热蜜水，这些声音听起来单调乏味，令人不快，令人讨厌，但你会很快听惯而不再理会它们。

教堂的钟声哀戚地响着，这丧气的当当声永远在耳边回响，它好像从早到晚不间断地在市场上空飘荡，把一切思想和感情一层一层地隔开，像铜的沉淀物一样盖在一切印象上面。

到处都充满了冷漠而沉闷的寂寥：覆盖着脏雪的大地、房顶上灰不溜丢的雪堆、房子肉红色的砖墙。寂寥像灰色的烟雾，从烟囱里冒出来，徐徐弥漫到灰蒙蒙的、低垂的天空。马也寂寥，人也寂寥。寂寥有自己独特的气味——汗臭味、油腻味、大麻油味、焦煳的馅饼味和烟味。这种气味犹如一顶暖和的、又小又紧的帽子箍在头上，渗透到胸膛里，引起一种奇怪的沉醉感，引起一种迷迷糊糊想闭上眼睛的阴暗愿望，想拼命喊叫，想跑到什么地方去，只要碰到一堵墙，就把脑袋重重地撞上去。

我仔细看着那些商人的脸，一张张脸都胖得发圆，油光红润，冻得发疼，好像睡着了一样神情呆板。他们就像搁浅在河滩上的鱼，常常张着嘴打哈欠。

冬天生意清淡，奸商们那种戒备而贪婪的目光消失了，而在夏天，这种目光使他们显得神采飞扬，精力充沛。现在他们穿着沉重的皮袄，身子被压得弯向地面，行动受到束缚，说起话来无精打采，但他们发起怒来，往往是一场争吵。我想，他们是存心这样做的，只是为了彼此显示一下：瞧，我们是活的！

我十分清楚，寂寥把他们压垮了，摧残了，对此，我可以做出这样的解释：他们搞的那些残酷愚昧的消遣，仅仅是为了对寂寥这种吞没一切的力量而做出的一种徒劳无益的抵抗。

有时，我把这些话跟彼得·瓦西里伊奇谈谈。虽然他老是嘲笑我，挖苦我，但他对我喜欢读书是赞赏的，所以他有时跟我说话的口吻不无足资垂训和严肃认真的意味。

“我讨厌商人的那种生活……”

他把一绺胡子缠在长手指上，问：

“你怎么知道他们是怎样生活的呢？你常常去他们家做客吗？这里是一条大街，小伙子，在这条大街上，人们不是在生活，而是在做买卖，人们只是从街上匆匆而过，转眼又回家了！人们出门上街个个穿着衣服，而隔着衣服是无法知道他们是什么样子的。一个人只有在自己家里，在四面墙壁里，才是无遮无掩的，而他在那里怎样生活，你怎么会知道呢！”

“那他们的思想，无论在这里，还是在家里，会是一样的吗？”

“谁知道人家的思想是什么样呢？”老头儿神色严厉地把眼睛瞪得溜圆，用浑厚的低音说道，“思想好比是虱子，数也数不清，老人都这么说。说不定，他一回到家里，扑通跪在地上，一把鼻涕一把泪地祈祷上帝：‘饶恕我吧，上帝，在你神圣的日子，我作孽了！’也许家对于他就是修道院，只有他跟上帝住在里边呢？这是真的！每个蜘蛛都知道自己的角落，在那里吐丝张网，并且知道自己的体重，使织的网能够禁得住自己……”

当他说话认真时，他的声音就更加低沉，好像在悄悄说重大的秘密。

“你很有思想，可是这对于你还早，在你这样的年纪，不是靠头脑生活，而是靠眼睛！所以，你只消看看，记住就行了，不必说出来。做事要的是智慧，灵魂要的是信仰！你爱看书，这是好事，但凡事得有个分寸，有些人因读书过多失去了理智，摒弃了对上帝的信仰……”

我觉得他好像会长生不老，很难想象他有朝一日会衰老，会变化。他喜欢讲关于赫赫有名的商人、强盗和假币伪造者的故事。我以前从外公那里听来许多这样的故事，而且外公比这位鉴赏家讲得更精彩。但他们所讲的意思都是一样的，即财富永远是靠对人们、对上帝采取大逆不道的手段而获取的。彼得·瓦西里伊奇对人没有同情心，而谈起上帝来却满怀温情，长吁短叹，不敢正眼看人。

“人们就是这样一个劲儿地欺骗上帝，而我主耶稣把这一切都看在眼里，时常流泪哭泣：我的人们啊，不幸的人们，地狱正在等待着你们呢！”

有一次，我斗胆向他提醒道：

“要知道，您也常常欺骗乡下人……”

他听了没有生气。

“我的事算什么呢？”他说，“给自己弄三五个卢布，这没有什么大不了的。”

他碰见我在看书，就从我手里把书拿过去，吹毛求疵地问我读过的内容，大惊小怪地对掌柜说：

“你瞧瞧，这种书他也能看懂，机灵鬼！”

接着便内行地、令人难忘地训诫起来：

“你听我的话，这对你会有好处的！有两个基里尔，他们都是主教，一个是亚历山大学派的，另一个是耶路撒冷学派的。头一个是反对罪大恶极的异教徒涅斯托里的，这个异教徒用下流猥亵的话蛊惑人心，硬说圣母是凡人，因此不会生出神来，但生了一个以名字和事业而取名叫基督的人，也就是救世主。所以不应把她称为圣母，而应称为基督之母——明白了吗？这就叫作异端邪说！耶路撒冷学派的基里尔反对异教徒……”

我很钦佩他那渊博的宗教史知识。他用神父般的、保养得很好的手捋着胡须，夸口说：

“在这方面，我是一位将军，我曾经在圣灵降临节前赶往莫斯科，跟那些恶毒的尼康派学者、神父以及俗人进行口头辩论。我当时是个无足轻重的小人物，就敢同那些大教授们交谈！我话锋犀利，把一个神父弄得焦头烂额，无可招架，以致流出了鼻血，真的！”

他的面颊泛起了红晕，眼睛里显出欣喜的神情。

显然，他把对手流鼻血当作自己成功的顶峰，当作自己黄金荣冠上一颗最璀璨夺目的红宝石，所以他讲起这件事来津津乐道，令人肉麻。

“那神父长得仪表堂堂，身材魁伟！他站在读经台前，鼻血‘吧嗒、吧嗒’滴下来！但他没有发觉自己的丑态，凶猛得像一头荒漠上的雄狮，扯着嗓子大喊大叫，声如洪钟！我说话声音不大，但说的话句句如锥子一般刺进他的心窝和两肋！……他简直像个熊熊燃烧的火炉，激烈地发泄着异教徒的愤恨……嘿，那场面可真带劲儿！”

还有几个鉴赏家也时常到铺子里来。帕霍米，一个大腹便便的人，穿着油污斑斑的长外衣，瞎了一只眼睛，身体虚胖臃肿，说话哼哼哧哧；还有一个叫卢基安，是个小老头儿，像老鼠一样。他性情温和，动作麻利，头发梳得溜光；跟他在一起的那个人，个头高大，脸色郁悒，像个马车夫，留着黑胡子，一张死气沉沉的、令人讨厌的脸，一对呆板无神的眼睛。

他们拿来差不多都是真的古书、圣像、香炉和杯盏之类的东西。有时候，他们也把卖主——从伏尔加河对岸来的老太太或者老头儿领到铺子里来。完事以后，他们就像落在田埂地头的乌鸦一样，在柜台跟前坐下来，就着白面包和果汁糖喝茶，彼此讲述着自己当年被尼康派教堂迫害的情况。那边进行搜查，没收祈祷书；这边警察查封了祈祷室，根据第一百零三条①，将其主人提交法院审判。这第一百零三条是他们经常谈到的话题，但他们谈的时候，不带任何感情色彩，口吻平静泰然，就像谈论不可避免的冬天的严寒一样。

① 沙俄时期实施的《惩治条例》中规定的对分裂派教徒的惩罚措施。

他们谈到为了追求信仰而遭受迫害时，经常提到警察、搜查、监狱、法庭、西伯利亚，这些字眼犹如滚热的炭火落在我的心头，燃起我对这些老头儿的同情与好感。读过的那些书籍教会了我去尊敬那些为达到自己的目的而不屈不挠、孜孜以求的人们，去珍惜那种坚忍不拔的顽强精神。

我将他们视为我生活中的导师，同时也在他们身上发现了不良的东西，但我把这些不良的东西统统抛置脑后，只感觉到他们那种沉着的顽强精神。我似乎觉得，在这种顽强精神的背后，蕴含着一种导师们追求真理的矢志不移的信念和甘愿为真理而忍受一切痛苦的无惧无畏。

后来，我有机会在平民中、在知识分子中看到许多这样的和类似这样的陈腐信仰的捍卫者，我才逐渐明白了这种顽强精神原来是人们的一种消极性。这些人离开自己原有的地方便无处可去，而且他们也不想挪动地方，因为那些陈腐的话和过时的概念像绳索一样紧紧地捆住了他们的手脚，使他们变得头脑迟钝了。他们的意志消沉了，没有能力面向未来去发展。于是，当外部的某种打击把他们从待惯的地方抛出去时，他们便机械地顺势往下滚去，犹如石头从山上滚下去一样。他们凭着一种枯竭的怀旧力量，一种对苦难和压迫的病态的挚爱，固守着过时的真理的墓地，如果一旦夺走了他们受苦受难的机会，那么，变得精神空虚的他们，便会像风和日丽的天气里的云朵一般，消失得无踪无影。

为了信仰，他们怀着极大的快乐和自我陶醉，心甘情愿地受苦受难，这无疑是一种坚定的信仰，但这种信仰很像一件穿破的衣服——沾满各种油污的衣服，仅仅由于这一点，它才很少受到时间的侵蚀。思想和感情习惯了偏见和教条的窄小而沉重的外壳，纵然被切断翅膀，砍掉手脚，他们仍然可以舒舒服服地活下去。

这种习惯性的信仰，是我们生活中最可悲最有害的现象之一。在有这种信仰的地方，好比在石墙的背阴地方，一切新生的东西都生长缓慢、畸形和发育不良。在这个黑暗信仰中，爱之光太少，屈辱、怨愤和妒忌太多，而且妒忌和仇恨往往连在一起。这种信仰燃起的火焰，就好像腐烂物发出的磷光。

但我确信这一点，因为我经历了许多痛苦的岁月，心中许多美好的东西被毁掉了，被从记忆中屏弃了。当我第一次在枯燥无耻的现实中遇见生活的导师时，我认为他们是具有巨大精神力量的人物，是世界上最优秀的人物，他们差不多每个人都被判过罪，坐过牢，哪个城市都不要他们，到处被驱逐，同许多囚犯一起在押送的路上漂泊。他们在生活中谨小慎微，东躲西藏，不敢露面。

但是我发现，这些老头儿虽然对尼康派的“精神迫害”满腹牢骚，但他们自己却心甘情愿，甚至乐于互相倾轧。

独眼的帕霍米一喝醉酒，就爱自吹自擂，说自己的记忆力多么非凡，有些书他背得滚瓜烂熟，“了如指掌”，像犹太神校学生熟记塔尔木德[①]一样。只要手指指到某一页，停在某一句话上，帕霍米就能接着那一句话，带着柔和的鼻音，一字不差地背下去。他老是看着地板，那只独眼惊慌不安地在地板上扫来扫去，好像丢失了什么贵重物品，在仔细寻找。他通常表演的是背诵梅舍茨基公爵的书《俄罗斯葡萄》，其中背得最熟的是“那些出色的、勇敢无畏的受难者历经磨难而表现出百折不挠的勇敢精神和极大的忍耐力”，而彼得·瓦西里伊奇则千方百计想挑他的错。

“你胡说！这与疯修士基普里安无关，这是贞洁的杰尼斯的事。”

① 犹太人的宗教规章和条例汇编。

“哪个杰尼斯？这里讲的是季奥尼西……”

“你少挑字眼吧！”

“用不着你来教训我！”

过了一分钟，已经怒气冲冲的两个人，互相逼视着说：

“你这个饕餮的家伙，不要脸的东西，瞧你这肚皮撑得多饱……”

帕霍米像拨拉算珠似的回敬道：

“你呢，你是色鬼、山羊，娘儿们的跟屁虫。”

掌柜把手揣在袖管里，脸上挂着阴险的冷笑，对两个笃信宗教的旧派拥护者，像教唆小孩似的，火上浇油地鼓动说：

“好好收拾他一顿，喂，再来一下！”

有一次，两个老头儿打起来了。彼得·瓦西里伊奇突然出手麻利地打了同伴一巴掌，同伴吓得逃跑了。他累了，擦着脸上的汗，冲逃跑的同伴叫嚷道：

“等着瞧，这罪过得记在你的账上！该死的东西，害得我这只手犯了罪，该死的，呸！”

他动不动就责备自己的同伴，说他们信仰不坚定，都堕落成了“否定派”[①]。

“这都是亚历克萨沙在煽动你们闹事——好斗的公鸡瞎叫唤！”

否定派使他受到刺激，看来，也使他感到害怕，但你要问他这个教派的实质是什么，他却支支吾吾地说不清楚。

“否定派就是最不幸的邪教，它只讲理想，不承认上帝！据说，哥萨克人除了《圣经》以外，什么别的书也不看，而《圣经》是从萨拉托夫的德国人那里，从留托尔那里传来的。据说，‘留托尔就是

① 亦称基督救世派，旧礼仪派中反教堂派中的一支。17世纪末出现于伏尔加河东岸克尔热涅茨森林里。

路德[1]，是残暴的意思’！否定派又叫作鞭笞派教徒，也称福音洗礼教派，这一切都是从西方传过来的，从那里的异教徒中传过来的。”

他跺着那只残疾的脚，冷酷而低沉地说：

“就该把这帮新教派的家伙驱逐出去，把他们烧死，而不是我们。我们是真正的俄罗斯人，我们的宗教也是真正的，东方原有的俄罗斯教，而其他一切都是西方的，是肆意歪曲的臆想邪说！德国人、法国人干过什么好事呢？比如在1812年……”

他讲得冲动起来，忘了他面前是一个小孩子。他用有力的手抓住我的腰带，时而拉向自己，时而推开。他讲得激昂、热烈而精彩，像年轻人一样充满活力。

“人的理性犹如一只恶狼，徘徊在自己杜撰臆想的密林之中，服从于魔鬼的驱使，残酷地折磨人的灵魂，上帝的恩赐！这群魔鬼的杂役臆想出来的是什么呢？鲍格米勒派[2]制造异端邪说，胡说什么撒旦是上帝的儿子、耶稣基督的长兄，瞧瞧他们扯到哪里去了！他们还说：不要服从尊长，不要做工，把妻子儿女抛弃掉，人什么都不需要，一切规矩都统统靠边，人只要随心所欲地去生活，照魔鬼的旨意去生活就够了。瞧，这又是那个亚历克萨沙，唉，蠕虫……”

在这种时候，掌柜往往差我去干事，我便离开那老头儿走了。但他独自留在走廊里，对着空荡荡的四周继续说：

“啊，没有翅膀的灵魂，啊，天生瞎眼的野猫，我逃到哪里才能躲开你们呀？”

然后，他仰起头，两手支在膝盖上，一动不动地凝视着冬天灰蒙蒙的天空，好久不说一句话。

他开始对我更加关切，更加和善了。他碰见我在看书时，便抚

① 此处是对德国宗教改革活动家马丁·路德（1483—1546）的曲解。
② 10—14世纪在巴尔干发生的反封建异端运动，到17世纪形成教派。

摩着我的肩膀，说：

“看吧，小家伙，看吧，会有好处的！你好像有那么点灵气，可惜你不大尊重长辈，跟所有的人都顶牛、争吵，你想想看，这种胡闹对你会有什么后果呢？小家伙，这只能把你自己折腾到囚犯苦工连里去。书是要读的，不过你也要记住，书就是书，你自己一举一动都要动脑筋！你瞧，鞭身教里有一个教导师，叫达尼洛，他产生了一个念头，说新书旧书全都无用了，便统统搜集起来，一股脑扔进河里去了！是啊……这么干当然也是很愚蠢的！这也是亚历克萨沙搞的鬼，狗东西……”

他常常想起那个亚历克萨沙。有一天他来到铺子里，一副心事重重、神情阴郁的样子，对掌柜说：

“亚历山大·瓦西里耶夫现在在这里，在城里，他是昨天来的！我一直在找他，都没有找到。原来他藏起来了！我在这里坐一会儿，说不定他会顺便过来看看的……”

掌柜不友好地说：

“我什么都不知道，什么人都不认识！”

老头儿点了点头，说：

“这是情理之中的事嘛，因为对于你来说，所有的人都是买主或卖主，再不会是别的什么人了！请我喝杯茶吧……”

当我提了一大铜壶开水回来时，铺子里已经有几位客人了。卢基安老头儿一副笑眯眯的样子；还有一个陌生人，坐在门后边昏暗的角落里，穿着暖和的大衣，长筒靴，腰间系一条绿色宽腰带，帽子拉得很低，遮住了眉毛。他相貌平平，看上去很斯文、谦恭，像一个失去职位并为此而伤心的掌柜。

彼得·瓦西里伊奇不往他那边看，嘴里说着什么，声音严厉而低沉。他抽搐似的用右手一个劲儿动帽子，好像要举起手来画十字似的，把帽子往上推，推了一下又一下，几乎推到了头顶，然后又拉下来，遮住眉毛。这个抽搐的动作使我想起了外号叫“口袋里的死鬼”的傻子伊戈沙。

“在我们这条浑浊的河里，游着各种各样的江鳕鱼，把水搅得更浑了。”彼得·瓦西里伊奇说。

貌似掌柜的那人不动声色地问：

“你是说我吗？”

“就算是说你吧……”

这时，那人又低声地，但非常诚恳地问：

“哎，那么你对自己有何评论呢，人？”

“关于我自己，我只对上帝讲，这是我的事……”

“不，人，这也是我的事。”陌生人庄重而有力地说，“请不要对真理背过脸去，不要故意把自己当作瞎子，这在上帝和人们面前是极大的犯罪！”

我很喜欢他把彼得·瓦西里伊奇称为人，他那平静而庄重的声音也使我激动。他说起话来，很像那些高尚的神父在念“主啊，我生命的主宰”[①]，并且身子一个劲儿前倾，从椅子上滑下去，手在脸前挥动着……

“你不用指摘我，在罪孽方面，我没有你那么肮脏……”

“茶炊开了，噗噗地响呢。”博学的老头儿轻蔑地说。那人不管他的话，继续说下去：

“只有上帝知道，是谁把圣灵之泉弄得越来越浑浊了，也许就是你们这些死啃书本，纸上空谈的人的罪过。我不是死啃书本，纸上空谈的人，我是个平凡而活生生的人……”

---

① 忏悔祈祷。

“我了解你的平凡，听够了！”

“是你们把大家搞糊涂了，把真正的思想弄得支离破碎。你们是书呆子，是伪君子……这就是我要说的，你说说看。”

“这是歪门邪道！”彼得·瓦西里伊奇说。而那人在面前移动着手掌，好像在看手掌上写的东西似的热烈地说：

“你们以为，把人们从这个畜栏赶到另一个畜栏，就是对他们做好事吗？可是我却不以为然！我要说——人，你应获得自由！家庭、妻子以及你的一切，在上帝面前有什么用处呢？人们互相打斗、砍杀，人，你要摆脱掉这一切，摆脱掉一切金银财宝，这些东西不过是身外之物，是令人厌恶的东西！灵魂的救世主不在地上的原野里，而在天堂的谷地间！我说，摆脱一切吧，斩断一切束缚和绳索，打破世俗之网，这是反基督派编织的网……我走的是光明正道，我决不扭曲自己的灵魂，决不接受黑暗的世界……”

“那么面包、水和衣服，你接受吗？要知道，这是世俗之物！”老头儿讥讽地说。

然而，这些话也没有刺痛亚历山大，他仍然真诚地说着，尽管他的声音不大，但却像吹铜号一样雄壮有力。

“你所宝贵的是什么呢，人？只有上帝是唯一可宝贵的。站在上帝面前——你是纯洁的，从自己灵魂上撕掉一切尘世的羁绊，便会看清：你是一个人，他也是一个人！就这样去接近上帝，这是到达他那里的唯一道路！离开父母，抛弃一切，甚至包括诱惑你的眼睛，这样，灵魂才能得救！为了上帝，要使自己断绝物欲之念，使自己永存在灵魂之中。这样，你的灵魂才会永生永世燃烧不熄……”

“那你就到那群癞皮狗那里去吧。”彼得·瓦西里伊奇说，一边站起身来，“我还以为，你从去年开始变得聪明一些了，不料你变得更糟了……”

说完，老头儿摇着头，离开铺子，向凉台走去。这使亚历山大感到不安，他惊讶而慌忙地问：

“你要走吗？啊……为什么？”

这时，温和的卢基安递了一个令人安慰的眼色，说：

“没什么……没什么……”

于是，亚历山大对他责难道：

“你也是忙忙碌碌的俗人，净说无用的废话，这有什么意思呢？什么三呼阿利路亚，二呼阿利路亚……”

卢基安冲他笑笑，也要到凉台上去，但他转过身，坚定地对掌柜说：

“他们容受不了我的精神，容受不了！像火上的烟一样消失了……”

掌柜皱着眉头瞥了他一眼，冷淡地说：

“我对这种事情从不理会。”

那人似乎难为情起来，拉了拉帽子，小声嘟哝道：

“怎么能不理会呢？对这样的事情，应该去思考……”

他垂下头，沉默了一小会儿。后来，两个老头儿把他叫去，三个人没说道别，便各自离去了。

这个人犹如黑夜里的篝火，突然在我面前一闪，明亮地燃烧了一下，熄灭了。我感觉到，在他那套厌世的议论中，似有某种真实。

晚上，我抽工夫把他的情况告诉了圣像作坊的工头画工伊万·拉里奥诺维奇。他是个性情温和而安静的人。我讲得很激动，他听完以后，解释说：

“看来，他是个逃避派，这是一个教派，他们什么都不承认。”

“他们怎么生活呢？”

“东奔西逃地过日子，到处漂泊，后来就称他们是逃避派。他们说，大地及大地上的一切都与他们不相干。警察认为他们是有害分子，在捉拿他们……”

我虽然生活得很痛苦，但我不明白，怎么能逃避一切呢？当时在我周围的生活中，我感到有许多有趣而宝贵的东西，所以亚历山大·瓦西里耶夫很快在我的脑子里暗淡了。

每当痛苦的时候，我的面前常常浮现出他的样子：他走在灰暗的路上，穿过田野，向森林走去，不干活的白皙的手抽搐地拄着拐杖，小声嘟哝说：

“我走的是光明正道，我什么都不接受！我要排除一切羁绊……”

我想起了外婆在梦中所看见的父亲，跟老头儿走在一起，手里拄着一根核桃木拐杖，身后跟着一只花狗，摆动着伸得长长的舌头……

十三

圣像作坊设在一座砖木结构的大房子里，有两个房间。一个房间有三个窗户朝院子，两个朝果园；另一个房间有一个窗户朝果园，一个窗户对着大街。窗户很小，是四方形的，装有玻璃，玻璃陈旧而模糊，不情愿地把冬天惨淡的、漫射的光线透进作坊里来。

两个房间都摆满了桌子，每张桌子跟前都坐一个弯腰弓背的圣像画工，有的一张桌子坐两个人。天花板上吊着许多装满水的玻璃球，它们聚敛着灯光，把反射出来的惨白寒光投射到圣像的方形木板上。

作坊里又闷又热，在这里干活的大约有二十个圣像画匠，分别来自帕列赫、霍卢伊和姆斯乔拉[①]。大家都穿着布衬衫，敞着衣领，穿着帆布裤子，赤着脚或穿着破鞋。烤煳的马哈烟的蓝灰色烟雾弥漫在画工头顶上空。四周飘着干性油、清漆和臭鸡蛋的浓烈气味，飘着像松脂一样慢吞吞的、忧伤的弗拉基米尔的歌声：

现在的人多么无耻无羞——
小伙子当众迷住了姑娘……

还唱一些别的歌，也是这种忧伤的情调，不过经常唱的是这首

① 均为俄国伊万诺沃州的村庄，以出圣像画师而闻名。

歌。它那舒缓的调子不影响思考，不影响用白鼬毫制作的细笔在圣像“服装”上画出褶皱，在骨制的圣徒脸上画出痛苦的细纹。涂金师戈戈列夫坐在窗户底下，敲着木槌。他是个贪杯的老头儿，鼻子大而发青。槌头枯燥的梆梆声不时闯入懒洋洋的歌声里，好像虫子在蛀树。

没有人热心画圣像。不知哪个凶狠的聪明人把这件工作分成一道道琐细的工序，使其失去了美感，引不起人们对它的热爱和兴趣。斜眼细木匠潘菲尔是个狠毒阴险的家伙，他把刨好胶好的各种尺寸的柏木板和椴木板拿来，害痨病的青年达维多夫把它们刷上底漆，他的伙伴索罗金再涂上一层涂料，米利亚申用铅笔从圣像标准样本上勾出轮廓，戈戈列夫老头儿涂上一层金色，并在上边刻出花纹。服装画工给圣像画上背景和服装。于是，一尊没有脸和手的圣像便做出来了，放在墙边，等画脸的画工来完成最后的工序。

挂在圣像壁和圣堂门上用的大圣像，还没有画好脸和四肢，只画上了金属衣饰或天使长的短衫，它们立在墙边，看上去令人很不舒服。这些五光十色的木板显得死气沉沉，缺少一种内在的朝气。但这种朝气好像本来有过，后来奇异地消失了，只留下沉重的金属衣饰。

当画脸的画工画好了“躯干”，圣像便交给另一个画工，他在模压的花纹上涂上“珐琅”，然后再转给一个专门写题词的工匠写上题词，最后上漆的是伊万·拉里奥诺维奇。他是作坊的工头，一个性情安静的人。

他的脸是苍灰色的，胡子也是苍灰色的，细得像丝一般，灰色的眼睛似乎特别深而且满含忧伤。他笑起来很好看，但别人对他却笑不起来，好像有点别扭似的。他很像柱塔僧西梅翁的圣像——跟西梅翁一样干瘪瘦弱，连他那呆板无神的眼睛也好像透过人们和墙壁超然地望着远方。

我来到作坊几天之后，神幡画工卡别久欣——顿河哥萨克，一个美男子和大力士——喝醉了酒，来到作坊，紧紧地咬着牙，微微眯缝起娘儿们似的媚眼，用他那铁一般的拳头开始打人。他身材不高但匀称，在作坊里跑来跑去，好像猫在地窖里的老鼠中间乱窜。人们惊慌地躲开他，藏到各个角落里，并在那里互相叫喊道：

“打呀！”

画脸的画工叶夫根尼·西塔诺夫用凳子砸了一下狂暴者的脑袋，把他打昏了。哥萨克坐在地上，大家立刻把他按倒，用毛巾捆起来，但他拼命想用尖利的牙齿把毛巾咬断。这时，叶夫根尼发狂了，跳到桌子上，两肘紧贴在腰间，跃跃欲试地准备跳到哥萨克身上。他个子高大，很有力气，如果他跳下去，非得把卡别久欣的胸廓压碎不可。正在这时，穿着大衣戴着帽子的拉里奥诺维奇来到他身边，用手指吓唬他，并小声而严肃地对画工们说：

“把他抬到外屋去吧，让他醒醒酒……”

大家把哥萨克从作坊里拉出去，重新摆好桌椅，又开始干起来，简短地议论着哥萨克过人的力气，预言说，早晚有一天他会在打架斗殴中丧命。

“打死他可不那么容易。”西塔诺夫十分平静地说，好像在谈论一件他十分熟悉的事情一样。

我望着拉里奥诺维奇，不解地想：这些身强体壮、性情狂暴的人，为什么在他面前服服帖帖的呢？

他指导大家怎样工作，即使手艺高强的工匠也都乐意听他的意见。他教卡别久欣比教别人更多，对他说的话也最多。

“卡别久欣，你是彩色画师，那么，你就应该采用意大利的画法，画得生动逼真才行。油画要求统一的暖色调，可是你却把白色涂得太多，结果圣母的眼睛显得冷冰冰的，带一股肃杀之气，面颊画得绯红，像苹果一样，同眼睛不协调，而且布局也安排得不对——一只眼睛看着鼻梁，另一只歪到了太阳穴，这样一来，面庞失去了圣洁的韵致，显得狡黠而庸俗。你没把心思放在工作上，卡别久欣。”

哥萨克听着，做着鬼脸，然后那双娘儿们似的眼睛不知羞耻地带着微笑，用好听的、醉酒后有点沙哑的声音说：

“哎哟，伊万·拉里奥诺维奇老爷子，这活儿不是我干的。我天生是当音乐家的料，结果阴差阳错地把我弄来当了修士！”

“只要肯努力，什么事情都能干好。”

“不，我是什么人呢？我还是当个车夫好，驾着飞快的三驾马车，嗨……”

说着，他突出喉结，悲怆地唱起来：

哎，咿哎哟，我给三马车
套上黑栗色的骏马，
啊，我驰骋在寒冷的黑夜，
奔向我心爱的人儿！

伊万·拉里奥诺维奇温和地笑着，把架在忧伤的灰鼻子上的眼镜扶正，默默地离开了。很多人立刻随着哥萨克齐声唱起来，汇成一股强大的声流，好像把整个作坊掀到了空中，有节奏地摇动着它。

马儿熟悉路途，
知道姑娘家住何方……

徒工帕什卡·奥金佐夫停止倒蛋黄，手里拿着碎蛋壳，用优美的童高音随着唱起来。

大家忘情地唱着，沉醉在悠扬和婉的歌声里，表达出同一种心境，感受着同一种情怀，斜眼注视着哥萨克。他一唱起歌来，全作坊里的人都心悦诚服地承认他是自己的主宰，深深地被他吸引住，注视着他两臂的挥动——他张开双臂，好像跃跃欲飞的样子。我相信，假如他猝然中断唱歌，大喊一声：“把所有的东西统统捣毁！”那么，所有的人，即使是最稳重的工匠，也会毫不迟疑地行动起来，在几分钟内把作坊砸个稀烂。

他很少唱歌，但他所唱的每一首歌都是那样激情奔放，热烈感人，它们所产生的力量永远是不可抗拒的，无往不胜的。无论人们的心情多么沉重，他都能使他们振作起来，激奋起来，大家鼓足劲，把火热的力量融汇在一起，变成一架强音量的管风琴。

这些歌使我对歌手以及他对人们那种美的感召力，产生了热烈的倾慕之情，心里有一种特别激动的东西，在渐渐扩大，胀得心痛，我想哭，想对唱歌的人大喊一声：

“我爱你们！”

害痨病的达维多夫脸色蜡黄，头发蓬乱，他也张着嘴，宛如一只刚出壳的雏鸟。

只有在哥萨克开头领唱时，才唱这些欢快而奔放的歌曲，平时唱的总是那些凄凉而拉腔拖调的歌，如《不害羞的人们》《林荫下》以及关于亚历山大一世的死《我们的亚历山大怎样去检阅自己的军队》。

有时候，在手艺最好的面像画工日哈列夫的提议下，大家试着唱教堂歌曲，但老是唱不好。日哈列夫总是力求达到一种特别的，只有他一个人才明白的和谐，结果适得其反，合唱往往不成功。

日哈列夫约莫四十五岁，干瘦，秃顶，长着像吉卜赛人那样卷曲的黑头发，眉毛像唇髭一样，又浓又黑。浓密的尖形胡子使他那张瘦削、黧黑而不像俄罗斯人的脸更加漂亮，但他的鹰钩鼻子下边那撮硬撅撅的唇髭，在浓眉的映衬下，显得实在多余。两只蓝眼睛不一般大，左眼明显比右眼大。

“帕什卡！”他用男高音叫我的同伴——那个徒工，“喂，你起个头吧，我们来唱《赞美主的名！》。大家听着！”

帕什卡在围裙上擦了擦手，唱起来：

“赞——美……”

“……主的名。”有几个声音随着唱起来。而日哈列夫却大惊小怪地喊道：

“叶夫根尼，低一点儿！把声音放低，压到心底……”

西塔诺夫震耳欲聋地、像敲木桶似的大喊：

“上帝的奴仆们……”

“唱得不对！这里要唱得雄浑有力，要使大地抖动，门窗自开！”

日哈列夫整个身子在一种莫名其妙的亢奋中抽搐，奇怪的眉毛在额头上上下移动。他突然唱走了声调，手指空弹着无形的琴弦。

“上帝的奴仆们——明白吗？”他意味深长地说，“这句歌词要深刻体会，透过外壳，汲取精华。奴仆们，赞美上帝吧！怎么搞的，你们一个个大活人，怎么不明白呢？”

“您是知道的，这个地方我们从来都唱不好。”西塔诺夫彬彬有礼地说。

“算了，那就别唱了！”

日哈列夫生气地开始干活。他是一把好手，能够画拜占庭风格、“彩色画风格”即意大利风格的圣容。每次接下圣像壁的订货，拉里奥诺维奇都同他商量。他是个精明的行家，对圣像真是十分熟悉，一切有灵的圣像，如费奥多罗夫斯克、斯摩棱斯克、喀山等地的圣像的珍贵摹本，都经过他的手。但他在仔细研究原作时，大声说：

“这些原作把我们束缚住了……必须坦率地说：我们被束缚住了！……”

虽然他在作坊里占有重要地位，但与其他人相比，他并不傲慢自大，对徒工——我和帕什卡——很和气。他想教我们俩学会手艺，除了他，谁都不管这事。

他是个不容易了解的人，一般地说，是个忧郁寡欢的人。有时候，他整整一个星期只顾埋头干活，一句话也不说，简直像个哑巴。他老是用惊讶而陌生的目光看着大家，仿佛他第一次看见这些熟悉的人似的。虽然他非常爱好唱歌，但这几天来，他一句也没有唱，甚至似乎也没有听见别人唱。大家关注着他的举动，互相丢眼色。他把圣像板搁在膝盖上，向斜放着的圣像弓下身子，用精制的画笔仔细描画着阴郁冷漠的面庞，他自己也是一副阴郁冷漠的样子。

突然，他清晰而生气地说：

“先行者——这是什么意思？行，古时候讲，就是走的意思。先行者就是先走的人，没有别的意思……”

作坊里悄然无声，大家朝日哈列夫那边斜视着，脸上露出笑容。突然，有人奇怪地说：

“不应该给先行者画上羊皮，而应画上翅膀……”

“你跟谁说话呢？”有人问他。

他没有吱声，要么是没有听见问他，要么是不想回答。人们静静地等待他的回答。这时，又传来他的声音：

“应该了解圣徒传记，有人了解圣徒传记吗？我们知道什么呢？我们生活得没有意思……哪里有灵魂？灵魂在哪里？圣像原作——

对！——有。那么心灵——没有……”

这些大声表达出来的思想，除了西塔诺夫之外，引起所有人的嘲笑，差不多老有人不怀好意地嘀咕说：

“到星期六，他又要狂饮了……”

身材细高、干瘦有力的西塔诺夫，是个年轻人，只有二十二岁，圆脸膛，没有唇髭和眉毛。他朝屋角里望着，眼神悲凄而肃穆。

我记得，当日哈列夫画好了好像是送往昆古尔①的费奥多罗夫斯克圣母的摹本后，把圣像放在桌子上，激动地大声说：

“圣母画好了！你像一只杯子——无底的杯子，从此要承受世人辛酸而诚挚的眼泪……”

说完，他不知拿起谁的大衣往肩上一披，离开作坊，到酒店里去了。年轻人又是哄笑，又是吹口哨；年长的画工羡慕地冲他背影喟然叹气。这时，西塔诺夫走到完成的圣母像跟前，注意地看了看，解释说：

“当然，他喝酒去了，因为舍不得把这件作品交出去。这种惋惜不是人人都能理解的……”

日哈列夫一到星期六就开始无节制地狂饮，看来，这不是嗜酒成癖的工匠那种通常的病态。每次都是这样开始的：早上，他写一张短笺，打发帕什卡送到什么地方。午饭前，他对拉里奥诺维奇说：

“我今天到澡堂去！”

“要待很久吗？”

“噢，天哪……”

“那你去吧，不要晚于星期二就行！”

日哈列夫同意地点着秃头，眉毛不住地抖动。

---

① 俄国彼尔姆州的城市（1781 年设市）。

从澡堂回来，他打扮得很漂亮，穿一件胸衣，脖子上围一条三角头巾，缎子背心上挂一条长长的银链，默默地坐车走了。临走时对我和帕什卡吩咐说：

“傍晚时，把作坊打扫干净，把大桌子刷洗干净，把上面的污渍刮掉！”

大家个个心情欢畅，精神振奋，把自己收拾得整洁利落，到澡堂去洗澡，草草地吃了晚饭。晚饭后，日哈列夫带着一包包下酒菜、啤酒和葡萄酒回来了，后边跟着一个高大得不成样子的女人，身高两俄尺十二俄寸[①]，我们的椅子和凳子在她面前都变成儿童玩具了，甚至高个子的西塔诺夫也比不上她的个儿，站在她旁边显得像个半大孩子。她的身材非常匀称，但高耸的乳峰挨到了下巴颏，她动作迟缓而笨拙，年纪约莫四十开外，但她那张呆板的圆脸却显得十分光润，一双像马一样的大眼睛，小嘴巴好像画上去的廉价布娃娃的嘴一样。她忸怩作态地露出笑脸，向大家伸出热乎乎的大手，说着不必要的废话。

“大家好。今天天气可真冷。你们这里的气味太难闻了，是油漆味。你们好。”

她宁静而有力，宛如一条水大而深的河流，看着她令人感到愉快。但她说的净是废话，叫人听了犯困。说话之前，她先运运气，使本来几乎赤红的脸，涨得更圆了。

青年人讥笑地小声说：

“像一台机器！”

“像一座钟楼！”

她噘起小嘴，两手交叉放在乳房下边，靠近茶炊，坐在一张摆

① 1俄尺等于0.71米，1俄寸等于4.4厘米。

好的桌子跟前，用善良的目光挨个儿看着大家。

所有的人对她都很恭敬，年轻人甚至有点怕她。一个小伙子用贪婪的眼睛望着这个庞大的躯体，但当这女人那一览无遗的目光与那小伙子的目光相遇时，小伙子难为情地垂下眼帘。日哈列夫对自己的客人也是毕恭毕敬，跟她说话以“您”相称，称呼她大嫂，请她吃东西时，低低地弯着腰。

“您别费心了，”她甜甜地曼声说道，“瞧您多操心啊，真的！”

她本人倒是不慌不忙，两只胳臂只有肘部以下动弹，肘部紧贴在腰间。她身上发出一股热面包的酒精气味。

戈戈列夫老头儿高兴得说话结巴起来，对这女人的美丽赞不绝口，像教堂执事念颂歌似的。她听着对她的赞美，脸上浮出感激的笑容。当他说话颠三倒四、混乱无序时，她便接过话茬儿，自我介绍说：

“当姑娘时，我一点儿也不漂亮，只是结婚以后才变得好看了。三十来岁时，更加引人注目，连那些贵族也都对我发生了兴趣呢，有一位县里的首席贵族还答应送我一辆双马车呢……”

卡别久欣喝醉了酒，蓬头乱发，用憎恨的目光看着她，粗鲁地问：

“他为什么答应送您那个呢？”

“当然是为了我们的爱情。”女客人解释说。

“爱情？”卡别久欣不好意思地小声嘟哝道，“什么爱情呀？”

“您长得那么英俊，对爱情一定是非常了解的。”那女人爽快地说。

大家哄堂大笑起来，震得作坊直颤抖。西塔诺夫对卡别久欣嘀咕说：

“蠢货，没准连蠢货还不如呢！只有寂寞得要命的人才会爱这种女人，谁不知道呀……”

他喝了葡萄酒，脸色变得煞白，两边太阳穴上滴下豆大的汗珠，一双智慧的眼睛流露出不安的神色。戈戈列夫老头儿微微抽动着难看的鼻子，用手指擦着眼泪，问道：

“你有几个孩子？”

“我们只有一个孩子……”

桌子上方吊着一盏灯，炉角那边还有一盏。但灯光不亮，那些没有画好的、没有脑袋的圣像，都聚集在作坊的墙角，呈现出一个个黑影，从那里张望着。在应该画上手臂和脑袋的地方却是一块块平塌塌的灰色斑点，觉得好像比平时更可怕瘆人，圣徒的身体似乎从涂上颜色的衣服里，从这地下室里神秘地消失了。玻璃球挂在靠近天花板的挂钩上，蒙上一层烟雾，发出淡青色的光。

日哈列夫惴惴不安地围着桌子走来走去，忙着招呼大家吃东西。那光秃的头顶时而俯向这个，时而低向那个，细细的手指摆弄个不停。他消瘦了，鹰钩鼻子显得更尖了。当他侧面对着灯光站着时，面颊上便映出鼻子的暗影。

“喝吧，吃吧，朋友们。”他用清脆的男高音说。

那女人却不容分说地叨咕说：

“怎么，大哥，您瞎操什么心呀？每个人都有手，知道自己的饭量，吃饱了，谁也不会再吃的！”

“大家都休息休息吧！”日哈列夫亢奋地大声喊道，“我的朋友们，我们都是上帝的仆人，让我们一起来唱《赞美主的名！》吧……”

赞美歌没有唱成，大家已经酒足饭饱，浑身瘫软了。卡别久欣手里拿着双排式手风琴，年轻的黑头发的维克托·萨拉乌京像只小乌鸦，神情严肃，拿着铃鼓，手指弹着绷紧的鼓皮，发出咚咚的轰鸣，铃铛激越地丁零零作响。

“跳俄罗斯舞吧！”日哈列夫指挥道，“大嫂，请吧！”

“唉，”那女人叹口气，站起来，“您真好操心！”

她走到屋子里的空地方，犹如一座小教堂稳稳站定。她穿着宽大的棕褐色裙子和黄色细麻纱上衣，头上围一条红头巾。

手风琴充满激情地鸣响，琴键铮铮有声，铃鼓叮叮咚咚，鼓皮发出叹气似的沉闷声音，听起来令人不快——好像一个发了疯的人在哎呀大叫，放声号哭，把脑门直往墙上乱撞。

日哈列夫不会跳舞，只是踏着擦得锃亮的皮靴后跟，迈着小步快速移动，像山羊似的蹦跶着，同动人心弦的乐曲合不上拍。他的腿仿佛不是自己的，身子难看地扭动着，好比落进蛛网里的一只黄蜂，或是一条落网的鱼，手忙脚乱，叫人看了不舒服。可是所有的人，甚至喝醉酒的人，都全神贯注地看着他那抽搐忙乱的动作，默默地注视着他的脸和手。日哈列夫的脸惊人地变换着各种表情，一会儿变得温柔可亲，羞羞答答；一会儿变得傲气十足，眉头紧锁，神色冷峻。瞧，不知他在对什么感到惊讶，发出感叹，稍稍闭了一下眼睛，马上又睁开来，显出一副悲伤的表情。他握紧拳头，悄悄向那女人靠近，突然一跺脚，扑通跪在她面前，大大地张开双臂，扬起眉毛，脸上浮现出真诚的微笑。她青睐地俯视着他，平静地警告说：

“你会累着的，大哥！”

她想娇媚地微微闭上眼睛，但那双大得能装下一枚三戈比硬币的眼睛却怎么也闭不上，于是她皱了皱眉，脸上显出一副令人厌恶的表情。

她也不会跳舞，只是慢吞吞地摇晃着庞大的躯体，无声地从这里挪动到那里。她左手拿着头巾，软绵绵地挥动着，右手叉腰，这使她变得像一只巨大的带柄高水罐。

日哈列夫在这个石头似的女人身边转来转去，自相矛盾地变换着面孔，仿佛跳舞的不是一个人，而是十个人，个个面貌不同。这一个性情安静，温顺；那一个脾气暴躁，令人生畏；另一个胆小怯懦，悄声叹气，想从这个胖大而令人不快的女人身边偷偷溜走。接着又来了一个——龇牙咧嘴，抽搐地弯曲着身子，活像一条受伤的狗。这种乏味而丑陋的舞蹈，令我大为扫兴，勾起我对那些勤务兵、洗衣女工、厨娘以及他们像狗一样下流地胡搞的不好的回忆。

我现在还记得西多罗夫那句悄悄话：

“在这种事上，人人都撒谎，干这种事，大家都害臊，谁也不爱谁，只是在一起胡搞……”

我不愿意相信“在这种事上，人人都撒谎”这句话，如此说来，玛尔格王后呢？当然，日哈列夫也没有撒谎。我知道，西塔诺夫爱上一个妓女，被她染上了脏病，但他并没有听从同伴们的劝告去打她，反而给她租了一间房子，给她治病，而且每说起她时，他总显出一副特别温柔而难为情的样子。

那大块头的女人仍然在摇摆着身子，露出呆板的笑容，舞动着头巾，日哈列夫围着她抽搐地蹦跳。看着他们，我心想：欺骗了上帝的夏娃难道真的像这个高头大马的女人吗？于是我产生了对她的憎恨感。

那些半成品的圣像从昏暗的墙角那边望着，黑魆魆的夜紧贴在玻璃窗上，作坊里又闷又热，灯光暗淡。这时，仔细听一下，便会在沉重的脚步声和嘈杂的人声中，听见铜脸盆里的水急剧地滴进脏水桶里的吧嗒吧嗒声。

这一切完全不像我在书上读到的那种生活！没有一点相似之处。大家终于觉得无聊了。卡别久欣把手风琴塞到萨拉乌京手里，喊道：

“来吧！热闹起来吧！”

他像小茨冈万卡[①]那样跳起来，犹如在空中飞舞。后来，帕维

---

① 高尔基外公的养子，在高尔基外公的染坊里干活。有一次抬沉重的十字架，不幸被砸中身亡，时年19岁。见《童年》第二、第三章。

尔·奥金佐夫和索罗金也激奋而敏捷地跳起来，害痨病的达维多夫也移动着脚步，咳嗽着。他受不了尘土、烟雾、浓烈的伏特加酒味和发出熟皮味的熏香肠的气味。

他们在跳啊，唱啊，叫啊，但每个人都清楚自己在寻欢作乐，而且大家好像在互相考验——考验每个人的灵巧和耐力。

喝醉酒的西塔诺夫时而问这个，时而问那个：

“难道这种女人也值得去爱吗，啊？”

好像觉得他马上要哭起来似的。

拉里奥诺维奇微微抬起尖削的锁骨，回答说：

“女人就是女人嘛，你想要什么呢？”

大家所议论的人神不知鬼不觉地消失不见了。日哈列夫要过两三天才回来。他到澡堂洗个澡，大约两个星期都会待在自己的角落里，一声不吭地干活，好像对谁都摆架子，对谁都是素昧平生的陌路人。

“他们走了吗？”西塔诺夫自己问自己，用忧伤的蓝灰色的眼睛仔细地打量着作坊。他的脸不漂亮，有点老气横秋的样子，但他的眼睛却明亮而善良。

西塔诺夫对我很友好，这要归功于我那本抄诗的厚本子。他不信上帝，但在作坊里，除了拉里奥诺维奇之外，有谁真爱上帝，相信上帝，这一点很难搞清楚。因为大家谈起上帝来，都用那种轻率而嘲笑的口吻，就像谈女主人那样。不过，坐下来吃午饭和晚饭时，大家倒是都画十字；晚上睡觉时，都做祈祷，每逢节日都去教堂。

西塔诺夫什么也不做，因此大家认为他是不信神的人。

“世上没有上帝。”他说。

“那么这一切是从哪里来的呢？”

“不知道……”

我问他怎么会没有上帝呢？他解释说：

“你看，上帝多高啊！”

说着，他把长胳膊举过头顶，然后放下来，离地有一俄尺距离，说：

“人就这么矮！对不对？经书上说‘人是照着神的样子和相貌造出来的’，这你知道！可是戈戈列夫像什么呢？”

这可把我难倒了，那个肮脏的酒鬼戈戈列夫老头儿，到了这么大年纪还犯俄南罪[①]。我想起那个维亚特卡士兵、叶尔莫欣、外婆的妹妹——他们身上哪有什么像上帝的地方呢？

“大家知道，人跟猪一样。”西塔诺夫说，又马上安慰我：

“没什么，马克西莫维奇[②]，也有好人，有！”

跟他在一起感到轻松、随意。他有什么事情不知道，就坦率地说：

“我不知道，这一点我没有想过！”

他这一点是不寻常的，在遇到他之前，我所见过的人都是无所不知，无所不谈的。

在他的本子里，除了一些感人的好诗，同时还有许多只能使人感到羞耻的下流歪诗，我觉得这很奇怪。当我告诉他普希金时，他便把抄在本子上的《加夫里利达》拿给我看……

“普希金算什么？不过是个爱开玩笑的人罢了。可是别内迪克托夫[③]——这个人，马克西莫维奇，值得关注！”

说完，他闭上眼睛，小声念道：

---

① 见《圣经·旧约·创世记》第三十八章，此处指犯手淫罪。

② 高尔基父亲的名字。俄国人的习惯，称呼父称表示尊敬。

③ 别内迪克托夫（1807—1873），俄国诗人。俄国大批评家、革命民主主义者别林斯基（1811—1848）曾尖锐地批评他的作品庸俗、空洞。

看呀，那漂亮的女人
迷人的酥胸……

不知为什么，他特别欣赏下面这三行诗，得意而高兴地读道：

纵使雄鹰锐利的目光
也无法穿越灼热的门闩
去探察她的心境……

“懂吗？”

我实在不好意思坦言，我不懂他为什么那样高兴。

十四

我在作坊里的活儿不算重。早上，在大家起床之前，我给画工们烧好茶炊，趁他们在厨房喝茶的时候，我和帕维尔把作坊收拾就绪，把调色用的蛋黄和蛋清分好。把这些活儿做完以后，我就到铺子里去了。晚上，我要研颜料，“仔细观看”手艺。起初，我“观看”的兴致很大，但我很快明白了，几乎所有的画工都不喜欢这项工序琐细的手艺，这活儿又枯燥，又磨人。

晚上，我有空闲的时间，常常给他们讲船上的生活，讲书上的故事。从此，不知不觉我成了作坊里的故事员和诵读者。

不久，我明白了，在见识和经历方面，他们都不如我。他们差不多每个人从小就被关在作坊这只拥挤的笼子里，从此便一直待下去，全作坊里只有日哈列夫去过莫斯科，而且一谈起来总带一副威严而阴郁的样子。

“莫斯科不相信眼泪，在那里要处处留神！”

其余的人只到过舒雅[①]和弗拉季米尔[②]。谈起喀山时，他们问我：

“那地方俄罗斯人多吗？有教堂吗？”

他们认为，彼尔姆在西伯利亚，不相信西伯利亚在乌拉尔那边。

“乌拉尔的梭鲈鱼和鲟鱼不就是从里海那边运来的吗？可见乌拉

---

① 俄国伊万诺沃州的城市，1539年已有记载。

② 位于克利亚济马河畔，1108年为弗拉基米尔二世所建，1157年起为弗拉基米尔－苏兹达利公国首都。

尔靠海！”

我有时以为他们在笑话我，因为他们肯定地说：英国在海洋彼岸，拿破仑出身卡卢加贵族。当我把自己亲身经历的事告诉他们时，他们都不大相信，但却喜欢那些骇人听闻、曲折离奇的故事，甚至上了年岁的人也都认为虚构的比真实的更带劲儿。我发现，越是那些不可思议、杜撰瞎编的故事，他们就越爱听。总之，他们对现实的东西不感兴趣，不愿意看到现在的贫穷和丑陋现象，总是望眼欲穿地对未来寄予幻想。

更令我震惊的是，我已经痛切感觉到生活与书本之间的矛盾。我面对的是一个个活生生的人，而在书本里却没有。在书本中，找不到斯穆雷、司炉雅科夫、逃匿者亚历山大·瓦西里耶夫、日哈列夫以及洗衣女工纳塔利娅……

达维多夫的箱子里有一本破旧的戈利钦斯基[①]的短篇小说集、布尔加林[②]的长篇小说《伊万·魏日金》和布拉姆别乌斯男爵[③]的小册子。我把这些书读给大家听，大家都非常喜欢。拉里奥诺维奇说：

“读书很好，免得闲着没事吵架！”

我开始努力地搜寻书籍，差不多每天晚上都坐下来给大家读找来的书。读书的晚上是美好的，作坊里像夜间一样静谧，玻璃球悬挂在桌子上方，宛如惨白寒冷的星星，光线照着伏在桌子上蓬乱、谢顶的脑袋。我看见一张张安详而沉思的脸，不时听见他们对书的作者或对主人公发出赞叹。他们神态专注而温和，像换了个人似的。每当这种时候，我就格外喜欢他们，他们对我也很好。我觉得这很

---

① 戈利钦斯基，俄国反动作家，迎合小市民的趣味。

② 布尔加林（1789—1859），俄国作家，出版反动报纸《北方蜜蜂》等。

③ 布拉姆别乌斯男爵［原名：先科夫斯基（1800—1858）］，俄国作家，新闻工作者，东方学家。以布拉姆别乌斯男爵的笔名在杂志上发表了许多描写“东方”、上流社会、日常生活的中篇小说。

适合我。

“我们这里有书看，就好像春天来临了，冬天的窗框被卸去，第一次打开了窗户。”有一次西塔诺夫这样说。

书是很难弄到的，也没想到去图书馆借，但我还是开动脑筋，像乞讨似的到处央求，把书搞到了手。有一次，消防队长借给我一本莱蒙托夫①的书，从此我感到了诗歌的力量以及对人们的强大影响。

我记得，刚读了《恶魔》的头几行，西塔诺夫瞅了瞅书，然后又看了看我的脸，把画笔放在桌子上，把长手插进膝间，微笑着摇晃起身子来，椅子发出咯吱咯吱的响声。

“安静，伙计们。”拉里奥诺维奇说道，他也丢下手里的活儿，来到我正在那里念诗的西塔诺夫的桌子跟前。这首长诗令我心潮激动，悲喜交集，不时突然失音变调，热泪盈眶，眼睛模糊，看不清诗句。更令人激动的是，大家蹑手蹑脚、小心翼翼地动作，整个作坊好像都微微动弹起来，仿佛有一块磁铁把他们吸引到我身边。当我读完了第一章，几乎所有的人都围在桌子跟前，紧紧靠在一起，互相拥抱，皱着眉头，脸上露出微笑。

“念呀，念呀。”日哈列夫说着，把我的头往书上按。

我念完了，他把书拿起来，看了看扉页，然后夹在腋下，宣布说：

“这本书还得念一遍！明天再念吧，书我先保存起来。”

说完，他走开了，把莱蒙托夫的书锁进自己的桌子抽屉里，开始工作了。作坊里很安静，大家各自小心地回到自己的桌子跟前。西塔诺夫走到窗前，脑门贴在玻璃上，愣住不动了。这时，日哈列

① 莱蒙托夫（1814—1841），俄国诗人。《恶魔》是一篇浪漫主义长诗，象征性地体现了一个反抗不合理的“世俗秩序”的叛逆个性，同时也是孤独者的一场悲剧。

夫又放下画笔，用严厉的声音说道：

“看吧，这就是人生，这就是上帝的仆人……不错！”

他微微耸起肩膀，遮住脑袋，继续说：

“我甚至可以把这个魔鬼画出来。把身子画成黑色的、毛茸茸的，用红铅笔画两只火红色的翅膀，脸和四肢画成苍白的，白得发青，像月光下的雪一样。”

直到吃晚饭，他有点儿反常，一直心绪不宁，在凳子上坐不安稳，摆弄着手指，莫名其妙地说着魔鬼、女人、夏娃、天堂以及圣徒犯罪等。

“这一切都是真的！”他断然地说，“既然圣徒和有罪的女人都偷情苟合，难怪恶魔也喜欢同纯洁的女人胡搞呢……”

大家默默地听着，也许他们跟我一样，此时此刻不想开口说话吧。大家没有心思干活，不时地看看表，当钟敲响九点时，便一齐放下了工作。

西塔诺夫和日哈列夫来到院子里，我紧随其后。西塔诺夫望着天上的星星，说：

一列列被抛弃的星球
在天空中飘动……[①]

“多了不起的想象啊！”

“我一句也没记住，”日哈列夫冻得浑身哆嗦着，“什么也记不住，可我能看见他！真奇怪——迫使人去同情恶魔？他值得可怜吗，啊？”

① 引自莱蒙托夫的《恶魔》。

“值得可怜。”西塔诺夫表示同意。

“这就是人！”日哈列夫令人印象深刻地喊道。

在穿堂里，他警告我说：

“马克西莫维奇，你在铺子里不要对任何人提起这本书，因为它是禁书！”

我很高兴，当初我做忏悔时，神父曾经问过我这样的书！

大家晚饭吃得没有兴致，也没有通常那种喧闹和交谈，好像每个人都发生了什么大事，需要认真地静心思考。晚饭后，所有的人都躺下睡了，这时，日哈列夫把书拿出来，对我说：

“哎，再念一遍吧！慢点念，别着急……”

有几个人一声不响地从床上爬起来，穿着单衣走到桌子跟前，盘着腿坐下来。

我念完以后，日哈列夫用手指敲着桌子，说道：

“这就是人生！唉，恶魔，恶魔……原来是这么回事，老弟，对吗？”

西塔诺夫摇晃了一下身子，越过我的肩头，念了几句，笑了笑，说：

“我要把这诗抄到本子上……”

日哈列夫站起来，拿着书向自己的桌子走去，但他突然停下来，用抱怨而颤抖的声音说：

“我们活得简直像一窝没睁开眼睛的小狗崽，什么也不知道，不管是上帝还是恶魔，都不需要我们！我们算什么上帝的仆人呀？约伯①是仆人，上帝亲自同他谈过话！还有摩西②！摩西的名字就是上帝赐给他的。摩伊西伊，意思是——上帝的人。那么我们是谁的人

---

① 圣经传说中的人物。

② 圣经传说中的人物。

呢？……”

他把书锁起来，开始穿衣服，并问西塔诺夫：

“下酒馆吗？”

“我要去找我的女人了。”西塔诺夫小声说。

他们走了以后，我挨着帕维尔·奥金佐夫在门口的地板上躺下来。他半天翻来覆去，鼻子发出呼哧声，突然低声哭了起来。

“你怎么了？”

“我太可怜他们，”他说，“要知道，我跟他们在一起生活已经三年多了，我了解大家……”

我也十分同情这些人。我们久久不能入睡，小声谈论着他们。我们发现他们每一个人身上都有善良的品质，有某种特殊的东西，这进一步加深了我们孩子气的同情心。

我和帕维尔·奥金佐夫相处得非常融洽。后来，他成为一个出色的画工。但好景不长，三十来岁时，他开始酗酒，后来我在莫斯科希特罗夫市场遇见过他，那时他已经是流浪汉了。不久以前，听说他害伤寒病死了。想起在我这一生中有多少好人都这样糊里糊涂地死去，真令人痛心！生老病死，本是自然现象，可是任何地方都没有像在我们俄国这样，人们衰老得竟如此之迅速，如此之无谓……

想当年，他还是个孩子，圆圆的脑袋，比我大两岁。他活泼、聪明、诚实，有才气，擅长画鸟、猫、狗，常常画师傅们的漫画，而且总是把他们画成飞禽，画得惟妙惟肖，透着灵气。西塔诺夫是一个满面愁云、独脚站立的鹬，日哈列夫是一只被撕掉鸡冠、头上没有羽毛的公鸡，有病的达维多夫是一只令人厌恶的麦鸡。但他画得最好的是涂金师戈戈列夫老头儿，把他画成一只大耳朵的蝙蝠，长着一只富有讽刺意味的鼻子和六趾的脚爪；圆圆的黑脸上有两只白眼圈，眼珠像兵豆[①]，横在眼睛里，使得那面孔栩栩如生而又极其丑恶。

帕维尔把漫画拿给师傅们看时，他们都没有生气，不过戈戈列夫的画像给大家留下很不愉快的印象。于是大家严厉地劝告画家：

“你最好把它撕掉吧，要不然让老头儿见了准会要你的命！”

肮脏衰朽的戈戈列夫老头儿是个讨厌的信徒，老是喝得醉醺醺的，一向为人阴险，老在掌柜面前诽谤大家。女主人打算把侄女嫁给小铺掌柜，所以他趾高气扬，觉得自己已经是这个家和所有人的主人了。作坊里的人对他又恨又怕，所以对戈戈列夫也惧怕三分。

帕维尔想方设法捉弄涂金师，好像打定主意就是不让他有一分钟的安宁。我也尽力帮助他。师傅们看着我们搞几乎总是毫不留情的、粗鲁的恶作剧，感到挺开心，但也常常警告我们：

“你们会被他抓住的，孩子们！‘金龟子’[②]会把你们撵走的！”

“金龟子”是作坊里的人给掌柜起的绰号。

警告并没有把我们吓住，趁涂金师睡觉的时候，我们给他脸上涂抹上各种颜料。有一次，他喝醉酒睡了，我们把他鼻子涂上了金色，整整三天，他那海绵似的鼻沟里，一直沾着金粉洗不掉。每当我们把老头儿的火气逗起来时，我就想起船上那个个子矮小的维亚特卡兵，心里便感到不是滋味。戈戈列夫尽管上了年纪，但仍然很有力气，一不小心被他抓住，他就痛打我们一顿。他打了我们，还要向女主人告状。

她也是每天喝得醉醺醺的，所以老是一副和善快乐的样子。她千方百计恐吓我们，用胖得发胂的手敲着桌子，叫骂道：

“鬼东西，又是你们俩在搞恶作剧吗？他年纪大了，应该尊敬他

① 豆科，一年生草本，有五种，大都分布于亚洲。

② 甲虫，欧亚大陆禾本科谷类作物的害虫，以未成熟的谷粒为食。

才是！是谁把煤油当酒倒在他杯子里的？”

“是我们……”

女主人惊诧道：

“啊，天哪，他们居然敢承认！啊，该死的东西……对老年人应该尊敬！”

她把我们轰出去了，到了晚上，她把这事告诉了掌柜。于是，掌柜悻悻地对我说：

“亏你还经常看书，甚至看圣书呢，你怎么敢如此胡闹呢？当心点吧，老弟！”

女主人是个单身，怪可怜的。有时候，她喝点甜酒，坐在窗前，唱道：

没有人可怜我，
也没有人体恤我，
我的疾苦无人知道，
我的悲伤向谁诉说？

她啜泣着，用老年人那种颤抖的声音，拉腔拖调地叹息：

“哟——唷——唷……”

有一天，我看见她手里提着一瓦罐煮过的牛奶，向楼梯走去。突然，她两腿不由自主地一弯，身子蹲下，顺着楼梯一阶一阶地扑通通滚下来，但却紧紧握住瓦罐不撒手。结果，牛奶洒了她一身。她伸出两手，气哼哼地对着瓦罐叫嚷道：

“你怎么了，该死的？你要上哪儿去？”

她身体不胖，但却松软得一塌糊涂，简直像一只已经不会捉耗子的老猫。但却由于吃得太饱，身体变得笨重，只会哼哼，自我陶醉地回首自己当年的胜利和欢乐。

“从前，”满面愁云的西塔诺夫沉思地说，“家大业大，作坊兴隆，有能力的人撑着这份家业。可是现在一切都徒劳无功，一切都操在‘金龟子’手中！大家拼命地干呀干呀，到头来都是为他人作嫁衣裳！一想到这个，我脑袋里绷紧的弦‘砰’的一下就断了，觉得什么都没有意思，只想扔下活计，躺在房顶上，眼睛望着天空，就这样躺上一个夏天……”

帕维尔·奥金佐夫也感染上了西塔诺夫的这些思想，学着大人的样儿抽起烟来，对上帝、酗酒、女人空发议论，说万事终归一场空，一部分人在建设，另一部分人不管三七二十一，把创造出来的一切加以毁坏。

这时候，他那张机敏而可爱的脸叠出皱纹，显得老气横秋。他坐在地铺上，双手抱膝，久久地望着蔚蓝色的方形窗户，望着被雪堆紧紧围住的板棚屋顶和冬天夜空的星星。

画工们打着鼾，有人梦中发出含混不清的声音，有人叽里咕噜地说着呓语，睡在高板床上的达维多夫不住地咳嗽着，咳尽他最后的余生。“上帝的仆人”卡别久欣、索罗金和佩尔申横七竖八地倒在角落里，酒劲发作，酣然大睡。没有脸、没有手脚的圣像从四面张望着，干性油、臭鸡蛋、地板缝里腐烂变酸的污物散发出浓烈刺鼻的气味。

“我觉得大家好可怜啊！”帕维尔低声说，“天哪！”

这种对人们的哀怜搅得我也日益不能安宁。我在前面已经说过，我们两人都觉得每个画工都是好人，可是生活却糟透了，亏待了他们，沉闷得令人无法忍受。冬天，暴风雪肆虐，大地上的房屋和树木摇摇欲坠，发出悲怨的呼啸声和呜咽声，大斋节的钟声凄凉地当当鸣响，寂寞犹如波浪势不可挡地涌进作坊里，像铅一样沉重地压在人们心头，把他们身上一切有生命的东西统统扼杀殆尽，驱使他们下酒馆，泡女人，把女人当作一种与伏特加有同等效力的消愁解闷的工具。

在这样的夜晚，书也无济于事。于是我和帕维尔想尽一切办法逗大家高兴。我们把烟黑、颜料涂在自己脸上，戴上用大麻做的胡子，表演我们自己编的各种喜剧，英勇不屈地同寂寞抗争，使大家开心一笑。我想起了《一个士兵拯救彼得大帝的传说》，把它改编成对话形式，我们俩把达维多夫的高板床当作舞台，爬上去进行表演，痛快淋漓地砍杀着想象中的瑞典人的脑袋，大家看了，无不捧腹大笑。

最受观众欢迎的是中国鬼秦友东的传说[①]，帕维尔扮演那个想做善事的可怜鬼，其他角色由我担任，如剧中的男女人物、道具、善鬼，甚至还扮演石头，让中国鬼每次做不成善事而灰心丧气时坐下来休息。

观众看了开怀大笑。可是令我感到惊讶的是，逗他们发笑竟如此之容易，这反而令我不快。

"啊，小丑！"人们冲我们大声喊，"啊，坏蛋！"

越往下演，我就越痛切地感到，悲哀比欢乐更合乎他们的心意。

我们这里从来没有欢乐，而且欢乐本身也毫无价值。人们有意把它招引出来，是作为一种抑制俄国式的昏昏欲睡的手段。因为欢乐本身并不存在，而且它也不想存在，仅仅是为了打发愁苦的日子才把它呼唤出来的，因此，这种欢乐的内在力量值得怀疑。

而且这种俄国式的欢乐往往出人意料而又难以捉摸地变成残酷

---

① 这是根据左托夫的长篇小说《秦友东》(又名《阴魂做的三件善事》)改编的通俗读物。小说是劝喻性的，宣扬要顺从当局，讲述一个天使下凡想在人间行善，结果徒劳一场。高尔基在这里把这部枯燥的小说变为一出充满激情的幽默剧。

的悲剧。比如一个人正在跳舞，仿佛要挣脱开套在他身上的枷锁，突然，兽性大发，怀着野兽般的苦闷向人们扑去，又撕又咬，见什么毁坏什么……

这种由外界的动力引发的强颜欢笑令我大受刺激，我兴奋得忘乎所以，开始讲述和表演我幻想中突然出现的东西——我实在想唤起人们心中那份真诚，自由而轻松的快乐！我的表演相当成功，大家交口称赞，惊叹不已，但是好像被我已经动摇的苦闷又慢慢地凝聚而坚固起来，折磨着人们。

拉里奥诺维奇温和地说：

“嗯，你是个滑稽逗乐的孩子，愿上帝保佑你！”

“挺会安慰人的，”日哈列夫附和道，“你，马克西莫维奇，应该参加马戏团或是剧团，你一定能成为出色的丑角！”

在圣诞节和谢肉节期间，作坊里只有两个人到剧院去看过演出，他们是卡别久欣和西塔诺夫。年长的画工们郑重地劝他们在洗礼节的时候到约旦的冰窟窿里把这次罪恶洗掉。西塔诺夫常常对我说：

“别干这个了，去学演戏吧！”

我很激动，讲了演员雅科夫列夫①悲惨的一生。

“啊呀，竟会有这种事！”

他喜欢讲玛利·斯图亚特②的故事，但却骂她是“坏蛋”。尤为令他赞赏的是《西班牙贵族》这本书。

“唐·塞扎尔·德·巴赞③，马克西莫维奇，是个高尚而非凡的人物！”

---

① 雅科夫列夫（1773—1817），俄国演员，以演悲剧而成名。

② 玛利·斯图亚特，1542—1587年（实际是1561—1567）的苏格兰女王。曾觊觎英国王位，被英国女王伊丽莎白下令监禁18年后处决。德国作家席勒的同名悲剧中的女主人公。

③ 法国作家雨果的剧作《吕伊·布拉斯》和法国二流剧作家仲马努瓦尔与戴克里的戏剧《西班牙贵族》中的女主人公。

他本人颇有一点“西班牙贵族”的气派。有一次，在面包房前面的场地上，三个消防队员在打一个乡下人取乐，有四十来人围着看热闹，并对消防队员喝彩助威。这时，西塔诺夫冲上去，抡起长胳臂，劈头盖脸地把消防队员一个个打倒在地，然后把乡下人扶起来，推到人群里，大喊一声：

“把他带走！”

他自己留下来，一个人对付三个人。消防队驻地就在前面十步远的地方，他们本可以叫人来帮忙，把西塔诺夫狠揍一顿，但是，他很走运，消防队员吓坏了，连忙向驻地逃去。

“狗东西！”他冲他们背影骂道。

每逢星期天，青年们就到彼得巴甫洛夫墓地后面的林场去参加拳击，跟那里的清道夫和附近村庄的乡下人进行比赛。清道夫队推出一个有名的拳击手来和城里人交锋，这个拳击手是个身材高大的莫尔多瓦人，小脑袋，烂眼睛老是眼泪汪汪的。他站在自己同伴的前面，两腿大叉开，用短褂的脏袖子擦擦眼泪，温厚地叫阵说：

“你们谁上来交手？不然，我可要冻坏了！”

我们这边是哥萨克人卡别久欣同他对阵，但是莫尔多瓦人屡屡得手。卡别久欣被打得头破血流，气喘吁吁，但他不认输，说：

“宁死也要打败莫尔多瓦人！”

这最终成了他的生活目标，他甚至戒了酒，睡前用雪擦身子，吃好多肉，为了使肌肉发达，每天晚上提着两俄磅重的秤锤画许多次十字。但这并没有给他帮上忙。于是，他把铅块缝在手套里，对西塔诺夫夸口说：

“这一下，莫尔多瓦人死到临头了！”

西塔诺夫郑重地警告他：

“别蛮干，要不然在拳击开始之前，我就把你供出去！”

卡别久欣不相信他会那样做。但在拳击开始时，西塔诺夫突然对莫尔多瓦人说：

“你退开，瓦西里·伊万诺维奇，我先跟卡别久欣交交手！”

哥萨克人脸涨得通红，大吼道：

“我不跟你比，走开！”

“你会跟我比的。”西塔诺夫说道，用盛气凌人的目光盯着他的脸，向他走过去。卡别久欣原地跺了跺脚，摘下手套，塞进怀里，大步流星地离开了拳击场。

比赛双方对出现的这一幕大为惊骇，甚感不悦。这时，一位样子可敬的人生气地对西塔诺夫说：

“老兄，把你们的家务事拿到拳击场来解决，这可不合规矩呀！”

观众纷纷向西塔诺夫围过来，嘴里骂骂咧咧的。他半天不说话，后来终于开口对那位受人敬重的人说道：

“如果我阻止了一场人命案呢？”

公证人立刻明白了，他甚至摘下帽子说：

“那我们向你表示感谢！”

“大叔，你千万别声张！”

“为什么？卡别久欣是个出色的拳击手，不过屡屡败阵，输急眼了，这个我们懂！往后在比赛之前一定要检查他的手套。”

“这是你们的事！”

公证人走了，我们的人开始指摘西塔诺夫：

“你真是多此一举，傻大个儿！要不然哥萨克今天会把那小子揍扁的。现在可好，我们成了败方……”

大伙儿不依不饶地、痛快淋漓地骂了他老半天。

西塔诺夫叹了口气，说：

“唉，你们这群废物……”

出乎大家意料的是，他向莫尔多瓦人提出交锋。对手拉开架势，高兴地挥舞着拳头，打诨地说：

“来吧，咱们格斗一场，暖暖身子……”

几个人手拉手围起一个宽敞的大圆圈，人们挤在圈子外面拭目以待。

两个拳击手右手向前，左手放在胸前，彼此机警地对望着。有经验的人一眼就看出西塔诺夫的手臂比莫尔多瓦人的长。赛场十分寂静，雪在他们脚下咯吱作响。不知是谁耐不住这种紧张气氛，用抱怨而迫不及待的口吻小声嘟哝道：

“快开始呀……”

只见西塔诺夫右手一挥，莫尔多瓦人急忙抬起左手招架，西塔诺夫猛出左手，不偏不倚，一拳打在莫尔多瓦人的心窝上。莫尔多瓦人受挫败下阵来，但却满意地说：

“是个新手，但不是草包！”

他们彼此跃动着，照准对方的胸口挥舞着老拳。几分钟后，双方观众激奋地喊道：

“快呀，画匠！给他画上花纹！”

莫尔多瓦人比西塔诺夫的力气大得多，但也笨重得多，出手很慢，往往打出去一拳，要吃回两三拳。但这对莫尔多瓦人结实的体格来说不算什么，他发出哼哼哈哈的叫声，不时笑笑。这时，重重的一拳冷不丁从腋下往上打来，西塔诺夫的右臂被打得脱臼了。

“快把他们拉开，不分胜负！”有几个人大声喊道。人们跑过去，把两个拳击手拉开了。

莫尔多瓦人宽厚地说：

“力气不算大，动作倒是挺灵活，画匠！我敢当着大家伙儿说，你将来准是个出色的拳击手。”

半大的孩子们开始一窝蜂地相互打斗起来。我陪西塔诺夫到接骨医生那里去治伤。他的行为进一步提高了他在我心目中的形象，增强了我对他的同情和尊敬。

总之，他为人公正诚实，并将其视为自己做人的准则。但性格粗犷鲁莽的卡别久欣却刻薄地挖苦他说：

“嗨，热尼亚，你活着就是做样子给人看的！你把自己的心打磨得像过节时的茶炊一样干净锃亮，然后到处炫耀：瞧，多亮呀！其实你的心是铜做的，跟你在一起太乏味……”

西塔诺夫心绪平静，一声不吭，不是在努力地干活，就是在专心地抄写莱蒙托夫的诗。他把所有的余暇都用在抄诗上面。我向他建议说：“你有的是钱，干脆买一本书好了！”

他回答说：“不，还是自己手抄的好！”

他写得一手好字，字体优美娟秀，带有花笔道。每抄完一页，他便趁着墨水干一干的工夫小声念道：

你将毫无悲悯、毫无同情地
望着人世间，在那里
没有真正的幸福，
也没有永恒的美丽……[1]

接着，他眯缝起眼睛，说：

“这是真的！啊，他对现实情况的了解，简直入木三分！”

令我大为惊骇的是西塔诺夫和卡别久欣之间的关系，卡别久欣一喝醉酒，准找西塔诺夫打架，西塔诺夫便苦口婆心地好言相劝：

① 引自莱蒙托夫的《恶魔》。

“真讨厌！干吗老缠着我……”

过了一会儿，他开始狠狠地揍那醉汉，出手如此狠辣，以至平时拿打架当热闹看的画工们也不得不出来干预，把他们拉开。

“要是不及时拦住叶夫根尼，会出人命的，他是豁出去了。”大家七嘴八舌地议论说。

卡别久欣没喝醉的时候，也常常没完没了地讥讽西塔诺夫，嘲笑他对诗的痴迷和他不幸的风流韵事，对他说下流淫秽的话，企图激起他的醋意，但每次都是白费劲。西塔诺夫默默地听着卡别久欣的讽刺挖苦，不愠不怒，有时甚至自己也跟卡别久欣一起笑。

他们俩睡在一起，每天晚上窃窃私语，一谈就是老半天。

他们的谈话搅得我不得安宁——我想知道，这样两个迥然不同的人，谈什么会谈得这样投机呢？可是，当我走近他们时，哥萨克不满地咕噜说：

“你来干什么？”

而西塔诺夫好像没看见我一样。

可是有一次，他们把我叫去，哥萨克问我：

“马克西莫维奇，假如你是个很有钱的人，你会做什么？”

“买书。”

“还有呢？”

“不知道。”

“唉。”卡别久欣大失所望地转过脸去不理我了。这时，西塔诺夫平静地说：

“看见了吧，谁都不理解，无论是老的还是少的！我告诉你吧，财富本身毫无用处。一切东西都要加上点什么……”

我问道：

“你们在谈什么呢？”

“不想睡觉，随便聊聊。”哥萨克回答说。

后来，我留心听了听他们的谈话，知道他们每天晚上在谈什么了，无非是白天人们爱谈的那些话题：上帝、真理、幸福、女人的愚蠢和狡黠、富人的贪婪以及这种混乱而不可理解的生活。

我总是聚精会神地听他们谈话，并为之而激动。几乎所有的人都异口同声地说：生活很糟糕，应当过得好一些！我听了很高兴。但我同时发现，想过得好一些，只不过是一种愿望而已，没有任何实际效应。在作坊里的生活中，画工们相互之间的关系没有丝毫改变。所有这些谈话照亮了我面前的生活，暴露了这种生活背后沉闷的空虚。人们在这空虚中，犹如池水里的一粒粒尘屑，没头没脑地、气急败坏地随风飘动，而他们自己却说，这样的忙乱毫无意义，使他们气恼。

他们总是乐此不疲地大发议论，责难别人，事后又悔过，吹牛，为一些鸡零狗碎的小事吵得天翻地覆，互相侮辱。他们常常猜测自己死后将会怎样。作坊门口放污水桶的地板上，一块木板腐烂了，冷气和酸臭的泥土味从这个潮湿的窟窿里灌进来，大家的脚都冻坏了。我和帕维尔用干草和破布堵住了这个洞。他们老说该换一块地板了，可是谁都不干，以致窟窿越来越大，刮暴风雪的天气，暴风雪像从烟囱里刮来似的，呼呼地从洞里吹进屋里，冻得人人伤风咳嗽。通风窗的洋铁皮叶片讨厌地嘎啦啦乱响，他们便下流地破口大骂。我给它涂了一点儿油，就不那样难听地响了。日哈列夫仔细听了听，说：

“通风窗倒是不嘎吱乱叫了，可是更加寂寞了！”

大家洗完澡回来，就往满是灰尘、肮脏不堪的床铺上一躺——他们对这种脏污和熏人的臭气根本无动于衷。有许多糟糕透顶的琐事，直接影响了生活，本来可以轻而易举地把它处理掉，可是谁也不肯动手去做。

他们常常说：

“谁也不怜悯人，无论是上帝，还是人们自己……”

不久于人世的达维多夫满身污垢，被虱子咬得半死，我和帕维尔给他洗了个澡，他们便对我们起哄，嘲笑我们，纷纷脱下衬衫，让我们逮虱子，说我们是澡堂搓背的，极力挖苦我们，好像我们干了什么见不得人的事情和可笑的事情。

从圣诞节到大斋期，达维多夫一直卧床不起，不住地咳嗽，吐出刺鼻的血痰，但又吐不到污水桶里，啪啪地落在地板上。每天夜里他都大声说胡话，把大家吵醒。

他们几乎天天说：

“得送他到医院去治疗！”

起初是因为达维多夫的身份证过期了，后来，他的病情有所好转，最后，大家决定：

“他反正快死了！”

他自己也这样说：

“我快不行了！”

他是个文静的人，说话幽默，为了驱散作坊里那种折磨人的沉闷，他常常说些笑话调节气氛。他从高板床上俯下瘦削的黑青的脸，用咝咝发响的声音说：

“大家听一听高板床上的人的声音吧……”

接着，他音韵和谐地说了一首自己编的顺口溜：

我在高板床上过日子，
每天醒得都很早。
睡着也好醒也好，

蟑螂追着把我咬……

“他还蛮有兴致。”大家赞叹地说。

有时，我和帕维尔爬到他的床上去，他便强打精神，开玩笑说：

“拿什么款待你们呢，尊贵的客人？有新鲜的小蜘蛛，你们想吃吗？”

他死得很慢，连他自己也烦透了。他真诚而懊恼地说：

“怎么还不快点死呀，真受不了了！”

他对死毫不畏惧，这反倒把帕维尔吓坏了。他把我叫醒，小声说：

“马克西莫维奇，他好像死了……他要是死在夜里怎么办呀？我们可就睡在他下边。哎，天哪，我害怕死人……”

他要么说：

“你看，他过的叫什么日子呀，活着是为什么呢？还不到二十岁，就要死了……”

在一个有月亮的夜晚，他把我叫醒，惊恐地瞪大眼睛，说：

“你听！”

达维多夫在高板床上发出呼哧呼哧的喘气声，急促而清晰地说：

“过来呀，来——来呀……”

然后他打起嗝来。

“他要死了，真的，你看吧！”帕维尔不安地说。

整整一天，我都在把院子里的雪运到田里，累得精疲力竭，只想美美地睡一觉。可是帕维尔央求说：

“你别睡了，看在基督的分上，别睡了！”

他猛地跪起来，发疯地叫喊道：

“大家快起来呀，达维多夫死了！”

有人醒了，几个人影从床上抬起身子，只听见气哼哼的发问声。

卡别久欣爬到高板床上，吃惊地说：

“他好像真的死了……不过身子还有点儿热乎……”

作坊里很静。日哈列夫画了个十字，钻进被窝里，说：

“好吧，愿他升天！”

不知是谁提议说：

“把他抬到穿堂里去就好了……”

卡别久欣从床上爬下来，向窗外看了看。

“就让他在这里躺到天亮吧。他活着的时候，也没有碍着任何人……”

帕维尔把头藏在枕头下面，放声大哭起来。

西塔诺夫没有醒来。

十五

田野上的积雪融化了，天空中的冬云散开了，时而雪时而雨地落到地面上。太阳走得慢腾腾的。白天日益变长了，空气也变得暖洋洋的，仿佛欢快的春天已经到来，开玩笑地躲在城外的田野里，马上就会涌进城里来。大街小巷到处是棕褐色的稀泥，人行道两边，水流如溪，囚徒广场上，化净了雪的地方，麻雀在欢快地跳跃。春天，万物复苏，一片喧闹，大斋的钟声从早到晚几乎不停地响着，柔和的敲击声使人们的心在轻轻摆动，当当的钟声有如老人讲的话一样，里面蕴含着某种屈辱的东西，好像这钟在用冷漠而凄婉的调子诉说着人世间的一切。

“有过，这事有过，有过……”

在我命名日这一天，作坊里的人送给我一张小巧精美的圣徒阿列克谢的画像，日哈列夫还做了很长的讲话，讲得十分生动，令人永志难忘。

“你是谁？”他摆弄着手指说，微微挑了挑眉毛。“你不过是个小孩子，一个无依无靠的孤儿，来到世上刚刚十三年，而我的年龄几乎是你的三倍。我夸奖你，赞扬你，是因为你对一切都不屈不挠不回避，敢于面对！这很好，希望你永远这样！”

他还说到上帝的仆人和上帝的人。但我弄不明白，人与仆人之间有什么不同，而且他本人大概也没有搞清楚。他说得枯燥无味，大家都嘲笑他。我站在那里，手中捧着圣像，又感动又难为情，不知如何是好。卡别久欣终于耐不住了，沮丧地冲演说家嚷嚷道：

“别再为他唱赞歌了吧，瞧瞧，他的耳朵都发青了。”

然后，他拍了一下我的肩膀，也夸奖起我来：

“你有个大优点，就是对每个人都很亲切，这就是优点呀！即使你有了过失，不要说揍你，就连骂你一句，也都难以开口啊！”

大家用善意的目光看着我，温和地讪笑我窘迫不安的样子。也许再过一小会儿，我会由于太高兴而大哭起来，因为我感觉到自己是这些人所需要的人。但是，恰巧这天早上在铺子里，掌柜用头指着我对彼得·瓦西里耶夫说：

“不招人喜欢的小东西，什么都不会干！”

像往常一样，我一大早就来到铺子里，可是午后，掌柜对我说：

“你回去吧，把货仓顶上的雪扫下来，装到地窖里去……”

他不知道今天是我的命名日。我坚信，大家都不知道。作坊里为我举行的庆祝仪式结束后，我换了衣服，跑到院子里，爬到货仓顶上，把一冬天积下的又厚又重的雪铲下来。但是由于我太兴奋，竟然忘记了打开地窖的门，铲下来的雪把门堵住了。我跳到地上，发现自己干了蠢事，立刻动手把门口的雪扒开。潮湿的雪堆得很瓷实，木锹铲不动，铁锹又没有，刚一使劲，木锹“嘎巴”一声折断了。恰巧这时，掌柜出现在院门口。真是应验了俄国这句谚语：乐极生悲。

“好啊，”掌柜走到我跟前，嘲弄地说，“瞧你，哪像干活的样子，见鬼去吧！我非得打碎你的笨脑瓜不可……”

他抄起锹柄，朝我抡过来，我猛一闪身，躲开了，愤然说道：

“要知道，我不是雇来给您扫院子的……”

他把锹柄扔在我脚边，我抓起一把雪，摔到他脸上。他跑开了，发出噗噗的嗤鼻声。我扔下活儿不干了，回到作坊里。过了几分钟，他的未婚妻，一个满脸粉刺的轻佻女子，从楼上跑下来，说：

“叫马克西莫维奇到楼上去一下！”

“我不去！”我说道。

拉里奥诺维奇惊讶地小声问：

“怎么回事？为什么不去呀？”

我把事情的原委告诉了他。他焦虑地紧锁着眉头，上楼去了，走时小声对我说：

“你呀，老弟，太鲁莽了……”

作坊里沸腾起来，都在骂掌柜的不是。卡别久欣说：

“嗯，这次肯定会把你撵走的！”

这个吓不倒我。我和掌柜的关系早已到了令人无法忍受的地步，他恨透了我，而且越来越强烈，我也对他忍无可忍。但我想弄明白，他为什么这样蛮横无理地对待我。

在铺子里，他常常把硬币随便扔在地板上。打扫地板时，我把硬币捡起来，放进柜台上装布施乞丐的零钱碗里。后来经常捡到这样的钱，我猜到其中一定有鬼，便对掌柜说：

“您偷偷把钱扔到地上，真是白费心机！”

他刷地脸红了，急不择言地叫嚷道：

“你胆敢教训我，我做事我知道！”

但他马上改口说：

“怎么能说我故意扔钱呢？是它们自己掉在地上的……”

他禁止我在铺子里看书，说：

“您这号头脑还配看书！你想当博览群书的人吗，白吃饭的东西？”

他没有放弃用二十戈比硬币陷害我的卑鄙企图，我也明白，如果打扫地板时，硬币正巧滚进缝隙里，那么他就会咬定，钱是我偷的。于是我再次建议他停止这种勾当。但就在同一天，我从饭馆打开水回来时，听见他怂恿隔壁铺子里前不久雇来的伙计说：

“我们很快要收到三箱诗篇，你叫他去偷吧……”

我知道他们在说我。我走进铺子里，他们两人的表情很不自然。除了这个证据以外，我还掌握了几条他们图谋陷害我的可疑凭证。

隔壁铺子里的伙计已经不是头一次替他干事了。他是个精明的生意人，但却嗜酒如命。他喝醉了，被主人赶走了，后来又把他雇来了。他是个营养不良，身单力薄的家伙，表面看上去，他对主人温和恭顺，言听计从。他有一双狡黠的眼睛，留着胡子，嘴角常常挂着微笑，透着一股灵气，爱说俏皮话，有口臭，就像有蛀牙的人所特有的那种难闻气味，虽然他的牙齿洁白而结实。

有一次，他把我吓了一大跳。他走到我跟前，脸上显出和悦可亲的笑容，但他“嗖”的一下打掉我的帽子，揪住我的头发，我们扭打起来。他把我从走廊上推到铺子里，竭力要把我摔倒在摆在地上的大神龛上——假如他这一招得逞，那么我势必会打碎玻璃，损坏雕刻花饰，说不定还会把贵重的圣像划破。但他软弱无力，结果我打胜了。于是他坐在地上，擦着被打破的鼻子，伤心地大哭起来，这使我大为震惊。

第二天早晨，两家铺子的主人都出去了，只剩下我们两个人。他用手指揉着鼻梁上和眼睛下边的肿伤，友好地对我说：

“你以为我昨天对你突然攻击，是出于我本意吗？我不是傻瓜，我知道打不过你，我体弱无力，又好喝酒。这是主人指使我干的。他说：‘去找个碴儿收拾他一顿，尽量让他在打架的时候把自家铺子里的东西多毁坏一些，反正受损失的是他们！’要是我自己，我才不惹这麻烦呢。瞧你把我的脸弄得满是青伤，难看死了……”

我相信了他的话，觉得他很可怜。我知道他在跟一个女人同居，常常挨打，过着半饥不饱的日子。但我还是问他：

“如果叫你把人毒死，你也干吗？”

“我会干的，”伙计小声说，露出一丝可怜巴巴的冷笑，“我能干得出来……”

这件事过去不久，他问我：

“听我说，我一个钱也没有了，家里也揭不开锅了，我的女人又吵又骂。请你帮帮忙吧，从你的货仓里随便偷一个圣像，我拿去卖点钱，怎么样？你肯干吗？要不，来一本诗篇也行，怎么样？”

我想起了鞋店和教堂守夜人，心想：这个人会出卖我的！可是我不好回绝，于是给了他一幅圣像。我不敢把值好几个卢布一本的诗篇偷来给他，我认为这是犯大罪。有什么办法呢？道德中常常暗含着一个简单的道理，神圣的《刑法典》清楚无误地揭示了这个小小的秘密，在这秘密的背后，掩藏着私有财产的极大虚伪。

当我听见我的掌柜唆使这个可怜的人叫我去偷诗篇时，我大吃一惊。显然，掌柜已经知道我拿他的东西送人情了，隔壁伙计把圣像的事告诉了他。

这种借花献佛、貌似行善的肮脏行为和为我设下的这个卑劣圈套，使我对自己、对所有的人都感到愤懑和厌恶。一连几天，我深受痛苦的煎熬，盼望着那几箱书早日到货。货终于到了，我在货仓里拆箱，这时隔壁伙计来了，让我给他一本诗篇。

于是我问他：

“你把圣像的事对我的掌柜说了？”

“说了，”他用泄气的口吻回答道，“老弟，我这个人，什么事儿也隐瞒不住……”

听了这话，我大为惊愕，一下子坐在地上，睁大眼睛，瞪着他。他显出一副局促不安、可怜巴巴的样子，慌忙小声说：

“你要知道，是你的掌柜自己猜着的，也就是说，我的掌柜猜到了，告诉了你的掌柜……”

我觉得，我要彻底完了——这帮家伙串通一气，暗算了我，我敢肯定，我会被关进少年犯教养院！既然事已如此，干脆豁出去了！横竖是淹死，索性在深水处淹死好了。于是我拿一本诗篇塞到伙计手里，他把书藏到大衣底下，走了。但他马上又转回来，书掉在我的脚边。他说了这么一句话，匆匆离开了。

“我不要这书！否则我会跟你一起完蛋的……”

我不懂这话是什么意思，为什么他会跟我一起完蛋？不过他没有要书，我很高兴。自从发生了这件事以后，我的矮个子掌柜看我就更不顺眼了，动不动就冲我发火撒气，疑神疑鬼。

拉里奥诺维奇上楼以后，我把这一切在脑子里回想了一遍。他在那里没待多久就回来了，那副样子显得比平时更颓丧，更消沉。晚饭前，他单独对我说：

“我说了半天好话，想让他们把你从铺子里放回来，在作坊里干活。结果不成！‘金龟子’不答应。他死也看不上你……”

这屋子里我还有一个对头——掌柜的未婚妻，一个极其轻薄的女子。作坊里所有年轻人都跟她打情骂俏，把她堵在穿堂里，和她搂搂抱抱。她对此毫不介意，只是像小狗似的发出哼哼唧唧的轻轻尖叫声。她嘴里从早到晚老在嚼东西，口袋里鼓鼓囊囊地装着蜜糖饼干和面饼，下巴颏动个不停。她那轻浮的脸膛和不安的浅灰色的眼睛，叫人看了实在不舒服。她常常拿一些粗俗无耻的谜语让我和帕维尔猜，告诉我们一些夹杂着有失体面的词的绕口令。

有一天，一个已过中年的画工对她说：

“你是个不知羞耻的姑娘！”

她厚着脸皮，用一首不堪入耳的小调回敬道：

如果姑娘老害臊，
怎能嫁人当老婆……

我头一次见到这种女子，她实在令我厌恶。她在我面前粗鲁地挑逗，把我吓坏了。她发现我对她的挑逗不上劲儿，就更加纠缠不休了。

有一天在地窖里，我和帕维尔帮她用热水洗烫装克瓦斯和黄瓜的空桶，她对我们说：

“小家伙，你们想亲嘴吗？我教你们怎么样？”

“我比你亲得好。”帕维尔笑着说。我告诉她，让她找未婚夫去亲吧。可是我说得不那么客气，她发火了。

“哼，粗鲁无礼的东西！小姐给他献殷勤，他倒摆臭架子。说说看，你算什么人物！”

她用手指威胁着，补充说：

“等着瞧，你这笔账我会记住的！”

帕维尔站在我一边，也对她说：

“如果你未婚夫知道你这样胡闹，肯定会给你点颜色看看的。”

她那长满粉刺的脸紧皱着，显出轻蔑的神气。

“我才不怕他呢！凭我这份嫁妆，我能找十个比他好得多的未婚夫。姑娘就是在出嫁前才寻欢作乐的嘛。”

于是，她跟帕维尔胡搞上了。从此，我结下了她这个乐此不疲的进谗者。

铺子里的环境越来越难以忍受，所有的宗教书我都看过了，鉴赏家们的争论和交谈也使我感到索然无味——他们总是那套老生常谈。唯一能引起我兴趣的是彼得·瓦西里耶夫，他对阴暗的人生颇有见地，说起话来妙趣横生，充满激情。我有时想，当年孤独的复仇者以利沙先知[①]周游大地时，恐怕就是这副样子吧。

可是，每次我敞开心扉地跟老头儿谈关于人们和我的思想时，他都善意地听我讲完，然后把我所讲的告诉掌柜。掌柜要么侮辱人地嘲笑我一通，要么气急败坏地臭骂我一顿。

有一次，我对老头儿说，我有时把他的话记在本子上，就是那个抄写各种诗歌和从书中摘录的名言警句的本子。他听了大为震惊，摇摇晃晃地急忙走到我跟前，惶恐不安地问我：

“你抄这个做什么用？这可使不得，小家伙！是为了记住吗？你不能这么做！真有你的！你把笔记本给我看看好吗，啊？”

他劝了我很久，让我把本子交给他或者烧掉。后来，他气冲冲地跟掌柜嘀咕了一阵。

回家的路上，掌柜声色俱厉地对我说：

“你做的是什么笔记呀？今后不许再干这种事！听见了吗？只有密探才干这种勾当。”

我贸然地问：

“那么西塔诺夫呢？他也抄录。”

“他也抄录吗？傻大个儿……”

他沉默了半晌，用不寻常的柔和口气提议说：

“听我说，把你的，还有西塔诺夫的本子拿给我看看，我给你五十戈比！这事你得悄悄地干，不要让西塔诺夫知道……”

他大概相信，我会按照他的愿望去做，所以他再没有说什么，迈着两条短腿，跑到我前面去了。

回去后，我把掌柜的要求告诉了西塔诺夫，他沉下脸来。

① 《圣经·旧约·列王纪下》第三至第九章中描写的一位行善惩恶的先知。

“你真多嘴……现在他一定会指使人把我们两人的本子偷走。把你的本子交给我吧，我帮你藏起来……看着吧，他会很快把你赶走的！”

我相信我会被撵走的，于是决定，等外婆一回到城里，我就离开这里。这一年冬天，外婆住在巴拉罕纳，有人请她到那里教女孩子们织花边。外公又搬回库纳维诺住了。我不去他那里，而且他虽然经常到城里来，也没有来看过我。有一次，我们在街上不期而遇。他穿一件沉甸甸的浣熊皮大衣，像神父那样傲然地缓步走着，我向他打了招呼。他手搭凉棚，望了我一眼，沉思地说：

“啊，是你呀，你现在当了圣像画师，是啊，是啊……嗯，去吧，去吧！”

他把我推到一边，又照样傲然地慢慢走去了。

我很少见到外婆，她在拼命干活，养活患了老年痴呆症的外公，还要照顾舅舅的孩子。尤其是萨沙，舅舅米哈伊尔的儿子，净给她添乱。当然，萨沙长得挺帅，爱幻想，好读书。他经常跳槽，在好几家染坊里干过。当他无事可做，赋闲在家时，就靠外婆养活，心安理得地等着外婆给他找新的差事。萨沙的姐姐也是外婆的累赘，她命不好，嫁给一个工匠，是个酒鬼，经常揍她，把她赶出了家门。

每次跟外婆见面，我都深深钦佩她那颗博大的爱心。但我也感觉到，这颗美丽的心受到种种幻想的迷惑，使她看不见，同时也理解不了眼前痛苦的现实生活现象，也体会不到我的忧虑和焦灼。

“要忍耐，阿廖沙！”

每次，当我把现实生活中的种种丑恶、人们的痛苦以及使我感到愤懑的一切苦恼告诉她时，她唯一能回答我的就是这一句话。

我一向不会忍耐，纵然有时表现出牲畜和木石才具有的那种无言的忍耐，也不过是为了磨炼自己的意志，检验自己的承受能力和坚实程度而已。少年人往往羡慕大人们的力量，凭着年少气盛，毫不顾惜地扛起大大超过自身承受能力的重物，以此获取吹牛资本，说自己像大人一样力大无比，能够举起两俄磅重的秤锤在自己身上画十字。

从直接和间接意义上讲，我的肉体和精神上也有过这种举动，只是由于某种巧合，我没有受到致命内伤，没有落下终身残疾。只有忍耐和对外部环境势力的屈服才是最可怕的令人致残的东西。

假如我最终要变为一个残废躺进坟墓，那么，在我临终之时，我将不无自豪地说，十四年来，善良的人们力图扭曲我的心灵，但他们的不懈努力，到头来却是一场空。

我想搞恶作剧，想让大家开心，想逗大家发笑，这种强烈的愿望时常萦绕在我的脑海里。而且这个愿望实现了，我能够惟妙惟肖地讲述下诺夫哥罗德市场的商人们的种种趣闻轶事，逼真地模仿乡下男女买卖圣像的样子，掌柜如何巧妙地蒙骗他们以及鉴赏家们的争论。

画工们开怀地笑了，时常放下手头的活儿，看我表演。但是过后，拉里奥诺维奇总是劝我：

“你最好在晚饭以后表演，不然会影响工作的……”

“表演”结束之后，我觉得心里轻松了，如释重负。脑子里变得一片空白而令人愉快。这样持续半个小时，一个小时，然后又好像觉得脑袋里装满了尖利的小钉子，在里边乱动，发起热来。

在我周围，好像有一锅沸腾的肮脏稀粥，我觉得自己在里面被慢慢地煮烂了。

我想：

“难道整个生活就是这种样子吗？难道我也要像那些人一样生活下去，找不到，也看不到更好一点的东西吗？”

“你变得动不动就发脾气，马克西莫维奇。”日哈列夫仔细打量着我说。

西塔诺夫常常问我：

“你怎么了？”

我无言以对。

生活执拗而粗暴地从我心灵上抹去了最美好的文字，阴险地代之以糟糕透顶的无用之物。我愤慨而坚决地与它的强横抗争。和大家一样，在同一条河里漂游，可是水对于我太凉，而且不能像浮起别人那样，毫不费力地把我浮起来。我有时觉得，我会在一个深水处沉没。

大家对我更加友好了，不像对待帕维尔那样叱责我，也不随心所欲地支使我干这干那，用父称称呼我，以示对我的尊重。这当然是好事。但看着许多人像讨厌的酒鬼一样无节制地饮酒和与女人那种病态的关系，令人痛心。尽管我明白，在当今这种生活中，酒和女人是他们唯一的消遣。

我常常想起，连那个聪明而胆大的纳塔利娅·科兹洛夫斯卡娅也说女人是一种消遣，心头不免生出一丝忧愁。

如此说来，外婆是什么呢？玛尔格王后又是什么呢？

我总是怀着近似于恐惧感回想起玛尔格王后，她像我在梦中见到的她一样，那么与众不同。

关于女人，我想过许多许多，并且已经考虑到这个问题，即等到下一个节日，我是不是也到大家都去的地方去呢？这绝不是肉体上的要求——我身体健壮而好清洁，但有时却发疯似的想拥抱一个温柔而聪明的人，把积郁在心中的烦恼，像告诉母亲一样，坦率而良久地向她倾诉。

夜晚，帕维尔给我讲他交了桃花运，常常和对面那家的女仆在一起亲热，我很羡慕他。

“是这么回事，兄弟，一个月之前，我还往她身上扔雪球呢，一点儿也不喜欢她。可是现在坐在长凳上，偎依着她——没有比她更可爱的了！”

“你们在一起谈什么呢？”

“当然，什么都谈。她给我讲她的身世，我给她讲我的身世。我们还亲嘴……她很正派……兄弟，她简直好得不得了！……瞧你，抽烟抽得真凶，像个老兵！”

我抽烟很厉害。抽烟能使恼人的不安和烦忧麻痹。我幸亏对伏特加不感兴趣，讨厌那种气味。帕维尔爱喝酒，一喝醉了，就伤心地抹眼泪。

“我想回家，真想家啊！放我回家吧……”

我记得他是孤儿，父母早亡，也没有兄弟姐妹，大概从八岁起，他便寄人篱下。

我心怀怨愤，情绪波动，春天的到来，更使我躁动不安。我决定再到轮船上去干，等船到达阿斯特拉罕，我就逃到波斯去。

我现在记不清，我当时为什么想逃到波斯，也许是因为在下诺夫哥罗德市场经常见到波斯商人，喜欢他们。他们有如石像一般，盘腿而坐，晒着太阳，炫耀自己染色的大胡子，悠然自得地抽着水烟袋，他们的眼睛又大又黑，好像什么都知道。

要不是过复活节，说不定我已经跑到什么地方去了。可是在复活节的那一周，有些画工回乡下去了，留下来的人成天无节制地喝酒。在阳光灿烂的一天，我到奥卡河畔的田野里散步，碰见了我从前的主人——外婆的外甥。

他穿一件灰色的薄大衣，两手插在裤兜里，嘴里叼着烟卷，帽子扣在后脑勺上。他看见我，可爱的脸上露出友好的笑容。他这副样子挺招人喜欢，像个自由而快活的人。田野里只有我们两个人。

“啊，彼什科夫，基督复活了！”[①]

我们互吻三次，以示祝贺，然后他问我过得怎么样。我直率地告诉他，这作坊、这城市和这里的一切令我讨厌透了，我决定到波斯去。

“算了吧，”他认真地说，“波斯是什么鬼地方呀？这个我知道，老弟，我在你这么大的时候，也想远走高飞，真见鬼！……”

他一句一个见鬼，说得豪爽干脆，我听了很高兴。他身上有一股美好的春天的气息，整个人显得十分悠然洒脱。

“抽烟吗？”他问道，把装着粗烟卷的银烟盒递到我面前。

嘿，这一下我被彻底征服了！

“听我说，彼什科夫，你再回我这里来干吧！”他提议说，“我今年在市场上承包了大约四万个工程项目，你明白吗？我派你到市场上去当工长[②]，验收各种建筑材料，检查一切是否如期分配到位，防备工人们偷盗，你看这样行吗？月薪五卢布，另加五戈比的午餐费！家里的女人与你不相干，你早出晚归，不用理她们！不过你别对她们说我们见过面。在复活节后第一个星期天，你就很随意地来好了，就这么说定了！”

我们像朋友一样分手了，告别时，他跟我握了握手，甚至走出老远还亲切地向我挥动帽子。

回到作坊里，我把我要走的事告诉了大家。大多数人听了都表示惋惜，这使我颇为得意，尤其是帕维尔，他着急了。

“哎，你好好想想吧，”他责备地说，“我们在一起惯了，你怎

---

① 这是基督教徒在复活节相见时互致的贺词。俄国的复活节一般在俄历 3 月 22 日—4 月 25 日之间。

② 1883 年春天，高尔基受雇给外婆的外甥谢尔盖耶夫当工长，直到 1884 年秋天止。

么能跟那些乌七八糟的乡下人混在一起呢？那都是些木匠、粉刷匠……唉，你呀！这就叫作——放着助祭不当，偏要去当圣堂工友[1]……"

日哈列夫嘟哝说：

"鱼都知道往深处游呢，一个精明强干的小伙子却要往低处走……"

作坊里为我饯行，但却令人伤感而厌烦。

"当然，照理说，应该什么都体验体验，"醉得脸发黄的日哈列夫说，"不过最好还是看准了一件事，牢牢地抓住不放……"

"干上一辈子。"拉里奥诺维奇小声加了一句。

可是我感觉到，他们说这番话很费劲，好像是出于义务，把我和他们连接在一起的那根线好像突然朽烂了，断开了。

喝醉酒的戈戈列夫在高板床上唠唠叨叨，发出嘶哑的声音：

"我要是想那么干的话，叫你们统统去坐牢！有个秘密，我知道！这里有谁相信上帝？啊哈——哈……"

像往常一样，没有画好的圣像靠墙摆放着，玻璃球紧贴着天花板，好久没有挑灯干活了，玻璃球上面已经蒙上一层烟黑和灰尘。这一切都深深地留在我的记忆中，即使闭上眼睛，在黑暗中也能看见整个地下室、所有的工作台、窗台上的颜料罐、成捆的画笔和笔托、圣像、放在墙角的污水桶、桶上边一个酷似消防帽的铜洗脸池以及从高板床上耷拉下来的戈戈列夫发青的赤脚——像淹死鬼的脚一样可怕而难看。

我想尽快离开这里，可是在俄国，人们喜欢把忧伤的时间拖长，告别就像举行安魂弥撒一样。

① 正教教堂中的低级职员，管敲钟、燃灯点蜡、做杂务。

日哈列夫抬了一下眉毛，对我说：

“《恶魔》这本书，我不还给你了，你愿意以二十戈比让给我吗？”

这书是属于我的，是那个当消防队长的老头儿送给我的。把莱蒙托夫的书送人，我真有些舍不得。可是当我面有不悦地拒绝收钱时，日哈列夫毫不客气地把钱装进钱包里，坚决地声称：

“随你的便，反正这书我不给你！这本书你看不合适，看这种书非闯祸不可……”

“商店里有卖的，我看见过！”

但他非常恳切地说：

“这毫无关系，商店里还卖手枪呢……”

他到底没有把莱蒙托夫的书还给我。

我上楼去跟女主人告别时，在穿堂里碰见女主人的侄女，她问我：

“听说你要走了，是吗？”

“是的。”

“如果你自己不提出走，他们也会把你撵走的。”她对我说，虽然这话说得不大客气，但却十分坦诚。

来到楼上，醉醺醺的女主人对我说：

“再见，基督保佑你！你不是个乖孩子，愣头愣脑的！虽然我没有看见你有什么不是，但大家都说你不好！”

她突然哭起来，流着眼泪说：

“要是我那死了的贴心丈夫、我亲爱的宝贝还活着，他会责骂你，打你的后脑勺，但他会把你留下来，不会把你赶走！可是如今一切都变样了，稍有一点不那个，就把人家给开了！唉，你到哪儿去呀，孩子，到哪儿去寻找依托呢？”

十六

春汛淹没了市场上各条街道，水漫到石砌店铺的二层楼上，我和主人摇着小船在水中行驶。我摇着桨，主人坐在船尾。他不会划桨，使后桨吃水过深，小船在好像沉思一样平静而浑浊的水面上摇摇晃晃直打旋，从这条街绕到那条街。

“唉，今天水位真高，活见鬼！这水会误工的。”主人发牢骚说，一边抽着雪茄烟，散发出一股烧焦的呢子味。

“慢点儿！”他惊慌地大声喊道，“要撞到灯柱上了！”

他稳住船，骂道：

“哼，给我们用这破船，卑鄙家伙！……”

他指给我看退水以后要修理店铺的地方。他把脸刮得发青，唇髭剪得很短，嘴上叼着雪茄烟，看样子一点儿也不像包工头。他穿着皮夹克，高筒靴直到膝盖，肩上搭一只猎袋，两腿夹着一支莱贝尔双筒枪。他老是不安地动着皮帽子，低低地压在眼睛上，噘着嘴，担心地四下张望。他把帽子退到脑后，变得年轻了，嘴角绽出了笑容，想着什么高兴的事。看他这副样子，很难相信他在为工作而忙碌，为水退得缓慢而焦虑不安。显然，此时此刻，他心里涌动着与工作无关的念头。

我暗自惊诧，并为之沮丧：真奇怪，这座死气沉沉的城市，一排排关着窗户的房子——被淹在水里的城市——仿佛与我们的船擦肩而过。

天空灰蒙蒙的。太阳躲在云彩后面，像冬天里一块银白色的大斑点，偶尔从云缝里露出来。

水也是灰蒙蒙、凉飕飕的，看不见它在流动。看样子，它好像凝结住了，同空荡荡的房子和涂成灰黄色的一排排店铺一起在昏昏沉睡。灰白的太阳透过云层俯视着，周围的一切微微明亮起来，天空犹如一块灰布倒映在水中——我们的小船悬挂在两重天际之间。石头房子也在微微升高，船旁边漂着一些破桶、箱子、筐子、木片、干草，还有竿子和原木，像死蛇一样漂浮着，几乎不易察觉地向伏尔加河、向奥卡河流去。

有的地方，窗户打开了，市场长廊的房顶上晾着内衣和毡靴。一个女人从窗户里眺望着灰暗的水。长廊的一根铁栏顶端拴着一只船，红色的船舷映在水中，像两块大肥肉。

主人用头指着那些住人的地方，向我解释说：

“那边是市场守夜人住的地方。他从窗子里爬到房顶上，划着船到处巡游，看哪里有小偷。要是没有小偷，那么他自己便偷东西……”

他说得慵懒而平静，心里想着别的事情。四周沉寂无声，空空荡荡，像在梦中一样不可思议。伏尔加河和奥卡河汇成一个巨大的湖泊。在远处树木茂密的高地上，显现出多彩的市区。城里的果园虽然显得发暗，但树木已经抽芽，果园给家家户户和教堂披上了暖洋洋的绿装。复活节浑厚有力的钟声在水面上空滚动，听得出，好像全城都在鸣响，而这里却像一片被遗忘的墓地。

我们沿着大街赶往旧教堂，可是我们的船老是在两行黑森森的树木之间打转转。呛人的雪茄烟遮住主人的眼睛，使他不停地扭动身子。我们的船时而船头、时而船舷撞在树干上，主人恼火地惊叫道：

“这船真糟糕！”

“您不要紧把着舵呀。”

“那怎么行呢？”他嘟哝说，“如果船上有两个人，一般都是一个划桨，一个把舵。你快看，那边就是中国商场……”

我早就对市场了解得一清二楚。我也知道那个可笑的商场和它那怪诞的房顶，房顶的两端有盘腿而坐的中国人的石膏像。我曾和我的伙伴向那些人像扔石头，有些人像的脑袋和手臂就是被我打掉的。但我现在并不觉得这有什么可自豪的……

“这不算什么，”主人指着商场说，“要是让我来建造的话……”

他打着口哨，把帽子推到后脑勺。

不知为什么，我总在想，如果他要在这片地势低洼，每年要被两条河的水淹没的地方用石头建造市区，一定也是这样枯燥乏味。而且他也会想出这样的中国市场……

他把吸剩的雪茄扔到水里，厌恶地啐了口唾沫，说：

“太苦闷了，彼什科夫！心里好苦啊。有教养的人这里一个也没有，连可说说话的人也没有。你想去显一显，可是显给谁看呢？没有人，都是些木匠、石匠、庄稼人、骗子……”

他望着右方一座白色的清真寺。教堂很漂亮，耸立在小丘上，被水没了半截。他仿佛在追忆忘却的东西，继续说：

“我现在开始抽烟喝酒了，模仿德国人的生活方式。德国人，老弟，都很能干，凶悍得很！喝啤酒很舒服，雪茄烟我还抽不惯！烟一抽多了，老婆就嘀咕：‘你身上怎么有一股马具匠的气味呀？’是啊，老弟，人活着，就得想巧办法活得痛快才行……喏，你来把舵吧……”

他把桨靠在船舷上，拿起猎枪，朝房顶上的中国人像“砰砰”射击——人像没有受到损坏，霰弹纷纷落在房顶和墙头上，空中扬起一片尘烟。

“没有打中。”他毫无遗憾地承认说，又在枪膛里装上子弹。

“你对姑娘们怎么样——开戒了吗？还没有吗？我十三岁时就已经恋爱上了……”

他像痴人说梦一样，把他当年的初恋讲给我听。那时，他在建筑师家当学徒，爱上一个女仆。灰暗的水发出轻轻的拍击声，冲刷着房屋的墙角。教堂后面有一大片浑浊的水，水面上露出几处发黑的柳条。

圣像作坊里经常唱神学校的歌：

蓝色的海洋，
汹涌的海洋……

这蓝色的海洋也许就是难耐的寂寞……

“我夜里睡不着，”主人说，“有时候，从床上爬起来，站在她门口，冻得像小狗崽一样瑟瑟发抖——屋里冷极了！每天夜里，主人都到她房里去，我很可能被他撞上，但是我不怕，真的……”

他沉思地说着，那样子就好像在仔细审视一件穿破的旧衣服，看看能不能再穿。

“她看见了我，怜惜我，把门打开，叫我进去：‘进来呀，小傻瓜……’”

这样的故事我听多了，听腻了，虽然它们也有令人快慰的地方。差不多所有的人谈起自己的“初恋”都是这样温情缠绵，愁肠百结，没有丝毫吹嘘和猥亵。于是我认为，这就是讲故事的人生活中最美好的东西。好像对于许多人来说，生活中唯有这一点才是最美好的。

主人笑着，摇着头，惊叫道：

“这事你可别对我老婆说，千万不能说！其实这算什么呀？可就是不能说！这是过去的事了……”

他好像不是给我讲，而是给他自己讲。如果他不说话，那我肯定会说——置身于这样的沉静和空旷中，一定要说话，唱歌，拉手风琴，否则，将会在这被晦暗寒冷的大水所淹没的死寂的城市里，永远长眠不醒。

“最要紧的是，不可过早结婚！”他教我，“老弟，结婚可是终身大事！想住在什么地方就住在什么地方，想干什么就干什么，随你的便！住在波斯，当个伊斯兰教徒，住在莫斯科，当个警察，不管你受苦也好、偷窃也罢，这都可以挽回！可是老婆就好比天气，老弟，是无法挽回的！……老婆不是靴子，不能说脱就脱下来扔掉……”

他的脸色变了，紧锁着眉头，望着灰不溜丢的水，用手指擦了擦鹰钩鼻子，小声嘟哝说：

“是啊，老弟……你要处处留神！纵然你能屈能伸，可是到头来，每个人面前都有设好的圈套……”

我们划进梅谢拉湖的灌木林。梅谢拉湖同伏尔加河汇合在一起。

“慢点儿划。”主人小声说，用枪瞄准灌木林。

他打了几只瘦野鸭，吩咐道：

“我们驶往库纳维诺！我要在那里待到天黑。你先回去，就说我跟几个承包人在一起，耽搁住了……”

他在市区的一条街上下了船。这条街也被水淹了。我途经市场，回到指针街，把船系好，坐在上边眺望着两条河的汇合处，眺望着城市、轮船、天空。空中白云朵朵，宛若一只巨禽蓬松的翅膀，金灿灿的太阳从蔚蓝色的云缝里露出脸来，照耀着大地，改变着大地上的万物。四周的一切都在运动，充满了生机和希望。湍急的河流载浮着不计其数的木筏，显得毫不费力。大胡子的乡下人稳稳地站在木筏上，摇着长长的桨，互相大声叫喊，或者向迎面驶来的轮船叫喊。一艘不大的轮船拖着一只空驳船逆流而上，河水颠簸着轮船，好像要把它毁掉，它却像一条狗鱼，转动着船头，噗噗地喷着气，用轮子顽强地顶住急剧扑来的浪头。驳船上并排坐着四个乡下人，把腿耷拉到船舷外边——其中一个人穿着红衬衫。他们在唱歌，歌词听不清楚，但这支歌我很熟悉。

我觉得，在这里，在这流动的河上，我什么都知道，什么都感到亲切，而且能够理解。而我身后那个被淹没的城市简直像噩梦，像我主人的臆造，这臆造如同他本人一样令人费解。

我把这一切尽情地看了个够，才回家去，俨然觉得自己是个大人，有能力应付任何工作。路上，我从内城的山丘上遥望伏尔加河，远远望去，大地显得那么广袤辽阔，仿佛会慷慨应允你所想要的一切。

在家里，我有书看。从前玛尔格王后住过的那套房子，现在住着一个大家庭：五个小姐，一个比一个长得漂亮，还有两个中学生，他们老给我书看。我如饥似渴地读着屠格涅夫的书，他的作品明白易懂，语言凝练，风格简洁，犹如秋天一样明快清爽。作品中的人物纯洁高尚，一切都十分美好，这令我惊诧不已。

我读了波米亚洛夫斯基的《神学校特写》[①]，也使我大为震惊：书中所描写的与圣像作坊里的生活如出一辙。我对那种因苦闷的绝望而搞出的残酷的恶作剧十分了解。

我觉得读俄国作品很好，时常能感到一种熟悉而伤感的东西。仿佛大斋节的钟声藏在书页里，稍一打开书，它便轻轻地叮当作响。

---

① 波米亚洛夫斯基（1835—1863），俄国作家。《神学校特写》深刻揭露了神学校学生的习气与日常生活。

我勉强看完了《死魂灵》[①],《死屋手记》[②]也是勉强看完的。《死魂灵》《死屋手记》《死》[③]《三死》[④]《活尸》[⑤]这些近乎一样的书名不禁引起我的注意，使我对这类书产生一种迷蒙的反感。《时代的特征》[⑥]《稳步前进》[⑦]《怎么办？》[⑧]《斯穆林村纪事》[⑨]这一类书我也不喜欢。

但我对狄更斯[⑩]和华特·司各特的作品却爱不释手。看他们的作品是极大的享受，一本书可以不厌其烦地连读两三遍。华特·司各特的书使人想起在富丽堂皇的教堂里做节日弥撒，虽然稍嫌拖延和枯燥，但毕竟是庄严肃穆的。狄更斯是一位了不起的作家，他惊人地悟彻了最难的人类的爱的艺术，我深深地景仰他。

一到晚上，大门口便聚集许多人，有K家兄弟和姐妹，还有几个半大孩子和一个翘鼻子的中学生维亚切斯拉夫·谢马什科。有时，一位大官的女儿普季齐娜小姐也来。大家在一起谈论读书、诗歌，这一切对于我都是亲切的，熟悉的。我看的书比他们任何人都多。但他们常常讲学校里的事情，抱怨老师。听了他们讲的事，我觉得自己比他们自由，同时对他们的忍耐力大感惊讶，但毕竟还是羡慕他们，因为他们能够上学读书！

我的同伴都比我大，可我觉得自己比他们大，比他们更成熟，更有经验。我想跟他们更接近些，但又有点不好意思。晚上很晚我

① 果戈理（1809—1852）的长篇小说。
② 陀思妥耶夫斯基（1821—1881）的小说。
③ 屠格涅夫（1818—1883）的短篇小说。
④ 列夫·托尔斯泰（1828—1910）的短篇小说。
⑤ 屠格涅夫的短篇小说。
⑥ 俄国和乌克兰作家，历史学家莫尔多采夫（1830—1905）的长篇小说。
⑦ 俄国作家奥穆列夫斯基（1836—1883）的自传体长篇小说。
⑧ 俄国民主主义者、作家、批评家车尔尼雪夫斯基（1828—1889）的长篇小说。
⑨ 俄国民粹派作家扎索基姆斯基（1843—1936）的长篇小说。
⑩ 狄更斯（1812—1870），英国作家。

才回到家里，带着一身尘土、一身脏污，脑子里装满了另一类印象，完全与他们不同。其实，他们的思想都是一样的单调。他们谈的大多是关于小姐，一会儿爱上这个，一会儿又爱上那个，还想写诗。但作起诗来，往往要我帮忙，我倒乐意有机会练笔，并且很容易地掌握了押韵。但不知为什么，我写的诗总带一点儿幽默感，常常把普季齐娜小姐比作蔬菜——洋葱头，而且我帮她写的诗最多。

谢马什科对我说：

“这叫什么诗呀？简直是鞋钉！”

我什么事情都不甘落在他们后面，我也爱上了普季齐娜小姐。我现在已经记不清，我当时是怎样向她表白的，但结局很不妙：兹维兹季池塘腐臭而发绿的水中，漂着一块木板，于是我提议让普季齐娜小姐坐在这块木板上，带她玩一会儿，她答应了。我使木板靠到岸边，站了上去，我一个人站上去毫无问题，可是等到穿着缀满花边和丝带的盛装的小姐优雅地站在木板另一头时，我自豪地用木棍撑离岸边，该死的木板却在我们脚下摇晃起来。结果，小姐翻在水中。我像骑士那样急忙跳进水里去救她，很快把她拖上岸——惊恐和池塘里的绿水藻使小姐的美丽荡然无存！

她握着湿淋淋的拳头威吓我，大声叫嚷道：

“你存心把我翻到水里的！”

她不相信我真诚的辩白，从此对我记了仇。

总之，城里的生活没有意思：老主妇跟从前一样，对我很不友好；年轻主妇老是对我疑神疑鬼；维克托的脸由于长雀斑太多而变成了棕红色。他对谁都吹胡子瞪眼，动不动就发牢骚。

主人的制图工作很忙，他们兄弟俩干不过来，便请了我的继父来帮忙。

有一天，我早早从市场回来，大约五点来钟，我走进饭厅，一眼看见我早已忘却的人坐在茶几跟前，同主人一起喝茶。他向我伸出手来：

“您好……”

由于事情太出乎意料，我顿时愣住了。霎时，往事犹如一团烈火迸发出来，烧灼着我的心。[①]

“他被吓住了。”主人喊道。

继父微微笑着，望着我。他的脸瘦得吓人，黑眼睛显得更大了，整个一副萎靡不振、蔫头耷脑的样子。我伸出手去，他用细瘦而热乎的手指握住我的手。

“你看，我们又见面了。”他咳嗽着说。

我像挨了一顿痛打似的，拖着无力的身子走开了。

我们之间建立了一种十分谨慎而不明确的关系——他称呼我的名字和父称，跟我说话时，像跟平辈一样。

“你上铺子去的时候，劳驾给我买四分之一磅拉菲尔姆烟丝，一百张维克托尔松卷烟纸和一磅煮香肠……”

他交给我的钱总是热乎乎的，因为他把钱握在手里，焐热了。情况明摆着，他害了肺痨病，将不久于人世。这一点他自己也知道，所以他说起话来声音很平静，捻着尖尖的黑胡子。

“我的病几乎没治了，不过要是多吃肉，倒是可以养好。说不定我会好起来的。”

他吃得很多，烟也抽得很凶，除了吃饭的时候，烟一天到晚不离嘴。我每天都帮他买香肠、火腿和沙丁鱼，可是外婆的妹妹却深信不疑地、幸灾乐祸地说：

“死鬼是喂不饱的，也糊弄不了的！”

① 高尔基的继父对高尔基的母亲很不好，所以，与他相见，再一次深深刺痛了少年高尔基的心。

主人们倒是挺关心继父，一再劝他吃这种药那种药。但这种关心未免强人所难，有辱人格，并且他们在背地里又常常挖苦他。

“真能摆贵族派头！他说，桌子上的面包渣必须收拾干净，还说，苍蝇就是从面包渣里滋生的。”年轻主妇说道。老主妇随声附和说：

“说的是呢，他就好摆贵族气派！衣服都磨破了，穿得发亮了，还成天用刷子刷呀刷的。真是个有洁癖的怪家伙！”

主人好像安慰她们说：

“你们等着瞧吧，凶母鸡，他活不长了！……”

这种小市民对贵族的毫无意义的敌视，使我和继父不知不觉地接近起来。蛤蟆菌虽然也是一种有毒的蘑菇，但它至少是漂亮的！

继父像一条偶然落进鸡笼里的鱼，早晚会在他们这些人中间闷死。这个比喻是荒唐的，因为这种生活原本也是荒唐的。

在他身上，我开始发现“好事儿”——我不能忘怀的那个人——的特征。我把从书上看到的最美好的东西都集中在“好事儿”和玛尔格王后身上，使他们更加光彩照人。我把自己最纯洁的东西，把读书而产生的幻想都寄托在他们身上。继父像“好事儿”一样，是个不合群的，不受欢迎的人。他对这家人一律平等看待，从来不首先开口说话，答话时也似乎特别客气而简短。看到他指教主人的样子，我心里非常高兴：他站在桌子跟前，低低地弯着腰，用干枯的指甲敲着厚厚的纸，平静地提示说：

“这个地方一定要用铁钩把人字梁连接住，这样会减少对墙体的压力。要不然，人字梁会把墙撑坏的。”

“说得对，真见鬼！”主人含混不清地喃喃道。当继父走开以后，年轻主妇对丈夫说：

“真叫我吃惊，你怎么甘愿受他的教训呢？”

不知为什么，她尤其恼火的是，继父晚饭后刷牙和鼓着尖尖的喉结漱口。

“依我看，”她用酸溜溜的声音说，“叶夫根尼·瓦西里伊奇，您那样弯着脑袋，对您身体有害啊！”

继父有礼貌地微微笑着，问道：

“有什么害呢？”

“嗯……就是那种……”

他用一根骨签剔起自己发青的指甲来。

“你看看，他倒在那里剔起指甲来了！”女主人发急了，“眼看要死的人了，还在瞎作……”

“哎呀呀！”主人叹息地说，“你们哪儿来那么多蠢话呀，凶母鸡……”

“你胡说什么？”妻子火了。

老太婆每天夜里狂热地向上帝祈祷：

“上帝啊，那个孱弱不堪的人真是我的累赘，维克托又袖手不管……”

维克托模仿起继父的举止，学他慢条斯理的步态，充满自信的老爷派头的手势，打领带的潇洒优雅和吃东西不出声响。他时常粗鲁地问：

“马克西莫夫，膝盖用法语怎么说呀？”

“我的名字叫叶夫根尼·瓦西里耶维奇。”继父心平气和地提醒道。

“嗯，那好吧！胸膛用法语怎么说？”

晚饭时，维克托支使母亲说：

“马－梅尔，东涅－穆阿赞科尔[①]，腌牛肉！”

① 不正确的法语，应为：妈妈，再给我一点儿。——原注

“你呀，快成法国人了。”老太婆心软了。

继父不动声色，像个聋哑人，谁也不看，只顾嚼着肉。

有一天，哥哥对弟弟说：

“维克托，你现在学会法语了，该给你领个情人回来了……”

听了这话，继父默默地笑了。我记得这是他唯一的一次这样笑。

年轻女主人怒不可遏，把勺子往桌子上一摔，冲丈夫吼道：

“当着我的面说这种下流话，真不害臊！”

有时，继父到后门的穿堂里来找我。这里有架梯子通往阁楼，梯子下边便是我睡觉的地方。我常常坐在梯子上，对着窗口看书。

“在看书呀？”他喷着烟，问道，胸腔里好像有燃着暗火的木柴咝咝作响。“看的什么书呀？”

我把书拿给他看。

“啊，”他瞥了一眼内封，说道，“这本书我好像看过！想抽烟吗？”

我们抽着烟，望着窗外肮脏的院子。他说：

“真可惜，您没能上学念书，您好像天分不错……”

“我这也是在学习、在念书……”

“这不够，需要去上学，接受系统的知识……”

我当时真想对他说：

“我的老爷，你可是又上过学，又有系统的知识，可是有什么用呢？”

他似乎猜到了我的心思，补充说：

“性格刚强的人，学校会给他良好的教育。唯有有文化的人才能推动生活向前发展……”

他不止一次劝我：

“您还是离开这里好，我看不出这里对您有什么意义和好处……”

“我喜欢那些工人。”

“这个……喜欢他们什么呢？”

“跟他们在一起挺有意思。”

“也许是吧……”

有一天，他对我说：

“其实，我们的主人都是坏蛋，坏透了……”

我想起母亲曾经说过这话，不禁从他跟前挪到一边。他脸上挂着微笑，问我：

“您不这么认为吗？”

“我也这样认为。”

“那就对了……这一点我是看透了。”

“男主人我倒还是挺喜欢的……”

“啊，他也许是个好人……不过也挺可笑的。”

我想跟他谈谈书，可是他显然对书没有兴趣，并且不止一次劝我：

“您不要对书太入迷了，书中讲的一切都太夸张，而且歪曲事实。写书的人大多数像我们的主人一样，都是些庸俗的小人。”

我认为，这样的见解很有胆魄，我对这样的见解也颇为欣赏。

有一次他问我：

“你读过冈察洛夫的书吗？”

“读过《战舰巴拉达号》。”

“《巴拉达号》这本书太枯燥。不过，一般说来，冈察洛夫是俄国最聪明的作家。我建议您读一读他的长篇小说《奥勃洛莫夫》。这是他最真实、最大胆的一部书。一般说来，在俄国文学中，这是一部最优秀的作品。”

关于狄更斯，他说：

“那纯粹是瞎扯，我敢保证……《新时代》报副刊上正连载一部非常有趣的作品《圣·安东的诱惑》[1]，您可以看看！您好像喜欢教会和与之有关的东西吧？看看《圣·安东的诱惑》，对您会大有裨益的……”

他亲自把一摞副刊给我送来了。我很快看完了，并认为这是福楼拜的一部杰作。它使我联想到许多圣徒传记和鉴赏家讲的故事中的某些东西，但没有给我留下特别深刻的印象。副刊上同时登载着《驯兽员乌皮里奥·法马利回忆录》[2]，比较而言，我更喜欢这部作品。

我把我的想法如实告诉了继父，他平静地说：

“由此看来，读这样的作品对于您还太早了点儿！不过，请您不要忘记这本书……”

有时，他跟我在一起，一待就是好长时间，而且一句话也不说，老是咳嗽，不停地抽烟。他那双漂亮的眼睛炯炯发光。我悄悄地望着他，竟然忘记了这个人，这个正在诚实地、简单而毫无怨言地一步步走向死亡的人，他曾经是母亲的亲人，并且使母亲备受凌辱。我听说，他现在和一个女裁缝同居。想到这个女人，我心头便生出疑惑和怜悯：她拥抱这么长一副骷髅，亲吻这张发出腐臭气味的嘴巴，怎么会不厌恶呢？有时，继父也像“好事儿”一样，突然说一些非常独特的见解：

“我喜欢猎犬，它们虽然愚蠢，可是我喜欢。猎犬很漂亮。漂亮的女人往往也是愚蠢的……”

我不无自豪地想：

“你可知道，世界上还有玛尔格王后呢！”

“长期住在一所房子里的人，他们的脸孔会变成一个模样。”有一次，他说了这么一句话，我把这句话记在了我的本子里。

---

① 法国作家福楼拜（1821—1880）的长篇小说。

② 意大利人类学教授保罗·曼特加扎采的作品。

像期盼得到赏赐一样，我希望听到这样的格言警句。在这所房子里，大家成天说的就是那套庸俗无聊的陈词滥调，偶然听到一些不同寻常的新词，心里感到十分惬意。

继父从不跟我谈起母亲，甚至好像连她的名字也没有提起过。我觉得这样很好，使我对他产生一种亲近的尊敬感。

有一次，我问他关于上帝的事，问的究竟是什么事，我现在记不清了。他看了我一眼，非常平静地说：

“我不知道。我不信上帝。”

我想起西塔诺夫，把他讲给继父听。继父认真地听我讲完以后，仍然那样不动声色地说：

“他善于推论，而善于推论的人毕竟都是有某种信仰的……我什么都不信！”

“这怎么行呢？”

“为什么不行呢？您看，我就是不信……”

我只看到一点——他快要死了。我未必会惋惜他。但我有生以来头一次对一个行将就木的人、对死的秘密感到一种强烈而自然的兴趣。

他跟我坐在一起，用膝盖触碰着我。他性情急躁，善于沉思。他以自己的标准把人们分类归队，谈起任何事情来，那口气俨然一个当权者在做评断和裁决，他身上有某种我所需要的东西，或者说某种我分明不需要的东西。他是一个复杂得不可思议的生物，一个源源不断的思想激流的储藏所。无论我怎样对待他，他都是我的一部分，生存在我身上的某个地方，我想着他，他的灵魂的影子就在我的灵魂里。到明天，他将会完全消失，连同藏在他头脑里和心灵里的一切，以及我——我觉得——在他那双漂亮的眼睛里所读到的一切，将统统消失殆尽。等他一死，那么把我同这世界联系在一起的一根活生生的线也就断了，剩下的只有回忆。但是这回忆全部留在我心中，永远限定在我心中而不改变，而活着的、变化着的东西终究会消逝……

但这是思想，而在这思想的后面，有一种非语言所能形容的产生和滋养这思想的东西，威严地迫使人们去审视生活现象，要求对每一种现象做出回答——为什么？

“看来，我快不行了，您知道，”在一个下雨天里，继父这样说，“身子衰弱得厉害！什么事也不想干……”

第二天，晚上喝茶时，他特别仔细地拂去桌子上和膝盖上的面包渣，把一种看不见的东西从自己身边推开。老主妇皱着眉头，望着他，小声对儿媳妇说：

“你看，他又揪又择，弄得多干净……”

过了大约两天，他没有来干活，后来，老主妇塞给我一个白色的大信封，说：

“给你，这是昨天中午一个女人送来的，我忘记交给你了。一个挺可爱的女人，她好像是你的亲戚吧——我不知道，真的！”

信封里有一张医院用笺，上面的字写得很大。

请抽时间前来一见。我住在马尔丁诺医院。

叶·马

第二天早上，我来到医院的病房，坐在继父的床边。继父的身子比床还长，所以两只歪歪扭扭套着灰袜子的脚伸到床栏外边。那双漂亮的眼睛在四周黄色的墙壁上迷蒙地游移，然后停在我的脸上和坐在床头凳子上的姑娘的两只小手上。她把手放在枕头上，继父张着嘴，用面颊蹭着这双手。那姑娘体态丰满，穿一件不带褶皱的深色连衣裙。眼泪顺着她椭圆的面庞慢慢流下来，泪汪汪的浅蓝色眼睛一动不动地凝视着继父的脸、瘦骨嶙峋的身体、尖削的大鼻子和发黑的嘴。

“应该请神父来，”她喃喃道，“可是他不说这话……昏迷得什么也不知道了……”

她把手从枕头上拿开，捂在胸口上，好像在做祈祷。

这时，继父清醒了一阵儿，看了看天花板，神情严肃地皱着眉头，似乎在回忆往事。后来，他把干瘪的手挪到我跟前。

“是您吗？谢谢。您看……我觉得自己真傻……”

说了这几句话，他感到累了，闭上了眼睛。我抚摩着他那指甲发青的瘦长而冰凉的手。那姑娘小声请求说：

“叶夫根尼·瓦西里耶维奇，请你答应吧！”

“来，你们认识一下，”他用眼睛指着她，说道，“是个挺可爱的人……”

说完，他又沉默下来，嘴越张越大，突然，他像乌鸦似的嘶哑地叫唤了一声。他在床上乱动起来，把被子踢开，赤手在自己身边摸索着。那姑娘也大叫了一声，把头埋在揉皱的枕头上哭起来。

继父很快咽气了。他一死，马上变得好看了。

我挽着那姑娘从医院里走出来。她像病人那样，走路踉跄，哀伤地哭泣着。她手里拿一块揉成团的手绢，依次擦着两只眼睛，她把手绢卷得更紧了，凝视着它，好像这是她仅有的一件最珍贵的东西。

她忽然停下来，倚在我身上，用责备的口吻说：

“连冬天也没活到……唉，天哪，天哪，这是怎么回事啊？”

然后，她向我伸出由于擦泪而弄湿的手。

“再见吧。他经常夸奖您。明天下葬。”

“要我送您回家吗？”

她向四面打量了一下。

“干吗送我呢？现在是大白天，不是晚上。”

我从胡同的拐角处望了望她的背影——她缓缓地走着，好像一个不急于到什么地方去的人一样。

时值八月，树叶已经开始凋落了。

我没有抽出时间到墓地为继父送葬，从此也没有再见到过那个姑娘……

十七

每天早晨六点钟，我到市场去上工，那里的几个人都很有趣，他们是：木匠奥西普，头发花白，有点像圣徒尼古拉，他心灵手巧，爱说俏皮话；驼背的瓦匠叶菲穆什卡；笃信宗教的石匠彼得——他是个好沉思的人，也有点像圣徒；灰泥匠格里戈里·希什林是个美男子，留着淡褐色的胡须，一双淡蓝色的眼睛，透着一股文静和善良。

我是第二次到绘图师家干活时认识这些人的。每个星期天，他们便径直来到主人家的厨房。他们举止得体，庄重，言谈愉快，妙语连珠，听他们说话，我觉得又新奇又有趣。当时我认为，这些很有气派的庄稼汉个个都是顶呱呱的好人。他们每个人都挺有意思，但又各不相同，跟库纳维诺区那些凶残、偷窃和酗酒的小市民完全两样。

我当时最喜欢的是灰泥匠希什林，我甚至请求加入他的包工队，可是他用白皙的手指搔搔自己金黄色的眉毛，委婉地拒绝了我：

“对你来说早了点儿，我们的活儿可不轻松，过一两年再说吧……”

然后，他扬起漂亮的脑袋，问：

“难道生活得不舒心吗？嗯，没什么，要忍耐，好好克制住自己，一定会顶得住的！”

我不知道这个善意的劝告对我有什么启迪，但我仍然心怀感激，牢牢记住了它。

他们现在也是每个星期天早上来到我的主人家，围着餐桌，在长凳上坐下来，一边等候主人来见他们，一边有趣地聊着天。主人来了，快活地跟他们打招呼，握着他们结实有力的手，在靠前的地方坐下来。账簿和一沓一沓的钞票摆在桌子上，他们几个人也各自拿出揉得皱皱巴巴的账本，摊在桌子上——开始结算一个星期的账。

主人开着玩笑，说着逗乐的话，故意把账算错，千方百计克扣他们，而他们也拼命算计主人。有时他们互不相让，争吵得很厉害。但到最后，通常是握手言欢。

“哎，亲爱的，你简直是天生的大滑头！”几个乡下人对主人说。

他面带窘色地笑笑，回答说：

“嗯，你们这些难缠的家伙，也够能敲诈的！”

“有什么别的办法呢，朋友？”叶菲穆什卡承认道。这时，神情严肃的彼得说：

“只能靠偷来的过日子，辛苦挣来的都孝敬上帝了……”

“所以我也想乘机捞你们一把！”主人笑了。

他们和善地附和道：

“可见，是想把我们的钱据为己有吧？”

“想骗我们吧？”

格里戈里·希什林用双手把蓬松的胡须按在胸上，唱歌似的请求说：

“弟兄们，我们丁是丁，卯是卯，不要骗人好不好？既然我们诚诚实实地过日子，这样不是很好，很太平吗，啊？你们说是不是这个理儿，亲爱的，啊？”

他那蓝色的眼睛变得暗淡了，湿润了。这时，他显得格外美。

他的请求似乎使大家感到有些难为情，所有的人都窘迫不安地背过身去。

“乡下人会骗什么呀！”仪表端庄的奥西普叹着气，嘟哝说，好像在为乡下人惋惜。

黝黑的石匠驼着背伏在桌子上，用浑厚的声音说：

“罪恶就像沼地，走得越远，陷得越深！”

主人也用他们那种口吻，小声嘟哝说：

“我何苦呢？别人怎样对我，我就怎样对他，一报还一报嘛……”

空发了一阵议论之后，他们又企图互相蒙骗。经过一番紧张的结账，个个汗流满面，疲惫不堪。结账之后，便到饭馆去喝茶，也邀请主人一起去。

我的任务是在市场上当监工，防备这些人偷钉子、木板、砖头之类的建筑材料。他们每个人，除了在我的主人这里干活以外，都另有私活，所以他们想方设法从我眼皮底下偷点什么，拿去干自己的私活儿。

他们对我很亲切。希什林说：

“你还记得吗，你想参加我的包工队？可是现在，你瞧，你现在抖起来了，要当我的工头了，啊？”

“对，对，”奥西普打诨地说，“你好好守着、防着吧，上帝会帮助你的！”

彼得不友好地说：

“派了一只小鹌崽来管老耗子……”

我的差事把我弄得尴尬万分。我真羞于面对这些人，他们分明了解某种特殊的、美好的、除了他们以外谁都不知道的东西，可是我却不得不像监视小偷和骗子那样看管他们。开始几天，我觉得跟他们在一起真是活受罪。奥西普很快察觉到这一点。有一天，他单独对我说：

“你听着，小伙子，你不必老绷着脸，这没有用，明白吗？”

我当然什么也不明白，但我感觉到，这老头儿对我的尴尬处境是理解的，于是我很快和他们建立起了以诚相待的友好关系。

有一天，他把我叫到一个僻静的地方，对我说：

“既然你想知道，我就告诉你吧。我们当中，主要的小偷是石匠彼得。他家人口多，所以他十分贪财。你要对他多留点神，他见什么拿什么，没有他不要的东西，比如一磅钉子、十块砖头、一袋石灰——他无所不要！他人倒不坏，信奉上帝，思想严谨，能识文断字，可就是好偷东西！叶菲穆什卡像个娘儿们，性情温和，他对你不会有恶意。他也很聪明，驼背的人都不傻！至于格里戈里·希什林，他这个人倒有点傻头傻脑的，他不但不拿人家的东西，反而把自家的东西乱送人！他干活纯粹是白干，谁都可以把他骗了，可是他绝骗不了人！没有头脑……”

“他人善良吗？”

奥西普像从远处似的看了我一眼，开口说起来，这些话令我永志难忘。

“不错，他是个善良的人！懒汉当善人最简单不过。小伙子，善良是不需要智慧的……”

“那么你自己呢？”我问奥西普。他淡然一笑，回答说：

“我现在好比是一个大姑娘，将来会变成老太婆，到那时我再讲自己不迟，你等着吧！不过你可以开动脑筋，找一找，看我藏在什么地方。好，你现在就找吧！”

他把我对他和对他朋友们的看法全部推翻了。对他的评语的真实性产生疑惑，这对于我是很难办到的。因为我发现，叶菲穆什卡、彼得、格里戈里都一致认为这位仪表端庄的老头儿比他们聪明，谙达世情。他们不管有什么事都跟他商量，认真听取他的主意，处处表现出对他的尊敬。

“劳驾，请给我们拿个主意吧！”他们向他请求道。可是当解决了问题，奥西普离开以后，石匠彼得便悄悄对格里戈里说：

“他是异教徒。”

格里戈里冷笑着补充说：

“小丑。”

灰泥匠格里戈里好心地警告我：

“你可要留神啊，马克西莫维奇，跟那老头儿在一起要倍加小心，只消一会儿工夫，他就把你弄糊涂了！这帮邪教的老家伙——坏透了！”

我如坐云雾，什么也弄不明白。

我觉得最诚实而虔敬的人是石匠彼得。他不管说什么都很简短而富于感染力，脑子里经常想的就是上帝、地狱和死亡。

“哎，弟兄们，不管你怎样拼搏，不管你怎样企盼，而棺材和坟墓总是逃脱不掉的！”

他经常闹肚子疼，有时候一口东西也不能吃，甚至连一小片面包都会使他疼得抽搐和剧烈呕吐。

有点驼背的叶菲穆什卡看样子也是个善良诚实的人，但总是很可笑，有时傻乎乎的，甚至像个疯子或沉静的傻瓜。他不管什么样的女人，见一个爱一个，而且对所有的女人都是同一种评语：

“我照直说吧，那不是女人，简直是一朵涂上酸奶油的鲜花，真的！”

当库纳维诺那些泼辣的女市民来铺子里擦地板时，叶菲穆什卡便从房顶上爬下来，站在墙角，眯缝起滴溜溜转的灰眼睛，大嘴巴咧到耳根，发出唧唧哝哝的声音。

“上帝给我送来一个多么健壮的女人啊，我真是艳福不浅呀。这样一朵娇丽动人的奶油鲜花俯就于我，叫我如何为这莫大的宠幸而感谢命运呢？见了这样如花似玉的美人，我浑身都酥了，勃发的激情简直要把我活活烧死呢！”

起初，那些来干活的女人讥笑他，嘁嘁喳喳地叫喊：

“你们快瞧呀，那驼子快要化了，噢，我的老天爷啊！”

泥灰匠对这些冷嘲热讽毫不在意，他那高颧骨的脸变得昏昏欲睡，满嘴胡话，甜言蜜语犹如烈酒一般淙淙地流出来，把女人们醉倒了。最后，一个年纪稍大的女人惊讶地对女友们说：

“你们听呀，那汉子耐不住劲儿了，简直像个年轻小伙儿！”

“说得倒是挺动人的……”

“像教堂门口的叫花子。”一个执拗的女人不甘吃亏地说。

但叶菲穆什卡并不像叫花子。他像个粗壮的树墩，稳稳地站着。他的声音和话语更加撩拨人心，女人们默默地听着。他仿佛真的被柔情蜜意、缠绵醉人的话语融化了。

结果，在吃午点或工间休息以后，他摇晃着粗笨沉重的脑袋，惊叹地对同伴们说：

“啊，小娘儿们真是甜美可人，我还是有生头一回碰到这么够味的呢！”

叶菲穆什卡在谈到自己的成功时，跟其他人不同，他从不吹嘘，也不对被弄到手的女人进行嘲弄，他只是满怀欣喜，感动不已，灰眼睛瞪得溜圆。

奥西普摇头晃脑地感叹道：

“嘿，你呀，就是控制不住！你都多大年纪了？”

“我四十四岁。这和年龄有什么关系！我今天一下子年轻了五岁！就像在河里，在流动的水中痛快淋漓地洗了个澡，感到浑身强健有力了，心里好舒坦！不，难道世上有这样的女人吗，啊？”

石匠板着脸对他说：

“走着瞧吧，等你过了五十岁，你这放荡的习气会叫你大吃苦头的！”

“你真不要脸，叶菲穆什卡。”格里戈里·希什林叹息道。

可是我觉得，美男子在妒忌驼子的成功。

奥西普从打卷的银白色眉毛底下望着大家，打诨地说：

“每个玛什卡都有自己的习惯，这个喜欢茶碗和勺子，那个喜欢扣链和耳环，到头来，所有的玛什卡都得变成老太婆……”

希什林是结了婚的，可是老婆在乡下，所以他也垂涎那些洗地板的女人。她们都很容易亲近，每个人都在“挣外快”。在贫民区里干这种营生，就像干别的活计一样，是很平常的事。可是美男子从来不跟那些女人动手动脚，他只是用一种特殊的目光远远地看着她们，好像在自怜，抑或在怜惜她们。当她们主动来跟他调情，刺激他时，他便难为情地笑笑，一走了之……

“去你们的吧……”

“怎么？你真古怪，”叶菲穆什卡吃惊地说，“怎么能白白放弃机会呢？”

“我有老婆。”格里戈里提醒道。

“你干这事，难道老婆会知道吗？”

“如果我有不轨，老婆总是会知道的，老兄，骗不了她的！”

“她怎么会知道呢？”

“这个我也不清楚，假如她生活守本分，她一定会知道的。反过来说，如果我规规矩矩的，她却乱搞，那么我也会知道的……”

“怎么知道呢？”叶菲穆什卡喊道。格里戈里平静地重复说：

“这个我也不清楚……”

瓦匠悻悻地把两手一摊，说：

“真是的！一口一个规矩，一口一个不清楚……你呀，笨蛋！”

希什林的包工队有七个工人，他们对他都挺随便，没有把他当工头，背后还管他叫牛犊。他来到工地，看见大伙在偷懒，自己便拿起托灰板和铲子，娴熟地干起来，一边温和地吆喝：

“加劲儿干呀，弟兄们，加把劲儿！”

有一次，主人大发雷霆。我照主人的委托，跑来对格里戈里说：

“你手下这些工人很糟糕……”

他好像很吃惊，问道：

“这话什么意思？”

“这些活本来昨天上午就应该干完，可是他们今天还没干完……”

“这话不错——今天干不完。”他同意了。沉吟片刻，他小心地说：

“当然，我看得出来，可我们都是一个村的，乡里乡亲的，硬催着他们干，真有点抹不开面子。再者，借句话说：‘受到上帝的惩罚——你必汗流满面才得糊口。’[①]这是对所有的人的惩罚，包括你我。而且我们俩比他们干活少，所以硬逼着他们干，实在不好意思开这个口啊……”

他好沉思默想，走在市场空荡荡的街上，蓦然在路侧渠道的桥头停下来，伫立良久，凭栏放目，眺望着渠水、天空、奥卡河对岸的远方。你要是不期遇上他，问他：

“你站在这儿干什么？”

“啊？”他猛然觉醒过来，尴尬地笑着，“我没干什么……在这里站了一会儿，随便看看……”

① 引自《圣经·旧约·创世记》第三章第十九节。

“多好啊，老弟，上帝的一切安排得井然有序，”他经常这样说，“天空、大地，河水奔流，轮船航行。坐上轮船，想去哪里就去哪里：去梁赞，或者去雷宾斯克、彼尔姆、阿斯特拉罕！我去过梁赞，小城倒是不错，就是太枯燥，比下诺夫哥罗德还枯燥。我们的下诺夫哥罗德挺棒，是个快活的城市。阿斯特拉罕也太枯燥，主要是因为在那里的加尔梅克人很多，我不喜欢。莫尔多瓦人、加尔梅克人、波斯人、德国人、任何其他民族的人，我都不喜欢……”

他说话慢条斯理，小心翼翼地试探着与他思想共鸣的人，而且附和他的往往是石匠彼得。

“他们都不是人，是一群异类。”彼得愤然断言道，“他们出生绕过了基督，走路也绕过基督……”

格里戈里精神振奋，容光焕发：

“不管怎样，弟兄们，我就是喜欢纯粹的民族，俄国人，连眼神都是坦荡的！犹太人我也不喜欢，我真搞不明白，上帝干吗弄出这么多民族呢？安排得太深奥了……”

石匠脸色阴沉地补充说：

“是啊，太深奥了，可是多余的东西也实在太多！……”

奥西普留心听了他们的谈话，嘲弄而阴险地插嘴说：

“多余的东西确实有，你们现在讲的这番话，就完全是多余的！哎，你们这是在搞宗派！应该用鞭子狠狠抽你们一顿。”

奥西普自有主见，但搞不清楚他究竟同意什么，反对什么。有时似乎觉得，他抱着一种漠不关心的态度，对所有的人和所有的思想都一概赞同。但又常常发现，他对所有的人都感到腻烦，把大家看作癫狂的人。对彼得、格里戈里和叶菲穆什卡总是用这样的口吻说话：

“你们呀，小猪崽子……”

他们却笑笑，虽然不那么开心和情愿，但毕竟是在笑。

主人一天给我五戈比买面包，可是这根本不够，吃不饱肚子。这件事被工人们看出来了，他们邀请我跟他们一起吃早饭和晚饭，有时包工头还请我到小饭馆喝茶。我高兴地答应了。我喜欢待在他们中间，听他们慢条斯理的谈话和讲奇奇怪怪的故事。我读了许多宗教书，讲给他们听，他们很高兴。

“你啄书啄饱了，嗉子里装得满满的。”奥西普说，用浅蓝色的眼睛凝视着我。他的眼神令人捉摸不透，眼珠老像是在渐渐融化。

“你要好好珍惜这一点，多积累一些知识，会有用的。等你将来长大了，当修士，用语言去给人们排忧解愁，要不就去当大富翁……”

“当传教士。”石匠不知为什么不高兴地纠正说。

“什么？”奥西普问。

“应该说传教士，可你刚才说成大富翁了，知道了吧！你又不是聋子……”

“好吧，那就去当传教士，同那些异教徒好好辩一辩。要么干脆当异教徒，这也是个肥缺！只要脑瓜聪明，靠异端邪说也照样可以生活……”

格里戈里羞涩地笑了，而大胡子彼得却说：

“巫师生活得也不错，还有各种不信神的人……”

奥西普立刻反唇相讥：

“巫师没有学问，巫师和学问不投缘……”

接着，他对我说：

“你注意听我说：从前我们乡里有一个没有田产的孤苦农民，叫图什卡，破落的庄稼人，一贫如洗。他居无定所，像根鸡毛一样，随风到处飘来飘去，他既不干活，又闲不住！因为他无事可干。有一天便前去朝圣，一去就是两年。回来后，样子全变了：长发垂肩，头戴一顶尖顶僧帽，身披结实而光滑的粗布红长袍，像鲈鱼似的望着大家，刺刺不休地说：忏悔吧，有罪的人！干吗不忏悔呢，尤其是女人家？于是，‘好事儿’来了：图什卡每天既有饭吃，又有酒喝，还有女人供他尽情享受……”

石匠愤然打断他说：

“难道问题在于酒足饭饱吗？”

“那在于什么呢？”

“在于他说的话。”

“嗯，他的话我倒没有注意，我自己还有说不完的话呢。”

“我们对德米特里·瓦西里耶维奇·图什尼科夫[①]十分了解。”彼得气恼地说。而格里戈里却一言不发，低着头，望着自己的茶杯。

“我不跟你们争论，”奥西普和解地声明道，“我给我们的马克西莫维奇讲这些，无非是想告诉他，挣饭吃的路子各种各样……”

“有的路子会使人走到大牢里去的……”

“这事可不稀罕！”奥西普同意地说，“不是走任何一条路都可以当神父的，应该搞清楚在什么地方及时拐弯……”

他总是好挑逗笃诚的信徒灰泥匠和石匠。也许他不喜欢这两个人，但表面上却不显山不露水。他对人的态度，令人捉摸不透。

他对叶菲穆什卡好像比较宽容，比较和善。瓦匠从不参与他的朋友们喜欢谈的话题：上帝、真理、宗派、人生痛苦等。为了不使椅背碰着自己的驼背，他把椅子侧过来，摆在桌子跟前，然后坐在那里，安然地、一杯接一杯地喝着茶。但他突然警觉起来，环顾着烟气腾腾的屋子，倾听着不连贯的说话声，然后霍地站起来，迅速

① 图什卡的全名。

消失不见了。这就是说，叶菲穆什卡的债主找上门来了。他有十多个债主，因为有些债主经常揍他，所以为了避免发生不幸，他逃走了。

“这帮怪家伙，老冲我撒气，”他困惑地说，“我要是有钱的话，能不还吗？”

“唉，真是苦命的枯树……”奥西普给他送别时说。

有时，叶菲穆什卡长久地陷入沉思，什么也看不见，什么也听不见。他那高颧骨的脸变得温和了，善良的眼睛越发显得善良了。

“你又在琢磨什么呢？”大家问他。

“我在想，我要是能成为有钱的人，嗨，我一定娶一位真正的太太，娶一个女贵族，真的。比如，我要是跟上校的女儿结婚，我会非常非常爱她——天哪！我守在她身边，激情勃发，冲动得要活活烧死……我曾到一个上校的别墅里，给他盖房顶……”

“而且他还有一个守寡的女儿，这个我们早就听说过了！”彼得不友好地打断他的话。

但是，叶菲穆什卡用掌心揉着膝盖，摇晃着身子，驼背像凿子一样凿着空气，继续说：

“有时，她到花园里来，穿一身白衣服，而且衣服褶皱很多。我从房顶上望着她，这时，我觉得太阳算不得什么，要白昼干什么呢？我要是能变成一只鸽子，从房顶上飞下去，落到她脚边多好啊！她简直是一朵涂上酸奶油的天蓝色鲜花！跟这样的太太在一起，宁愿一辈子都是黑夜！”

“那你们吃什么呢？”彼得不客气地问，但叶菲穆什卡对此毫不介意。

“天哪！”他惊呼道，“难道我们还需要很多东西吗？她本来就已经那么富有了……”

奥西普笑了，说：

“叶菲穆什卡，你这样纵欲无度，什么时候把自己的命也搭进去呀？”

除了女人，叶菲穆什卡什么都不谈，而且他工作表现也不稳定，有时干得顺顺当当，有时干得别别扭扭，拿着木槌懒洋洋地、心不在焉地铆接房梁，结果留下许多破孔。他身上老有一股奶油和鱼油气味。但他也有自己独特的气味，那就是健康而愉快的气味，像新伐的树木一样。

同木工在一起可以无所不谈，而且十分有趣，但并不那么轻松愉快，因为他的话老让人揪着心，而且很难搞清楚，哪句话是当真，哪句话是玩笑。

跟格里戈里最好谈上帝，因为他喜欢谈上帝，并且对上帝笃信不移。

“格里戈里，”我问他，“有些人根本不相信上帝，你知道吗？”

他平静地笑笑，说：

“怎么会呢？”

“他们说，上帝是不存在的！”

“啊！原来这样！这个我知道。”

于是，他挥着手，撵走看不见的苍蝇，说道：

“你记得吗，大卫王说过，‘愚顽人心里说没有神’[①]。可见自古以来，愚顽的人就说没有上帝！没有上帝可万万不成……”

奥西普似乎同意他的话，说：

“你要是夺去彼得的上帝，他准会给你个厉害看看！”

希什林漂亮的脸变得严厉了，用指甲里嵌着干石灰的手指捋着

① 引自《圣经·旧约·诗篇》第十四篇第一节。

胡子，神秘地说：

“每个人身上都有上帝，良心和内在的一切都是上帝赋予的！”

“那么罪恶呢？”

“罪恶是从肉体，从魔鬼那里来的！罪恶是表面上的，好比是麻斑，就是这样！谁想罪恶想得多，谁就犯罪犯得多，你不想罪恶，你就不会犯下罪恶！关于罪恶的思想，就是魔鬼、肉体的主宰，他唆使人们去犯罪……”

石匠对此不大相信：

“好像并不完全是这样……”

“就是这样！上帝是无罪的，而人是上帝的形象和样式。形象、肉体是会犯罪的，而样式是不可能犯罪的，它是一种样式、一种精神……”

他得意地笑着，彼得却嘟哝说：

“这话好像有点不对……”

“那么你的意思是，”石匠奥西普问道，“不犯罪也就不忏悔，不忏悔也就不能拯救自己的灵魂，是这样吗？”

“这么说倒更可信一些！忘掉魔鬼，也就是不再爱上帝，老辈人是这么说的……”

希什林不胜酒力，喝两杯就醉。他一喝醉酒，脸就发红，眼睛带一股孩子气，说话像唱歌一样。

“弟兄们，这一切多好啊！我们生活得自由自在，干活也不算多，天天都有饭吃，谢天谢地，啊，真好！”

他哭了，眼泪滴在丝一般柔软光滑的胡子上，像玻璃珠似的闪闪发亮。

他常常这样赞美生活，并且动不动就掉眼泪，这使我觉得很不舒服。外婆也赞美生活，但她说得更可信、更朴实，不像他那样纠缠不休。

所有这些谈论，使我经常处于一种紧张状态，感到一种迷惘的不安。我已经读过许多描写庄稼人的小说，发现书本上的庄稼人与现实中的庄稼人有着强烈的反差。书本上的庄稼人都是不幸的，不管是善良的还是狠毒的，他们的言谈和思想比现实中的庄稼人更贫乏。书上的庄稼人很少谈论上帝、宗派和宗教，他们谈的多半是长官、土地、真理和痛苦的生活。他们也不大议论女人，即使谈起来，也不那么粗鲁，而是比较友好。对于现实中活生生的男人来说，女人只不过是个玩物而已，但却是个危险的玩物。跟女人在一起必须时时要点手腕，要不然，她会占了上风，搅得你一辈子不得安生，烦恼不堪。书本上的人要么是好人，要么是坏蛋，反正他们永远在书里边待着。而现实中活生生的人既不是好人，也不是坏蛋，他们都非常有趣。一个活生生的人，好像在你面前毫无保留地说了个够，可是你会总觉得他心里还有什么话没有说出来。而这保留下来的，只是为了他们自己，也许主要的东西就隐含在这没有吐露出来的话语里。

在我所读过的书中，我最喜欢《木匠劳动组合》[①]里的彼得。我想把这个短篇小说念给我的朋友们听，于是我把书带到市场上来。我常常在外过夜，今天住在这个施工队里，明天住在那个施工队里，有时是因为天下雨，我不想回去，多半是因为忙碌了一天，累得精疲力竭，两腿走不动了。

我告诉他们，我手头有一本描写木匠的书，这使他们极为感兴趣，尤其是奥西普。他把书从我手里拿过去，翻了翻，狐疑地摇晃着圣像似的脑袋：

---

① 俄国作家皮谢姆斯基（1821—1881）描写农民日常生活的随笔。

“真的好像是写我们的！真有你的，机灵鬼！是谁写的？是贵族老爷吧？嗯，我想一定是。贵族老爷和当官的，什么都会干！连上帝没想到的事，当官的也能想到。他们活着就是为了这个……”

“奥西普，你可不能这样随便说上帝啊。”彼得说。

“没关系！对上帝来说，我的话实在渺小得像落在我秃头上的一片雪花或者一滴雨水。你不必卖弄聪明，我和你不会冒犯到上帝……”

他突然躁动起来，说话刻薄，好像燧石迸发的火星，又像是一把剪刀，把反驳他的一切决不轻饶地统统剪掉。一天当中，他问我好几遍：

“现在念吗，马克西莫维奇？好啊，好啊！这主意想得妙。”

收工以后，大家到他那里吃晚饭。晚饭后，彼得和自己的雇工阿尔达利翁来了，希什林和一个年轻小伙子福马也来了。施工队住的工棚里点着灯，我借着灯光念起来。他们屏声静气地听着。阿尔达利翁听了不大一会儿，便气冲冲地说：

“我听够了！”

说完，他走了。格里戈里第一个睡着了，惊人地张着嘴巴。接着，几个木匠也睡着了。这时，彼得、奥西普和福马凑到我跟前，全神贯注地听着。

我刚一念完，奥西普就把灯熄灭了。根据天上的星星来看，这时已经快半夜了。

彼得在黑暗中问道：

“写这本书是什么意思呀？对着谁呢？”

“别说了，该睡觉了！”奥西普说道，一边脱着皮靴。

福马一声不吭地挪到一边。

彼得坚决地重复说：

“我说——写这本书是反对谁呢？”

“只有他们自己知道！”奥西普没好气地斥责了一句，在铺板上躺下睡了。

“如果是为了反抗继母，那就太没意思了，因为继母决不会因此而变好。”石匠固执地说，“要是反对彼得，也白搭：一人犯罪一人当！杀了人就流放西伯利亚，没什么好讲的！写这种犯罪是多余的……好像是多余的，对吧？”

奥西普没有搭腔。于是石匠又补充说：

“他们无事可干，所以就对别人评头论足！就像娘儿们晚上凑在一起胡聊乱扯。好啦，再见，该睡了……”

门敞开着，显出一块蓝色的方形空间。他在那里站了一小会儿，问道：

“奥西普，这事你怎么看呢？”

“嗯？”木匠迷迷糊糊地应了一声。

“算了，你睡吧……”

希什林侧身倒在自己坐过的地方，福马跟我一起睡在揉得七零八碎的干草上。整个城郊都在沉睡，远处传来机车的嘶鸣声、铁轮子沉重的轰隆声和缓冲器的叮咚声。工棚里发出各种不同的鼾声。我觉得很别扭，希望他们说点什么，可是没人说话……

突然，奥西普清晰地小声说起来：

“你们，孩子们，可别信那个！你们还年轻，日子长着呢，你们要增长才智！使自己的智慧胜过别人一倍！福马，你睡着了吗？”

“没有。”福马乐意地应了一声。

“就是嘛！你们俩都有文化，你们看书倒没什么，但什么都不要轻易相信。他们写什么都可以发表，这种事掌握在他们手里！”

他把腿从铺板上耷拉下来，双手撑在铺板边上，向我们俯下身来，继续说：

“书是什么呢？书就是专门揭人隐私的！你们看，书上说有这样一个人，他是木匠，或者是别的什么人，而实际上把一个地主老爷描写成另一种人！书可不是白写的，是在维护什么人……”

福马声音浊重地说：

“彼得杀死工头完全是对的！”

“嗯，这种说法不公正，无论什么时候，杀人总是不对的。我知道，你不喜欢格里戈里，可是你得打消这个念头。我们都不是富翁，今天我是工头，说不定明天又是雇工……”

“我不是说你，奥西普大叔……”

“反正一样……”

“你是有正义感的人。”

“等等，我先说一说这个作品的用意。”奥西普打断了福马带有情绪的话，“这是一部别有用心的作品！你看，地主老爷不是庄稼汉，庄稼汉也不是地主老爷！现在你看：地主老爷的处境不妙，庄稼汉的处境也不妙。地主老爷衰落了，变傻了，而庄稼汉变成了夸夸其谈的人，变成了酒鬼，变成了病秧子，成天牢骚满腹——结果却是这么回事！书中说什么给地主老爷当农奴更好一些，因为地主老爷保护庄稼汉，庄稼汉帮助地主老爷，双方互助互利，相安无事……这话不错，我不争辩，跟着地主老爷毕竟生活得安宁些——如果庄稼人生活贫穷，对老爷们也没有什么好处。老爷们乐意庄稼人过得富裕但不聪明，这对他们有利。这个我知道，我在农奴制下生活了将近四十年，有许多亲身感受。”

我想起书中自杀身亡的马车夫彼得，他对于地主老爷也说过这样的话，奥西普的思想正好与那恶老头子的思想一致，这使我很不痛快。

奥西普用手捅了一下我的脚，继续说：

“应该把书籍和各种作品弄明白！谁干事都不会是平白无故的。看上去好像是平白无故的，其实这是假象。书也不是白写的，是为了把人的头脑搞糊涂。做一切事情都要靠智慧，没有智慧，一事无成，无论是用斧子砍东西，还是编草鞋，都搞不成……”

他不住嘴地说着，躺下了，又忽地坐起来，在黑夜的静寂中轻轻抛洒着流畅自如的俏皮话：

“都说地主老爷和庄稼人不是一类人，这话不对。我们只不过是地主老爷的底面，在最下层。当然，地主老爷从书本上学知识，而我从挨打中长见识，地主老爷的屁股无非白一些，这就是全部的差别。不，年轻人，按照新方式生活的时候到了，把书本统统抛开吧！让每一个人都问问自己：我是谁？是人。他是谁？他也是人。那么现在怎么办呢？难道上帝会多收他七个卢布吗？不，在赋税方面，我们俩在上帝面前是平等的……”

天终于快亮了，黎明熄灭了天空的星星，这时，奥西普对我说：

“看见了吧？我多会编呀！我刚才讲的，是我从来没有想过的！你们，孩子们，不要相信我的话，这是因为睡不着，顺口瞎编的，没有经过认真思考。躺着躺着，脑子里就想出点什么，消磨时间。‘从前有一只乌鸦，从田里飞到山上，从这个地界飞到那个地界，终于活到了头，死了，干了！’这话有什么意思呢？什么意思也没有……好了，我们睡一会儿吧，马上该起床了……”

十八

像当时司炉雅科夫一样，奥西普在我眼里变得高大起来，他用自己宽阔的身体挡住了我，使我看不见其他的人。他身上有某种与司炉相近的东西，但同时他又使我想起外公、鉴赏家彼得·瓦西里耶夫、厨师斯穆雷，使我想起所有深深留在我记忆中的人，并且还在我记忆中留下自己深深的印迹，好像氧化物渗透到铜钟里。可以看出，他有两种思维方式：白天干活时，在众人面前，他脑子里装的是工作，思维敏捷而简单，比较容易理解。但在休息时，在晚上，跟我一起到城里去看望他那位开煎饼铺的相好时，以及夜里睡不着觉时，他所表现的思想就完全不同了。他有自己独特的、夜间的、多边形的思想，像路灯的光亮一样。这些思想闪射着明晃晃的光，可是搞不清哪一面是它们的真面貌。这种思想或那种思想的哪一面使奥西普感到更亲近和更宝贵呢？

我认为，他比我以前所遇到的人都聪明得多。我现在在他身边的这种心情，就像我当时在司炉雅科夫身边的心情一样——想了解，想弄明白这个人，可是他不停地滑行，曲里拐弯地移动，根本抓不住他。是什么把他的真相掩盖住了呢？他的哪一点可以令人相信呢？

我想起他有一次对我说过这样的话：

“你找吧，看我藏在什么地方，找呀！”

我的自尊心受到伤害，但还有比自尊心受伤害更厉害的，那就是弄明白这个老头儿，对于我是非常必要的。

他虽然令人难以捉摸，但他却是坚定的，好像再活一百年也能在那些极不坚定的人中间毫不动摇地保持自己的本色。鉴赏家彼得·瓦西里耶夫给我留下的印象也是这样坚定的，但那种印象使我觉得不那么愉快。奥西普的坚定则不同，使人感到愉快。

我强烈地感受到人们那种摇摆性。一切都看得真真切切，他们像变戏法似的不断变换着弹跳姿势，一次次把我击倒。我以前对这些无法解释的弹跳惊讶不已，可是现在已经不再惊异了，它们也渐渐地使我对人们的浓厚兴趣消失了，对他们的爱感到迷惘了。

七月初的一天，我们工地上突然飞速驶来一辆要散架的四轮双座马车。车夫喝醉了，坐在车上打嗝儿。他脸色阴沉，留着胡子，没有戴帽子，嘴唇被打破了。酩酊大醉的格里戈里·希什林四仰八叉地坐在车上，一个胖墩墩的、面颊赤红的女郎挽着他的手臂。女郎头上戴一顶缀着红蝴蝶结和樱桃玻璃珠饰的草帽，打一把阳伞，赤脚穿着胶皮套鞋。她挥动着阳伞，摇晃着身子，一边哈哈大笑，一边喊：

“哼，真见鬼！市场还没营业，市场还没盖好，他们却拉我到市场上来！”

格里戈里蓬头乱发，衣衫不整，一副无精打采的样子。他从车上爬下来，坐在地上，含着眼泪对我们说：

“我给你们跪下了，我犯了许多罪！我脑子里一闪念，便犯下了大罪，弄成这个样子！叶菲穆什卡说：格里沙！格里沙……他说得对。请原谅我吧！我可以请你们吃一顿。他说得对：我们的生命只有一次……绝不会再有一次……”

那女郎大笑着，跺着脚，把套鞋弄掉了。马车夫满脸抑郁地喊道：

“快上车走啦！快走吧，马坚持不住了！”

这是一匹使役过度的老马，浑身大汗，一动不动地站在那里，但这一切却显得极其可笑。格里戈里的工人也望着自己的工头和他的打扮得漂亮的女人以及傻头傻脑的车夫，哄然地大笑着。

只有福马一个人没有笑，他跟我一起站在铺子门口，小声嘟哝说：

“他干出这种卑鄙勾当……他家里有老婆，挺漂亮的娘儿们！”

马车夫一个劲儿催着要走，女郎从车上下来，把格里戈里搀到车上，让他躺在自己脚边，一挥伞，大喊一声：

“我们走！”

大家善意地揶揄工头，说着羡慕他的话，听见福马的吆喝，便着手干起活儿来。显而易见，他看到格里戈里这副可笑的样子，心里很不痛快。

“他还是工头呢！”他喃喃地说，“不到一个月就完工了，眼看要回乡下去了……他却忍耐不住……”

我为格里戈里感到惋惜。那个戴樱桃玻璃珠饰草帽的女郎跟他搅在一起，真不像话。

我常常想：为什么格里戈里·希什林当工头，而福马·图奇科夫当雇工呢？

福马是个身体结实、皮肤白皙的青年，一头漂亮的鬈发，鹰钩鼻子，一双聪明的灰眼睛，圆脸膛。他不像庄稼人，如果他好好打扮起来，活脱脱一个名门大少。他性情抑郁，说话不多而认真。他有文化，替工头管账，编造工程预算，善于让大伙儿好好干活，但他自己却不乐意干活。

“活儿永远也干不完。”他平静地说。关于书，他轻蔑地评论道：“只要能瞎编出来，什么书都可以印行，那都是雕虫小技……”

但他对什么事都很留心倾听，一旦对什么发生兴趣，便不厌其烦地追根问底。他一向只考虑自己的事，以自己的标准去衡量一切。

有一次，我对福马说，他应该当工头。他懒洋洋地说：

“要是一下子能挣很多钱，当个工头倒也罢了，可是还要东奔西忙……为了那么一点点钱，管那么一大帮人，这种事徒劳无益，我不干。依我看，将来还是到奥兰基修道院去。我年轻漂亮，身强体壮，也许走了鸿运，会被哪个寡妇、商人的遗孀看上！这是常有的事。曾经有一个叫谢尔加莰的小伙子，仅两年工夫就撞了大运，而且还娶了当地一个女子。他经常登门送圣像，结果被一个女子看上了……”

这是他精心想出来的。他知道许多关于人们在修道院里当见习修士，碰到好运气的故事。我不喜欢他的故事，也不喜欢他那种思想倾向，但我相信，他会进修道院的。

市场开张了，福马在一家小饭馆里当了跑堂，这是大家没有想到的。我不敢说他的这个举动会使他的同伴们大吃一惊，但所有的人却对他冷嘲热讽。每逢休息日，大伙儿想要去喝茶，彼此谈论起来，无不带有讪笑的意味：

“走，到咱们跑堂那里去喝茶吧！”

他们来到小饭馆，像主人似的吆喝道：

“喂，店小二！鬈头发，过来！”

他走过来，微微扬起头问道：

“你们要点儿什么？”

“你不认识老朋友了？”

“我没有闲工夫……”

他觉得大伙儿瞧不起他，想拿他寻开心，所以他用烦闷而期待的眼睛望着大家，脸变得木然无神，但这张脸仿佛在说：

“喂，快点儿，你们是不是想讥笑我……”

“要小费吗？”他们问道，故意在钱包里翻了半天，结果连一个戈比也没有给他。

我问福马，他原来打算到修道院去当修士，为什么改变了主意，来当跑堂的？

“我没有打算进修道院，”他回答说，“我当跑堂也是暂时的，不会长久……”

四年以后，我在察里津[①]遇见了他，他仍然在一家小饭馆里当跑堂。后来，我在报纸上看到，福马·图奇科夫因撬锁盗窃未遂罪被捕了。

特别令人震惊的是石匠阿尔达利翁的事情。他是彼得的包工队里年纪最长的，也是最优秀的工人。这个四十岁的汉子，性情开朗，蓄着黑胡子，他也使我不由自主地提出这样的问题，工头为什么不是他，而是彼得呢？他不常喝伏特加，几乎从来没有喝醉过。他工作娴熟，技艺精湛，热爱自己的本行，砌砖垒墙，动作快捷麻利，砖头拿在他手里，像一只只红鸽在飞动。病病恹恹、闷闷不乐的彼得跟他在一起，简直显得多余。关于工作，他说过这样的话：

“给人家砌砖盖房，就是为了给自己挣一口木头棺材……”

阿尔达利翁特别快活地砌着砖头，不时地喊道：

“嗨，好好干吧，孩子们，看在上帝的分上！”

他还告诉大家，来年春天他要到托木斯克[②]去，他的姐夫在那里承包了一项大工程——建造一座教堂，请他去当工长。

“这事已经决定了。盖教堂——这活儿我喜欢干！”他说道，并邀请我，“你跟我一起去吧！在西伯利亚，老弟，识字的人大有用武

① 1925年前的名称，即伏尔加格勒。
② 托木斯克位于西西伯利亚平原东南部。

之地，在那里，识字是个法宝！”

我一口答应下来。于是阿尔达利翁得意地喊道：

“好极了！这是正经事，不是玩笑……”

他对彼得和格里戈里，就像大人对小孩似的，常常怀着善意的嘲弄。他对奥西普说：

“你们就好瞎吹牛，彼此显示自己的聪明。好像在打牌，一个说：我的牌样样都有！另一个说：我的牌全是主！”

奥西普不置可否地说：

“有什么别的办法呢？吹牛是人的本性，娘儿们走路不是都挺着奶子嘛……”

“大家都说哎呀，哎呀，上帝啊上帝，其实都在攒钱。”阿尔达利翁仍在吵吵地说。

“嗯，格里沙可没有攒钱……”

“我是说我的工头儿。我要是到森林里，到荒漠里去多好啊……唉，我在这里待够了，明年春天我一定到西伯利亚去……”

工人们都很羡慕阿尔达利翁，七嘴八舌地说：

“我们要是有像你姐夫那样的靠山，我们也可以放心大胆地去西伯利亚……”

阿尔达利翁突然失踪了，他是星期天离开包工队的，一连两三天没有人知道他的下落。

大家惶惶不安地猜测说：

“说不定被人打死了吧？”

“要不就是在河里洗澡淹死了？”

可是叶菲穆什卡回来了，不好意思地通知大家说：

“阿尔达利翁在外面纵酒作乐呢！”

“你胡说什么？”彼得不相信地喊道。

“他狂饮起来了。简直像一座谷物烘干房，从里边熊熊燃烧起来了。好像他可爱的老婆死了似的……”

“他是光棍儿！他在哪儿？”

彼得怒冲冲地跑去救阿尔达利翁，不料却被他狠狠揍了一顿。

这时，奥西普紧闭着嘴，双手深深地插进口袋里，说：

“我去看看，到底是怎么回事？本来是个挺好的庄稼人嘛……”

我跟他一起去了。

“你看，他这个人，”路上，奥西普说，“本来过得好好的，平平安安的，突然神气起来了，到处乱逛，饮酒作乐。你要当心，马克西莫维奇……”

我们来到“库纳维诺快活村”一家下等窑子里，一个贼头贼脑的老太婆走出来。奥西普跟她小声嘀咕了一阵，她把我们领到一个空荡荡的小屋里，小屋又黑又脏，像个畜栏。床板上有个五大三粗的胖女人，四仰八叉地躺着睡觉。老太婆用拳头捅了一下她的腰窝，说道：

“出去！嗨，癞蛤蟆，快出去！”

女人吓了一跳，翻身坐起，用手搓着脸，问道：

“天哪！谁呀？什么事？”

“我们是侦探。”奥西普沉着脸说。那女人啊呀叫了一声，消失不见了。奥西普冲她背影啐了一口，向我解释说：

“她们怕侦探比怕鬼还厉害……”

老太婆把一面小镜子从墙上摘下来，稍微掀开一块壁纸。

“你们看看，是不是那个人？”

奥西普从隔墙缝里望了一眼。

“就是她！快把那女人从这里撵出去……”

我也从墙缝里看了看：隔壁也是一间又黑又小的狗窝，像我们现在待的这个地方一样。护窗板把窗户严严实实地遮挡住，窗台上点着一盏洋铁油灯，一个一丝不挂的斜眼睛的鞑靼女子站在灯下缝补褂子。她背后的床上，阿尔达利翁浮肿的脸高高地枕在两个枕头上，乱蓬蓬的黑胡子难看地支棱着。鞑靼女子哆嗦了一下，披上褂子，从床边走过去，突然来到我们所在的房间。

奥西普瞥了她一眼，又啐了一口，说：

"呸，不要脸的东西！"

"你是个老傻瓜。"她笑着回敬了一句。

奥西普也笑了，用手指威吓着她。

我们来到鞑靼女子的小屋里，奥西普老头儿坐在阿尔达利翁脚头的床边，叫了他好半天，也没有把他叫醒，他只含糊不清地嘟哝说：

"嗯，好吧……等一等，我们走……"

他终于醒过来了，古怪地看了奥西普一眼，又看了看我，然后闭上发红的眼睛，发出哞哞的声音：

"唔，唔……"

"你怎么了？"奥西普平静地说，毫无责备的意味，但却很不高兴。

"我酗酒了。"阿尔达利翁咳嗽着，声音嘶哑地解释说。

"为什么这样呢？"

"没什么……"

"这好像不大好吧……"

"什么好呢……"

阿尔达利翁从桌子上拿起一瓶打开的伏特加，就着瓶嘴喝起来，然后请奥西普：

"你喝点吗？这里应该还有下酒的小吃……"

奥西普老头儿呷了一口酒，咽下去，皱着眉头，拿起一片面包，仔细咀嚼起来。迷迷糊糊的阿尔达利翁有气无力地说：

“我和一个鞑靼女人搞上了。这都是叶菲穆什卡干的，他说，有一个年轻的鞑靼女人，是个孤儿，从卡西莫夫来的，打算在市场上做生意。”

隔壁传来快活的声音，说着蹩脚的俄语：

“鞑靼女人最好！像只嫩母鸡。把他赶走吧，他又不是你父亲……”

“就是说话的这个女人。”阿尔达利翁小声嘟哝道，痴呆呆地望着墙壁。

“我见了。”奥西普说。

阿尔达利翁向我转过脸来，说：

“你瞧我这样子，老弟……”

我期望奥西普能责骂阿尔达利翁一顿，教训他一顿，使他感到难为情，使他回心转意，可是我的期待落空了。他们并肩坐在一起，安详而简短地谈着话。看着他们待在这个黑洞洞的肮脏的狗窝里，我心里十分悲伤。鞑靼女子在隔壁小屋里不停地说着，她那可笑的话从墙缝里传过来，但他们俩没有听。奥西普从桌子上拿起里海拟鱼[1]，在靴子上磕打了一下，仔细剥起皮来，一边问道：

“钱都花光了吧？”

“彼得还欠我的钱呢……”

“看看你这样子，你还能恢复得过来吗？还说要去托木斯克呢……”

“去托木斯克又能怎么样……”

① 鲤科，洄游鱼类，产于里海。

“难道你变卦了吗？”

“要是叫我去的是外人就好了。”

“为什么？”

“那是姐姐、姐夫……”

“那又怎么样呢？”

“投奔亲戚，受管制，不像话……”

“无论在哪里，都一样受管制。”

“毕竟不同……”

他们说得那样友好、认真，以至鞑靼女子不再挑逗他们。她走进来，默默地从墙上摘下衣服，跑出去了。

“她很年轻。”奥西普说。

阿尔达利翁瞅了他一眼，并不懊丧地说：

“都是叶菲穆什卡煽动的，他就知道女人……那个鞑靼女子挺逗人开心的，傻乎乎的……”

“你要当心，别陷进去脱不了身。”奥西普警告他说。嚼完了鱼干，他起身告别。

回来的路上，我问奥西普：

“你为什么来找他？”

“来看看。他是我的熟人嘛。这种事我见多了——一个人过得好好的，突然就像越狱似的胡闹起来，”他又把以前说过的话重复了一遍，“喝酒一定要小心！”

过了一会儿，他说：

“没有那个也太寂寞了！”

“没有伏特加吗？”

“是啊！喝了酒，就好像来到另一个世界……”

阿尔达利翁到底没有摆脱出来。又过了几天，他来上工了，可是很快又不见了。春天我碰见他时，他已经沦为流浪汉了，在码头上船只修理处给驳船敲冰。我们见了面很高兴，一起到小饭馆去喝茶。喝茶时，他夸口说：

“你还记得我那会儿多能干吗，啊？坦率地说，我干本行是一把好手！挣几百卢布不成问题……”

“可是你没有挣到钱。”

“我是没有挣到钱！”他不无自豪地说，“那种活儿我不屑干！”

他表现出一副豪放不羁的样子，小饭馆里的顾客都在注意听他言词激昂地说话。

“你还记得那个文雅的骗子彼得是怎么说我们干的活儿吗？给人家盖砖石房子，给自己造木头棺材。这就是我们的工作！”

我说：

“彼得有病，他怕死。”

不料，阿尔达利翁大叫起来：

“我也有病，我还成天心神不宁呢！”

休息日，我常到城外的“万人街”去，那里是流浪汉的栖集地。我亲眼看见阿尔达利翁迅速沦为“流浪汉”中的一员。一年前，他还是个性情乐观、工作认真的人，现在似乎变成一个爱大喊大叫的人，走路大摇大摆、吊儿郎当，看人的时候，带一种寻衅滋事的目光，好像要叫阵争吵和打架似的，而且老是说大话：

“你看，这里的人对我怎么样，我就像这儿的首领一样！”

他毫不吝惜挣来的血汗钱，经常请那些流浪汉吃东西，别人打架时，他总站在弱者一方，大声喊道：

“伙计们，这么干可不对呀！做事要公道！”

因此，大家给他取了个绰号叫“公道人”，他对这个绰号颇为得意。

我努力地仔细观察着聚集在这条街上的人们。他们拥挤在像监牢似的破旧肮脏的砖石小屋里。这里的人都是被生活所遗弃的，但他们好像创造了一种自己的生活，一种不依赖于主人的自由而快乐的生活。他们无忧无虑，胆大勇悍，这使我想起外公讲的关于轻易变成强盗和隐士的纤夫的故事。没有活儿干的时候，他们便不管不顾地从驳船和轮船上小打小闹地偷点东西，我对此不以为然。因为我看到，整个生活已经被偷得千疮百孔，好比是一件破旧的长衣被绗上一道道灰线。同时我还看到，有时这些人干起活儿来劲头十足，毫不惜力。在紧急装卸货物、救火和冰融期，常常可以看到这种情形。总之，他们比其他人生活得更快乐。

可是奥西普发现了我和阿尔达利翁经常来往以后，像父亲似的警告我：

“你听着，亲爱的，你这个苦命的枯木，你为什么老往‘万人街’瞎跑，跟他那么要好呢？当心，不要毁了自己……”

我尽我所能告诉他，我喜欢那些人，虽然他们没有工作，但生活得很快活。

“像天上的飞鸟一样自由自在。”他冷笑着，打断我的话。“他们之所以落到那个地步，是因为他们懒惰，不干正经事，他们觉得做工是受罪！”

“做工又怎么样？常言说，单凭虔诚的劳动，挣不来砖石房子！”

我说这话毫不费力，因为这个说法我听过好多次了，我觉得很有道理。但奥西普冲我发火了，喊道：

“这是谁说的？笨蛋和懒汉才说这种话！可是你，毛头孩子，小狗崽，不该听这种胡话！真有你的！只有心怀妒忌的人，落魄潦倒的人才说这种蠢话。而你首先要长得羽翼丰满，然后才能远走高飞！我要把你和他们的密切交往告诉主人，请你别见怪！”

他果然告诉了主人。主人当着他的面对我说：

“彼什科夫，你不许再到‘万人街’去了！那里净是小偷、妓女，到那里去的路，也就是到监牢、到医院去的路。以后不许再去了！”

我只好瞒着他们去“万人街”。但是不久，我不得不跟他们断绝往来。

有一次，我和阿尔达利翁，还有他的朋友罗贝诺克，坐在一家小客栈院子里的板棚屋顶上。罗贝诺克绘声绘色地给我们讲他如何从顿河罗斯托夫步行到莫斯科的故事。他曾经当过工兵，获得过乔治十字勋章，在土耳其战争时，他的一只膝盖被打伤了，从此，他成了瘸子。他个子矮小敦实，臂力过人，但力气对于他毫无用处，由于腿瘸，他什么活也干不了。他害过一场什么病，头发和胡子全脱光了——他的脑袋很像新生儿的脑袋。

他说着，棕褐色的眼睛里时时闪现出光芒。

“是的，那是谢尔普霍夫市。一个神父坐在房前小花园里。我走过去说，神父，我是土耳其战争[1]中的英雄，请施舍一点吧……”

阿尔达利翁摇晃着脑袋，说：

“嗯，你胡说，胡说……”

“我干吗胡说呢？”罗贝诺克问道，并没有生气。我的朋友用教训的口吻，懒懒地埋怨说：

“你这个人不地道！你应该请求录用你当个看门人，瘸子向来是当看门人的，而你却到处闲逛，满口谎言……”

“我可不是为了让你们来嘲弄的，我是为了让你们开开心才胡说的……”

“你应该自己嘲弄嘲弄自己才对……”

---

① 指1877—1878年俄土战争。

院子里又阴暗又肮脏，虽然天气干爽而晴朗。这时，一个女人来到院子里，手里抖动着一件衣服，喊道：

“有人要买裙子吗？嗨，女伴们……”

许多女人从各自的小屋里涌出来，紧紧围住那个叫卖的女人，我一下子认出了她，她就是洗衣女工纳塔利娅！我立刻从房顶上跳下来，但她已经按第一个人出的价钱把裙子脱手，悄悄离开院子，走了。

“你好！”我跑出大门，追上了她，满心高兴地向她打招呼。

“还有什么说的吗？”她乜斜着眼睛瞥了我一眼，顿时停下来，生气地喊道：

“天哪！你怎么在这里？”

她的惊叫使我又感动又难为情。她那聪颖的脸上明显地露出恐慌而惊诧的神情。我明白，她是为了我才这样大惊失色的。我赶忙告诉她，我不住在这条街上，只不过有时来这里看看。

“看看?！”她讥讽而气愤地大声叫道，“这是什么地方，你往哪里看呀？看过路人的口袋和女人的胸脯吗？”

她的面容疲倦，眼睛下边有两块很重的暗影，嘴唇松弛地垂着。

我们来到一个小饭馆门口，她停下来，说：

“进去吧，我请你喝茶！你穿得倒挺干净，不像这里的人，我有点不大相信你会……”

在小饭馆里，她好像相信了我的话，一边倒茶，一边乏味地说，一个小时之前，她刚睡醒，还没有吃东西，没有喝茶。

“昨天喝醉了，迷迷糊糊地躺下睡了，也记不清在什么地方，跟谁一起喝酒了。”

我很可怜她，在她面前觉得很尴尬，同时也想问问她：她的女儿现在在哪里？她喝了伏特加和热茶，说起话来就像这条街上的女人那样又泼辣又粗鲁。当我问到她的女儿时，她一下子清醒过来，叫道：

“你问这个干什么？不，亲爱的，你不会得到我女儿的，不会的！”

她又喝了一杯酒，说道：

“女儿跟我在一起不会有出息。我算什么人呢？一个洗衣妇。我对她算什么母亲呢？她受过教育，有学问。本来就是这样嘛，兄弟！所以她离开我，到有钱的女朋友那里去了，好像是当教师……”

她沉默了片刻，低声问：

“原来是这么回事！洗衣妇不合您的意吧？那么窑姐儿呢？”

当然，我马上看出来了，她已“堕入风尘”，在这条街上找不出别的女人。可是当她亲口把这件事告诉我时，我却替她感到羞耻，感到惋惜，禁不住眼泪盈眶，好像她的坦白灼痛了我——不久以前，她还是那样一个勇敢、自立、聪明的女人。

“唉，你呀，”她说道，望了我一眼，叹息着。“你快离开这里吧！我请求你，我劝告你，千万不要到这种地方来了，会毁掉自己的！”

然后，她把身子俯在桌上，手指在托盘里画着什么，好像自言自语地、不连贯地悄声说起来。

“我的请求和忠告对你有什么用呢？连亲生女儿都不听我的话。我对她喊：‘你不能丢下你的亲妈不管呀，你要干什么？’她说：‘我要上吊。’后来她到喀山去了，她想学产科。也好……也好……可是我怎么办呢？我只能这样……我有什么指靠呢？……只有靠过往的路人……”

她不再说了，久久想着什么心事，嘴唇无声地翕动着，看来她忘记了我还坐在这里。她的嘴角松垂，嘴像镰刀似的弯曲成弧形，嘴唇在哆嗦，抖动的皱纹无言地诉说着什么，看着令人痛心。她的脸上带着一副受欺辱的孩子气。一绺头发从头巾下边露出来，垂在面颊上，弯到小耳朵后边。茶碗里的茶水已经凉了，一滴眼泪落在里面。纳塔利娅察觉了，推开茶碗，紧闭上眼睛，又挤出两滴泪来，然后用头巾擦了擦脸。

我不忍心再跟她待下去了，轻轻站起来。

“再见吧。”

“啊？你走吧，见鬼去吧！”她连看也没看我一眼，便做了撵我走的手势，大概忘记了同她在一起的是谁。

我回到院子里去找阿尔达利翁。他本来约我一起去捕虾的，可是我想告诉他这个女人的事，但他和罗贝诺克已经不在房顶上了。当我在杂乱的院子里寻找他们时，外边街上吵嚷起来，发生了这里通常发生的那种胡闹。

我一出门就碰见了纳塔利娅，她哽咽地哭着，用头巾擦着被打伤的脸，另一只手捋着散乱的头发。她像瞎子似的在便道上走着，阿尔达利翁和罗贝诺克紧随其后。罗贝诺克说：

“再给她一拳，快打呀！”

阿尔达利翁挥着拳头，追上了她，她挺着胸脯转过身来。她的脸色十分可怕，眼睛射出两道仇恨的目光。

“来呀，给你打！”她喊道。

我上前一把抓住阿尔达利翁的手，他吃惊地望了我一眼。

“你干什么？”

“不许动她。”我勉强对他说道。

他哈哈大笑起来。

“她是你的情人吗？真不错，纳塔利娅偷小修士啦！”

罗贝诺克也拍着大腿，大笑起来。他们对我说着不堪入耳的脏话，使我感到浑身火辣辣的难受！在他们折磨我时，纳塔利娅走开了。我终于忍无可忍，一头撞在罗贝诺克胸口，把他撞倒了，我拔腿跑开了。

从此，我好长时间没有去“万人街”。但后来又见到过一次阿尔达利翁，是在渡船上不期而遇的。

“你到哪儿去了？”他高兴地问。

我告诉他，我一想起他揍纳塔利娅和用脏话侮辱我，我就感到厌恶。阿尔达利翁却温厚地笑了。

“你当真了吗？我们只是开个玩笑，给你涂点圣油！她是妓女，干吗不打她呀？老婆都可以打，更不用说这种女人了！没有什么可怜悯的！这只是打着玩的，穷开心呗！拳头教训不了人，这个我懂！”

“你凭什么教训她？你哪一点比她好呢？”

他搂住我的肩膀，摇晃着，嘲笑地说：

“我们的丑恶就在于谁也不比谁好……我什么都明白，老弟，从里到外，我什么都明明白白！我不是乡下佬……”

他有点醉，很兴奋，像一位良师对待一个糊涂的学生那样，用温和的惋惜目光看着我……

有时，我也碰到帕维尔·奥金佐夫，他变得更加干练了，穿得衣冠楚楚，跟我说起话来，总是一副故作大度的口吻，责备说：

“你干的叫什么工作呀，生生把自己毁了！那都是些庄稼人……”

然后他忧伤地告诉我最近作坊里的情况。

“日哈列夫仍然在跟那个母牛厮混，西塔诺夫看来很痛苦，现在喝酒喝得很凶。戈戈列夫被狼吃掉了。他回家过圣诞节，喝醉了酒，被狼吃掉了！”

帕维尔快活地笑着，讲着自己杜撰的滑稽可笑的故事：

“吃他的那几只狼也醉了，高兴起来，像受过训练的狗一样，在森林里用后爪走路，汪汪吠叫，过了一天一夜，全都倒毙了！……”

我听着听着也笑了，但我觉得，作坊以及我曾在那里经受的一切，都已离我很遥远了，这使我心里感到一丝悲凉。

十九

冬天，市场上几乎没有什么活儿。像从前一样，主人家里杂七杂八的事都是我干。整个白天都耗在这些繁杂琐事中了。晚上有空闲时间，我又开始给主人们读我所讨厌的《田地》周刊和《莫斯科小报》上的小说。夜深人静时，我便读优秀的作品，尝试着写诗。

有一天，两个女主人到教堂做彻夜弥撒去了，主人由于身体不适留在家里。他问我：

“维克托嘲笑说，你好像在写诗，彼什科夫，这是真的吗？来，念一首听听！”

我不便推辞，只好念了几首。这些诗他显然不喜欢，但他还是说：

“写吧，写吧！说不定你将来会成为普希金呢。读过普希金吗？

是在为家神送葬，
还是把妖女嫁人？[①]

“在他那个时代，人们还信奉家神，可是你瞧，他自己倒不信这一套，拿家神来开玩笑！嗯，老弟，”他若有所思地拖长腔调说，“你本来应该去上学读书的，可是白白耽误了！鬼知道你将来的生活会

① 普希金《群魔》中的诗句。

怎么样……你把本子收藏好，要不然，婆娘们会找碴儿笑话你……女人就好干这种伤人心的事……”

一段时间以来，主人变得沉静多思，老是惊慌不安地东张西望，甚至门铃响都吓他一跳，有时为一点鸡毛蒜皮的小事也大发雷霆，对所有的人都大声训斥，从家里跑出去，夜里很晚才醉醺醺地回来……看得出来，他肯定出了什么事，刺伤了他的心。但到底是什么事，除了他自己，谁也不知道。所以他现在对生活没有信心，没有兴趣，得过且过地混日子。

休息日，从午饭后至晚上九点，我常常在外边闲逛，晚上待在驿站街的小酒店里。酒店老板胖墩墩的，老是满头大汗。他特别喜欢听歌，差不多所有教堂唱诗班的歌手和来酒店聚会的人，都知道他这个嗜好。唱歌的时候，他请大家喝伏特加、啤酒和茶。歌手都是酒鬼和没有多大趣味的人。他们唱歌并非心甘情愿，只是为了杯中物，而且唱的几乎都是圣歌。因此，有些笃信宗教的酒客认为，在小酒店里唱圣歌不成体统。于是老板请他们到自己房间里去唱，我只能在门外边听唱。不过，一些乡下人和手艺人也常常在小酒店里唱歌。老板亲自在城里寻找歌手，在赶集的日子，他向来赶集的乡下人打听谁会唱歌，然后便邀请到小酒店里来。

歌手总是坐在柜台跟前的椅子上，头顶上方是装伏特加的酒桶，于是歌手的脑袋就好像套上一个圆木框。

唱得最好的是瘦小的马具匠克列晓夫，而且他选唱的歌曲也非常好。他这个人，一副委顿的、被嚼碎的样子，棕褐色的头发一绺一绺的，小鼻子像死人一样发亮，一双惺忪的小眼呆板无神。

有时，他闭上眼睛，后脑勺靠在桶底上，挺起胸膛，用浑厚而豪放的男高音很快地唱道：

唉，空旷的田野上大雾弥漫，
虚掩着远方的道路，朦胧一片……

这时，他站起身来，腰部倚在柜台上，弯身向前，仰起脸朝着天花板，非常投入地唱道：

唉，我往哪里走啊往哪里去，
哪里有我要寻觅的宽广大道？

他的声音不大，但却雄壮有力，像一根银丝密密绗在小酒店沉闷而昏暗的喧嚣中。那凄婉的歌词、哀叹和呼喊震慑了每一个人，甚至喝醉酒的人也变得格外严肃，默默地望着自己面前的桌子。我的心碎了，感到一种被优美的音乐所激起的强力深深触动着我的心灵。

小酒店里安静下来，像在教堂里一样，歌手像个善良的神父。他不是在说教，而真正是全心全意地为整个人类在虔诚祈祷，为不幸的人们的生活中的一切苦难，做有声的思考。蓄着胡子的人们从四面八方把目光投向他，野兽似的脸上，孩子气的眼睛若有所思地忽闪忽闪眨动着。不时有人叹息，这再好不过地表明，歌曲具有不可战胜的力量。在这种时刻，我常常觉得，所有的人都过着一种虚伪的、臆造的生活，而这才是真正的生活！

大胖脸盘的女小贩苏哈雷坐在角落里，她是个堕落的、不知羞耻的烟花女。她把头缩在肥硕的肩膀里，嘤嘤啜泣，悄悄地用泪水冲洗着无耻的眼睛。脸色阴沉的男低音歌手米特罗波利斯基坐在离她不远的地方，身子使劲靠着桌子。他是个毛发浓密的青年，像个免去教职的助祭，一双大眼睛，一副醉酒的脸膛。他盯着面前的酒杯，端起来，送到嘴边，又重新放在桌子上，那动作十分小心，没有声响，不知为什么他喝不下去。

小酒店里的人十分安静，一动不动，好像仔细倾听他们感到珍贵而亲切的、早已忘却的东西。

克列晓夫一曲唱终，谦虚地在椅子上坐下来，酒店老板殷勤地给他送上一杯啤酒，带着满意的笑容说：

“当然，真是太棒了！与其说你在唱歌，不如说你在讲故事，到底是身手不凡，没说的！没有人会说别的……”

克列晓夫不慌不忙地喝着酒，小心地咳嗽着，轻声说：

“只要有嗓子，谁都可以唱，不过要表现出歌曲的精神，非我莫属！”

“算了，不必夸口！”

“没有什么可夸口的人，才不夸口呢。”歌手仍然轻声地，但更加固执地说。

“你真自高自大，克列晓夫！”酒店老板懊恼地说。

“我没有自高自大……”

抑郁不乐的男低音歌手从角落里大叫道：

“你们怎么能理解这个丑天使唱的歌儿呢？你们这帮蛆虫，霉菌！”

他跟谁都合不来，跟谁都顶牛儿，还爱揭人老底。差不多每个休息日他都为此而挨揍。来这里的歌手打他，能打过他、想打他的人也打他。

酒店老板喜欢克列晓夫唱歌，但受不了他这个人。他逢人便发克列晓夫的牢骚，公然寻机贬低他，嘲讽他。这一点，无论是这里的常客还是克列晓夫本人都知道。

“歌儿唱得不错，就是太傲气，得想办法治治他。”酒店老板说，有些顾客表示同意他的意见。

“的确是这样，那小伙子太自命不凡了！”

“他有什么可傲的？嗓子是上帝赐的，又不是自己挣来的。况且他的嗓子有什么了不起呀？”酒店老板执拗地反复说。

赞同他的人随声附和道：

“就是嘛，关键不在嗓子，而是要有才能。”

有一次，歌手莫名其妙地情绪低落下来，不高兴地走了。酒店老板劝苏哈雷说：

“玛丽娅·叶夫多基莫夫娜，你去逗克列晓夫开开心，给他点甜头，好吗？这对你费什么事呢？”

“我要是再年轻一点倒还行。”女小贩笑着说。

酒店老板性急地大声喊道：

“年轻的会什么？这事就你行！我倒要看看他怎样围着你打转转！把他弄得心烦意乱了，他肯定会唱起来，行吗？干吧，叶夫多基莫夫娜，我先谢谢你啦，行吗？”

她不肯干。又高又胖的她垂下眼帘，用手指依次抚弄着披落在胸前的头巾的穗子，乏味而慵懒地说：

“这事得年轻的干才行。我要是再年轻一点儿，我决不犹豫……”

酒店老板一直在处心积虑地想把克列晓夫灌醉，可是他每次只唱两三首歌，每唱一首歌喝一杯酒，然后用编织的围巾仔细地把脖子围起来，把帽子紧紧地戴在头发支棱的头上，扬长而去。

酒店老板常常找一些对手来与克列晓夫比拼。当马具匠唱完一首歌，他便夸奖一番，激动地说：

“顺便说一句，我们这里又来了一位歌手！有请，请您一展歌喉吧！”

歌手有时唱得很好，但在克列晓夫的对手中，我却不知道有谁能够像这位个子矮小、相貌平平的马具匠唱得那样质朴无华、感人肺腑……

“是啊，”酒店老板不无遗憾地说，“唱得当然很好！主要是嗓子好，可是缺乏激情……”

观众讥笑地说：

“不行，显然不如马具匠！”

这时，克列晓夫从打绺的棕褐色眉毛底下望着大家，泰然而礼貌地对酒店老板说：

“您是在瞎折腾。能够压倒我的歌手，您是找不到的，我的天赋是上帝赐予的……”

“我们大家都是上帝赐予的！”

“您就是请酒破了产，也找不到……”

酒店老板涨红了脸，嘟哝说：

“怎么会呢，怎么会呢……”

克列晓夫坚决地进一步向他证明说：

“我可以再告诉您一点，比方说，唱歌不是鸡打架……”

“我当然知道！你干吗这样喋喋不休呢？”

“我没有喋喋不休，我只是向您证明：假如唱歌单纯是一种娱乐，那就完全是魔鬼的玩意儿！”

“就算是吧！你还是再唱一支吧……”

“我倒是随时可以唱，即使在睡梦中也可以唱。”克列晓夫应许了，小心地清清嗓子，唱了起来。

于是，一切微不足道的东西、一切废话、一切意图和酒店里的低级庸俗顿时烟消云散。每一个人身上都洋溢着另一种生活气息——一种沉思的、纯洁的、充满爱与愁的生活。

我羡慕他这个人，更羡慕他的才华和他对人们的威力，而且他奇迹般地运用了这一威力！我十分想和马具匠结识，想和他促膝长谈，可是我下不了决心向他走去。克列晓夫用淡白色的眼睛望着大家，那奇异的目光似乎把谁都不放在眼里。他身上还有一种令我不快的东西阻碍我去爱他，我不仅仅是在他唱歌的时候才想爱他。他像老头儿似的把帽子紧绷在头上，把编织的红围巾围在脖子上，好像是做给人看似的。这一切叫人看了很不舒服。关于围巾，他这样说：

“这是我亲爱的织的，一个姑娘……”

他不唱歌的时候，便傲然地绷着脸，用一个手指不时蹭蹭死板的冻伤的鼻子，谁要是问他什么，他便简短而不乐意地回应一声。有一次，我坐到他跟前，问他什么事，他连看也没看我一眼，说：

“滚一边去，毛头小子！”

相比之下，我最喜欢的是男低音歌手米特罗波利斯基。他来到小酒店，好像扛着重物似的迈着坚实的步子走到角落里，一脚踢开椅子，坐下来，两肘放在桌子上，乱蓬蓬的大脑袋枕在手掌上。他默默地喝上两三杯酒以后，便发出很大的喀喀声。大家一惊，纷纷转过脸去看他，他却把下巴颏抵在手掌上，挑衅地望着大家。没有梳理的浓密的长发怪异地披散在他那浮肿的褐色脸上。

“有什么好看的？看见什么了？”他突然愣头愣脑地说出没有分寸的话。

有时人们回他一句：

“我们看见一个怪物！”

有些晚上，他只默默地喝酒，又默默地拖着沉重的步子离开。但有好几次，我听见他模仿先知的口吻，谴责大家说：

“我是上帝的忠仆，现在，我要像以赛亚那样责备你们！灾难到了亚利伊勒城[1]；一切坏蛋、骗子和为非作歹的败类，都生活在卑劣的贪欲中！灾难降到尘世之船上，因为尘世之船把卑污透顶的人们载到全球各个地方。你们这群酒鬼、贪吃的家伙、当今世界的废物，我知道，像你们这号人多得不计其数，大地的怀抱决不接纳你们！”

他的声音轰鸣作响，以至把玻璃窗震得哗啦哗啦直响。这一番话深受听众欢迎，他们对先知交口称赞：

“讲得棒极了，长毛狗！”

要想跟他认识很容易，只须请他吃点东西就行了。他要一瓶伏特加，一份辣牛肝，这是他喜欢吃的东西。辣牛肝吃得他满嘴上火，五脏六腑直翻腾。有一次，我向他请教应该读一些什么样的书，他暴怒而直通通地问：

“读书干什么？”

他见我十分尴尬，就变得温和起来，瓮声瓮气地说：

“传教书读过吗？”

“读过。”

“就读传教书吧！别的书没有什么可读的。世界的大智大慧尽在其中。这种大智大慧，只有四四方方的公绵羊才搞得明白，换句话说，谁也搞不明白……你是什么人，是唱歌的吗？”

“不是。”

“为什么？应该唱歌。真荒唐。”

邻桌的人问他：

“那么你自己唱吗？”

“嗯，我是懒汉！怎么了？”

“没什么。”

---

① 见《圣经·旧约·以赛亚书》第二十九章第一节。

“这不新鲜。人人都知道你脑袋瓜里空虚无物，并且永远也不会有什么东西。阿门！”

他跟所有的人说话都是这副腔调，当然跟我也不例外。不过我请了他两三次客，他对我温和起来，甚至有一次带惊讶意味地对我说：

“我看着你，真不明白：你是什么，你是谁，你要干什么？不过——活见鬼！”

他对克列晓夫的态度令人费解：他怀着明显的满足感听克列晓夫唱歌，甚至有时脸上浮出和悦的微笑，但没有跟他结识，说起他来，一副粗鲁而轻蔑的口气：

“那是个笨蛋！他会换气，理解所唱的是什么，但毕竟是个蠢驴！”

“为什么？”

“天生的这号材料。”

他不喝酒的时候，我想跟他聊聊，但他只是发出呜里呜噜的声音，流露出迷惘而忧伤的眼神，望着一切。我听说，这个一辈子都醉醺醺的男低音歌手，上过喀山神学院，可以当高级僧侣。这个我不相信。可是有一次，我给他讲我自己，提到主教赫里桑夫的名字，他把头一摆，说道：

“赫里桑夫？我知道他，他是我的老师，对我很好。在喀山，在神学院，我记得很清楚！赫里桑夫，意思就是金黄色，帕姆瓦·别伦达[1]的辞典里就是这么解释的。对，他是金黄色的，赫里桑夫！”

“帕姆瓦·别伦达是什么人？”我问道。但米特罗波利斯基简短地回答说：

“与你无关。”

---

① 帕姆瓦·别伦达（1550或1570—1632），乌克兰学者、诗人、翻译家，《斯拉夫俄语辞典》的编纂者。

回到家里，我在本子上写道："一定要读帕姆瓦·别伦达。"我觉得，读了别伦达，一定会找到许多使我不安的问题的答案。

歌手米特罗波利斯基特别爱用我所不知道的人名和稀奇古怪的词组，这使我很恼火。

"生活不是阿尼西娅！"他说。

我问道：

"阿尼西娅是谁呀？"

"一个有用的女人。"他回答，并对我的疑惑感到很开心。

他说的这些词和他曾在神学院学习的事，使我想到他一定知识渊博。但令人扫兴的是，他什么也不肯讲，一旦开口讲起来，也叫人摸不着头脑。也许是我问得不得法吧。

但他终究还是在我心里留下了某种东西。我十分欣赏他醉酒以后，学着以赛亚先知的样子，对一切丑恶的大胆揭露。

"啊，人世的垃圾和恶臭！"他吼叫道，"在你们那里，坏人得到荣耀，好人却被驱逐；严峻的日子一定会到来，到那时你们再忏悔，为时晚矣，晚矣！"

听着他的吼叫，我不禁追想起"好事儿"、如此可悲而轻易堕落的洗衣女工纳塔利娅、受到许多肮脏诽谤的玛尔格王后——我已经有这么多可回忆的东西了……

我和这个人短促的交往，很快便奇异地结束了。

春天，我在军营附近的野外碰见了他。他独自一人，浑身浮肿，摇晃着脑袋，像骆驼一样慢腾腾地走着。

"你在散步呢？"他声音嘶哑地问，"我们一块儿走走吧，我也在闲溜达。老弟，我病了，是啊……"

我们默默地走了几步，突然在一个搭过帐篷的坑里看见一个人：他坐在坑底，侧弯着身子，一只肩膀靠在坑壁上，大衣的一边掀到耳朵上头，仿佛想要脱大衣而没能脱下来。

“是个酒鬼。”歌手停下脚步，断然说道。

可是这个人手下边的嫩草上有一支大手枪，离他不远处，有一顶帽子，帽子旁边放着一瓶几乎没有喝的伏特加，空瓶颈被青草埋住。那人的脸害羞似的掩在大衣底下。

我们无言地站了一会儿。后来，米特罗波利斯基大大叉开两腿，说：

“他自杀了。”

我顿时恍然大悟，这不是酒鬼，而是死人。这太突然了，以至我不相信这是真的。我记得，当时看着从大衣底下露出来的秃头顶和发青的耳朵，我一点也不感到害怕和可怜。我不相信，在这样和煦的春天，竟然有人会自杀。

男低音歌手使劲用手掌搓着胡子拉碴的脸，好像发冷似的，沙哑地说：

“是个已过中年的人了。也许老婆跟人跑了，或者是把别人的钱挥霍掉了……”

他打发我到城里去叫警察，他自己坐在坑边上，耷拉着腿，怕冷似的紧裹着破旧的大衣。我向警察报告了有人自杀，立刻返回来。但在这段时间里，歌手已经把死者的伏特加酒喝光了，他挥舞着空瓶子，迎接了我。

“就是这东西把他害了！”他大喊道，狂怒地把瓶子往地上一蹾，打了个粉碎。

警察随后赶到了，往坑里看了看，摘下帽子，迟疑地画着十字，问歌手：

“你是什么人？”

“与你无关……”

警察沉思片刻，更加客气地问道：

“你们这是怎么回事——一边是死人，一边是您喝得醉醺醺的？”

“我已醉了二十年了！”歌手啪的一声用手掌捶了一下自己的胸脯，得意地说。

我以为，他会因为喝了死者的酒而被捉去的。人们从城里跑来了，威风凛凛的警察分局局长也乘着马车赶到，他跳进坑里，掀开自戕者的大衣，看了看他的脸。

“是谁第一个发现的？”

“我！”米特罗波利斯基说道。

警察分局局长打量了他一眼，拖着长腔恶狠狠地说：

“啊——啊，你好，先生！”

围观者有十五六个人，他们气喘吁吁，情绪兴奋，往坑里张望着，围着坑转来转去。突然有人喊道：

“这是我们街上那个当官的，我认识他！”

歌手摇晃着身子，站在分局局长面前，摘下帽子，同他争执起来，含混不清地说着什么。后来，分局局长当胸推了他一把，他晃动了一下身子，一屁股蹾在了地上。这时，警察不急不忙地从口袋里掏出绳子，捆住他那习惯而驯顺地抄在背后的手，分局局长发火地向围观者斥责道：

“都滚开！无赖……”

又跑来一个老警察，一双湿漉漉的发红的眼睛，由于劳累而大张着嘴。他拉住捆着歌手的绳子，带他慢慢向城里走去。

我也心情沉重地离开了郊外。他那谴责的话，犹如回声似的在我耳边轰鸣作响：

“灾难降临到亚利伊勒城……”

眼前浮现出令人难堪的情景：警察不慌不忙地从军大衣口袋里掏

出绳子，可怕的先知顺从地把发红的、毛烘烘的手背在背后，熟练地把手腕交叠在一起……

我很快得知，先知被押解出城了。在他之后，克列晓夫也不见了——他娶了一个富有的妻子，搬到县里去住了，并在那里开了一个马具作坊。

……我极力在主人面前夸奖马具匠歌儿唱得好。有一次他说：

“应该去听一听……”

他坐在我桌子对面，惊奇地扬起眉毛，睁大眼睛。

在去小酒店的路上，他一直嘲笑我，进了店里，他还在挖苦我，挖苦这里的酒客和令人窒闷的气味。当马具匠唱起来时，他嘲讽地微微一笑，把啤酒倒进杯子里，但他倒了半杯，停下来，说道：

“啊哈……真妙！”

他的手颤抖了，他轻轻地放下酒瓶，全神贯注地听起来。

“嗯，老弟，”当克列晓夫唱完一支歌时，他叹息着说道，“唱得确实不错，真见鬼！身上都热起来了……”

马具匠仰起头，望着天花板，又唱了起来：

从富饶的村庄来到大路上，
空旷的田野上走着年轻姑娘……

“唱得好！”主人摇着头，含着微笑，喃喃地说。克列晓夫的歌声抑扬婉转，像木笛一样。

漂亮的姑娘对他说：
我孤苦无依无人要……

“唱得好，”主人眨着发红的眼睛，小声说，“啊，见鬼……真好！”

我看着他，感到很高兴。如泣如诉的歌声压倒了酒店里的喧哗。歌手唱得更加有力，更加悠扬，更加感人肺腑。

我们村里的生活真寂寞，
有晚会也不叫我这姑娘去参加，
唉，我又穷又没有漂亮衣裳，
怎能配上勇敢的好儿男……
一个鳏夫向我求婚，要我给他当女佣——
这样的命运定不从！……

我的主人不顾颜面地哭起来。他低头坐着，用鹰钩鼻子大声抽泣，眼泪潸潸地落在膝盖上。

听完第三支歌，他又激动但仿佛又颓丧地说：

“我不能在这里再待下去了——憋得慌，气味太呛人，见鬼……我们回家吧！……”

可是，来到街上，他提议说：

“走吧，彼什科夫，我们到旅馆去吃点夜宵……我真不想回家……”

他没有讲价钱，便坐上出租雪橇。一路上，他一句话也不说。来到旅馆，他订了角落里一张餐桌，立刻开始小声而愠怒地诉说起自己的烦恼，一边向四周打量着。

“那公山羊[①]搅得我心乱如麻……愁肠百结……不，你是知书达理的人，你说说看，这叫什么事呀？活了四十岁了，老婆孩子都有了，可是想说说心里话，却找不到可谈的人！跟她，跟老婆谈吧，

① 指歌手克列晓夫。

她根本不理解……她干吗要理解呢？她有孩子……有家务，有自己的事儿！她跟我不一条心。一般讲，在没有孩子之前，老婆是朋友。可是我的老婆实在算不上……你都看见了……不管说什么，她都不听……死肉疙瘩一个，活见鬼！我心里好苦啊，老弟……”

他猛然端起酒杯，把又凉又苦的啤酒一饮而尽。他沉默了片刻，把头发弄得蓬松起来，又开口说道：

“总之一句话，老弟，人都是混蛋！你跟那些乡下人苦口婆心，好说歹说……我明白，确实有许多不合理的、见不得人的东西，老弟……一窝子贼！你以为你的话管用吗？一点儿用没有！是啊。他们，彼得和奥西普是大滑头！他们什么话都对我讲，把你说我的话也告诉了我……还有什么呢，老弟？”

我大感惊诧，没有吱声。

“就是嘛！”主人笑着说，“你当初打算去波斯是对的。即使在那边语言不通，什么都不懂也好！说本国语倒是好，净谈些乌七八糟的事！”

“奥西普说我吗？”我问道。

“当然！你以为呢？他比谁都说得多，饶舌的家伙。他呀，老弟，是个大滑头……不，彼什科夫，空口说白话没人会听的。说真话？真话有什么用？这好比是秋天的雪落在污泥里，立马儿就融化了。结果污泥更多了。你最好别说话……”

他一杯接一杯喝啤酒，毫无醉意，说话越来越快，越来越气。

“谚语说得好：话语非凿子，沉默才是金。唉，老弟，人生几多寂寞几多愁啊……他唱得对：‘我们村里的生活真寂寞……’表达出人的孤寂愁绪……”

他环顾了一下四周，压低嗓门说：

“我找到一个知己——遇上一个女人，现在独身，她丈夫因造假钞被判处流放西伯利亚，现在被关在这儿的监牢里。我跟她认识了……她身无分文，可是她还要……你知道吗，是一个拉皮条的撮合我们认识的……我仔细一看，嗬，人长得挺可爱！知道吗，她又漂亮又年轻……真是美极了！我去过一回，两回……后来我对她说：‘这算怎么回事呢？你丈夫是个骗子，你自己也不守本分，为什么你还要跟他去西伯利亚呢？’你要知道，她打算跟她丈夫一起去流放，嗯……所以她对我说：‘不管他是什么人，我都永远爱他，他对于我是好人！他也许是因为我才犯罪呢？我和你干这种下作的事，也是为了他。他说，他需要钱，他出身贵族，过惯了阔绰的生活。假如我是单身一人，我当然会安分守己。您也是个好人，我非常喜欢您，不过您千万别跟我谈这个……’见鬼！我把我随身所有的东西——八十卢布和一些别的东西——都给了她。我说：‘对不起，我不能再跟您来往了，我不能！’从此，我离开了她……”

他沉默了一会儿，突然酒力发作，他垂下头，嘟哝说：

“我去过她那里六次……你不懂，这有多好啊！我大概又去过六次，只走到她家门口……没有勇气进去……我不能进去！现在她走了……”

他把手放在桌子上，移动着手指，低声说：

“但愿别再碰见她……但愿如此！要是再碰见她，一切全完了！我们回去吧……回家吧！”

我们起身离去。他步履踉跄地走着，嘟哝说：

“就是这么回事，老弟……”

他的故事没有使我吃惊，因为我早就觉得他一定出了什么不寻常的事。

但令我心灰意冷的是，他谈到的生活，尤其是他说奥西普的那几句话。

二十

整整三年，我在死寂的城里，在空荡荡的建筑物中，当着监工。秋天，监督工人们把那些式样难看的砖石店铺拆掉；春天，又照样盖起来。

主人非常心疼我挣他的那五个卢布。如果铺子里要更换地板，那么我就得把地板下边一俄尺厚的土挖出来。要是让那些无业流民来干，主人要支付一个卢布，而我却一分不得。可是我干了这事，就顾不过来监管木工了，他们便把门锁、把手卸下来拿走，偷各种零碎东西。

无论是工人还是工头，都想方设法在骗我，偷东西，几乎明目张胆地这么干，好像在尽一种枯燥的义务似的。而且我当场捉住他们时，他们也一点儿不生气，故作奇怪地说：

“你为了那五个卢布，可真够卖命的，好像挣二十个卢布似的，真可笑！”

我告诉主人，他白使唤我，看起来是占了一个卢布的便宜，而实际上损失的要比这一个卢布多十倍以上，但他冲我眨眨眼，说：

“算了，别假装了！”

我知道，他怀疑我帮他们偷盗，这使我对他产生厌恶感，但并不生气。就是这种风气：这里人人都是小偷，主人也好拿人家的东西。

散集以后，主人在检查他所承接修理的铺子时，发现被遗忘的茶炊、餐具、地毯、剪刀，有时还有整箱的货物或单件货物，他便笑着说：

“造一份物品清单，都搬到货仓里吧！”

可是他把这些东西陆续搬回自己家里，却让我一遍遍地抄改清单。

我不爱财物，我不想拥有任何东西，甚至那些书也成了我的负担。除了贝朗瑞的一本小册子和海涅[1]的诗歌集之外，我一无所有。我想买一本普希金的作品，但城里唯一一个旧书商，一个恶老头儿，对普希金的书要价太高。家具、地毯、镜子和摆满主人屋子的一切东西，我都不喜欢。那笨重难看的款式和颜料、清漆的气味，刺激得我难受。我压根儿就讨厌主人家的房子，像一个个装满无用东西的箱子。令人讨厌的还有，主人不断地从货仓里把别人的东西拿回家，越发增多了自己身边无用的东西。玛尔格王后的房间里也很拥挤，但却很漂亮。

我觉得，生活原本就是杂乱无序的、荒谬的，生活中明摆着有许多蠢事。就拿我们翻建店铺来说吧，春天一发大水，把店铺淹得一塌糊涂，地板鼓翘，门面严重损坏。等水退去，梁柱都腐烂了。几十年来，大水年年淹没市场，损坏房屋和马路。每年一次的洪水给人们造成巨大损失，而且人人都明白，洪水是不会自行消退的。

每年春天的冰融时节，都有驳船和几十只小船被冰毁掉，人们感叹着，又造起新船，再到冰融期，这些新船又毁于一旦。这种在同一个地方周而复始的无谓忙碌多么荒谬啊！

我向奥西普提出这个问题，他很惊讶，大笑道：

“哎，你这只长脚鹭鸶，真是多管闲事！这与你有什么关系呢？

---

① 海涅（1797—1856），德国诗人。

你瞎操什么心呀，啊？”

继而，他说话的口吻更加严肃，毫无老人气的明亮的蓝眼睛里依然流露出嘲笑的神情。

“你的观察很有道理！即使它与你毫不相干，说不定今后会有用处！那么你再注意一件事……”

于是他枯燥地说起来，话里夹杂着许多俏皮话、意想不到的比喻和各种粗俗的噱头。

“人们抱怨说，土地太少，一到春天，伏尔加河水冲击河岸，卷走泥土，在河底沉积成浅滩。于是另一些人又抱怨说，伏尔加河变浅了！春天的大水和夏天的雨水冲出一道道沟渠，泥土又流失到河里去了！”

他的言谈话语中，没有任何惋惜，没有任何怨恨，好像他十分了解人们对生活的抱怨，并视其为一种享受。虽然他的话与我的思想是一致的，但我听起来很不舒服。

“你再注意一下火灾……”

我记得，伏尔加河对岸的森林里，似乎没有一个夏天不发生火灾。每年七月，天空中弥漫着浑浊的黄烟，火红的太阳暗淡无光，像一只害病的眼睛，俯视着地面。

“森林着火倒无所谓，”奥西普说，“反正都是贵族老爷和官府的财产，庄稼人没有森林。城市着火也是小事，因为城里住的都是有钱人，没有什么可怜惜他们的！你再看看村庄——一个夏天，有多少村庄被烧掉啊！大概不少于一百个，这才是真正的损失呢！”

他轻声地笑了。

“有了财产，却没有保护财产的本事！由此我们可以看出，人们成年累月地忙忙碌碌，好像不是为自己、为土地，而是为火灾和洪水！”

“你笑什么？”

“干吗不笑？眼泪扑灭不了火灾，过多的眼泪倒是能汇聚成洪水。”

我知道，在我所见到的人当中，这个仪表优雅的老头儿是最聪明的，可是他的爱憎是什么呢？

我在思索这个问题，而他继续说着，言谈话语像干柴一样，添在我的篝火里。

“你看看，有几个人珍惜力气呢，不管是自己的还是别人的？主人是怎么折腾的？伏特加使世人付出多少代价啊？这是算不清的，任何一个大学问家也算不出来……农舍烧掉了，可以再搭一个，可是好端端一个庄稼人白白断送了，这是无法挽回的！比如，阿尔达利翁或者格里沙，你看，一个本分的庄稼人突然着火了！格里沙虽然有点儿呆头呆脑，但却是个实在的庄稼人！突然冒起烟了，像一捆干草。女人像蛆虫在森林里偶然碰到一具尸体那样，伤害了他。”

我毫不怪罪地、好奇地问他：

“你为什么把我的想法告诉主人呢？”

他平静地，甚至亲切地解释说：

“为了让他知道，你有哪些有害的思想，让他教训教训你，除了主人，还有谁能教训你呢？我告诉他，完全没有恶意，是出于我对你的爱惜。你人倒不笨，可是魔鬼在你脑瓜里作怪，如果你偷东西，我不作声；你去找姑娘，我不作声；你喝酒，我也不会说！可是你那些鲁莽的言谈，不管什么时候，我都要告诉主人，你要明白……”

“我以后再不跟你说话了！”

他沉默了一会儿，用指甲抠着手上的松脂。后来，他用温和的目光打量我一眼，说：

“你撒谎，你肯定会跟我说话的！除了我，你还能跟谁去讲呢？

没有人……”

我突然觉得，仪表整洁的奥西普很像对一切都淡然处之的司炉雅科夫。

他有时像鉴赏家彼得·瓦西里耶夫，有时又像马车夫彼得，有时他身上表现出一种与外公共同的东西——反正他跟我见过的所有老头儿都有点儿像。他们都是非常有趣的老头儿，但我觉得，我跟他们生活不到一块儿，他们叫人痛苦，令人讨厌。他们仿佛在腐蚀人的灵魂，他们那充满智慧的谈吐给人的心灵涂上一层棕红色的锈。奥西普是好人吗？不是。是坏人吗？也不是。他很聪明，这一点我十分清楚。然而，这种玩弄圆滑的聪明不仅使我诧异，也使我消沉，说到底，我觉得他千方百计在与我作对。

我心头涌起阴暗的思想：

“所有的人彼此都是陌生的，尽管说话亲切，笑脸相迎。世上的人都是陌路人，好像没有一个人用深厚的爱心使自己与这世界联系在一起，只有外婆一个人热爱生活，热爱一切。除了外婆，还有雍容华贵的玛尔格王后。”

有时，这些思想和类似这样的思想像乌云一样压在心头，觉得生活令人窒闷而痛苦。可是怎样才能过另一种生活呢？能到什么地方去呢？除了奥西普，甚至连个说话的人也没有。于是我和他谈得更多了。

他津津有味地听我狂热的空谈，详细地询问，然后平静地说：

“啄木鸟很固执，但并不可怕，没有人怕它！我真心劝你，你进修道院吧，在那里长大成人，到时候，你用好言好语安慰善男信女，你自己心里也会感到平静，而且修士也有收入！我是真心诚意地劝你。看来，你对世俗的事不善于应酬，难道……”

我不想进修道院，但我已经意识到，我陷入了一个令人不解的魔圈里，老在里边打转转而出不来。我心里很苦闷。生活变得像秋天的森林，采蘑菇的季节已经过去，空荡荡的森林里已无事可做，而且觉得对森林也了解透了。

我不喝酒，也不跟姑娘胡搞，读书取代了这两种使我心灵陶醉的方式。可是读书越多，就越不愿意过一般人所过的那种空虚而无用的生活。

我刚刚十五岁，可有时觉得自己已过了中年。我经历过各种事情，读过许多书，常常为各种问题所困扰，并且由于这一切，我仿佛从身体内部胀大而加重了。探察一下自己的内心，我发现那里有一个贮存着自己各种印象的地方，像昏暗的贮藏室，胡乱地塞满了各式各样的物件。要想从中理出头绪来，既没有力量，也没有本事。

而且这一切沉重的东西，尽管很多，但放置得都不牢靠，摇摇晃晃，使我也颤颤悠悠，站立不稳，好比一只装着水而没有放稳当的器皿。

我对不幸、疾病和牢骚深恶痛绝。流血打架，甚至对人冷嘲热讽，这一切残酷的行为引起我肉体上的厌恶感。这种厌恶感旋即变成某种冷酷的疯狂，于是我像一头凶猛的野兽去跟人打架，过后又感到一种切肤之痛的羞愧。

有时，我极其强烈地想把折磨人的人狠揍一顿，于是，我不管三七二十一，冲上去跟人打架。这些由于无能为力而产生的绝望情绪的爆发，以至现在追想起来，还令人羞愧和心烦。

我身上有两个人，其中一个知道许多卑鄙龌龊的事，因此而变得有点怯懦。他了解日常生活中那些可怕的事，深受折磨，变得心灰意冷，对生活，对人们开始产生不信任，产生怀疑，对所有的人，甚至包括自己，都抱着一种无奈的怜悯。这个人幻想着宁静的、离群索居的生活，只求与书为伍；幻想着修道院的生活，护林人和铁路的岗亭；幻想着波斯和城郊某个地方的守夜人，希望到人少一些，离他们远一些的地方……

另一个人读过大量诚实而睿智的书，受到这些书籍之圣灵的洗礼，观察着日常生活中可怕的事情那种不可战胜的力量，感到这种力量不费吹灰之力便可以拧掉他的脑袋，用脏脚踩碎他的心。于是，他紧张地处处设防自卫，咬紧牙齿，握紧拳头，随时准备对付各种争吵与斗殴。这个人敢于表现自己的爱心与怜悯，浑身充溢着勃勃活力，像法国小说中骁勇的主人公，说不到三句话，便拔剑出鞘，走向战场。

当时，我有一个狠毒的仇敌，小波克罗夫街上一家妓院的扫院人。一天早上，我去市场时认识了他。当时，妓院门口停着一辆四轮马车，车上有一个烂醉如泥的女子。他抓住那女子的脚，要把她从车上拖下来。那女子的袜子歪歪扭扭，上身裸露着；他无耻地拉拽那女子，发出哼唷哼唷的叫声和笑声，还往她身上啐唾沫。她浑身瘫软，像瞎子似的闭着眼睛，张着嘴巴，好像脱了臼似的软绵绵的胳膊抱在脑后。她被拖下车时，脊背、后脑勺和发青的脸，"砰砰"地碰在车座上、踏板上，最后跌下来，摔倒在马路上，脑袋撞在石头上。

车夫"啪"地抽了马一鞭子，驶走了。扫院人抓住那女子的脚脖子，像拖死人似的倒退着把她拖到便道上。我简直气疯了，拔腿跑过去，幸好跑的时候，一根相当长的水平尺不知是我投出去的还是无意中弄掉的，这使我和扫院人避免了一场巨大的不愉快。我跑着打了他一下，把他打倒了，我急忙跳到台阶上，拼命拉铃。跑出来几个蛮横的家伙，我无法对他们做出任何解释，捡起水平尺走了。

我在下坡的地方追上了马车夫，他从座位上居高临下地望了我一眼，赞赏地说：

“你把他撂倒了，干得不错！”

我气愤地问他，为什么眼睁睁地看着扫院人侮弄那女子而袖手不管。他平静而厌恶地说：

“我管不着，活见鬼！扶她上车时，老爷付钱给我了，至于谁打谁，和我有什么关系？”

“要是她被打死呢？”

“嗯，这种女人不会那么快被打死的。”马车夫说。听他的口气，好像他不止一次试图弄死醉酒的女子。

从那天起，我差不多每天早晨都看见扫院人。我走在街上，他打扫马路或者坐在台阶上，好像在等我似的。我走近他时，他便站起身来，挽着袖子，警告说：

“哼，我非得把你揍扁不可！”

他约莫四十岁，小个子、罗圈腿、大肚子，像怀孕一样。他冷笑着，用炯炯发光的眼睛盯着我。奇怪的是，他的眼睛善良而快活。打架他不是个儿，而且他的手臂比我的短，交手两三个回合之后，他便对我让步了，背倚在大门上，惊讶地说：

“哼，等着瞧吧，算你能耐！……”

我讨厌打架。于是有一天，我对他说：

“听着，傻瓜，请你不要再纠缠我了！”

“那你为什么打我呢？”他责难地问。

我也问他，为什么他那样卑劣地侮弄那女子。

“关你什么事？心疼她了吗？”

“当然心疼。”

他沉默了片刻，擦擦嘴，问道：

“猫你也心疼吗？”

“是的，猫我也心疼……”

这时，他对我说：

“你是傻瓜，骗子！等着瞧吧，我非得给你点颜色看不可……”

我不能不走这条路，因为这条路最近。但是为了不再碰见这个人，我开始更早地起床。可是过了不几天，我还是看见了他：他坐在台阶上，抚摩着卧在他膝头的一只灰猫。当我走到离他大约三步远的光景，他腾地站起来，提着猫腿，抡起胳膊，用力地把猫脑袋摔在石墩上。霎时，一股温乎乎的东西溅在我身上。他把猫摔死了，扔到我脚边，然后站在小门口问：

“怎么样？”

有什么可说的呢！我们像两条狗一样在院子里滚打起来。我坐在斜坡的杂草上，那种非语言所能表达的忧愤使我发疯，我强忍着咬住嘴唇，不致狂吼大叫起来。现在回想起这件令人作呕的事，仍使我不寒而栗，令我感到奇怪的是——当时我怎么没有发疯，怎么没有杀人呢？

我为什么要讲这些令人厌恶的事情呢？为了使你们，慈悲的先生们，知道这种事情并没有结束，没有！你们喜欢听杜撰的危言耸听，喜欢听用华丽辞藻讲的惨祸，你们对幻想的恐怖感到欢愉和激动。可是我知道的那些恐怖事情却是千真万确的，并且我有不可否认的权利用这些故事使你们不快，以便使你们想起，你们在怎样生活，以及生活在怎样一个环境里。

问题是，我们所有的人都过着卑鄙肮脏的生活！

我非常爱人们，丝毫不想对任何人造成痛苦，但我决不多愁善感，决不用漂亮谎言的华丽辞藻掩饰严酷的现实。面对生活吧！把我们心灵中和头脑中一切美好的、人性的东西融合在生活之中。

……尤其令我发疯的是，人们对待女人的那种粗野行为。我看过许多书，我认为女人是生活中最美好、最重要的。使我对这一点深信不疑的是外婆和她讲的关于圣母及大智大慧的瓦西里萨的故事，是不幸的洗衣女工纳塔利娅，是我见到的千百次女人的眼神和微笑。她们，生活之母，用这眼神和微笑装点着这种缺乏欢乐、缺乏爱心的生活。

屠格涅夫的书歌颂了女性的光荣。我把我所知道的关于女性的一切美好的东西，全部集中在令我永志不忘的玛尔格王后身上，使她的形象更加光彩照人。海涅和屠格涅夫对此做出了极大的贡献。

傍晚，从市场收工回家时，我常常站在山丘上，站在内城的墙根前，望着伏尔加河对岸徐徐沉落的太阳，望着天空中滚滚流动的火红的云彩，大地上可爱的河变红了，又变蓝了。有时，我觉得整个大地就像是一只巨大的运送囚犯的驳船，这驳船像一头猪，被一只无形的轮船懒洋洋地拖着，不知驶向何方。

但我经常思索的是：世界的浩大、我从书本上了解到的城市和过着不同生活的外国。外国作家在书中所描绘的生活比较纯洁、可爱，没有那么多困苦，不像我周围这种节奏缓慢而单调的乱糟糟的生活。这使我心中的不安释然消解，使我产生顽强的渴望，觉得过另一种生活是可能的。

于是我总觉得，我会很快遇到一位普通而睿智的贤者，领我走上一条宽阔的光明大道。

有一天，我坐在内城墙根下的长椅上，雅科夫舅舅突然出现在我身边。我没有发觉他是怎样走来的，也没有立刻认出他来。虽然这几年我们住在同一个城市里，但却很少见面，偶尔碰上，也是匆匆打个招呼。

“啊哟，你长这么高了！”他推了我一下，开玩笑地说。我们像两个早已相识而又陌生的人一样聊起来。

听外婆说，雅科夫舅舅这几年彻底破产了，家当全部卖光了，喝光了。他当过羁押所的副看守。但这个差事他没有干好。当时，看守病了，雅科夫舅舅便常常在自己家里设酒宴请那些囚犯，搞得很热闹。这事被传扬出去了，结果他被革职，并对他提出起诉，罪名是，他夜间放囚犯出来到城里“闲逛”。囚犯没有一个逃跑的，可是有一个囚犯正用力要把一个助祭掐死的时候，被当场拿获。这件案子侦查了很长时间，但却无法定案，因为在这件事上囚犯和看守们极力为善良的舅舅开脱。现在他没有事做，靠儿子养活，儿子是当时有名的鲁卡维什尼科夫唱诗班的歌手。提到他的儿子，他阴阳怪气地说：

“他现在变得一本正经了，可神气了！他是独唱歌手。要是茶炊没有及时烧好，或者衣服没有及时刷好，他就大发脾气！他是个爱整洁的小伙子……”

舅舅明显地老多了，身上弄得很脏，头发开始脱落，精神萎靡不振。他那快活的鬈发变得稀稀落落，耳朵支棱起来，眼白和刮过的细腻的面颊上布满了像网一样的红血丝。他开玩笑地说着，嘴里好像含着什么东西，妨碍舌头转动，虽然他的牙齿完好无缺。

我很高兴有机会跟这样的人聊一聊。他生活快乐，见多识广，知道的事情也多。我的脑海里清晰地浮现出当年他那活泼而可笑的歌曲，外公说他的话也在耳际回响：

“在唱歌方面，他是大卫王，但做起事来，却像狠毒的押沙龙！[①]”

林荫道上，一群衣冠楚楚的人——雍容华贵的太太、官吏、军官——从我们身边走过去。舅舅穿着破旧的夹大衣，戴一顶皱巴巴的帽子，穿一双棕褐色的皮靴，想必是为自己的衣服感到难为情而蜷缩着身子。我们来到茶市沟一家小酒店，在靠窗户的一张桌子跟

① 大卫是以色列犹太国国王。他的儿子押沙龙阴谋造反，迫使大卫王逃离耶路撒冷。见《圣经·旧约·撒母耳记下》第十五节。

前坐下来，窗户正对着市场。

“您还记得您唱过的这支歌吗？

一个乞丐晾晒包脚布，
另一个乞丐却来偷……”

当我把歌词背出来时，我突然，而且第一次感觉到这首歌辛辣的讽刺意味，于是我觉得性情开朗的舅舅又坏又聪明。

但他一边往杯子里斟酒，一边沉思地说：

“是啊，逍遥快活的日子我过过，荒唐胡闹的事情我也干过，但不多！这首歌不是我编的，是神学校一位老师编的，他已经死了，他叫什么名字来着？我忘了。我们俩是好朋友。他是单身汉，后来成了酒鬼，死了，是冻死的。据我所知，有多少人都堕为酒徒了啊，难以计数！你不喝酒吧？不要喝酒，你年纪还小。经常见到外公吗？老爷子生活得不痛快，好像要发疯了。”

他喝了酒，兴奋起来，身板也挺直了，显得年轻了，说起话来也更加利索了。

我问他关于囚犯的事。

“你也听说了？”他向四周张望了一下，问道，然后压低嗓门说：“囚犯有什么呢？可惜我不是他们的法官。我认为他们也一样是人。我说，弟兄们，让我们一起友好地生活吧，让我们快乐地生活吧。我说，有这样一首歌：

命运挡不住我们的快乐！
纵然它使我们套上枷锁，
我们也要让生活充满欢笑，

只有傻瓜才不这样生活！……”

他笑了，望了望窗外渐渐暗下去的谷地，那里摆着许多小货摊。他捋着胡子，继续说：

“他们听了当然很高兴，监狱里太憋闷了。所以，查监一结束，他们便跑到我这里来了，又喝酒又吃菜。有时我请，有时他们请，俄罗斯母亲跳跃起来，欢腾起来了！我喜欢唱歌跳舞，他们当中有出色的能歌善舞者，棒极了！有的人戴着脚镣，没法跳，我就允许他们把脚镣卸下来，这是真的。他们自己会卸脚镣，用不着铁匠，个个精明强干，棒极了！至于说我放他们进城去抢劫，那纯粹是胡说八道，直到最后也没有拿出证据来……”

他沉默下来，看了看窗外的谷地。那边的旧货商贩开始收摊了。铁门闩、锈铰链发出刺耳的哗啦声，一些木板轰然倒塌，砰砰直响。过了一会儿，他愉快地向我使个眼色，小声说：

“说老实话，真有一个人每天夜里出去，他不戴脚镣，是下诺夫哥罗德的一个普通小偷。他有一个情人，住在附近的佩乔尔卡村。至于同助祭那件事，完全是误会，他们把助祭当成商人了。那是在冬天，晚上很晚了，刮着暴风雪，大家都穿着皮袄，忙乱中怎么能分得清谁是商人，谁是助祭呢？”

我觉得这种说法很可笑，他也笑了，说：

“真的！鬼才能把他们分得清呢……”

这时，舅舅突然莫名其妙地有点发怒了，推开盘子，厌恶地皱起脸，点上烟卷抽起来，声音低沉地说：

“大家互相偷，然后又互相捉拿，关进监狱，流放到西伯利亚，去服苦役，这与我有什么关系呢？我管他们呢……我有自己的灵魂！”

我想起毛烘烘的司炉，他也经常说“管他们呢”，名字也叫雅科夫。

“你想什么呢？”舅舅温和地问。

“您当时同情那些囚犯吗？”

“他们很容易使人同情，个个都是好样儿的，棒极了！有时看着他们，我暗自思忖：虽说我是他们的上司，可我远远不如他们！他们真是又聪明又能干……”

啤酒和回忆又使他兴奋起来。他把一只手肘支在窗台上，挥动着在手指间夹着烟头的黄手掌，兴致勃勃地说道：

“有个瞎了一只眼的雕刻匠和钟表匠，因为造假币被判了罪，想越狱逃跑。你听一听他是怎么说的吧！像一团火！说起话来，简直像独唱者在唱歌。他说：‘请解释一下，为什么官家可以印钞票，我就不可以呢？请解释一下吧！’对此，谁也无法做出解释。我也解释不了。而且我还是管他的呢！还有一个是莫斯科有名的大盗，人长得倒是挺文静，衣着讲究，特别爱干净，说话温文尔雅。他说：‘人们含辛茹苦地劳作，累得头脑发呆，我可不想这么干。我有过体验：干呀，干呀，由于劳累过度，变成了傻瓜，喝酒花一戈比，打牌输两戈比，讨女人一个温存花五戈比，到头来仍然是忍饥挨饿，一贫如洗。不，我才不玩这种游戏呢……’”

雅科夫舅舅满脸通红，兴奋得两只小耳朵都抖动起来了。他伏在桌子上，继续说：

“他们可不傻，老弟，他们的判断是对的！算了，不谈这浪费时间的烦心事了。比如说我吧，我过得怎么样呢？想起来令人羞愧——一辈子忙里偷闲，受苦是自己的，快乐是偷来的！不是挨老子的骂，就是挨老婆的骂，要不就是为了一个卢布畏首畏尾。就这样窝窝囊囊过了一辈子。现在老了，又给自己的儿子当了用人。有什么见不得人的呢？我是在驯顺地当听差啊。老弟，他倒像个大老爷，动不动就对我吆三喝四的。他叫我父亲，可我听起来是叫仆人！难道我生下来终日忙忙碌碌，就为听喝，就为给儿子当差吗？即使不这样，那又为什么活着呢？我又有过多少高兴的事呢？”

我心不在焉地听他讲着。我本不想回答，但还是说道：

“我也不知道我该怎样生活……”

他淡然一笑。

“是啊……有谁知道呢？我没见过知道应该怎样生活的人！人们只是以习惯而生活罢了……”

他又委屈而生气地说：

“从前我那里有一个犯强奸罪的人，是奥廖尔的一个贵族，舞跳得好极了，他常常逗大家发笑，唱关于万卡的歌曲：

> 万卡走在乡村墓地上——
> 这是普通事一桩！
> 啊，万卡，你呀，
> 赶快远离墓地吧！……

“我认为这完全没有什么可笑的，这是真话！任你怎样转来转去，也转不出墓地。所以我觉得一切都无所谓：不管我当囚犯还是看守……”

他说累了，喝了一杯伏特加，像鸟儿一样，用一只眼睛往空瓶子里看了看，默默地又点上一支烟抽起来，烟雾从髭须里冒出来。

“任凭你苦苦挣扎，任凭你抱有什么指望，到头来，棺材和墓地是谁也免不掉的。”石匠彼得经常这样说。他和雅科夫舅舅没有丝毫相像之处。我已经知道许多这样的俗语和类似这样的俗语了！

我不想再问舅舅问题。跟他在一起感到心情郁悒，也觉得他很可怜。耳畔不禁响起他那轻快流畅的歌曲和铮铮的吉他声，吉他透过淡淡的哀愁，奏出欢乐的音符。我也没有忘记快活的小茨冈。望着雅科夫舅舅无精打采的样子，我不由想道：

“他还记得小茨冈被十字架砸死的事吗？”

我不想问他这件事。

我望着黑魆魆的谷地，潮湿的八月之夜的黑暗笼罩着的谷地，飘来一股苹果和甜瓜的清香。在通往城里的很窄的小街上亮起了路灯，一切都十分熟悉。开往雷宾斯克和彼尔姆的轮船马上要鸣笛起航了……

“我们该走了。”舅舅说。

在小酒店门口，他摇着我的手，开玩笑地劝告说：

“你不要忧郁，你好像有点忧郁，是吗？别在意！你还年轻。主要的是，你要记住：‘命运挡不住欢乐！’好了，再见吧，我要去做圣母升天节祈祷了！”

快活的舅舅走了，他的话把我弄得更加糊涂了。

我踏上了去城里的路，走在田野上。一轮圆月挂在天空，浓浓的云彩徐徐飘动，投下黑影，遮住了我映在地上的身影。我从田野里绕过城市，来到伏尔加河斜滩上，躺在满是尘土的青草上，久久地凝视着河对岸、草场和这片静止不动的大地。云影拖着身子，缓缓飘过伏尔加河，移到草场上，变得明亮起来，仿佛在河水里洗了个澡似的。四周的一切昏昏欲睡，一切都寂然无声，一切都似乎在不乐意地移动，这种移动是由于痛苦的无奈而不是出于对移动、对生活充满热爱。

我真想对整个大地，对自己猛踹一脚，使大地万物，也包括自己，像欢快的旋风一样旋转起来，像恋人们兴高采烈地翩翩舞蹈一样旋转起来，沉浸在为开辟另一种生活——美好的、生机勃勃的、诚实无欺的生活——而开始的努力之中……

我思索着：

“必须干点什么事来充实自己，要不然我会毁掉的……”

秋天的天气阴沉沉的，不仅看不见太阳，而且也感觉不到太阳，甚至把太阳都给忘记了。在这样的天气里，常常会在森林里迷路。一旦迷失大路，连一条小路也别想找到，最后找累了，索性咬紧牙，在密林里穿行，踏着糟烂的枯树枝和沼地上溜滑的草墩——终有一天会走出一条路来！

我就这样决定了。

这年秋天，我满怀希望地到喀山去了，也许我会在那里找到一所学校，去上学读书。

图书在版编目（CIP）数据

在人间 /（苏）高尔基著；刘引梅译 .-- 桂林：
漓江出版社，2020.8
（外国名作家文集 . 高尔基卷）
ISBN 978-7-5407-8678-6

Ⅰ . ①在… Ⅱ . ①高…②刘… Ⅲ . ①长篇小说－苏
联 Ⅳ . ① I512.45

中国版本图书馆 CIP 数据核字 (2020) 第 052340 号

ZAI RENJIAN
在人间
[苏联] 高尔基 著
刘引梅 译

出版人：刘迪才
丛书策划：沈东子
责任编辑：张谦
助理编辑：黄彦
书籍设计：石绍康
责任监印：杨东

漓江出版社有限公司出版发行
广西桂林市南环路 22 号 邮政编码：541002
发行电话：010-65699511 0773-2583322
传真：010-85891290 0773-2582200
邮购热线：0773-2582200
电子信箱：ljcbs@163.com
微信公众号：lijiangpress
印制：北京中科印刷有限公司
[北京市通州区宋庄工业区 1 号楼 101 号 邮政编码：101118]
开本：880mm × 1230mm 1/32
印张：12.75 字数：295 千字
2020 年 8 月第 1 版 2020 年 8 月第 1 次印刷
书号：ISBN 978-7-5407-8678-6
定价：58.00 元